박범신 장편소설

문학동네

시인이 마지막 남긴 노트

이적요 시인

나는 2009년 이른 봄에 죽었다. 그렇게 믿는다. 아닌가. 어쩌면 겨울이 가기 전에 죽었는지도 모른다.

지금은 2008년 섣달 그믐날이다. 아니 지금 막 2009년 새해 첫날이 되었다. 자정을 알리는 보신각 종소리가 텔레비전에서 울려나오고 있다. 서재에 딸린 침실의 텔레비전이다. 종소리 사이사이 들리는 사람들의 함성이 거슬린다. 텔레비전을 꺼야겠다고 생각한다. 그런데, 리모컨이 침실에 있는 모양이다. 이층 침실은 띠살문양의 여닫이문 두 짝을 사이에 두고 서재와 연이어 있다. 침실까지 걸어갈 엄두가 나지 않는다.

마지막으로 은교를 부를까.

앞이 잘 보이지도 않는다. 새로 맞춰 온 특수한 안경이 없었다면 이 글도 쓰지 못했을 것이다. 완전한 실명이 초읽기로 다가오고 있다. 휴대폰이 책상 위에 놓여 있는 게 간신히 보인다. 그러나 그애는 더이상 이 동네에 살지도 않는다. 멀다. 지금쯤 친구들과 보신각 앞에서 함성을 내지르고 있을지도 모른다. 침대 끝에 놓인 리모컨까지는 열 걸음이 채 되지 않는다. 나는 안간힘을 다해 일어난다. 그러나 한 걸음 내딛기도 전에 몸이 옆으로 홱 쏠린다. 의자 팔걸이를 잡고 있었으나 의지가 되지 않는다. 의자와 내 몸이 한꺼번에 쓰러진다. 밟을 대로 밟은 내 몸은 뼈만 남아 있다. 대퇴부 어디쯤이 끊어지는 것 같다. 나는 잠시 동안 숨을 헐떡이다가 바닥을 기어 침실로 간다. 손으로 더듬어 간신히 리모컨을 잡는다. 아나운서가 이제 마지막 종소리라고 추임새를 넣는다. 클로즈업된 보신각종 다음으로 거리에 운집한 사람들이 텔레비전 화면에 가득 찬다. 윤곽만 어렴풋이 보일 뿐이지만 나는 느끼고 본다. 함성과 함께 타타타타 폭죽이 터진다. 나는 울화가 터져 리모컨 전원스위치를 탁 누르고 그것을 침실 구석으로 집어 던진다.

정적이다.

책상 앞으로 기어서 돌아와, 2009년 이른 봄에 죽었다, 라고 나는 다시 쓴다. 그렇게 믿는다. 아닌가. 어쩌면 겨울이 가기 전에 죽었는지도 모른다.

　의사는 내일 아침 앰뷸런스와 함께 올 것이다. 내가 고집을 꺾고 병원으로 가기로 한 것은 오늘 아침 방문한 의사와 암묵적으로 통했기 때문이다. 의사의 눈빛을 읽어내는 건 내 입장에서 보면 여반장이나 다름없다. "작년 봄에 새로 심은 매화가 있는데"라고 정원을 내려다보면서 내가 말했고, 의사는 "눈이 오려나봐요." 딴소리로 받았다. 나는 그때 의사가 속으로 하는, 선생은 그 꽃이 피는 걸 보지 못할 거요, 라는 말을 분명히 들었다. 우리는 무언중에 합의를 보았다. 내 죽음이 임박했다는 건 나의 확신이자 의사의 확신이다. 내가 한사코 원했던 결말이다. 당뇨로 인한 갖가지 합병증은 물론, 최종적으로 나를 찾아온 암종은 빠른 시간 안에 나의 전신을 장악했다. 진통제의 처방만 받았을 뿐 일반적인 치료를 줄곧 거부했기 때문에 암종은 재빨리 퍼져 곳곳에 제 집터를 만들고 마음놓고 나를 파먹었다. 게다가 치료 대신 독과 같은 술을 계속 마셔왔다. 최대한 길게 잡아도 매화가 피기 전에 나는 죽을 터이다. 틀림없다. 병원으로 가는 것은 치료를 위해서가 아니라 죽기 위해서다. 치료를 위한 어떤 처방도 나는 물론 계속 거부할 생각이다. 다만 이곳에서 혼자 죽고 싶진 않다.

집을 둘러싼 소나무숲은 한겨울에도 여전히 깊은 그늘을 만들고 있다. 나보다 몇 배나 오래 산 노송들이다. 저것들이 좋아서 이 집으로 들어왔지만 이젠 시들 줄도 모르는 저것들의 그늘이 지긋지긋하다. 저것들의 뿌리는 지금 오래된 이 집 전체를 동여매고 있을 것이다. 숨이 가쁘다. 저것들에 둘러싸여 혼자 죽는 건 상상만으로도 끔찍하다. 더구나 언제 잔혹한 통증이 엄습할지도 모른다. 내장이 갈기갈기 찢어지는 통증이다. 이제 독주를 아무리 마셔도 해결되지 않는다. 통증은 피해야 한다. 진통제를 늘 맞을 수 있는 병원에서 간호사들에게 둘러싸여 저승으로 가는 게 낫다.

손이 따뜻한 간호사를 만나면 좋겠다.

오늘 밤 이 글을 끝마치고 나면 이 노트를 밀봉할 것이다. 유서는 따로 써두었으니 내일 아침 함께 변호사에게 맡긴 뒤 병원으로 들어가는 게 좋다. 병원은 죽음으로 가는 가장 보편적인 문이므로.

유서는 이미 써두었다.

유서의 내용을 요약하자면 1, 이 집과 이 집에 있는 모든 것은 내가 속했던 문학단체에서 특별위원회를 만들어 그들이 결정하는 대로 사용할 것. 2, 사후 내 인세수입은 전액 한은교에게 그 권리를 줄 것. 3, 나머지 다른 재산은 나의 유일한 핏줄인 얼에게 상속할 것. 4, 밀봉해서 남길 이 노트의 글은 반드시 나의 사후 일 년 후 개봉하고 공개할 것. 5, 이 모든 것은 변호사이자 동시에 내가 가장 믿을 수 있고 오래 교분을 나눠온 후배시인, Q변호사가 맡아서 처리해줄 것, 등이다. 나의 유서는 그러면서 이렇게 끝맺고 있다.

'아울러 이 노트에 기록한 것들은 전적으로 사실이며, 그 어떤 것도 보태거나 의도적으로 축소하지 않았다는 것을 밝혀둔다.'

아, 나는 한은교를 사랑했다.

사실이다. 은교는 이제 겨우 열일곱 살 어린 처녀이고 나는 예순아홉 살의 늙은 시인이다. 아니, 새해가 왔으니 이제 일흔이다. 우리 사이엔 오십이 년이라는 시간의 간격이 있다. 당신들은 이런 이유로 나의 사랑을 사랑이 아니라 변태적인 애욕이라고 말할는지 모른다. 부정하진 않겠다. 그러나 나의 생각은 좀 다르다. 사랑의 발화와 그 성장, 소멸은 생물학적 나이와 관계가 없다. '사랑에는 나이가 없다'라고 설파한 것은 명저 『팡세』를 남긴 파스칼이고, 사랑을 가리켜 '분별력 없는 광기'라고 한 것은 셰익스피어다. 사랑은 사회적 그릇이나 시간의 눈금 안에 갇히지 않는다. 그렇지 않은가. 그것은 본래 미친 감정이다. 당신들의 그것도 알고 보면 미친, 변태적인 운명을 타고났다고 말하고 싶지만, 뭐 상관없다. 당신들의 사랑은 당신들의 것일 뿐이니까.

또 한 가지,

서지우를 내가 죽였다는 놀라운 사실도 미리 밝혀두고 싶다.

작가 서지우를 기억하는가. 세 편의 베스트셀러를 썼고, 그중의 어떤 것, 예를 들어 『심장』은 지금도 팔리고 있으니, 설령 일 년 후에 이 글이 공개된다 하더라도 당신들은 그를 금방 기억해 낼 것이다. 그는 내 제자이자, 여러 해 '청지기' 역할을 자임했고, 시간의 벼랑 끝으로 참혹하게 내몰리는 말년에는 거의 내 분신처럼 살았다. 나는 잠시 그 역시 사랑했으나 마침내 죽었다. 나는 완전범죄를 성공시켰다. 이 글은 그 모든 전말에 대한 가감 없는 기록이다.

오해하진 말라. 반성문 따위나 쓰자고 이 글을 남기는 건 아니다. 나는 반성하지 않는다. 회한도 없다. 서지우는 죽어도 좋을 무가치한 인간이었다. 그는 문학이 무엇인지도 모르면서 작가로 살았고, 끝끝내 내 시를 한 편도 이해하지 못했다. 대체 시를 이해하지 못하는 작가를 어떻게 용인할 수 있단 말인가.

눈이 내리고, 그리고 또 바람이 부는가. 소나무숲 그늘이 성에 가 낀 창유리를 더듬고 있다.

관능적이다.

Q변호사 1

눈이 내리고, 그리고 또 바람이 부는가. 소나무숲 그늘이 성에 가 낀 유리창을 더듬고 있다. 관능적이다……

프롤로그의 마지막 문장까지 읽고, 나는 놀라서 엉겁결에 노트를 덮었다. 검정 끈으로 묶인 아름다운 노트였다. 만년필로 또 박또박 써내려간 시인의 글씨도 아름다웠다. 나는 노트에 매달린 검은 끈으로 노트를 묶었다. 2010년 이른 3월. 오늘은 바로 이적요 시인의 일주기다. 시인의 유언 대로 일주기를 맞이해, 시인이 남긴 노트에서 막 '프롤로그'를 읽고 난 뒤끝이다. 프롤로그만 읽었는데도 숨이 가빠졌다.

다행히 한은교는 이적요 시인이 남긴 노트에 전혀 관심이 없어 보였다. 막 대학생이 된 그녀는, 이적요 시인이 남긴 노트에서 프롤로그를 내가 눈으로 읽는 동안, 계속 19층에 자리잡은 내 사무실의 창 너머만 바라보고 있었다. 그녀가 관심을 보여준 것은 19층이라는 높이에서 내다보이는 세상, 그 조망 자체였다. 너른 유리창에 서초동 일대와 예술의 전당 그리고 그 뒤 우면산의 스카이라인이 말쑥하게 들어와 있었다.

그녀는 아까, 사무실에 들어오자마자 아, 하는 표정을 지으며 창가로 다가들었다. "이 건물이 정말 변호사님 거예요?" 그녀는 물었고, "멋져요, 저도 나중엔 이런 사무실을 갖고 싶어요"라고 덧붙였다. 그녀는 처음 그대로 창가에 붙어 있었다. "이렇게 높은 곳에서 일하면 성공했다는 느낌이 들 것 같아요" 여전히 등을 돌리고 선 채 그녀가 혼잣말하듯 말했다. 햇빛이 역광으로 그녀를 비추고 있었다. 어깨선은 폭이 좁고 목은 길었다. 질끈 묶어올린 머릿단 밑으로 목덜미 솜털들이 흰 그늘 속에 드러나 있는 게 내 눈에 들어왔다. 당신이 죽고 나서 일주기에 이 기록을 풀어보라는 시인의 유언에 따라 참고인으로 오늘 그녀를 부른 것인데, 그녀는 자신이 왜 여기에 왔는지도 잊은 눈치였다. 죽은 이적요 시인은 죽은 '시인의 사회'에 속해 있고, 젊은 그녀는 세상의 더 높은 앞날을 바라보고 있었다. 그녀에게 시인은 이미 잊혀진 존재에 불과했다.

고요하고 쓸쓸하다는 뜻을 가진 적요寂寥라는 이름은 물론 필
명이다. 그는 이십대 때 사회주의운동에 투신, 폭풍 같은 혁명의
전사가 되길 꿈꾸었고, 삼십대 십 년은 감옥에 있었으며, 사십대
에서 일흔 살로 죽을 때까지는 시인의 이름으로 살았다.

살아생전의 그는 열두 권의 시집을 냈다. 삼 년마다 한 권꼴이
었다. 그는 시집마다 전문가는 물론 대중들의 열광적인 지지를
얻었다. 시집 이외엔 저서가 전무했다. 단 한 편의 산문을 쓴 적
도 없었고, 공식적인 인터뷰를 한 일도 없었다. 개발의 질주와
민주화의 폭풍우 속에서도 그는 오로지 시를 썼을 뿐 이름 그대
로 '적요'를 철저히 실천했다. 자신들이 내는 시끄러운 소음을
참을 수 없었던 사람들은 그럴수록 더욱더 그의 결벽과 고요한
목소리를 사랑하고 존중했다. 그렇다고 세상에 대해 그가 말하
지 않은 것은 물론 아니었다. 시에 담긴 그의 '발언'은 언제나
시대를 앞질러 견인하는 경이로운 힘을 발휘했다. 그의 시는 세
상 속으로 날아가선 늘 시대의 날 선 담론이 되고, 인간적인 눈
물이 되고, 마침내 환한 적요가 되었다. 그가 죽었을 때, 사람들
은 이제 세상이 저급한 소음으로만 가득 찰 거라면서, 수백 미터

16

씩 줄을 서서 밤낮없이 그를 조문했고, 일주기가 된 오늘까지 그의 시편들은 하루에도 수십 번씩 갖가지 매체에 인용됐다. 그의 시에 붙이는 주석과 해설이 이미 열 권 이상 책으로 편집되어 나와 있을 정도였다. 어떤 이는 그의 '적요'가 함성보다 훨씬 더 환하고 힘 있다고 말했다. 그는 오로지 시인으로 살았을 뿐이지만 그의 시가 남긴 메아리는 문단을 넘어 정치판과 사회운동 그룹들과 종교계에 이르기까지 다양하게 번져나가 있었다. 그런데 이 노트에 기록된 사랑과 살인의 고백은 뭐란 말인가.

"왜요, 변호사님?" 갑자기 한은교가 돌아서며 물었다. 나는 무의식중에 노트를 꽉 눌러 쥐었다. "아, 아냐." 나는 더듬거리며 대답했다. 늙은 이적요 시인이 이 어리고 맹랑한 처녀를 사랑했다는 것은 나도 알고 있었다. 그가 살아 있을 때 이미 알고 있었던 사실이다. 그러나 살인에 대한 고백은 놀랍다.

서지우를 죽였다는 고백을 어떻게 받아들일 것인가.

그보다 여섯 달 전쯤 죽은 서지우는 그가 고백한 대로 그의 말년을 가장 가까이 지켰던 사람이고, 베스트셀러 작가였다. 한 번 이혼한 전력이 있다고 알려져 있지만 그를 지키던 몇 년간 서지우는 혼자였을 뿐만 아니라 지극정성으로 그를 봉양했다. 웬만한 자식도 그렇게까지 잘하지는 못할 거라고 칭송하는 사람이 많았다. "얼굴, 어두우세요. 할아부지 남기신 그 노트에 뭐 이상한 거라도 씌어 있나요?" "그냥…… 선생님 육필을 대하니까 가슴이 아파서 말야. 피곤하기도 하구." 나는 어물쩍, 자리에서 일어났다. 그녀는 시인을 아직도 할아버지라고 불렀다. 그의 위패가 모셔진 근교 절까지 가서 일주기 추모식을 끝내고 온 참이라 피곤한 것도 사실이었다. 더구나 저녁엔 문단에서 그를 기리는 추모행사도 준비되어 있었다. 나 또한 후배시인으로서나 법적 후견인으로서 그 행사에 참석해야 할 참이었다. 나이로 보면 시인이 나보다 십 년이나 연상이지만 감옥살이 할 때 처음 만나 맺은 친교의 세월로 보면 벌써 반백 년이다. "할아부지 글씨, 진짜 이상해요. 전 할아부지가 쓴 거 읽고 있으면 머리가 아파요." 한은교가 힐끗 시계를 보고 나서 핸드백을 챙겨들며 말했다. "변호사님 읽어보시고 제가 알아야 할 게 있으면 나중에 말로 해주세요." "벌써 갈려구?" "친구하고 약속이 있어서요." 한은교가 사무실 문을 밀고 나갔다. 이제 막 3월 초입. 우면산 기슭엔 잔설이 희끗희끗 덮여 있었다. 아직은 영하의 차가운 날씨였다. 나는 한은교를 문 앞까지 배웅했다. "오후 상담을 내일로 미루고 오늘은 그만 퇴근해." 미스 윤에게 일렀다. 직원이라고 해봤자 미스 윤 한 사람뿐이다. 변호사로서의 나는 은퇴한 것과 다름없었다. 아는 사람들이 도와달라고 찾아오는 거 이외엔 원칙적으로 사건을 맡지 않은 게 벌써 삼 년째였다. 미스 윤이 커피를 놓고 나갔다. 사무실은 훈훈했다.

나는 이적요 시인의 노트를 펴들고 소파로 옮겨 앉았다.

시인이 만년필로 또박또박 써내려간 노트였다. 가슴이 계속 두근거렸다. 한은교를 사랑했다는 것과 서지우를 죽였다는 이적요 시인의 고백은, 관능적이다, 라는 마지막 문장과 강력하게 맺어져 있다고 느꼈다. 처음엔 서지우를 죽였다는 충격적인 고백 때문에 가슴이 두근거렸고, 그 충격이 가시고 난 지금은 관능적이다, 라는 문장 때문에 가슴이 두근거렸다.

이적요 시인의 서재는 창이 넓었다. 죽음으로 흐르는 한밤에도 그는 바깥세상을 바라보고 싶었을까. 창은 그가 앉은 자리에서 정면으로 바라보였을 터였다. 한지로 바른 덧문을 열어두었던 모양이다. 늙은 소나무의 그림자가 성에로 덮인 희끄무레한 유리창에 어른거리는 모습을 상상하는 건 어렵지 않았다. 나는 이적요 시인의 눈빛이 되어 소파에 반쯤 누운 자세로 창을 지그

시 바라보았다. 어른거리는 소나무 그림자는 캄캄하지도 밝지도 않은 검푸른 그늘이었을 것이다. 온갖 병으로 침몰된 일흔 살의 노인이다. 바짝 말라 원래의 골상이 말쑥이 드러나고 검버섯이 잔뜩 핀 이적요 시인의 합족한 볼과 성긴 백발, 우물처럼 깊은 눈이 떠올랐다. 이를테면, 시인은 죽은 육신의 거적을 덮고 유일하게 살아 존재하는 밝은 눈빛을 창유리에 꽂고 있었다. 소나무 검푸른 그림자가, 바람 따라, 성에 낀 유리창의 흰 살粉을 부드럽고 난폭하게 쓰다듬고 있는.

그렇게 초월적인 적요의 시간이 지나고, 이적요 시인은 마침내, 관능적이다…… 누군가의 심장에 칼을 쑤셔박는 심정으로 긴 고백의 아퀴를 지었을 터였다. 관능은 생로병사가 없는 모양이다. 가슴이 계속 두근거리는 것은 그 때문이었다. 이적요 시인이 남긴 마지막 문장엔 뭐랄까, 차가운 폭력성이 담겨 있었다. 관능은 시간을 이기는 칼이며, 그러므로 최종적으로 누군가의 죽음을 부른다는 것. 신생의 폭설 같은.

커피잔은 어느새 차갑게 식어 있었다.

시인의 노트

창槍

처음 보았을 때의 은교가 잊히지 않는다.

이른 여름 오후 어느 날. 외출했다가 돌아오는 길이었다. 버스 종점을 중심으로 고만고만한 연립주택들과 새로 지은 몇몇 소형 빌라들과 구식 개인주택이 잡다하게 섞인 동네 맨 끝에 내 집이 자리잡고 있었다. 산에 둘러싸인 동네는 늘 조용했다. 대문 안으로 들어가면 노송들이 늘어선 야트막한 언덕 사이로 목제 계단이 이어졌다.

한 소녀가 데크의 의자에 앉은 채 잠들어 있었다.

나는 놀라서 걸음을 멈추었다. 햇빛이 밝았다. 처음 보는 소녀가 아닌가. 대문은 분명히 잠긴 그대로였다. 본채의 거실 앞에서 정원 가운데로 뻗어나와 있는 데크엔 햇빛과 소나무 그늘이 알맞게 섞여 있었다. 등나무로 엮어 만든 내 흔들의자에 소녀가 아무렇지도 않게 놓여져 있었다. '놓여져' 있다고 나는 생각했다. 오랫동안 가지고 있어 내 살붙이 같은 것인 줄 알기 때문에, 그 의자에 감히 다른 사람이 앉는 일은 없었다. 이런, 고이연……이라고, 나는 생각했다. 바로 그때 숨소리가 들렸다. 소녀의 숨소리였다. 나는 발소리를 죽이고 소녀의 맞은편 의자로 걸어가 앉았다. 처음엔 소녀의 숨소리가 참 듣기 좋았다. 소나무 그늘이 소녀의 턱 언저리에 걸려 있었다. 사위는 물속처럼 고요했다. 나는 곤히 잠든 소녀를 가만히 들여다보았다. 열대엿 살이나 됐을까. 명털이 뽀시시한 소녀였다. 턱 언저리부터 허리께까지, 하오의 햇빛을 받고 있는 상반신은 하얬다.

쇠별꽃처럼.

고향집 뒤란의 개울가에 무리져 피던 쇠별꽃이 내 머릿속에 두서없이 흘러갔다. 브이라인 반팔 티셔츠가 흰 빛깔이어서 더 그렇게 느꼈을 것이다. 쌔근쌔근, 숨소리가 계속됐다. 고요하면서도 밝은 나팔 소리 같았다. 마치 눈으로 보고 손으로 만지는 것처럼, 누군가의 숨소리를 이렇게 생생히 듣는 일은 처음이었다. 눈썹은 소복했고 이마는 희고 맨들맨들, 튀어나와 있었다. 소녀가 아니라 혹 소년인가. 짧게 커트한 머리칼은 윤이 났다. 갸름한 목선을 타고 흘러내린 정맥이 푸르스름했다. 햇빛이 어찌나 맑은지 잘 보면 소녀의 내장까지 들여다볼 수 있을 것 같은 느낌이었다. 팔걸이에 걸쳐진 양손과 팔은 어린아이의 그것만큼 가늘었다. 콧날엔 땀방울이 송골, 맺혀 있었다. 초목 옆에서 나고 자란 소녀가 이럴 터였다. 침이 고였다. 애처로워 보이는 체형에 비해 가슴은 사뭇 불끈했다. 한쪽 가슴은 오그린 팔에 접혀 있고, 한쪽 가슴은 오히려 솟아올라 셔츠 위로 기웃, 융기되어 있었다.

그리고 나는 그것을 보았다. 창槍이었다.

창 끝이 쇄골 가까이 솟아 있었다. 처음엔 목걸이인 줄 알았는데 다시 보니 문신이었다. 셔츠의 브이라인 아래에서부터 직립해 올라온 푸른 창날에 햇빛이 닿고 있었다. 나도 모르게 고인 침이 꿀꺽 목울대를 넘어갔다. 정교한 세필로 그려진 창이었다. 가슴에 그려넣은 창의 문신이라니. 그렇다면 창의 손잡이는 셔츠 속에 감춰진 젖가슴이 단단히 거머쥐고 있을 터였다. 창날은 날카롭고 당당했다. 셔츠 속에 은신한 채 이쪽을 노리고 있는 전사를 나는 상상했다. 흰 휘장 뒤에서 전사는 황홀한 빅뱅을 꿈꾸며 지금 가파르게 팽창하고 있는 중이었다. 전사의 창날에 바람 같은 긴 풀들이 소리 없이 베어지는 이미지가 찰나적으로 흘렀다. 풀은 베어지고, 그리고 선홍빛 피로 물들었다. 손끝이 푸르르 떨렸다. 앞으로 나가려는 손끝을 내 의지가 안간힘을 다해 붙잡고 있기 때문이었다. 욕망인가.

욕망이라면, 목이라도 베이고 싶은, 저돌적인 욕망이었다.

너무 낯선 감정이어서 순간 나는 아주 당황했다. 소녀의 숨소리가 어느새 점령군의 군화 소리처럼 폭력적으로 귓구멍을 울리고 있었다. 숨을 쉴 때마다 불끈한 가슴과 쇄골과 직립한 창 끝이 유연하고 역동적으로 오르락내리락했다. 쇄골을 치고 나온 땀방울 하나가 한순간 창 끝을 적시면서 또르르 굴러 셔츠 안으로 재빨리 흘러들어갔다.

우주의 비밀을 본 것 같았다.

그때, 지하주차장에 차를 주차한 서지우가 주차장에서 정원으로 이어진 층계를 뛰다시피 밟고 올라왔다. 서지우는 언제나 경망스럽다. 소녀의 푸르스름한 속눈썹이 쫑긋 움직였다. 조용히 하라고 서지우에게 이를 생각이었지만 이미 소녀가 눈을 뜨고 있었다. "누, 누구세요?" 소녀가 잠결에 물었다. 내가 물어야 할 질문을 소녀가 먼저 물었기 때문에 나는 흐흐 웃었다. "이 집의 주인이다, 애야." "아, 죄송해요, 할아부지. 제가 깜박 잠이 들었었네요." "죄송하고 말고 간에, 너 누구야? 어떻게 여기 들어왔어?" 어느새 데크로 올라온 서지우가 눈을 부릅뜨고 소리쳤다. 소녀는 그러나 심드렁한 표정으로 입이 찢어져라 하품을 했다. 따가운 햇빛이 소녀의 목젖을 건드렸다. "집 뒤 축대에 사다리가 걸쳐져 있던걸요. 숲길로 들어섰다가 경치가 좋아서 잠시만 앉아 있을 생각으로 들어왔는데요, 그만 잠이 든 것뿐이에요." 집 뒤란은 삼사 미터 축대가 있었고, 축대 너머는 산이었다. 동네를 빙 돌아가기보다 축대를 오르는 게 산으로 가는 빠른 길이기 때문에 축대엔 사철 사다리가 놓여 있었다. 시내에서 멀지 않지만 사람의 자취가 거의 없는 빈 산이었다. 참새 떼가 소나무 숲그늘에서 뽕뽕 날아올랐다. "어디서 사니?" 내가 물었고, "세탁소 옆집요!" 소녀가 해맑은 목소리로 대답하고 이내 덧붙였다. "안녕히 계세요, 할아부지!" 소녀는 어린아이처럼 절도 있게 고개를 숙여 인사하고 소나무숲 길을 뽀르르 가로질러 내려갔다. 붙잡을 새가 없었다. 햇빛 한 점이 소녀의 뒤꼭지에서 쨍 했다. 발 빠른 어린 짐승 같았다.

나는 마을을 내려다보았다. 버스 종점에 잇대어 새로 지어올린 삼층짜리 건물과 다세대 주택 사이에 낀 단층짜리 낡은 기와집이 떠올랐다. 여름이면 울타리 가득 줄장미가 피지만 오래 고치질 않아서 지붕에 풀도 자라는 집이었다. "오고 싶을 때 또 오너라!" 이미 보이지 않는 소녀의 뒤꼭지에 대고 내가 말했다. 어느 방향에서인가 매미가 울기 시작했다. "봄부터 몇 차례 길에서 본 아이예요. 요망해 뵈는데 또 오라시면……" 서지우가 구시렁거렸다. "창을 봤나, 자네?" 매미는 그악스럽게 울었다. "무슨 창요?" "조심하게, 가슴에 흐흣, 창을 품고 사는 아이야." 나는 창을 찌르는 시늉을 하고 이내 소녀가 앉았던 내 의자에 앉았다. 밑자리가 뜨뜻했다. 소녀의 체온을 깊이 느끼기 위해 나는 더욱 엉덩이를 바닥에 밀착시켰다. 일없이 무릎에서 힘이 쑥 빠졌다. 의자가 쭐렁, 그네를 탔다.

그렇게, 나는 은교를 처음 만났다.

시인의 노트

쌍꺼풀

　그해 나는 오십대로, 모 대학교 석좌교수에 임명됐다. 곧 내게 맞는 일이 아니라고 느꼈지만, 차마 금방 그만둔다고 하기 어려워서 일 년 동안 차일피일 끌었던 일이었다. 나는 대학원에 배정된 세 시간짜리 한 강좌만을 맡았다. 강좌 제목은 나를 위해 특별히 만든 것으로 '좋은 시 찾아 읽기'였다. 서지우가 처음 내 강의실에 들어온 것은 5월이었을 것이다.

　수업이 시작되고 삼십여 분이나 지났을까, 한 학생이 뒷문을 열고 들어와 남쪽 창가에 앉았다. 장발에다가 계속 고개를 숙이고 있어 수업중엔 사실 제대로 얼굴을 볼 수 없었다. 내 강의법은 매 시간마다 마음에 드는 시를 몇 편 프린트해 나누어주고 함께 읽으면서 이야기를 나누는 방식이었다. 그날은 특히 시의 독자성獨自性을 중요하게 생각한 현대 유럽 시인들의 시 몇 편을 텍스트로 삼았다. 가령, 독일의 칼 크롤로가 쓴 짧은 시 「럼주병을 가진 자화상」과 프랑스의 자크 오디베르티의 두 연짜리 시 「별」의 경우.

> 그리하여 나는 숨을 들이마시고 그리고
> 쉴 새 없이 입속에서 달콤한 럼주를 씹는다
> 나의 추억은 눈썹과 함께 우거져갔다
> 그리고 허무— 털이 숭숭한 악마의 손톱이
>
> 나의 목덜미를 잡아 젖혀
> 등을 휘어잡는 것을 느낀다
>
> —K. 크롤로(Krolow), 「럼주병을 가진 자화상」 전문

만약에 그것들이 딱딱한 보리알이라고 하면 지평선 위 저쪽에서 움직이려고 하고 있는 거위 새끼는 그것을 먹을 것이 분명하다

만약에 그것들이 모래알이라면 사람들은 그것을 감옥을 쌓

는 회벽 속에 섞어넣을 것이 분명하다

—J. 오디베르티(Audiberti), 「별」 전문

현대시의 모더니티와 그 자족성自足性을 설명하기 위한 적절한
텍스트였다.

그런데 수업이 끝날 때쯤 늦게 들어왔던 그가 난데없이 한꺼
번에 두 가지를 물었다. 한 가지는 '럼주가 어떤 술'인지, 그 술
은 정말 '달콤한'지를 물었고, 다른 또 한 가지는 도대체 '별과
같은 아름다운 것'을 가지고 '거위새끼'의 사료나 '감옥'의 회벽
으로 비유하는 걸, 요컨대 시적 감수성이라고 할 수 있느냐는 것
이었다. "처음 보는 얼굴인데 자네는 누구인가?" 나는 웃지 않
고 물었다. "예, 저는 공과대 무기재료학과 학부 이학년 서지우
입니다." 문학에 이끌려 두리번거리다가 그만 대학원 수업인지
도 모르고 청강하러 들어온 모양이었다. "무기 재료를 연구한단
말인가?" 서지우가 내 반문에 벙긋 웃었다. 럼주는 당밀이나 사
탕수수를 증류한 술로서 향이 많은 편이라고 나는 말해주었다.
"시는 달콤한 럼주라고 쓰고 있어서요. 달콤하다는 것과 향이
많다는 건 좀 다른 뜻이 아닌가요?" 그는 반문했고 나는 조금 불

쾌해지기 시작했다. 그의 더 무지한 질문은 '별'과 '시적 감수성'에 대한 질문이었다. '아름다운 별'이라는 건 그의 생각이 아니라 세상이 그에게 주입한 생각이었다. 정말 무지한 것은 모르는 것이 아니다. 주입된 생각을 자신의 생각이라고 맹신하는 자야말로 무지하다. "별을 아름다운 것이라고 누가 자네에게 가르쳐주었는지 모르지만, 별은 아름다운 것도 아니고 추한 것도 아니고, 그냥 별일 뿐이네. 사랑하는 자에게 별은 아름다울지 모르지만 배고픈 자에게 별은 쌀로 보일 수도 있지 않겠나."

수업이 거기에서 끝났다.

만약 그것으로 끝났다면 서지우의 얼굴조차 물론 내 기억에 남지 않았을 것이다. 연구실로 들어와 담뱃불을 붙이는데 노크 소리가 나고 한 청년이 들어왔다. 바로 그였다. "앞으로 교수님 수업, 청강을 허락받으러 왔습니다." 비로소 나는 그를 가까이 똑바로 들여다보았다. 둥근 얼굴에 순하고 착한 눈빛을 하고 있었다. 쌍꺼풀이 강물처럼 깊었다. 얼굴은 채 스무 살도 안 된 것처럼 앳돼 보였는데,

깊은 쌍꺼풀은 중년의 그것처럼 보였다.

그 부조화가 인상에 남았다. 내가 잠시 머뭇거리고 있자 그가 갑자기 책장 위의 도자기 한 점을 집어들었다. 얼마 전 어떤 도예가가 선물한 도자기였다. "이 도자기 재료로 말하자면 무기재료입니다. weapon이 아니라 inorganic요. 유기화학이 있고 무기화학이 있거든요. 금속, 도자기, 세라믹, 타일, 저희 무기재료학과에서 배우는 게 여러 가지예요." 그는 진지하게 설명했고 이번엔 무기無機를 무기武器라고 생각했던 내가 민망해 웃었다. 무기재료학이 무기의 재료를 연구하는 학문이라고 착각한 나의 무지를 그가 그 즉시 지적하지 않은 걸로 봐서, 생각보다 착하고 겸손한 청년인 것은 확실했다. 그로서는 자신의 무지와 나의 무지가 피장파장이라고 이미 치부한 눈치였다. "학부생인데, 학부 수업을 청강하는 게 낫지 않겠나." "교수님께서 유명한 시인이라고 들었습니다. 시도 읽어보았습니다. 교수님 성함이 참 시적이라고도 느꼈지요. 꼭 허락해주십시오." 그의 눈빛에 순간 아련한 바람 같은 게 지나갔다. 그것은, 새 길을 찾아나섰으나 안개 자욱한 산굽이에 막 들어선 젊은 방랑자의 눈빛이었다. 서지우는 그때 겨우 스물한 살이었다.

서지우가 취직도 잘되는 무기재료학의 길을 버리고 밥 먹고 살기 어려운 문학의 길로 들어선 데 대해 나는 아무런 책임도 느끼지 않는다. 그는 스물한 살 때 길을 찾았으나, 그 길을 스스로 잘못 찾은 것뿐이다. 결론적으로 그는 그날 최악의 길을 찾았다. '배고픈 자에게 별은 쌀로 보일 수도 있지 않겠나'라고 한 내 말에 '운명적인 계시'를 느꼈노라고, 베스트셀러 작가가 된 훗날, 그는 인터뷰 때마다 여러 번 고백했다. 그러나 그 고백이 진실하다고 해도, 그것은 위험천만한 오류에 따른 나쁜 선택이었다. 서지우는 무기재료학의 실용적인 길을 계속 갔어야 했다. 그랬더라면 내게 죽임을 당하지도 않았을 것이고, '털이 숭숭한 악마의 손톱'에 '목덜미를 잡아 젖혀' 등이 휘어지는 젊은 날을 보내지도 않았을 것이다.

서지우는 그해 5월과 다음 학기 두 달 동안 내 수업을 듣고, 찬바람 불기 시작하는 12월에 군에 입대하여 떠났다. 그리고 이후에 나는 더이상 강단에 선 적이 없었다. 사제관계라지만 우리는 몇 달의 인연이었을 뿐이었다. 그것도 강의실에서 잠깐씩 보는 일반적 관계였다. 대학원생들 틈에 끼여 청강하는 입장이었기 때문이었는지, 처음 만난 날 이외엔 그가 질문하거나 발표한 기억도 없었다. 나는 그를 금방 잊었다.

그가 다시 나를 찾아온 것은 그로부터 십여 년쯤 후였다.

"뵙진 못했지만 한 번도 교수님을 잊은 날이 없습니다." "민망하이. 교수님이라고 부르지 말게." 다시 만났을 때 우리는 이런 대화를 처음 나눴다. '무기재료학과'라는 말에서 나는 그를 기억해냈고, '별'과 '쌀'의 비유에 대해 말하기 시작하자 갑자기 그가 울었다. "별이…… 감옥의 회벽이 될 수 있고, 또 별이…… 거위새끼의 아침밥이 될 수 있다는 것을 깨닫는 데…… 십 년이 넘게…… 걸렸습니다. 저를…… 다시 제자로 받아주십시오, 선생님!" 그가 무릎을 꿇고 앉았다. 편히 앉으라고 해도 막무가내였다. 그는 그때 이미 결혼했다가 아내와 헤어진 후였다. 내가 몇 살이냐고 묻자 "예수님께서 십자가에 못 박히신 나이입니다"라고 그는 울면서 대답했다. 나로선 그 상황이 차라리 〈개그콘서트〉의 한 코너를 보는 것 같았다. 스물아홉에 결혼한 여자가 삼 년여 지나고 나더니 돌연 다른 남자를 사랑한다고 고백해오더라고 했다. 아내가 바람이 났던가보았다. "이혼을 했는가?" "그 여자가 이혼하자고 했고…… 이혼수속도 여자가 끝냈습니다. 죽여서라도 계속 데리고 있고 싶었으나, 그 여자 말을 거절할 수 없었습니다. 만날 때부터 지금까지, 그 여자가 하자는 일을 한 번도 거역한 적이 없었거든요." "단 한 번도, 말인가?" "예, 단

한 번도요." 그러고 나서 그는 더욱 큰 소리로 울었다. 어찌나 우렁찬지, 절세의 신생아가 이제 막 자궁을 박차고 나온 것 같은 울음소리였다.

지금 생각하면, 나는 서지우가 태어날 때부터 자신이 지니고 나온 쌍꺼풀의 운명을 따라 살았다고 느낀다. 그의 쌍꺼풀은 단지 깊은 게 아니라 어딘지 모르게 허랑하고 범박했다.

그는 젊었을 때부터 반역에 대해 알지 못했다. 말하자면 그는 평생 동안 오로지 주인이 주입해준 생각, 가리키는 방향에 따라 짐을 지고 걸어갈 뿐인 '낙타' 같은 존재였다. 니체가 말한바 '낙타의 시기'가 그에겐 영원했고, 따라서 자기반역을 통해 세계를 독자적으로 이해하는 '사자의 시기'는 그에게 도래하지 않았다. '쌍꺼풀'은 그리하여 육체에 깃든 그의 젊음을 시시각각 먹어치웠다. 그는 젊은 시절에도 '그놈의 쌍꺼풀' 때문에 이미 중년이거나 장년이었다. 평생 그는 허당을 짚고 걸어야 했다. 칼 크롤로나 자크 오디베르티를 죽을 때까지 이해할 수 없었던 건 당연했다. 시의 독자성에 대해서도. 그러므로 그는 생의 마지막까지 자신이 누구인지 몰랐으며, 그것은 전적으로 그의 책임이었다.

그것이야말로 그가 지닌 죄의 심지였다.

Q변호사 2

"그것이야말로 그가 지닌 죄의 심지였다"에서, 나는 이적요 시인이 남긴 노트를 덮었다. 마치 이적요 시인이 서지우가 아니라 내 옆구리에 비수를 찔러넣는 것 같았다. 나는 통증 때문에 나도 모르게 입을 쩍 벌렸다. 변호사로 살면서 내가 쓴 시편들은 평범하기 이를 데 없었다. 서지우의 쌍꺼풀처럼. 이러구러 데뷔하고 삼십여 년, 여러 시집을 내면서 오랜 시간에 걸쳐 내가 최종적으로 깨달은 것은, 내게 시적 천재성이 전혀 없다는 사실이었다. 그것은 신성神性이 없다는 말과도 같았다.

날이 저물고 있었다. 나는 이적요 시인의 노트를 다시 밀봉해 사무실 북벽에 놓인 금고 속에 넣었다. 이적요 시인의 추모행사장으로 떠나야 할 시각이었다.

'시적 천재성이란 곧 신성'이라고 말한 건 이적요 시인이었다. 티베트의 성산 카일라스 트레킹에 동행했을 때였다. 해발 오천여 미터 톨마라 고개에선 카일라스 북면이 정면으로 바라보였다. 해탈고개라고도 불렀다. 넘어가기 너무 힘든 고개였다. 게다가 전날 밤 내린 눈이 잔뜩 쌓여 있었다. 일행이 간신히 고갯마루에 도착했을 때, 우리보다 앞장서 보이지 않았던 이적요 시인이 카일라스 북면의 빙하를 향해 저만큼 혼자 가고 있었다. 몰려선 순례객들이 이적요 시인을 가리키며 알아들을 수 없는 소리로 떠들고 있는 중이었다. 미쳤다고 말하는 것 같았다. 고갯마루와 카일라스 북면 사이는 푹 꺼진 골짜기로, 길이 없었다. 고갯길에도 무릎까지 빠질 만큼 눈이 쌓였으니, 꺼진 골짜기에 쌓인 눈은 한 길이 넘을 터였다. 게다가 카일라스 정상의 빙하가 제 무게를 견디지 못하고 골짜기 어귀까지 바짝 밀려내려와 있었다. 이적요 시인은 바로 그 골짜기를 향해 길 없는 경사면을 비틀비틀 걸어내려갔다. 상처 입은, 이야기 속의 설인雪人 같아 보였다.

　깡마른 편이지만, 이적요 시인은 키가 180센티미터가 넘는데다가 단단히 벌어진 어깨를 비롯, 기골이 장대한 사람이었다. 힘도 좋아서 감옥에 있을 때에도 힘으로 시인을 당할 자가 없었을 정도였다. 눈이 계속 내리고 있어, 시인은 금방이라도 시야에서 사라질 것 같았다. 일행은 모두 지칠 대로 지쳐 있었고, 고소증세를 보인 몇 사람은 이미 제정신이 아닌 상태였다. 나까지도 상황을 판단하지 못하고 주저앉은 채 멍하니 이적요 시인의 뒷모습을 그냥 보고만 있었다. 만약 산악 가이드가 없었다면 그날 이적요 시인은 살아 돌아오지 못했을 것이다. 산악 가이드가 경악하여 이적요 시인을 좇아내려간 것은 잠시 후였다. 이적요 시인은 붙잡는 가이드를 뿌리쳤다. 눈바람이 심해지고 있었다.

일행 중에 누가 흐느끼기 시작했다.

산은 자애롭고 깊고, 그러면서 포악했다. 한참이나 실랑이를 벌인 뒤 간신히 산악가이드 손에 끌려 돌아온 이적요 시인의 눈빛은, 포악한 어떤 절대자에게 영혼을 몽땅 뺏긴 듯 텅 비어 있었다. 고소증에 걸린 모양이었다. 나중에, 트레킹이 간신히 끝나고 나서야 죽으려고 길 없는 골짜기로 내려간 것이었느냐고, 내가 물었다. "아냐!" 이적요 시인은 고개를 저으며 대답했다. "그냥…… 무조건, 카일라스 정상으로 가고 싶었어. 그것은 신성으로서 완벽했어. 시적 천재성이란 그런, 신성 아닌가." 시인의 충혈된 눈 속에 불길이 확 지나갔다.

  행사는 문단 원로들의 추모사와 이적요 시세계 해설, 그리고 시낭송으로 꾸며졌다. 이적요 시인을 사랑하는 시민들과 문인들이 소극장을 꽉 채웠다. 한은교만은 끝내 보이지 않았다. 사연을 알고 있는 사람들은 내 귀에 대고, 인세 상속까지 받으면서 일주기 추모행사조차 나오지 않은 한은교를 볼멘소리로 비난했다. 추모행사는 진지하게 진행됐다. 시낭송 사이사이엔 시인의 넋을 기리는 살풀이춤과 노래도 곁들여졌다. 몇몇 여성 독자들은 이따금 젖은 눈을 손수건으로 닦았다. 행사가 끝나고 나선 자연스럽게 뒤풀이로 이어졌다. 내가 마련한 뒤풀이였다. "전에, 선생님이 돌아가시기 전에, 유서 말고 다른 노트를 남겼다고 들었는데요." B신문 문학담당 기자 S가 물었다. S는 문학담당 전문기자이자 작가였다. 갑작스러운 질문이어서 나는 조금 당황했다. "어떤 내용이 들어 있는 노트인가요?" "뭐 그냥 그, 그런……" 누가 웃겼는지, 뒤쪽 자리에서 와그르르 웃음보가 터졌다. "말까지 더듬으시며, 이상하시네. 노트 내용이 뭔데 그러세요? 유작시인가요?" "나도 다 살펴보지 않았어. 유작시도 좀 있고, 뭐 그냥 단상도 좀 있고." 이적요 시인은 살아 있을 때 이런 식의 문학행사에 거의 나온 적이 없었다. 사람을 선택해 집으로 초대해 술을 마시는 날은 종종 있었다. 그럴 때의 시인은 적요라는 이름답지 않게 농담이나 개그도 잘하고 달변이 되었다. 탤런트적인 면도 강해서 공식적인 자리만 아니라면 어디서나 좌중을 장악했고 자주 포복절도로 이끌었다. 이적요 시인은 세상과 사람들을 가지고 노는 재능이 남달리 뛰어난 사람이었다. 그런 시인이 의도를 가지고 남긴 노트가 있다면, 단순하지 않은 내용일 것이라고, S기자는 이미 단정하고 있는 눈치였다. "유언에, 일 년 만에 열어보라고 했다던데, 사실인가요?" S가 귀엣말로, 끈질기게 물고 늘어졌다. "꼭 그런 게 아니라, 그게 그러니까……" 바로 그때 다른 후배시인이 술잔을 들고 내 옆자리로 끼어들었다. 나는 자연스럽게 후배시인의 술잔을 받으면서 S에게 슬쩍 등을 돌려댔다. 이적요 시인은 분명히 '일 년 후에 개봉하고 공개'하라고 유서에 명기하고 있지만, 노트가 너무도 충격적인 내용을 담고 있는지라, 나는 아직 아무것도 결정하지 못하고 있었다. 다행히 다른 작가 한 사람이 건너편 자리에서 S를 큰 소리로 불렀다. 나는 안도의 숨을 쉬었다. 술자리가 무르익고 있었다.

다음날, 열시도 채 안 돼 S기자로부터 전화가 왔다. "이적요 선생님 유작을 몇 편 신문에 발표할까 해서요. 작품을 좀 넘겨주세요." "발표할 만한 작품은 없는데." "어제 유작하고 단상을 남겼다고 하셨잖아요? 시가 없다면 단상도 좋구요. 점심때 들를게요." "재판이 있어서 사무실에 없을 거야. 노트를 자세히 살펴보지도 못했어. 나중에 전화할게. 만약 발표할 만한 게 있으면 우선적으로 연락할 거니까 내 말 믿어줘. 그리고 일 년 만에 열어보라고 했다는 둥 하는 거, 사실 여부 확인해줄 것도 없지만, 그렇다 해도 오프 더 레코드야. 부탁해." 나는 서둘러 전화를 끊었다. 진행중인 재판에 대한 부가적인 서류작업을 미스 윤에게 맡기고 나서 사무실을 나선 건 정오쯤이었다.

서지우의 유골이 묻힌 공원묘지는 용인 근교였다.

주차장에서 묘지까지의 비탈길은 북편이어서 아직까지 잔설이 얼룩얼룩 남아 있었다. 나는 준비한 소주를 종이컵에 따라놓고 묘지 앞에 앉았다. 묘비엔 '바람에서 왔다가 바람으로 떠난 작가 서지우의 묘'라고 씌어 있었다. 묘비의 글씨는 이적요 시인이 직접 쓴 자필이었다. 서지우는 화장된 뒤 유골만 항아리에 담겨 묻혔다. 묘비를 세우던 날, 묘비명이 너무 쓸쓸하지 않느냐고 내가 말했을 때 이적요 시인은, 이놈이 원래 쓸쓸하고 허랑한 놈이었어, 하고 말했다.

내가 기억하기로, 서지우는 막 서른 살 되던 해라고 했던가, 내가 그렇듯이 원고료가 없는 어떤 문예지를 통해 소설가로 데 뷔했다고 들었다. 그러나 작품 발표 한번 제대로 해보지 못했다. 그가 화려하게 재데뷔한 것은 이적요 시인의 집에 자주 드나들 기 시작하고 나서 몇 년 후였다. 장편으로 오천만 원 상금이 걸 린 장르소설 공모에 당선되었던 것이다. 말이 화려한 재데뷔지, 판타지나 에로, 또는 추리소설만을 대상으로 한 상업적 목적의 공모였기 때문에 문단에서의 반응은 차가웠다. 그러나 그의 소 설은 베스트셀러가 되었고, 이듬해 발표한 장편 역시 십만 부가 넘게 팔려 대중성을 단숨에 확보했다. 죽을 때까지 그가 발표한 소설은 장편 세 권이 전부였다.

추리적 기법까지 차용한 세번째 소설 『심장』은 원초적 욕망의 밑바닥을 가감없이 서술했다는 점에서 문단에서조차 제법 주목 하는 사람이 많았다. 수십만 권이 팔렸다고 했다. 게다가 거의 출퇴근하다시피 하면서 늙어가는 이적요 시인의 잡다한 일을 너 무도 완전하게 보필하여, 사람들에게 인간적 품성으로도 좋은 이미지를 심었다. 작가로 성공했으면 처음 먹었던 마음이 달라 질 법도 하련만 그는 한결같이 이적요 시인을 섬겼다. "이적요 선생에게서 제일 부러운 게 서지우 작가야. 요즘 세상에 그런 제자가 어디 있겠나." 그렇게 말하는 문단 원로도 있었다. 이적요 시인은 육십대 후반으로 가면서 눈에 띄게 몸이 쇠약해져갔고, 그 기간 서지우는 늘 시인을 그림자처럼 따라다니며 보좌했다. 운전해서 모시고 다니는 건 물론이고 심지어 음식수발도 마다하지 않았다. 시인으로서 그의 죽음은 한쪽 팔을 잃은 것과 다름없었을 터였다.

"이놈이 원래 쓸쓸하고 허랑한 놈이었어."

시인의 목소리가 들리는 듯했다. 하오의 햇빛이 쏟아지고 있었다. 나는 왜 허겁지겁 여기에 찾아왔을까. 아직 이적요 시인의 노트도 다 읽지 않은 상태였다. 선뜻 진도를 나갈 수가 없었다. 시인은 그 노트에, 서지우를 마침내 죽였다, 완전범죄에 성공했다, 라고 썼다. 아주 깊은 밤이 아니고선 읽을 수 없는 기록일 터였다. 나로서는 너무나 힘든 독서가 아닌가. 더구나 이제 머지않아 기자들이 벌떼같이 그 노트를 내놓으라 몰려올 것이다. 어떻게 할 것인지, 앞이 캄캄했다. 노트를 내게 맡긴 이적요 시인은 물론이고 서지우까지 원망스러웠다. 무덤 속에만 있지 말고 일어나 뭐라고 말 좀 해보게나, 라고 나는 속으로 서지우에게 말했다. 자신들이 풀어야 할 문제를 내게 떠넘기고, 그들은 나 몰라라 누워 있었다.

　내가 마지막으로 서지우를 본 것은 그가 죽기 한 달쯤 전이었다. 이적요 시인의 전갈을 받고 찾아갔을 때 서지우는 마당 귀퉁이에서 장작을 패고 있었다. 겨울은 아직 멀었다. 서지우는 "너무 그늘이 져서요, 지난 봄 저쪽에 있던 소나무를 잘라냈었거든요" 하고 말했다. 나무가 어느 정도 말랐으니 겨울이 오면 벽난로에 땔 수 있게 미리 쪼개는 중이라는 것이었다. 바짝 말라 장대 같은 이적요 시인이 이층 베란다 난간을 붙잡고 서서 아래를 내려다보고 있었다. 서지우는 웃통을 다 벗은 채였다. 땀에 젖은 상반신이 햇빛을 받아 번질번질했다. 한 자쯤 잘라진 소나무가 헛손질을 한 도끼날에 의해 저만큼 날아갔다. "이게 글쎄, 맘대로 안 되네요." 서지우가 겸연쩍은 듯 머리를 긁적이며 날아간 소나무 토막을 주우려고 경사면을 내려갔다. 키는 비교적 작았지만 몸은 아주 좋았다. 꾸준히 운동을 해왔던가보았다. 가슴살도 탄탄해 보였고 팔뚝과 견갑골엔 이두박근이 울근불근했다. 옷을 입었을 때엔 단순히 조금 비대하다고 생각했었는데 그게 다 근육이었다. 햇빛을 튕겨내며 경사면을 쪼르르 내려가는 순간의 어깨 근육은 아름다워 보이기까지 했다. "저 친구 몸이 탄

탄하네요." 내가 웃으며 말했고, "몸이 좋으면 뭘 하누"라고 이
적요 시인이 마뜩잖은 표정을 했다. "멍청한데." 사이를 두었다
가 시인은 낮게 덧붙였다. 시인의 눈빛엔 모멸감 같은 것이 잔뜩
서려 있었다. 파출부가 전날 해놓고 간 음식에다, 그날 저녁 서
지우가 추가로 만들어 들여온 것이 오징어볶음이었다. 맛이 훌
륭했다. 내가 오징어볶음의 맛을 칭찬하자 이적요 시인은, "맛
은 뭐, 맵기만 한데." 또다시 이통을 부렸다. 서지우는 그러거나
말거나, 한결같이 사람좋게 웃고 있었다. 잇몸까지 활짝 드러나
는 웃음이었다.

내가 본, 살아 있는 서지우의 마지막 모습은 그렇게 유순했다.

쌍꺼풀은 죄가 없다, 나는 그렇게 생각했다. 이적요 시인은 단
순히 당신이 젊은 날 가질 수 없었던 아름다운 서지우의 쌍꺼풀
을 처음부터 질투했는지도 몰랐다. 차가운 바람이 묘지 너머로
부터 불어왔다. 나는 이윽고 끙, 하고 일어나 종이컵의 소주를
서지우의 묘지에 확 뿌렸다. 나 자신, 여기로 서둘러 달려온 이
유부터 모호했다. 서지우는 그 자신의 죽음이, 그가 평생 존경하
고 경외해 마지않던 이적요 시인에 의해 면밀하게 계획되고 단
호히 실행된 결과였다는 것을 죽어가는 순간 알아차렸을까.

그때 등뒤에서 인기척이 났다. 돌아보니, 놀랍게도, 한은교였다. "어, 변호사님!" 한은교의 목소리가 청량하게 솟아올랐다. "아니, 웬일이야?" "웬일이세요, 변호사님이?" 동시에 입을 열어 말이 서로 엉키는 바람에 우린 마주보고 웃었다. 한은교가 서지우의 묘지에 등장한 것은 정말 뜻밖이었다. 그녀는 그럼 그 동안에도 가끔 서지우의 묘지에 찾아오곤 했을까. 아니면 어제가 이적요 시인의 기일이었기 때문에, 어제부터 생각하다가 불현듯 찾아왔는지도 몰랐다. 그녀는 흰 카라를 한 송이 들고 있었다. "암튼 잘 만났네. 할 말도 있고." "어젯밤 행사 잘하셨지요?" "성황이었어. 자네도 좀 오지 그랬나?" "사람들 많이 모이는 데는, 좀 무서워서요……" "여긴 가끔 왔나보네?" "아뇨. 찾느라 아주 혼났어요." 잠시 말이 끊겼다. 햇빛이 서쪽으로 설핏 기울어져가고 있었다. 그녀는 묘비 앞에 가져온 카라를 툭 내려놓았다. 잘 모르는 자의 묘지에 들고 있던 꽃을 내려놓듯, 무심했다. 어린 새 몇 마리가 포르릉, 그녀의 머리 위로 날아올랐다. "버스를 타고 왔다면 내 차로 함께 올라가세." "차 있는 남자애가 있어서요." 그녀를 따라 시선을 돌리니, 저 아래로 흰 차가 한 대 서 있는 게 보였다. 남자친구 차를 타고 온 모양이었다. "그럼, 얘기할 게 있으니까 내일이라도 사무실에 한번 들러." 나는 그녀를 잠시라도 혼자 있도록 하는 게 좋을 것 같아 먼저 내려가려고 몸을 돌렸다. "잠깐만요, 변호사님. 제가 변호사님 차를 타고 올라갈게요. 쟤는 뒤따라오라고 하면 돼요." 그녀가 등뒤에서 말했다. "괜찮겠나, 남자친구가 섭섭해할 텐데." "저 오빠, 착해요." 내 고개가 저절로 갸웃해졌다. 우리는 묘지들 사이의 좁은 길로 함께 내려왔다. 그녀가 쪼르르 남자친구의 차로 갔고, 나는 시동을 켠 채 그녀를 기다렸다. 남자친구를 설득하는 데 시간이 좀 걸릴 것 같았다. 그러나 그녀는 금방 되돌아왔다. "설명을 벌써 다 한 거야? 화 안 내?" "착한 애라니까요. 뭘 설명해요, 그냥 따라오라면 되지." 그녀는 내 질문을 이해하지 못하는 눈치였다. 퇴근시간이 가까워서 고속도로엔 차가 많이 밀렸다.

막상 그녀를 옆에 태웠으나 무슨 말을 먼저 해야 할지, 얼른 입이 떨어지지 않았다. "다 읽어보셨어요?" 고속도로에 들어서자 그녀가 기어코 물었다. "그 노트 말인가?" "하실 말씀이 있다고 해서요." "다 읽진 못했네." 남자친구의 흰 차가 꽁무니에 바짝 붙어 따라오고 있었다. 룸미러를 통해서도 얼굴이 보일 정도였다. 대학교 이, 삼학년 된 것 같았다. "할아부지 노트에, 서지우 선생님 얘기, 많이 나오죠?" 그녀는 이적요 시인을 할아버지라고 호칭했다. "어떻게 알았나?" "변호사님이 서선생님 묘지에 이렇게 오신 거 보고요. 아무 일도 없이 여기 오실 분이 아닌 것쯤, 저도 알아요." 생각보다 눈치도 빠르고 감각도 예민한 처녀였다. "무슨 이야기를 들어도 저, 놀라지 않을 거예요." 그녀는 덧붙였다. 차는 신갈인터체인지를 돌아 경부고속도로로 들어서고 있었다. "마치 놀랄 만한 이야기가 그 노트에 씌어 있을 것이라는 투로구먼." "아닌가요?" 나는 고개를 돌려 그녀를 힐끗 보았다. 그녀는 짐짓 앞만 보고 있었다. 그 순간, 얘, 무엇인가 알고 있다, 그런 느낌이 강하게 들었다. 가슴이 철렁했다. 무엇을 어떻게 안단 말인가. 이적요 시인의 노트는 밀봉된 채로 받아서 지난 일 년간 금고 속에 보관해왔다. 누가 그것을 열어보았다고 상상할 수는 없었다. 더구나 한은교라면 더욱더. 대화가 뚝, 동강났다. 톨게이트가 눈에 들어왔다. 통행료를 준비하는 척, 스치듯 돌아다본 그녀의 꾹 다문 입술 끝에 놀이 선홍빛으로 얹혀 있었다. 내가 그렇듯이 그녀 역시 할 말이 있는데도 참고 있다는 건 분명했다.

"저도 사실은…… 노트를 하나 갖고 있어요."

그녀가 말한 것은 변호사 사무실 앞에 막 차를 정차시켰을 때였다. 나는 사이드 브레이크를 채우다 말고 고개를 획 돌렸다.

그녀가 내 시선을 피하지 않고 똑바로 맞받았다. 맑고 빛나는 눈이었다. "무슨 노트를……" 용인에서부터 줄곧 뒤따라온 흰 차가 뒤에서 빵 클랙슨을 울렸다. 그녀는 이내 이맛살을 찌푸렸다. 어따 대고 감히 클랙슨을, 이라고 그녀는 생각하는 눈치였다. "뭐 노트는 아니지만요, 암튼 서지우 선생님 거요, 일기 비슷한 거예요." 그녀의 손이 차의 손잡이를 잡았다. "내용이 뭔데?" "다음에요, 변호사님." 그 말은, 내가 이적요 시인의 노트에 기록한 것들을 말해주면 그때 그녀도 서지우가 남긴 글을 보여주겠다는 투로 들렸다. 그녀가 차 문을 열었다. 찬바람이 휙 들어왔다. 그녀가 바람에 날리는 머리를 뒤로 쓰으 쓸어올렸다. 고요하고 리드미컬한 동작이었다. 그리고 그녀가 차 안의 나를 향해 꾸벅, 인사했다. 참을성 없는 흰 차가 어느새 그녀의 옆구리로 바투 다가들어 있었다.

시인의 노트

등롱 燈籠

이름이 한은교라는 걸 알게 된 것은 내 집 정원의 데크에서 처음 만나고 한 달쯤 후였다.

오랫동안, 일주일에 사흘씩 오고가며 집안일을 해오던 용안댁이 아들 내외의 초청을 받고 두세 달쯤 이스탄불에 다녀와야 할 일이 생긴 것이었다. 이스탄불에서 작은 한국음식점을 내고 살던 아들이 첫 아기를 얻었다고 했다. 결혼식도 안 하고 사는 아들 내외였다. 본 적도 없는 며느리가 손자까지 낳았으니 산후조리도 시킬 겸 부모를 초청한 모양이었다. 낭패였다. 파출부를 불러도 잘 오지 않는 외진 곳이었다. 이른바 인기작가가 돼서 서지우도 전과 달리 요즘은 매일 올 형편이 아니었다. 곰국이다 뭐다, 용안댁이 늙은 친정아버지를 놓고 떠나는 것처럼 갖가지 밑

반찬을 많이 만들어놓고 떠났으니 당분간은 견딘다 해도, 청소
가 문제였다. "걱정하지 마세요. 청소는 뭐 제가 와서 해도 되고
요. 암튼, 일주일에 한 번이라도 올 만한 파출부를 수소문해볼게
요." 서지우가 말했다.

서지우가 한은교를 데리고 온 것은 그후였다.

"여기 오다가, 얘가 학교 앞에서 손을 들어 우연히 차에 태웠
는데요, 청소 일, 자기가 하고 싶대요. 알바를 구하고 있었다구
요." 마을 어귀의 버스 종점에서 고갯길을 넘어가면 학교가 나
왔다. 그곳이 진짜 버스 종점이었다. 노선버스 중 일부만이 내가
사는 동네까지 들어왔다. 도심에 나갔다가 들어오는 저물녘, 여
학생들이 떼지어 교문에서 쏟아져나오는 걸 본 일이 있었다.
"제 집에서도 청소는 쭉 제가 해왔답니다. 집도 저기구요." 서지
우는 덧붙여 설명했다. 그제야 벌을 서는 아이같이 두 손을 앞으
로 잡고 서 있는 소녀를 나는 꼼꼼히 훑어보았다. 처음 봤을 때
와 달리, 가냘픈 것이 걸레질이나 제대로 할까 싶었다. "아래위
층, 만만찮다. 학교 다니는 애가 무슨 알바냐." "제 절친들도 주
말엔 다 알바해요. 서빙 보는 애들도 있는걸요." 소녀는 의외로
싹싹하게 대답했다. "절친이라니?" "절친한 친구라는 뜻입니

다, 선생님." 서지우가 끼어들었다. 곧 여고 2학년이 된다고 했다. "이번 주말에 그럼 시험 삼아 와서 한번 해봐라." 결론이 그렇게 났다.

그러나 주말에 하루만 들러 청소하기로 한 약속은 채 두 주일도 지나지 않아 흐지부지되고 말았다. 소녀가 곧 수시로 내 집에 드나들게 됐기 때문이었다. "자주 와 먼지라도 좀 닦아두면요, 주말에 좀 편해서요." 소녀는 말했다. 초인종 소리를 듣고 대문을 열어주는 것도 귀찮아 아예 대문 열쇠를 맡긴 것도 그렇게 된 이유 중 하나였다. 스스로 말한 것처럼, 그애의 청소 솜씨는 약빠르고 야무졌다.

가령 유리를 닦을 때,

그애는 들고만 있을 뿐, 유리창 세정제를 잘 쓰지 않는다. 한사코 유리창에 입김을 화아, 불고 마른 걸레질을 꼼꼼히 한다. 뽀드득하고 유리창에서 소리가 난다. 그애는 그럼 뒤로 물러나 거리를 두고 유리창을 살핀 다음, 다시 붙어 서서 입술까지 꼭 물고, 재바르게 닦는다. 어디에 있든, 나는 예민하게 들을 수 있다. 들짐승처럼. 화아, 뒤에, 뽀드득뽀드득, 이 따라붙고, 뒤로 물러나는 발짝 소리, 이리 보고 저리 보느라 좁혀진 미간, 그리고 다시 유리창에 붙으면 또 화아, 뽀드득뽀드득…… 하는. 힘 주어 닦고 있을 때면 가느댕댕했던 팔에 살짝, 귀여운 알통이 생기는 것도 같다. 얼룩 하나 없이 닦였다 싶으면 그제야 활짝, 소리 없이 그애는 웃는다. 햇빛보다 환한 표정이다. "유리창 닦는 게 좋은 게로구나." 내가 물어본 일이 있다. "네, 할아부지, 거울 닦는 것도 저 좋아해요!" 그 순간의 그애는 목소리까지 덩달아 뽀송뽀송해진다.

보름쯤 지나고부터, 청소만이 아니라 간단한 원고정리나 짧은 워드작업을 시키는 경우도 자연스럽게 생겼다. 손놀림이 빠르고 섬세한 아이였다. 말수가 없는 편이었지만 막상 시키면 어조가 활달했다. 음식도 할 줄 알았다. "엄마가 일 때문에 늦게 들어와서요, 어렸을 때부터 집안일 제가 해왔거든요." 아버지를 일찍 여의고 어머니, 두 동생과 산다는 말도 했다. "엄마는 마사지사예요." "발마사지 같은 거 말이냐?" "아뇨, 목욕탕에서요. 때밀이아줌마라고 하면 엄마가 열폭해요. 마사지사라고 불러야 돼요." "열폭이 무슨 뜻이냐?" "아, 열등감 폭발요." "앞으로 어른들께 그런 말 쓰면 혼난다." "죄송합니다, 할아부지." 소녀는 냉큼 손을 앞으로 모으고 어린 초등학생처럼 고개를 꾸벅했다.

얼른 잘못을 사과하는 싹싹한 태도가 이뻤다. 소녀는 '할아부지'라고 나를 불렀다. "할아버지라니, 선생님이라고 해야지!" 서지우가 눈을 부라렸다. 소녀가 어깨를 움찔하고 나를 쳐다보았다. 서지우가 왜 자기를 혼내는지 모르겠다는 표정이었다. 나는 웃으며 고개를 저었다. "냅두게. 난 할아부지가 좋다. 열폭 같은 말은 안 좋은 말이고, 그것은 좋은 말이야. 할아부지, 좋고말고." 어느 때는 날이 저물었는데 쑥 들어와 나를 놀라게 한 적도 있었다. "처음 너 우리 집 왔을 때, 목 아래, 칼날을 봤는데 신기하더라." 내가 말했고, "아, 헤나요?" 그애가 반문했다. "문신이 아니었니?" "그거 며칠 있으면 지워져요. 아는 대학생 오빠가 해줬어요" "오빠가?" 놀라서 내 목소리가 반 뼘쯤 솟았다. 대학생 남자한테 가슴을 풀어헤쳐 내맡긴 채 누워 있는 그애의 모습이 전광석화로 눈앞을 흘렀다. 그애는 무심한 눈빛으로 서가의 책을 보고 있다가 "저 책, 다아 읽으셨어요?" 동문서답을 했다. "안 읽은 것도 있다." "그럴 줄 알았어요." 그애는 후, 웃다가 얼른 입을 다물었다. 눈치가 빠른 소녀였다.

길에서 만났다면서 서지우와 동행해 들어오는 때도 더러 있었다. 그러면서도 서지우는 그애를 마뜩지 않게 여기는 눈치였다. 머리카락 하나 떨어진 걸 가지고도 괜히 타박을 했고, 청소가 끝난 뒤엔 꼼꼼히 돌아보며 "여긴 닦은 거니, 안 닦은 거니." 어쩌고, 짐짓 야박한 목소리로 잔소리를 늘어놓았다. 그러나 내가 보기엔 타박할 만한 구석이 전혀 없었다. 용안댁이 드나들 때보다 집 안은 더 반짝반짝해졌다.

참 좋은 가을이었다. 사랑하는 여자와 동반해 투신자살로 생을 마감한 일본 작가 다자이 오사무는 일찍이 '여름은 샹들리에, 가을은 등롱燈籠'이라고 표현한 바 있다.

그애는 보통 주말, 정오를 살짝 넘긴 시각에 우리 집에 왔다. 그 시간에 나는 보통 데크의 흔들의자에 앉아 있다. 정오의 가을볕은 촘촘한 필터에 걸러낸 것처럼 맑고 정갈하다. 대문에서 시작된 야트막한 경사면 위에 집이 있기 때문에 거실 앞 데크에서는 대문의 지붕밖에 보이지 않는다. 그러나 대문 열리는 소리만 듣고도 그애라는 걸 나는 얼른 알아차린다. 그애는 몸이 가볍다. 대문에서 현관까지 올라올 때, 소나무 사이로 이어진 목제 층계의 울림통이 내는 소리는 서지우가 느린 텅, 텅, 텅, 그애는 경쾌한 통통통이다. 아니, 나는 자주 그애의 발소리를 통통통이 아니라 쫑쫑쫑으로 듣는다. 그애는 마치 어린 새가 쫑, 쫑, 쫑, 걷듯이 날렵하게 걷는다. 그래서 통통통이, 내 이미지 속에서는 곧

의태어, 쫑쫑쫑으로 바뀌어 들리는 것이다. 내가 앉은 데크에서
보면, 층계를 올라오는 데 따라, 머리가 먼저 보이고, 어깨가 보
이고, 소나무숲 그늘을 튕겨내며 곧 오동통한 가슴이 뒤쫓아 솟
아오른다. 질끈 묶은 그애의 머릿단도 쫑쫑쫑, 경쾌하게 내게로
다가든다. 머리칼이 가을볕과 희롱하듯, 반짝반짝한다.

　"앙영하세요, 할아부지!"

　앉아 있는 나를 발견하면 쫑쫑쫑, 잰걸음을 놓던 발길을 뚝 멈
추고, 언제나 그렇듯이, 고개를 꾸벅한다. 안녕이라는 말의 발음
에서는 혀가 조금 짧아진다. '앙영'은 혀가 짧아서가 아니라, 저
희들끼리 외계인의 어조를 흉내내어 쓰는 말이라는 설명을 그애
한테 들은 건 훗날의 일이다. 묶은 머릿단이 이마 쪽으로 내려오
다가, 그애가 숙였던 고개를 들어올리는 순간 햇살을 가볍게 차
고 솟는다. "뛰지 마라, 넘어진다." 무엇인가 그애한테 들킨 것
같아 내가 어물쩍, 핀잔을 한다. "네, 할아부지!" 그애의 목소리
는 어느새 현관에 들어서고 있다. 이층으로 올라가는 쫑쫑쫑 소
리가 나고, 그애는 서재와 서재에 딸린 침실부터 창을 활짝 열어
놓고, 이내 청소를 시작한다. 청소하는 그애의 모습은 아주 암팡
지다. 청소기 소리가 나다가 잠잠해지면 걸레질 차례. 두 손으로

걸레를 잡고 엉덩이를 높이 든 다음 앞으로 쭉 밀고 가는 것이 그애의 걸레질 방식이다. 내 어린 시절, 교실 청소를 할 때 남자 애들이 하던 방식과 똑같다. 여자애들은 보통 무릎걸음을 하며 걸레질을 한다. 반바지 안에 감춰져 있던 그애의 궁둥이가 둥실 떠올라 컨베이어벨트에 실린 것처럼 마루 끝에서 마루 끝까지 흘러오고 흘러가는 것을, 나는 보지 않고도, 본다. 어디 한 군데 모자람 없이, 둥글고 통통한 궁둥이다.

노래를 흥얼거릴 때도 종종 있다. 노래는 잘 못 하는 편이다. 그애가 아는 노래는 한 가지뿐이다. 다른 노래는 들어본 적이 없으니, 아마도 그애는 그 노래밖에 모르는 모양이다. "넓고 넓은 바닷가에 오막살이 집 한 채. 고기 잡는 아버지와 철 모르는 딸 있네"라고 그애는 노래한다. "내 사랑아, 내 사랑아, 나의 사랑 클레멘타인"에서 그애의 목소리는 소년처럼 씩씩해진다. 내 입가에 웃음이 떠오른다. "만날 케케묵은…… 그게 뭐냐. 소녀시대도 있고 투피엠도 있는데, 어린 애가 도대체……" 서지우가 지청구를 한다. 하기야 저희들끼리의 은어를 내 앞에서까지 부지불식간에 쓰기도 하는 그애의 입에서 문득문득 흘러나오는 '넓고 넓은 바닷가에'는, 차라리 낯설다. 낯설고 재밌고 사랑스럽다. 미국 민요를 번안한 그 노래는 나이 든 사람들이 자랄 때 불렀던 노래이다. 금을 찾아 헤매던 '골드러시' 때, 어린 딸을 지키지 못한 어느 아버지가 흥얼거리면서 시작된 노래로서, 그애의 아버지가 죽기 전 제일 좋아해 자주 불렀다고 했다. 아버지에 대한 그리움이 담뿍 담긴 노래였다. 나는 눈을 감고서 아무도 몰래, 속으로 '넓고 넓은 바닷가에' 그애를 따라가본다. 청소 과정 중에서 그애가 제일 좋아하는 것은 역시 유리창을 닦을 때. '넓고 넓은 바닷가에'가 자주 나오는 것도 대개 그때이다. 숨을 깊이 들이마실 때의 그애 쇄골 위에는 우물이 깊이 생기고, 아하, 하며 유리창에 숨을 뱉을 때의 그애 입술은 작은 풍선처럼 동그랗게 부풀어오른다. 아하, 그리고 뽀드득뽀드득. 아하…… 뽀드득뽀드득, 을 나는 유쾌하게 듣고, 본다.

그렇다. 그해 가을, 내 집에 하나의 움직이는 '등롱'이 들어왔다. 사실이다. 내 자의식에 인화된 사진 속 나의 집은 그애를 만나기 전까지 오로지 우중충한 무채색의 어둠에 싸여 있었다. 에드거 앨런 포의 허물어져가는 '어셔 가家' 저택처럼. 그애가 들어오고, 비로소 내 집에 초롱이 켜졌다. 가을이 깊을 때까진 말 그대로 그애는 다만 꽃초롱, 혹은 등롱이었다. 그래서 나의 욕망은 비교적 양지바른 곳에 은거해 있었고, 특별히 포악스럽지도 않았다. 나는 눈을 감고서 그애가 아래위층으로 오르락내리락하면서 쓸고 닦는 것을, 보지 않으면서 언제나 다 보고 있었다. 그애가 움직이는 대로, 마치 어두운 동굴 속, 초롱불 하나가 오르락내리락, 내 발 앞을 밝히는 것 같았고, 그 초롱을 따라 걸으면 발바닥까지 다 따뜻했다. 나는 그래서 다자이 오사무의 말을 빌려, 자주 혼자 중얼거렸다. '여름은 샹들리에, 가을은 등롱'이라고.

　네 등불의 갓은
　너를 포도주 빛깔로 물들이고

　　　—H. 카로사(Carossa), 「집에 가는 길」에서

　이제 와서, 서지우 때문이라고만 말하진 않겠다. 그것은 비겁한 핑계로 소중한 본능을 파묻는 짓이다. 그애를 만난 처음부터 발화되기 시작한 내 본능이 음험하게 잠복되어 있었던 건 사실이다. 잠복은 평화이다. 그러니 서지우가 없었다면, 그 순정한 평화는 좀더 지속됐을 것이다. 그것이 아쉽다. 모든 걸 휩쓸고 갈 폭풍우 같은 시간이 오고 있다는 것을 예감하기 시작한 것은, 가을이 아주 깊었을 때였다. 서지우가 내 잠복된 본능의 뇌관을 건드렸기 때문이다.

시인의 노트

심장

서지우의 세번째 장편소설 『심장』은 심리적 미스터리를 가미한 포르노그래피였다. 한 남자와 여자의 비정상적인 섹스 묘사를 통해 에로스적인 욕망이 불러오는 파탄을 그린 소설인데, 병적인 성애 장면들을 너무도 상세하고 리얼하게 재현한 점이 무엇보다 독자들을 사로잡았다. 본능에 대한 심리적 진술이 뛰어나다고 말하는 사람도 있었다. 책은 베스트셀러가 되었고, 서지우는 스타작가로 자리를 굳혔다. 그를 일제히 외면했던 일부 평론가조차 그의 감각적 묘사와 섬뜩한 진술에 비로소 관심을 표명했다. 어떤 평론가는 그들 스스로 통속소설이라고 매도했던 그의 전 소설까지 끌고 나와, 그를 새로 조명할 필요가 있다고 썼다. 그러나 문단 주류에서 보면, 아웃사이더나 다름없는 평론가였다. 서지우는 어리석어 몰랐겠지만, 소설 『심장』에 대해 처음 발언을 시작한 평론가들은 서지우에게 사실 도움이 전혀 되지 않았다. 그것 때문에 오히려 서지우는 기회를 놓치고 있었다. 이 바닥에도 급수가 있어서, 하급심에서 먼저 떠들고 나오면 이른바 상급심 판관들은 더 입을 다물어버리거나, 완강한 침묵으로 그것을 아예 모멸해버리기 일쑤였다. 그것도 모르고 서지우는 자신이 순수문단까지 평정한 것처럼 우쭐해진 눈치였다.

저물녘이었다. 나는 어떤 케이블 채널의 문학 코너에 출연한 서지우를 우연히 보고 있었다. 며칠 전에 녹화를 하러 나간다더니, 바로 그 프로그램인가보았다. "에로스적인 욕망이란 삶에 대한 욕망, 또는 죽음에의 욕망과도 통하는 관계지요." 사회자의 질문에 서지우가 대답했다. "제 소설 『심장』은 그러니까, 에로스적인 욕망이 어떻게 파멸적 욕망으로 변해가는지, 그 사막화 과정을 그렸다고 할 수 있어요." 어디서 많이 들어본 듯한 말로 서지우가 '풍월'을 읊고 있었다. 그러면서 그는 조르주 바타유의 저서, 『에로티즘』에 대해 잠깐 아는 체를 했다. 나는 그 대목에서 하마터면 실소를 할 뻔했다. 서지우가 『에로티즘』을 읽어보지도 않았다는 걸 나는 알고 있었다. 읽어보기는커녕, 바타유에 대해 내가 말해준 것조차 그는 다 이해하지 못했다. 바타유는 "에로티즘, 그것은 죽음까지 파고드는 삶이라고 할 수 있다."

라고 썼다. 에로티즘을 통해, 창조적 본능과 죽음을 향한 파멸적 본능의 상관관계를 설명한 촌철살인의 잠언이었다. 아는 체를 했지만, 그러나 그는 막상 '성性'과 '죽음' 사이를 이어내지 못해 쩔쩔매고 있었다. 이마에 땀이 배어나오기 시작한 그를 나는 웃으면서 보았다. 소설 『심장』은 영화 〈비터 문〉의 이야기 구조를 패러디해 한국판 포르노그래피로 살짝 바꿔 만든 것이었다. 〈비터 문〉은 로만 폴란스키 감독의 1993년작으로 엠마누엘 자이그너와 피터 코요테, 휴 그랜트가 주연한 영화였다. 성적 욕망이 어떻게 사랑을 파멸로 이끄는지 보여주는 영화로는 수작이라 할 만했다. "작품을 완성하는 데 얼마나 걸렸습니까?" 사회자가 묻고 있었다. "구상한 지는 오래됐지요. 시작은 재작년 봄에 했는데요, 삼백여 매까지 쓰다가 중간에 마음에 안 들어 한 번 몽땅 버린 일이 있고요, 다시 시작해선 뭐 한 칠, 팔 개월 걸린 셈이네요." 화제가 일상적인 데 이르자 서지우 목소리가 비로소 유연해졌다.

그러나 그의 말과 달리, 이야기 구조를 영화 〈비터 문〉에서 가져와 교묘하게 변형시켰기 때문에 실제 『심장』을 쓰는 데 오랜 시간이 필요하진 않았다. 오히려 게으른 서지우의 워드 작업이 스무 날이나 걸렸을 정도였다.

나는 실제로 겨우 한 달 만에 소설 『심장』을 완성했다.

단도직입적으로 고백하자면, 서지우의 이름으로 발표된 세 권의 소설은 모두 나, 시인 이적요가 쓴 것이다. 오천만 원짜리 장르소설 공모에 당선한 작품도 그렇다. 처음부터 일이 이렇게 커지리라고 예상한 것은 아니었다.

그 무렵의 서지우는 작가로서 쓸 수도, 성공할 수도 없다는 절망감에 죽고 싶은 충동에까지 내둘렸다. 자살 사이트를 뒤지고 다닌 적도 있다고 했다. 이혼한 뒤, 내 집을 제 집처럼 드나들기 시작한 지 삼 년여 만이었다. 부모로부터 상속받은 땅이 좀 있는 데다가 출판사에서 리라이팅 원고를 받아다 정리하는 아르바이트도 하고 있어 생활은 그럭저럭 꾸려가는 눈치였다. 문제는 글쓰기. 내게 고백한 것처럼, 스물한 살 때 '운명적으로' 만난 문학은 서른 살이 훨씬 넘어서도 그를 놓아주지 않았다. 아내와 그렇게 끝난 것도 알고 보면 그가 문학이라는 고치 속에 들어가 세상살이를 등한히한 탓이었다. 그의 예술적 자아는 '럼주'와 '아름다운 별'에 대해 내게 묻던 스물한 살 그 시절에서 성장이 멈춰 있었다. 가끔 시를 써서 보여주었는데, 그의 시에서 '럼주'는 여전히 독할 뿐 '달콤'하지 않았고, '별'은 오직 빛나거나 아름다울 뿐이었다. 어차피 천재성이 없다면 차라리 소설이 낫다. 좀 부족해도 이야기라는 나침반을 따라가면 일단 소설이 되기 때문이었다. 시보다 소설의 길로 방향을 바꾼 것은 그래서 당연한 귀결이었다. 그는 나와 재회하기 전, 원고료 없는 잡지에서 신인상을 받는 형식으로 데뷔를 하기는 했다. 그후 단편소설을 한 번 데뷔 잡지에 게재했고, 신춘문예 같은 데 몇 번 응모를 한 일도 있었다. 그러나 그것이 전부였다. 그에게 문학판의 문은 요지부동, 잔인하게 닫혀 있었고, 그럴수록 그는 더욱더 쓸 수가 없게 되었다. 나를 찾아올 때 그는 이미 출구 없는 미로에 갇힌 상태였다.

내게 아들이 하나 있었다,

감히 혁명을 꿈꾸던 이십대, 어떤 여자와의 관계에서 우연히 얻은 사내아이는 내가 감옥에서 나왔을 때 이미 중학생이었고, 내가 첫 시집을 냈을 땐 고등학생이었다. 그 여자와 결혼한 적은 물론 없었다. 사랑한 것도 아니었다. 같이 살아보지 않았으니 자식이라는 느낌도 없었다. 이름은 얼이었다. 얼의 어미는 아이가 공고를 마치고 전기공이 되어 해외 건설현장에 가 있을 때 간경화로 죽었다. 어미의 장례를 치른 그애는 다시 해외 건설현장으로 돌아갔고, 그 회사를 그만두고도 귀국하지 않았다. 내가 시인으로서 한창 문명을 날릴 때, 그애는 줄곧 해외에서 해외로 떠도는 국제적인 낭인浪人으로 살았다. 현지 여자와 더러 살림도 차려봤지만, 오래 지속되지는 않았다고 했다. 내게 연락을 해오는 일도 없었다. 생애를 통해 열 번이나 만났을까 말까 한 아들이었다.

얼이 한국으로 돌아온 건 마흔이 다 될 무렵. 부천에서 여자를 만나 살림을 내고 전기회사를 차렸다고 했다. "저도 이제 붙박이로 한번 살아보려고요." 함께 사는 여자와 동행해 찻집에서 만난 그가 말했다. 평소 말수가 거의 없는 성격으로선 드물게 제심중을 내비친 말이었다. 그런데 애비로부터 버려진, 낭인의 운명이 끝나지 않았던 것일까, 얼은 얼마 후 감옥에 수감되었다. 사기와 횡령죄였다. 동업자의 농간으로 해외에서 들고 들어온 돈도 다 잃고, 더 나아가 동업자의 투자금까지 횡령한 것으로 내몰린 것이었다. 합의금이 필요하다고 했다. 그 무렵 어느 날이던가, 서지우가 들여다보는 어떤 신문에서 나는 상금이 오천만 원이나 걸린 장르소설 공모 기사를 우연히 읽게 되었다. 서지우는 그 기사에 골똘했다. "해볼 텐가?"라고 내가 물었고, "반쯤 써놓은 게 있지만요, 어떻게 끝내야 할지 모르겠어요. 또 끝낸다 해도, 보나마나 안 될 거예요." 그가 얼굴을 붉혔다. 자신이 말한 그대로, 그는 아마도 죽을 때까지 소설을 끝맺지 못할 터였다. "반 써놨다는 그거, 내게 한번 가져와봐." 내가 말했고, 그것이 그와 내 관계에서, 새로운 날들의 시작이 됐다. 그가 초반부를 써놓은 것은 연쇄살인을 다룬 이야기였는데, 짐작했던 대로 아주 거칠고 조잡했다.

그러나 속단하지 말길 바란다. 나는 가난하지 않았다. 얼을 구하기 위한 돈쯤은 나도 만들 수 있었다. 목적은 그까짓, 돈이 아니었다. 그러니, 얼에 대한 위의 내 진술을 육하원칙에 따라 형사가 쓰는 잡범의 조서 수준으로 조잡하게 이해해선 곤란하다.

서지우라고 처음부터 간도 쓸개도 없었겠는가. 내가 쓴 것을 그의 이름으로 응모하게 하려면 최소한 그에게 명분이 될 만한 것을 제공해야 했다. "마침 아들놈에게 돈도 필요한데 잘됐네. 내가 다시 쓰면 자네 이름으로 응모하게나. 당선되면 상금은 내 것일세." 나는 흐흐, 웃으면서 말했다. 서지우의 표정이 놀라서 나무토막처럼 굳었다. "놀랄 것 없어. 단지 돈이 필요해서 하는 짓이니까." "괜찮으시겠습니까?" "괜찮다니?" "이것은 소설이고, 더구나 장르문학입니다." "난 장르문학이란 말 안 받아들이

네. 문학 앞에 붙는 어떤 관형사도, 알고보면 층위를 나눠 세우고 패를 가르려는 수작이야. 우리 문학판 너무 협소하고 못돼먹었어. 양반 상놈을 아직도 가르려는 패거리가 많은 게 이 동네거든. 자네는 양반을 사고 난 필요한 돈을 얻으면 되지." 우리 한 번, 문학판을 갖고 놀아보세, 라고 마음속으로 나는 덧붙였다. 재미있는 놀이판이 될 것 같았다. 내가 쓴다는 것이 장르문학이기 때문에만, 그가 놀란 것은 아니었다.

나는 필명이 적요寂寥이다.

평생 시 이외의 잡문을 쓴 바도 없고 탤런트처럼 이리저리 얼굴을 내밀지도 않았다. 천박한 욕망에 사로잡힌 사람들일수록 천박한 짓과 천박하지 않은 짓을 악착같이 나누려고 한다는 것은 내가 혁명을 꿈꾸던 젊은 날 배운 것이었다. 지식인들은 더욱 그러했다. 그들은 천박한 자신의 욕망을 갖은 말로 치장해 감추면서, 세상에 대고 밤낮없이 두 개의 나팔을 불었다. 이를테면 천박한 자라고 판결을 내리는 자에겐 트럼펫을 불고, 천박하지 않은 자라고 판결을 내린 자에겐 우아하게 색소폰을 불어대는 식이다. 그런 자 중에서 자기 판결의 확고한 명분을 갖고 있는 자는 사실 드물다. 명분이야 난무하지만, 대개는 눈치로 때려잡는다. 좀더 깊이 알거나 좀더 영향력 있는 사람이 어떤 사람, 어떤 지점을 향해 색소폰을 불었다 하면 그제야 너도 나도 줄지어 집중포화로 포즈도 우아하지, 색소폰을 일제히 불어젖힌다. 천박하다고 판결해, 트럼펫을 불어야 할 때는, 그 짓조차 오물을 뒤집어쓸지 몰라 조심조심하다가 최종적으로, 침묵은 밑져도 본전이라는, 지식인 사회의 은밀한 불문율을 따라가고 마는 것도 그들이다. 문단이라고 뭐 예외가 아니다. 내가 필명을 적요라고 정할 때, 사실 나는 그런 지식인 사회의 구조를 명백히 꿰뚫어보고 있었다. 그들이 온갖 소음의 진원지라는 것을. 이제 비로소 고백하거니와, 적요라는 필명은 그러므로 나의 여우 같은 전략이자 그런 자들에게 대한 통렬한 발언이기도 했다. 내 전략은 주효했고, 시인으로 나는 성공했다. 성공하기까지 기다림이 좀 길었을 뿐이다. "그래도 선생님 같은 분께서…… 만약 알려지기라도 하는 날에는……" 서지우는 잔뜩 긴장한 눈치였다. "당선되느냐가 문제지, 당선된다면야 자네가 공개하지 않는 한 알려질 턱이 있나." 나는 서지우를 안심시키려고 진지하게 말했다.

나를 향해 '선생님 같은 분'이라고 표현할 때, 서지우의 머릿속을 그들, 가짜 명분을 앞세워 나팔을 불어대고 있는 자들이 완전히 점령했다는 것을 나는 명백히 알았다. '선생님 같은 분'이라는 말은 곧은 정신, 높은 품격, 고요한 카리스마 등으로 둘러싸인, 대중들이 품은 시인 이적요에 대한 일반적 이미지를 전제로 한 표현이었다. 그것은 내가 쓴 시들이 만들어낸 것만은 아니었다. 나에 대한 이미지의 많은 부분은 오랜 세월 끈기 있게 획책한 나의 전략으로부터 나온 것이라는 걸, 서지우는 죽을 때까지 알아차리지 못할 터였다. 그 점에서 서지우는 구제불능이었다. 서지우 같은 자들이 많기 때문에 함부로 나팔을 불어대는 자들이 계속 나팔을 불고 단물을 챙기는 것이라고 나는 생각했다. 한때 서지우의 순수성을 사랑하지 않은 건 아니었다. 그 때문에 안타까웠던 적도 많았고, 그를 가르쳐 좋은 시인의 길을 가게 하려고 마음먹었던 시절도 있었다. 사람으로서 그는 미운 데가 별로 없었다. 순정이 있었고, 충직했고, 보기에 따라선 쌍꺼풀도 남달리 이뻤다. 그러나, 서지우는 시간이 아무리 지나도 여전히 '멍청'했다. 감수성이란 번개가 번쩍하는 찰나, 확 들어오는 그 세계를 단숨에 이해하는 섬광 같은 것일진대, 그에겐 그게 없었다.

콘텐츠가 부족한 케이블 채널이라 그런지 텔레비전 문학 코너는 삼십 분이 지나도 계속됐다. 서지우의 말이 너무 지루해 나는 그만 채널을 바꿔야겠다고 생각하고 리모컨을 더듬어 찾았다. 그때, 화제는 바야흐로 섹스의 양식에 이르렀다.

"남자주인공 말인데요, 교통사고를 당하곤 성불구가 되잖아
요?" 사회자가 묻고 "그렇지요." 서지우가 대답했다. 교통사고
로 성기능을 잃는 모티프는 영화 〈비터 문〉에서 가져왔으나 그
교통사고를 여자주인공이 꾸며 만들었다는 미스테리적인 이야
기 구조는 내 상상력이 만든 것이었다. 사회자는 그 대목을 화제
로 삼으면서 좀더 대중적인 흥미를 유발할 만한 질문을 던지고
있었다. "그런데 성불구가 되고도, 선생님 소설에서처럼, 욕망
은 그대로 남아 있을까요?" "그러믄요." 서지우가 냉큼 대답했
다. "일흔이 다 됐는데도, 그러니까 그것이 불능인데도, 욕망은
젊을 때 그대로인 사람, 봤습니다. 방송에서 말하기 좀 거북합니
다만, 손녀딸보다도 훨씬 어린 소녀를 볼 때도 눈빛에 이글이글,
욕망의 불길이 솟구치는, 그런 노인을요. 본능이죠. 본능이란 원
래 추한 거예요. 소설 취재중 만난 어떤 여고생은 실제로 노인이
집적거리는 걸 여러 번 경험했다면서 본시창이라는 용어를 사용
했습니다만……" "본시창이라면?" "모르십니까. 젊은 친구들
쓰는 인터넷용어로, 현실은 시궁창이라고 하는 말을 줄여서 '현
시창'이라고 쓰거든요." '현시창'이라는 저속한 은어는 얼마 전
나도 은교에게서 설명을 들은 일이 있었다. "그럼 본능은 시궁창

이라는 뜻으로 본시창?" 사회자가 반문했다. "사회자님도 눈치 빠르시네요." 그 대목에서 서지우가 허헛, 하고 과장되게 웃다 말고 카메라를 쓱 바라보았다. 서지우의 시선이 똑바로 내게 날아왔다. 리모컨을 든 내 손이 갑자기 떨렸다. 예감의 바늘이 가파르게 움직였다. 저놈이 지금 나를 쳐다본 거야, 라는 예감이었다. 그렇다면? 일흔이 다 됐다는 노인은 당연히 나를 지칭하는 것이 됐다.

나는 텔레비전을 끄고 열기를 식히기 위해 이층 베란다로 나왔다. 날이 서서히 저물었다. 새로 지은 빌라들과 묵은 단층건물들에 하나씩 불이 켜지고 있었다. 나뭇잎이 모조리 떨어진 숲은 어느덧 텅 빈 것처럼 황량했다. 이제 곧 혹독한 겨울이 닥칠 것이었다. 설마, 라고 중얼거리며 나는 고개를 저었다. 서지우는 의도적으로 나를 욕보일 만큼 그렇게 담대하고 용의주도한 인간이 아니었다. 그는 반역을 몰랐으며, 소심하기 이를 데 없었다. 내가 절대로 그 프로그램을 보지 않을 거라고 확신할 만큼 세속적인 머리가 나쁘지도 않았다. 그렇다면 그냥 말이 나오는 대로 무심히 지껄인 것이 확실했다. 취재를 들먹인 것만 봐도 그랬다.

그때, 헤드라이트를 켠 차 한 대가 저만큼, 어둑신한 종점 어귀에 나타나더니 곧 멈춰 섰다. 내 시선이 자연스럽게 헤드라이트를 따라 움직였다. 누가 차에서 내리는 것 같았다. 직선거리로 치면 백 미터가 채 안 되는 거리였다. 사람을 내려놓은 차가 곧 내 집 쪽으로 방향을 틀었다. 차에서 내린 사람의 그림자가 천천히 버스 종점의 공터를 가로질렀다. 시내로 출발하려는지 버스 한 대에서 갑자기 헤드라이트가 켜졌다. 그 순간 내 몸이 딱딱히 굳었다. 물론 얼굴까지는 알아볼 수 없는 거리였다. 그러나 헤드라이트 불빛을 고스란히 받고 만 것은 분명히 책가방을 등에 멘 소녀의 모습이었다. 내 감각의 촉수들은 동물적으로 움직였다. 은교야, 라고 찰나적으로 생각할 때, 버스가 소녀 곁을 돌아 나갔다. 나는 도망치듯 서재로 들어왔다.

때맞추어 대문 앞에 승용차가 와 멈춰 서는 소리가 났다. 대문이 열리는 소리, 목제 층계를 올라오는 느린 쿵, 쿵, 쿵 소리가 뒤따랐다. 아니길 바랐지만, 종점 앞에서 은교를 내려준 게 서지우라는 걸 명백히 알리는 발소리였다. "선생님, 어디 계세요?" 아래층에서 나를 찾는 그의 목소리가 들렸고, 나는 그가 이층 서재로 들어올 때까지 가만히 앉아 있었다. "불도 안 켜시고, 뭐하세요, 선생님." "앉은 채 깜박 졸았나봐." "목소리도 좀 힘이 없으시고, 오늘, 심심하셨나봐요." 여느 날보다 서지우의 목소리엔 힘이 넘쳤다. 나는 짐짓 기지개를 켰다. "내가 심심했었던가." 난 일부러 하품을 하고 나서 느릿느릿, 정말 심심한 목소리로 덧붙였다. "하긴, 은교 걔가 들르지 않나, 하고 있었네." "여고생인데, 학교가 뭐 벌써 끝났을까요. 하긴 일찍 끝났다 해도고거, 요망해서 보나 마나 저 좋을 때나 들를 애지요. 요즘 애들얼마나 싸가지가 없다구요. 너무 이뻐하면 버릇만 나빠져요." 휘익 하고, 그 순간 단검 하나가 내 심장을 겨누고 날아왔다. 나는 무의식적으로 서지우 몰래 가슴을 움켜쥐었다.

그것이 내 본능의 발화지점이었다. 불꽃이 일었다.

Q변호사 3

서지우의 사인은 공식적으로 교통사고에 의한 사망이었다.

이적요 시인의 집이 있는 Y동 버스 종점은 말이 서울이지 경기도 지역이라 부르는 게 더 어울렸다. 버스 종점이라 하는 것도 어폐가 있었다. 사십 분에 한 대꼴로, 일부의 버스만이 그곳까지 들어갔다. 학교와 시장과 상가 건물이 밀집된 원래의 종점과 그곳 사이엔 꽤 높은 산이 가로막혀 있었다. 고갯길은 비좁고 구불구불한 이차선 도로였다. 급경사의 산허리를 깎아 만든 도로여서 도로의 한쪽 면은 일 킬로미터 가까이 낭떠러지나 다름없었다. 어쩌다 등산객이나 찾아오는 외진 마을이었다.

서지우는 전날 밤에 이적요 시인의 집에서 잔 것으로 알려져 있었다. 이적요 시인과 서지우는 밤늦게까지 포도주를 두 병쯤 마셨다고 했다. 한은교도 동석한 술자리였다. 그리고 다음날 새벽, 서지우는 어떤 조찬모임에 강사로 초대받아 다녀오려고 차를 몰고 나왔다. 사고는 벼랑길의 중간쯤 되는 산굽이에서 일어났다. 차는 떨어지면서 상수리나무에 부딪혀 방향을 바꾸어 뒤집혔고, 그곳에서 다시 삼십여 미터를 구르다가 엔진에 불이 붙었으며, 곧이어 폭발했다. "아마도 전날 밤 마신 술이 다 깨지 않았던 것 같아요." 사고 조사를 맡았던 담당 형사가 말했다. 나는 담당 형사의 도움을 받아 그날의 사고 기록을 살펴보았다. 의문점은 없었다. 평소와 다른 것이 있다면 서지우가 제 차를 놔두고 이적요 시인의 차를 몰았다는 것이었다. 사고 기록을 보면, 대문 앞에 세워둔 서지우의 아반떼에 펑크가 나 있었다고 했다. 자신의 차를 이용하라면서 자동차 키를 건네는 이적요 시인의 모습이 상상 속에 떠올랐다. 시인이 남긴 노트에는, 깊은 밤 서지우의 아반떼에 일부러 펑크를 내는 시인의 모습이 실감나게 묘사돼 있었다. 또 자신의 자동차 조향장치를 교묘히 조작하고, 폭발하기 쉽게 연료 호스와 기름탱크 마개를 조절하는 장면도. 감옥 생활을 할 때 시인은 자동차 정비부에 있었다. 사고 기록에 첨부된 사진 속의 서지우 시신은 불에 타기까지 해서 목불인견이었다.

서지우와 함께 불타버린 차는 1993년형 코란도 2.0이었다. 산을 좋아하는 이적요 시인에게 제격이라 할 수도 있겠으나, 십오 년 넘게 탄 낡은 차였다. "낡았다고 하지 말게. 생물학적으로 좀 늙은 거뿐이야. 늙었다고 비실비실하리라는 것도 다 고정관념에 의한 오해에 불과하지. 내 당나귀는 아직 끄떡없어." 언젠가 차좀 바꾸라고 내가 말하자, 이적요 시인은 그렇게 대답했다. 시인은 낡은 코란도를 애지중지하며 늘 '당나귀'라고 불렀다. 히말라야에 가보면 당나귀가 가장 노련한 짐꾼이라 했다. "짐을 두 개로 나눠 줄로 묶어 보통 당나귀 등에 걸쳐 싣지. 평균 무게가 육십 킬로쯤 돼. 가파른 경사면을 올라갈 땐 당나귀들조차 파르르 다리를 떨곤 해. 등허리도 항상 해질 대로 해져 상처투성일세. 그래도 죽을 때까지 그 운명을 벗어나지 못해. 평생 군말 없이 히말라야 눈 덮인 고갯길을 넘어다녀. 정말, 눈물겹게 충직한 놈들이야. 내 코란도가 바로 그 당나귀일세." 이적요 시인은 설명했다. 시인에게 누구보다 충직했던 서지우가 마지막 가는 길에, 시인의 '당나귀'와 운명을 함께한 것은 그런 점에서 자못 상징적이었다.

　"너무도 충격적이라 말이 안 나오네." 이적요 시인과 평소 비교적 가까웠던 작가 T씨가 말했다. 이적요 시인이 죽고 나서 꾸려진 기념사업회 운영위원들이 모두 모여 있었다. 기념사업회는 우선 이적요 시인이 살던 집을 '이적요기념관'으로 만들기 위해 시市와 협의중에 있었다. 그러나 만약, 이적요 시인이 남긴 노트 내용이 모두 공개된다면 '이적요기념관'은 물론이고 현재 모색하고 있는 몇몇 추모사업도 다 물 건너가고 말 터였다. "그것 참. 안 들은 것만 못한 이야기네그려." 시인 N씨가 혼잣말을 했다. "노트를 좀 봐야지, 말로만 들어선 이해가 안 되는데." "나중에 노트를 보여드리겠습니다만 지금은 곤란해요. 보안 문제도 있고 해서 복사본도 만들지 않을 생각입니다. 저의 사무실에 오시면 보여드릴 생각입니다." 무거운 침묵이 흘렀다. 심지어 당신 혼자 알고 넘어갈 일이지 왜 그것을 말해 우리에게까지 짐을 지우느냐고, 노트 내용을 전한 나를 힐난하려는 듯한 분위기였다. "저도 고민이 돼서, 심지어 노트를 없애버릴까 생각하기도 했습니다만 그럴 수 없었던 것은, 고인께서 '사후 일 년 후' 이를 '공개'하라고 분명히 말하고 있기 때문입니다." 내가 말했다. 대꾸하는 사람은 없었다. "변호사로서, 고인의 유언을 덮을 수는 없습니다. 문제는 언제, 어떤 방법으로 공개하느냐인데요……" "어느 수위로 공개하느냐가 아니고?" T씨가 반문했다. "무슨 말씀이신지요?" "공개를 해도 그렇지. 가령 소녀에 대한 이적요 시인의 순정 어린 사랑 고백은 그나마 좋다 이거야. 패륜이라고 할 사람도 있을지 모르지만 어쨌든 시인의 러브 스토리거든. 전설이 될 수도 있겠지. 그러나 살인은 달라. 더구나 제자인 베스트셀러 작가 서지우를 죽였어. 용서할 수 없는 일이지. 이적요 시인의 문제에서 파장이 끝나지 않을 게야. 우리 모두, 말하자면 문단 전체가 치명적인 이미지 손상을 입게 될 거라고 봐." "그렇다면 살인 부분만은 덮자는 겁니까?" 평론가 C씨가 토를 달았다. "뭐 덮자는 것이 아니라 그런 방법도 생각해볼 수 있다 그거지." "진실은 그런 식으로 덮이지 않을 거예요. 또 옳지도 않은 일이구요." T씨의 말. "현재 기자들은 전혀 모릅니까?" C씨가 물었다. "남겨진 노트가 있다는 건 아는 기자들이 더러 있습니다. 노트를 내놓으라고 조르는 기자도 있구요. 복사본도 안 만든 게 그래서예요. 그들은 그냥 유작 정도가 남겨졌다고 생각하고 있는 것 같습니다만." 다시 침묵이 왔다. 그들의 침묵은 가장 강력한 발언권을 죽은 이적요 시인에게 넘기라는 뜻으로 해석될 수 있었다. 이적요 시인의 발언은 물론 '공개하라'는 것이었다. "그럼 며칠만 여유를 두고 생각해본 다음 다시 만납시다. Q변호사만 빼놓곤 우리 모두 오늘 처음 들은 일이잖아요. 아닌 밤중에 홍두깨도 유분수지, 지금으론 뭐 갈피를 잡을 수가 없어서요." 평론가 C씨의 말에 T씨가 고개를 끄덕였다. 우선 상황을 물려놓고보자는 말이었다. "기자들 떼어내기가 쉽지 않겠지만 Q변호사가 며칠 더 버텨봐요. 다들 입 꾹 다무시고." 시인 N씨까지 그 의견에 합세하자 회의 분위기는 곧 파장을 만났다.

은교는 사무실에 와서 나를 기다리고 있었다.

수업이 끝나는 대로 온다더니 생각보다 일찍 강의가 끝난 모양이었다. 벌써 3월 끝물이었다. 창 너머, 우면산은 이미 파르스름하게 봄물이 들어 있었다. "대학 생활 어떤가?" "뭐, 그냥 그래요." "내가 자네를 부른 것은, 그러니까 우리, 피차 할 말이 있지 않겠는가 해서……" "묘지에서 뵙던 날 말씀드린, 서지우 선생님 남긴 글에 대해서요?" "육필원고인가?" "아뇨. 컴퓨터 디스켓인데요." 그녀는 심드렁한 표정이었다. 그러나 나와 마주 앉고도 계속 눈을 마주쳐오지 않는 것으로 볼 때, 심드렁한 표정은 의도적인 것이라고 나는 느꼈다. 돌려서 말해봤자 시간만 소비하는 일이 될 터였다. "어떻게 자네가 그걸 가지고 있게 됐나?" "그냥, 제게 주셨어요." "언제?" "돌아가시기 얼마 전에요." 새로 쓴 소설인가 해서 처음엔 관심이 없었다고 했다. 그녀는 책꽂이에 그냥 꽂아두었고, 차츰 그런 걸 받았던 것조차 잊고 말았다. "얼마 전에야 책 정리하다가 우연히 그 디스켓을 찾아냈어요." "얼마 전이라면?" "묘지에서 변호사님 만나기 며칠 전이요." "그럼, 그걸 읽고 나서 서지우의 묘지에 한번 찾아가야겠다 생각한 게로군." "네, 맞아요." 그녀는 어떻게 그걸 알았느냐는 듯이 잠깐 눈을 동그랗게 떴다. 그 글을 읽고 묘지에 찾아올 생각을 했다면 그녀가 서지우의 글에서 뭔가 감정의 파장을 진하게 느꼈다는 뜻이 됐다. 이제 내용에 대해 물어볼 차례였다. "일기라고 했나?" "꼭 일기라기보다 일기 같은 거였어요." "이적요 시인에 대한 이야기던가?" "참, 이 커피 무슨 커피예요? 맛있어서요." 그녀는 갑자기 딴청을 부렸다. 콜롬비아산으로 향이 좋은 커피였다. 나는 커피주전자를 가져와 말없이 그녀의 잔을 가득 채워주었다. 서지우가 남긴 글의 내용까지 그녀가 순순히 대답할 것 같지는 않았다. "할아부지 노트에 놀랄 만한 내용 있죠?" 이번엔 그녀가 선수를 쳤다. "있네." "서지우 선생님 사고 얘기인가요?" "족집게일세." "변호사님이 왜 절 불렀는지 알아요. 서선생님 남겼다는 글, 내용이 궁금하시다는 거요." "고인이 자네한테 맡겼으니 권리는 자네한테 있지." "뭐, 그다지 긴 글은 아니에요. 아마도 내게 읽히고 싶은 부분만 추려서 넘겨주신 거 같아요. 한 부 뽑아왔어요." "나 보여주려고?" "네, 그러나 조건이 있어요." 당찬 아이였다. 조건은 말하지 않아도 알 만했다.

이적요 시인이 남긴 노트와 맞바꾸자고 할 터였다. "이적요 선생님의 노트에 실린 내용을 읽고, 자네가 감당할 수 있을지 걱정이네. 자네를 따돌릴 생각은 없네만." "저는요, 변호사님." 그녀가 그제야 나를 똑바로 바라보았다. 초롱한 눈망울이었다. "할아부지 노트에 관심 없어요. 놀랄 만한 내용이 있어도 그래요. 조금도 읽고 싶지 않다구요." "조건이라고 하잖았나?" "제 조건은요, 절 좀 빼달라는 거예요!" 그녀의 눈빛에 섬광 같은 게 언뜻 지나갔다.

놀이 우면산 상단에 이미 내려와 있었다.

이번엔 내 쪽에서 그녀를 똑바로 보았다. 빼달라는 말이 무슨 뜻인지 얼른 이해되지 않았기 때문이었다. "할아부지 노트에도 제 얘기 나올 거예요. 서지우 선생님 글에도 저, 나와요. 솔직히 다 지우고 싶어요. 그 노트랑 공개되면 제가, 또 신문에 나고 할지 모르잖아요? H라고, 이니셜로 불러도요, 가까운 친구들 결국 다 알게 돼요. 할아부지 돌아가셨을 때 H양 어쩌고, 신문에 나서요, 쪽팔려 죽는 줄 알았어요." 그녀는 미간을 잔뜩 찌푸렸다. 아하, 하고 나는 한숨을 쉬었다. 이제 대학에 들어간 열아홉 살 그녀로서는 이적요 시인의 인세 상속자로 회자되는 게 무척

당혹스러웠을 것이다. "저요, 대학 생활, 좋아요. 현재까진 재밌어요. 그런데 다시 또 H양이라고 신문 나면, 저 학교 못 다닐지 몰라요. H양, 그 호칭도 재수 없어요. H도 싫고 양도 싫어요. 죽고 싶을지도 몰라요. 그 호칭부터 빵꾸똥꾸예요!" 빵꾸똥꾸는 처음 듣는 용어였다. 기분이 안 좋다는 말인 듯했는데, 그렇다고 말뜻을 물어볼 분위기는 아니었다. 그녀의 목소리는 낮았지만 단호했다. "그러니까요, 변호사님. 할아부지 인세를 제가 받는 것도 포기하고 싶어요. 딴 데 쓰세요. 암튼 제 얘기만은 다아, 빼주세요. 신문에 다시 안 나게요. 약속해주시면 서지우 선생님이 제게 준 글, 지금 통째로 드릴게요." 그녀로서는 너무도 당연한 요구였다.

이적요 시인이 유언에서 시집의 인세상속자로 H양을 지적했다고 일부 언론이 보도했지만, 시인의 명성에 비해 나오는 인세는 정작 얼마 되지도 않았다. 시인이 죽고 나서 한동안 좀더 팔렸을 뿐, 6개월 후부터는 재판을 찍는 일도 거의 없어졌다. 그게 우리의 독서 현실이었다. 이적요 시인을 가장 좋아하고 존경한다고 말하는 독자들도, 시인의 시집을 겨우 한두 권쯤 소장하고 있거나, 신문 인터넷 등에서 자주 인용되는 몇 편의 시를 읽었거나 하는 정도에 불과했다. H양인 그녀로서는 큰 소득도 없이 H양,

으로 사람들 입줄에 오르내려야 했던 셈이다. "약속하지!" 이윽
고 난 말했다. "자네 상처가 그리 큰지 몰랐네. 사과하고, 다시는
언론에 자네가 언급되지 않게 하겠다는 약속을 함세. 서작가의
글 넘겨주는 조건이 아냐. 안 줘도 좋아. 아니, 주지 마. 개인적으
로 좀 궁금했었지만 자네 말 듣고 있으니 내가 부끄러우이." "아
뇨. 약속해주셨으니 믿고 드릴게요. 저는요, 할아부지 노트에서
도, 서선생님 글에서도 떠나고 싶어요. 그렇다고 할아부지랑 서
선생님, 밉다는 뜻은 아니에요. 원망 같은 거…… 없어요. 두 분
다, 죽어도…… 저…… 못 잊어요……" 그녀의 목이 잠시 멘다
고 생각했는데, 다음 순간 주르륵 눈물이 흘러나왔다. 소리는 나
지 않았다. 그런데도 한 번 눈물샘이 터지고 말자 눈물은 볼을
흘러내려 턱 밑으로 툭, 툭, 툭, 마구 떨어졌다.

연민이 내 가슴 한켠을 예리하게 건들고 지나갔다.

서지우가 남긴 글은 일기 같았지만, 일부러 삭제했는지 날짜
는 없었다. 나는 그녀를 배웅하고 나서 서지우가 남겼다는 글을
단숨에 읽었다. 읽으면서, 이적요 시인의 노트를 읽을 때처럼 차
츰 숨이 가빠졌다.

가령, 자신이 케이블 채널의 문학 코너에 출연한 날의 감회를 서술한 글도 있었다. 일흔 살이 다 되어 성 불능인데도 소녀에게 까지 욕망을 감추지 않는 노인을 직접 봤다고, 그가 대담에서 말한 날의 감회였다. 이적요 시인이 '일흔 살 다 된 노인'이 어쩌면 자신을 지칭했는지도 모른다고 느끼면서, "서지우의 시선이 똑바로 내게 날아왔다"고 기록한 바로 그날이었다.

서지우가 남긴 일기에 따르면, 그는 이적요 시인이 그 프로그램을 볼 것이라고 미리 예상하고 있었다. 아니, 이적요 시인이 꼭 보도록 교묘하게 유도하고 있었다. 서지우는 '나는 선생님에게 그 프로그램의 방영 날짜와 시간을 자연스럽게 알렸다. 그러면서, 무지해 실수 많았으니 선생님께선 절대로 그 프로를 시청하시지 말라고 거듭 말씀드렸다. 그러면 선생님이 그 프로그램을 볼 것이기 때문이다'라고 썼다. 서지우는 이적요 시인이 그 프로를 찾아보도록 의도적으로 유인했던 셈이었다. 또 시인이 예감했던 대로, 촬영중 카메라를 '똑바로' 볼 때, 서지우는 마음속으로 시인을 노려보았다고 고백하고 있었다. 그 일의 전말을 서지우는 이틀에 걸쳐 서술해놓았다. 텔레비전 케이블 채널 문학 대담 프로그램을 녹화하던 날이 첫째이고 그것이 방영되던 날의 기록이 둘째였다. 이틀의 일을 그는 다음과 같이 썼다.

─나는 그 프로그램에서 일부러 '일흔 살이 다 된 노인'이라는 말을 썼고, '불능'이라는 어휘를 사용했다. 본능은 시궁창, '본시창'이라고 나는 또한 덧붙였다. 은교에게서 '현시창'이라는 말의 뜻을 들을 때 선생님과 함께 있었으니 당신도 그속을 알아들을 터였다. 그리고 이내 카메라 앵글을 넘어, 나를 보고 있을 선생님을 쓱 노려보았다. 지금 절 보고 계시지요? 내 마음속에 그 순간 그런 말이 흘러갔다. 세상에서 내가가장 사랑하고 존경하는 나의 이적요 선생님. 선생님은 늙은짐승처럼 예민하고 노회하기 때문에 내가 당신에 대해 말하고 있다는 것을 단번에 알아차릴 것이라고 나는 믿었다. 나는시인 이적요를 누구보다 깊이 알고 있었다. 당신의, 섬광 같은시적 감수성과 용광로처럼 들끓는 욕망들과 간교한 전략, 그리고 아주 이기적인 내부 본질까지. 그러므로 '일흔 살'과 '불능'과 '본시창'은 단검이 되어 그의 갈빗대 사이를 파고들 것이 틀림없었다. 참을 수 없는 모욕감으로 얼굴이 벌게졌을 노인의 얼굴이 눈앞을 스쳐 지나갔다.

─언젠가 소설 『심장』의 작업중, 선생님은 나를 향해 '멍청한 놈'이라고 내뱉은 적이 있었다. 그때의 경멸에 가득 찬 선생

님 표정은 지옥에 가더라도 잊을 수 없을 것이다. 그러나 선생님도 나에 대해 모르는 게 있었다. 시적 천재성에서 내가 '멍청'한 건 사실이지만, 나의 모든 것이 멍청한 건 아니라는 사실이었다. '멍충이'의 입에서 나온 말이어서 당신은 더욱 참을 수 없을 터였다. 모욕감과 노기로 온몸을 부르르 떨고 있는 선생님을 상상하자 온몸이 짜릿해졌다. 선생님의 본능적 욕망은 이로써 더욱 불타오를 것이라고 나는 확신했다. 아니, 나는 선생님이 가진 욕망의 빛깔이 내가 건드려준 자극을 통해 더 불온하게 변화하기를 강력히 바랐다. 이를테면 '손녀딸'보다도 더 어리다는 인식으로 그때까지 억눌려 있던 은교를 향한 에로스적인 욕망이 당신 내부에서 참지 못하고 발화되어 터져나오기를. 없는 욕망을 주입하는 것이 아니라 위태롭게 억눌려 있는 욕망의 뇌관에 불만 붙이면 되는 일이기 때문에 내 입장에서 그것은, 그다지 어려운 일이 아니었다. 발화만 이루어지고 나면, 불길은 이내 활활 번져 내가 세상에서 가장 존경하고 사랑하는 나의 선생님을 통째로 태울 것이다. 어쩌면 나까지도.

　—프로그램이 방영되는 날, 나는 선생님의 집으로 갔다. 휴대폰으로 전화해 학교 앞에서 은교를 태웠다. 텔레비전을 시

청했을 선생님이 과연 어떻게 당신의 모욕감과 노기를 수습하고 나를 대할지 상상하자 가슴께가 뻐근해졌다. 나는 그런 선생님을 은교와 함께 보고 싶었다. 그애와 함께 들어가면 당신의 모욕감은 더욱 고조될 것이고, 동시에 그애는 또한 나의 방패막이도 될 터였다. 그러나 그애는 집에 일이 있어 들어가봐야 한다고 말했다. 나는 할 수 없이 종점에 은교를 내려주고 혼자 선생님의 집으로 들어갔다.

─불이 다 꺼져 있었다. "선생님, 어디 계세요?" 아래층에 들어서서 소리칠 때 내 심장이 마구 뛰었다. 선생님은 이층 서재에서 조는 척하고 앉아 있었다. 단번에, 선생님이 문제의 프로그램을 보았다는 걸 알아차렸다. 그리고 그 순간 당신이 얼마나 간절히 어둠 속에 은신해 있고 싶어하는지도. "불도 안 켜고 뭐하세요, 선생님?" 나는 짐짓 활달한 목소리로 소리치며 잔인하게 서재 전등의 스위치를 타탁 올렸다. "앉은 채 깜박 졸았나봐." 선생님이 불빛을 피하면서 거짓 기지개를 켰다. 내 가슴속에서 폭죽이 마구 터졌다. "저녁 식사, 하셔야죠." 내가 말했고 선생님은 손사래를 쳤다. 속이 더부룩해서 저녁생각이 없다고 했다. 속이 더부룩한 것은 사실일 것이라고 생각하자, 쾌감은 고조되었다. 당신이 느끼는 모욕감이 얼마나 참담할지

는 불문가지였다. "자네 땜에 선잠을 깨서 몸이 영 침침하네. 난 좀더 자고 싶으이." 내가 붙잡을 새도 없이 선생님은 서재에 딸린 침실로 들어가 불을 껐다. "그럼 제가 식탁에 밥상을 봐놓고 갈게요. 일어나시면 늦게라도 드세요." 나는 발소리를 내지 않으려고 조심하며 아래층으로 내려왔다.

거기까지 쓰고 나서, 서지우는 잠시 그날 경험한 사건에 대해 마음을 정리하기 위한 시간을 가졌던 것 같았다. 커피를 마셨거나, 담배를 태웠을지도 몰랐다. 차마 한꺼번에 끝까지 쓰지 못하고, 자신의 내부에 깃든 종환腫患과도 같은 고독을 깊이 만나고 있는 그의 모습이 보이는 듯했다. 행간을 뗀 뒤에, 서지우는 다음과 같이 그날의 삽화를 정리해 기술하고 있었다.

─폭죽이 터지는 듯했던 가슴속이 어느새 짚불처럼 꺼져 있었다. 나는 아래층 주방 한켠에 서서, 선생님의 한숨 섞인 숨소리라도 행여 들릴까, 한참 동안 귀를 기울여보았다. 아무 소리도 들리지 않았다. 불 꺼진 이층 방에 돌아누워 있는 선생님과 어두운 아래층 주방 가운데 우두커니 서 있는 나 사이가 영원처럼 멀었다. 세상에서 가장 사랑하고 존경하는 나의, 나의 선생님……이라고 나는 중얼거렸다. 그러자 갑자기

콧날이 시큰해졌다. 내 몸이 다음 순간 바닥을 알 수 없는 우물 밑으로 끝없이 추락하는 것처럼 느껴졌다. 찢어지는 듯 가슴이 아팠다. 나는 가만히 쭈그려 앉아서 주먹으로 눈물을 씻었다.

시인의 노트

나의 처녀, 은교에게

오늘은 은교, 네게 첫 편지를 쓴다. 지금은 부치지 않을 편지를. 그래도 편지, 하고 발음하고 나니까 사탕을 물었을 때처럼 혀끝이 달콤하다. 사실은 네게 편지를 쓰고 싶은 날이 그동안에도 참 많았었어. 그렇지만, 나는 어두컴컴하고 너는 시리게 푸르다. 어찌 그걸 부정하랴. 젊은 날에 만났다면, 그리하여 너와 나 사이에 아무런 터부도 없었다면 너를 만난 후, 나는 아마 시를 더이상 쓰지 않았을 것이다. 네게 편지를 쓰면 되니까. 천 일 동안이라도. 너에 대한 나의 정한은 아직도 이리 무성하다. 너는 내게 어째서 한 번도 종이 편지를 쓰지 않았니. 그랬더라면 죽어서 글을 남기는 이런 짓, 혹시 하지 않아도 됐을지 모르는데.

오늘, 내가 왜 네게 빠지게 됐는지를 오래 생각했다.

나는 늘 왜, 라고 묻는 습관을 갖고 있다. 나는 왜 너를 만났는가. 나는 왜 네게 빠져들어갔는가. 나는 왜 너를 이쁘다고 생각하는가. 아, 나는 왜 불과 같이, 너를 갖고 싶었던가. 사랑하기 때문이라고 말하면 모든 게 끝나버릴 질문이겠지. 사람들은 사랑하기 때문에, 사랑하기 때문에, 라고 설명한다. 나는 그 말을 믿지 못하겠다. 네가 알아듣기 편하도록 쉽게 설명하자면, 사랑을 본 적도 만진 적도 없어서 나는 그 말, 사랑을 믿지 못한다.

이 글을 읽을 때, 너는 아마 대학생 새내기가 되어 있겠지. 부디 내가 쓰는 문장들을 네가 보고 만지듯 받아들여줬으면 좋으련만, 아무리 쉬운 문장들을 동원한다고 해도 말은 근본적으로 추상일진대, 새내기 네가 그렇게 받아들이고 이해해줄지 솔직히, 걱정이다. 가령 "사랑을 본 적도 만진 적도 없어서 나는 그 말을 믿지 못한다"는 문장 같은 것. 알고 보면, '사랑하기 때문에'라는 말은 사랑이라는 어휘 자체가 형태 없는 무엇을 지칭하는 것이니 그 의미가 애매모호하고 어려우나, "사랑을 본 적도 만진 적도 없어서 나는 그 말을 믿지 못한다"라는 문장은 아무런 추상과 거짓이 없으니 아주 쉬운 말인데, 사람들은 보통 거꾸로 느낀다는 걸 나는 안다. 이 글을 쓰면서 내가 염려하는 게 그것이다. 그러니 애야, 내가 그렇게 썼듯, 너도 내 말을 쉽게, 그 무엇도 덧붙이거나 빼지 말고, 순정적으로 받아들여주기 바란다.

그러므로, 너를 사랑하기 때문에, 라고 나는 말하지 않을 작정이다. 가능한 대로 나는 '사실적'으로 고백하고 싶다. 보고 만질 수 있는 말들의 조합을 사실적 문장이라고 한다는 것은 너도 알 테지. 네가 순결하고 착하고 깊고 빛난다고 나는 늘 생각해왔지만, 그렇게 모호한 어휘들로 내 사랑을 설명하고 싶지 않다는 것이다. 내가 왜 네게 빠지게 됐는가를 종일 생각하다가 먼저 떠오른 것은, 너의 손이다.

내가 처음 보았던 너의 손은,

우리 집 데크의 내 흔들의자 팔걸이에 자연스럽게 놓여져 있었다. 네가 산책하던 중 내 집에 들어왔다가 무심히 그 의자에 앉아 잠든 날 보았던 손이다. '놓여져' 있었다는 내 표현에 주목해다오. 그것은 네 의지로 네가 내려놓은 손이 아니었다. 우연히, 그곳에 놓여져 있었다. 소나무 잔가지 흰 그늘이 정물 같은 너의 손등 위에서 고요히 그네를 타고 있었지. 상앗빛 손가락들은 아주 가늘었고 손등엔 수맥처럼 연푸른 핏줄이 가로질러 흘렀다. 너의 팔목은 겨우 손가락보다 조금 굵은 것 같았어. 나는 한참이나 그것을 세세히 내려다보고 있었다. 팔목으로부터 장지 長指와 약손가락 사이로 흘러가는 핏줄은 도드라져 보였지. 지금 이라도 네 손등 위의 그 핏줄을 살펴보렴. 그 핏줄 가운데쯤, 작은 매듭 같은 부분이 있을 게야. 마치 어린 새싹처럼 살짝 솟아오른 피돌기 부분. 내 가슴이 갑자기 두근거리기 시작한 것은 핏줄의 그 매듭이 뛰고 있다고 알아차렸을 때였다. 나는, 환호했다. 그 손등 위의 맥박은,

울근불근,

아주 고요하면서도 힘차게 뛰고 있었다. 네 심장이 뛰고 있는 것 같았지. 아니, 쌔근쌔근 바람 부는 네 코의 피리, 푸르스름하고 가지런한 네 속눈썹 그늘의 떨림, 맑은 물 고인 네 쇄골 속 우물, 오르락내리락 시소를 타고 있는 네 가슴의 힘찬 동력, 휘어져서 비상하는 네 허리의 고혹을 나는 보고 느꼈다. 내가 평생 갈망했으나 이루지 못했던 로망이 거기 있었고, 머물러 있으나 우주를 드나드는 숨결의 영원성이 거기 있었다. 네가 '소녀'의 이미지에서 '처녀'의 이미지로 둔갑하는 순간이었다.

'처녀'라는 어휘가 얼마나 신비한지 너는 모를 테지. 시간의
장애는 이럴 때 나타난다. 어떤 낱말에서 각자 떠올리는 이미지
의 간격은 때로 저승과 이승만큼 멀거든. 가령 네게 연필은 연필
이지만 마음 놓고 공부할 환경을 살지 못했던 내게 연필은 눈물
이다. "할아부지, 제 연필 좀 깎아주세요"라고 네가 말하면 나에
겐 그 말이 이렇게 들린다. "할아부지, 제 눈물 좀 닦아주세요."
단언컨대, 너와 나 사이에서 이보다 큰 슬픔은 없다. 마찬가지로
너에게 처녀는 그냥 처녀일 뿐이겠지만, 나에게 그것은 처음이
고 빛이고 정결이고 제단이다. 예로부터 신과 소통하는 신관도
'처녀'이고 신께 바쳐지는 제물도 처녀였어. 이를테면 여기, 박
목월 선생의 「갑사댕기」라는 시가 있다.

안개는 피어서
강으로 흐르고

잠꼬대 구구대는
밤 비둘기

이런 밤에 저절로
머언 처녀들……

갑사댕기 남끝동
삼삼하고나

갑사댕기 남끝동
삼삼하고나

나는, 제 육체의 뜰 안에 비밀의 방을 품고 있는 어떤 '처녀'를 오직 그리워하면서, 그러나 현실 속에선 '마지못해' 살아왔다는 것을 그 데크, 소나무 그늘 안에 아무렇게나 '놓여져' 있던 '처녀'인 너를 들여다볼 때 알았다. 그때 당장 그렇게 인식한 것은 아니었다. 인식되는 것을 일방적으로 믿는 건 위험한 거야. 인식된 사물이 때로는 그 사물 자체와 얼마나 다른지 너도 언젠가 알게 될 것이다. 어떤 낱말이 불러일으키는 이미지가 천차만별이듯이.

명백한 건 모든 게 그날 네 손등에서 이미 시작되었다는 것.

내가 이 기록의 앞부분에서 너와 처음 만날 때를 묘사하며 '소녀'라고 부른 것은, 지금 생각하면 거짓이다. 나는 평생 온갖 명분의 깃발을 치켜들고 살아왔다. 그중에 혁명도 있고 또 그중에 시도 있었지. 때로는 신성神性, 때로는 불멸이 내가 흔드는 깃발에 표시되기도 했다. 하지만, 볼 수도 만질 수도 없는 껍데기 다 날려버리고 남는 것, 내가 온갖 불온한 시대를 살아오면서 진실로 간절히 그리워한 것은, '처녀'의 '숨결'이었다는 것이다. 네 숨결에 비하면, 내가 내걸었던 명분의 기치는 모두

'마지못한,'

것에 불과했다. 처녀인 네 앞에서 나는, 누추할 뿐이었다. 유명한 『군도群盜』를 쓴 독일 작가 실러는 시간의 걸음에는 세 가지가 있다면서 "미래는 주저하면서 다가오고 현재는 화살처럼 날아가고 과거는 영원히 정지되어 있다"라고 썼다. 나는 네 옆에서 그 모든 걸 일목요연하게 보았다. 내가 훈장처럼 여겼던 나의 '과거'가 무의미하게 '정지'된 것과, 나의 '현재'가 샤샥샤샥, '화살'처럼 귀밑을 지나가고 있다는 것을. '주저'하면서 다가오는 나의 '미래'는 더구나 남아 있는 여분이 얼마 없었다. 주저할 틈이 어디 있는가. 잠든 너를 들여다보는 순간에도 내게 허용된 얼마 남지 않은 시간이 샤샥샤샥, 바람보다 빨리 흘러가는 소리가 환히 들렸다. 폭풍 같은 슬픔이 나를 후려치고 지나갔다. 그

슬픔 속에서, 어찌 내가 너를 만지고 싶지 않았겠는가. 물고 빨고 싶지 않았겠는가. 망가뜨리고 싶지 않았겠는가. 그리고 내가 너를, 어찌 죽이고 싶지 않았겠는가. 돌이켜보면 나는 많은 순간, 너를 죽이고 싶었다.

　나를 죽이고 싶은 것처럼.

　10월 어느 날, 청소를 다 끝낸 네가 내 서재로 들어왔다. "언젠가, 할아부지께서 제게 물어보셨어요." 네가 말했고, "무엇을?" 내가 반문했다. "제 가슴에 그려진 창槍에 대해서요. 헤나요." "아하, 어떤 남자애가 그려주었다는 그 창?" "네, 할아부지. 할아부지가 그런 걸 해보고 싶어한다는 걸 그때 알았어요." 이미 너라는 창이 늙은 내 가슴에 단단히 꽂혀 있다는 것을 너는 그때 이미 눈치챘던 것일까. "아, 아니다." 나는 당황한 몸짓으로 손사래를 치고 한 발 물러섰다. 너는 키킥, 입을 가리고 웃었다. "아니라고 하실 줄 알았어요. 하지만 속마음은 하고 싶으세요. 저도 어른들 하는 거 다 해보고 싶은데, 할아부지가 우리 같은 애들 하는 거, 해보고 싶은 거 당연하죠. 이거, 쉬워요, 남자애한테 물감도 얻어오고 디자인 본本도 이렇게 가져왔는걸요." "아니라니까." "여기 누우세요. 셔츠 단추 몇 개 풀면 돼요. 하나, 두울, 셋요." 잠시 야릇한 실랑이가 벌어졌다. 너는 마치 어린 동생에게 막무가내 간지럼을 태우는 누나 같았다. 내가 화를 내고 안 하겠다고 했으면 너도 마음을 바꿨을지 모르나, 간지럼을 많이 타는 나는, 그 상황에 놓인 내가 우스워서 화를 낼 수가 없었다.

서지우는 그때 집에 없었다.

"제가 했던 거하고 똑같은 거예요. 창, 창요." 나를 방 가운데 눕혀놓고 네가 말했지. 지금 생각하면 시인 이적요의 인생에서 도저히 있을 수 없는 장면이 그날은 너무도 태연하게 일어났다. 거부할 수 없는 홀림이었어, 그것은. 네가 내 앙가슴에 그림을 그리기 시작했던 거지. "헤나가요, 할아부지. 인도가 원산지인 나뭇잎사귀래요.""으응……" 나는 눈을 감은 채 웅얼거렸다. 너는 때로는 내 머리 쪽, 때로는 어깨, 옆구리 쪽으로 옮겨가면서 디자인 본의 창을 그대로 복사해 그렸다. 너의 머리칼이 나의 이마와 어깨를 쓰다듬고 지나갔다. 명주바람처럼 부드럽고 따뜻했다. 또다른 새벽이 오는가. 온몸의 죽은 세포들이 새벽 봄풀처럼 깨어 일어나고 있다고 나는 어렴풋이 느꼈다. "가슴팍이 반질반질하세요." 나의 가슴살이 반질반질한 것은 사실은 검버섯이 피었기 때문이었다. 죽은 세포들의 시신이었다. 그러나 죽은 세포들을 뚫고 솟아올라오는 생성의 낯선 바람 때문에 나는 속으로 조금 당황했다. "헤나로, 머리에 물을 들이기도 해요. 머리 물도 들일까요?" "아니……" 나는 말끝을 맺지 못하고 입을 꾹 다물었다. 너의 가슴이 내 어깨에 살짝 닿았기 때문이었다. 나는 움찔했다. "가만히 계세요. 어른이 돼도 간지럼 타나봐요." 향기나는 너의 머릿결이 어깨, 이마를 먼저 비질하고 지나가자, 온화한 선지자처럼, 이번엔 네 가슴결이, 어깨를 쑥 스치고 머리께로 올라왔다. 이제 두 달만 지나면 열일곱 살이 될 가슴이었다. 그것은 넘치지 않고 조금도 모자라지 않는, 남해의 태양빛이 잘 익힌 오렌지 같았다. 눈을 감고 있는데도 자꾸 황금빛 오렌지의 원융한 테두리가 보이고, 바다로 내뻗은 팥알 같은 유두와 보라색 젖꽃판이 보였다. 그것들은 마치, 네 손등 위, 울근불근하던 피돌기처럼, 쏜살같이 내 시야로 진군해 들어왔다. 그리고 차츰 팽창했다. 어깨에 닿았던 가슴이, 네가 위치를 바꾸는 데 따라 머리, 광대뼈를 건들고, 턱을 살짝 눌렀다. 나는 숨을 멈추었다. 손끝은 껍질을 벗겨내고 싶어 거의 미칠 지경이었으며, 입술은 오렌지 단물을 베어물고 싶어 지옥문처럼 굳었다. 향기가 네 머리칼, 가슴에서 났다. 쥐스킨트 소설 『향수』에서 완성된, 세상의 모든 시간을 해방시키는 '처녀의 향기'였다. "저는요, 할아부지.

발목이 간지럼을 제일 많이 타요. 발목 뒤 옴씬 들어간 데요."
네가 말했고, '옴씬'이 기름통, 내 몸에 성냥을 그어대는 것 같은
효과를 금방 가져왔다. 나는 경악했다. 우회해서 표현하진 않겠
다. 갑자기 나의 페니스가 고개를 기웃, 들더니 맹렬하게 허리를
세우고 일어났다. 전에 없던 일이었고, 너무도 돌발적이었다. 나
는, 나도 모르게 너를 강력히 떠밀면서 확 엎드려 누웠다. 사람
들이 고결하다고 칭송해 마지않는 시인 이적요의 본질이, 겨우
엽기, 변태적인 호색한에 불과했던가. 그 순간의 내 힘이 얼마나
강했는지, 네가 건너편 벽까지 밀려나 머리를 부딪힐 정도였다.

　발화는, 그렇게 끔찍했다.

　너에 대한 욕망이 아주 '사실적'이었다는 말을 내가 이리 길게
쓰고 있다. 사랑했다는 말을 혹시 듣고 싶다면, 당신의 사랑은
차라리 끔찍했다고 말해줘. 그날 나의 포악한 힘에 의해 뒤로 날
아가 벽에 부딪힌 네 머리통은 왜 유리처럼 깨지지 않았을까. 돌
이켜보건대, 네가 아니었으면 내 육체는 그 자체로 그때 무덤이
었다. 그래서 나는 지금 묻는다.

　도대체 너는 누구인가. 어디에서 왔는가.

네가 돌아가고 나는 한참을 엎드려 있다가 일어나 현관문을 잠갔다. 오후의 햇빛이 서쪽 창으로 쏟아져 들어오고 있었다. 나는 창의 잠금장치를 걸고 커튼을 이중으로 쳤다. 서지우가 들이 닥칠 것 같았지만 그걸 신경 쓸 만큼 마음의 여유가 없었다. 현관으로 이어지는 거실 한켠에 전신을 비출 만한 대형 거울이 걸려 있었다. "할아부지, 은교 왔어요"라고, 네가 현관을 들어선 뒤 소리쳐 인사하면서, 잠깐 습관처럼 서서, 네 매무새를 들여다보곤 하던 그 거울이었다. 나는 거울 앞에서 하나씩, 무언의 퍼포먼스를 하듯 옷을 벗었다. 마침내 샹들리에 불빛을 받은 전라의 내 몸이 거울 속에 말쑥이 드러났다.

피부색은 타고난 대로 여전히 흰 편이었지만 예전의 건강한 흰빛이 아니었다. 성긴 머리칼 밑의, 주름진 이마, 번질거리는 광대뼈, 합죽한 듯한 볼, 긴 턱을 골고루 둘러싼 고랑들을 나는 보았다. 어떤 주름은 동굴처럼 깊고 어두웠으며 어떤 주름은 신생아 같은 표정을 하고 있었다. 한시절 너나없이 준수한 얼굴이라고 칭송하던 젊은 날의 내 얼굴은, 거기 없었다. 우수 어린 눈이라고 회자되던 눈 또한 소라 껍데기처럼 꺼져 있었다. 내 키는 본래 183센티미터였으나, 그 무렵엔 181센티미터에 불과했다.

어깨는 비교적 수평으로 벌어져 있었다. 얼마 전까지만 해도 운동을 게을리하지 않았기 때문에 그나마 유지하고 있는 어깨였다. 나는 감옥에서 나온 뒤 수십 년 동안 육십 킬로짜리 바벨을 매일 백 번씩 들었다. 틈틈이 수영을 했고, 재작년까진 겨울철 주말마다 스키장에 다녔다. 행글라이더에 미쳐 산 적도 있었고, 사십대의 나이에 권투도장을 다니기도 했다. 운동이라면 안 해본 것이 없을 정도였다. 시를 쓰고도 힘은 항상 남아 있었다. 부모님이 물려준 것은 타고난 건강 체질뿐이었다. 심지어 예순 살 무렵이던가, 건강검진센터에서 내 몸의 근육 나이를 사십대 초반으로 진단했을 정도였다. 너는 몰랐겠지만, 서지우가 운동을 열심히 하게 된 것도 알고 보면 전적으로 나의 영향 때문이었다.

그러나, 거울 속에 들어서 있는 남자는 내가 아니었다.

근육들이 빠져나가면서 쭈글쭈글해지기 시작한 몸은 검버섯의 비늘을 군데군데 달고 바야흐로 산화酸化를 거듭하고 있었다. 탱탱했던 어깨와 팔은 살이 닳으면서 털레털레해졌고, 가슴은 쭈그러들었고 배는 나와 있었다. 그리고 나의 페니스는, 죽어 부식하기 시작한 해삼처럼 늘어져 있었다. 불과 삼십여 분 전에 머리를 들고 일어섰던 몰염치한 기개는 찾아볼 수 없었다. 불알은 늘어질 대로 늘어져, 메추리알 같은 그것을 지탱하고 있는 힘줄들이 마구 비명을 지르고 있는 것처럼 보였다. 그것은 동굴보다 어둡고 시든 풀보다 무력했다. 나는 그렇게 느꼈다.

오, 육체는 풀과 같은 것.

아냐! 나는 머리를 저었다. 이건 나, 이적요가 아냐! 너의 머리칼과 젖가슴이 내 몸을 스치고 지나던 순간이 떠올랐다. 바로 한은교, 너의 고혹적인 향기도. 거울 속의 늙은이는 너무 낯설어 처음 보는 것 같았다. 도대체, 당신, 누구야? 나는 낯선 늙은이의 페니스를 사납게 움켜쥐고 흔들어보았다. 그러나 그것은 이미 서리 맞은 풀과도 같이 시들어 있었다. 죽음을 싣고 가는 마차 소리가 다그닥다그닥, 들렸다. 나는 돌연 극심한 공포를 느끼고 주먹으로 거울을 탁 쳤다. 거울의 파편들이 주먹 쥔 손을 파고들었다. 피가 주르륵 흘러 바닥으로 뚝, 떨어졌다.

나의 머리는 반백이 되고
나의 배는 복통처럼 불러지고
나의 기침은 그칠 새 없다
이제는 이제는 이제는

젊었을 때는 얼마나 행복했었는지! 참말로
해를 쪼이고 있는 도마뱀처럼
나의 발가락이 물가에서
갈색이 되어가는 것을 쳐다보며
나의 발이
그 머리를 갸우뚱거리는 걸 바라보았었다
세월 가는 줄도 모르고서

　　　　　　　—J. 프레베르(Prévert),「늙는다」에서

　그날 저녁, 나는 배낭을 챙긴 후 미친 듯 나의 '당나귀'를 몰고 지리산으로 갔다.

　자정에 노고단 휴게소에 도착해서 그냥 내처 어둠 속을 걸었다. 밤은 깊고 푸르스름했다. 임걸령에 도착하자 날이 샜다. 양지바른 바위에 누워 두 시간을 자고 다시 출발했다. 가을은 골마다 장엄한 붉은빛이었다. 화계재와 토끼봉, 연화봉을 차례로 넘었다. 또 밤이 왔다. 밤길은 낯설고 낮엔 배가 고팠다. 서둘러 오느라 제대로 장비조차 구비하지 않은 위험한 산행이었다.

나는 그러나 걷고 또 걸었다.

내가 의지할 수 있는 것은 겨우 헤드램프 하나뿐이었다. 내 삶이 애당초 그렇지 않았던가, 하고 나는 생각했다. 젊은 날의 대부분은 헤드램프 하나 없이 세상 가운데를 걸었다. 나는 평생 혼자 살았다. 중년이 되고부터는 시詩가 헤드램프였다. 불은 자주 꺼졌고 배터리를 대주는 사람은 없었다. 나는 자주 시인의 길을 선택한 나를 미워했다. 신성神性으로서의 시는커녕, 겨우 악마의 술과 같은 시를 썼다. 그만둘까 생각한 날도 많았다. "감옥에서의 시는 폭동이 되고 병원 창가에서의 시는 불타는 희망이 된다"고 말한 건 보들레르였다. 간교한 자 같으니라고. 나는 보들레르를 자주 저주했다. 밤길을 굶주린 채 걷고 있으면 저절로 시인의 이름으로 걸어온 수많은 오류의 길들이 떠올랐다. 그 길에 비하면 지리산의 밤길은 사실 아무것도 아니었다. 별이 쏟아졌다. 눈물이 주르륵, 흐르는 순간도 있었다. 발바닥은 부르트고 다리는 천근처럼 무거웠다. 둘쨋날 밤, 벽소령 어느 지점에선 급경사를 굴러내려가다 눈두덩이 찢어지기도 했다. 천왕봉에 올랐다가 칼바위를 넘어 중산리 버스정류장에 도착했을 때는 사흘째였다. 운전하기도 힘들 만큼 나는 지쳐 있었다. 그래도 갈 데라고는 늙은 코란도, 나의 '당나귀'뿐이었다.

노고단 휴게소까지 버스로 이동, 나의 '당나귀'를 몰고 그렇게, 지리산을 떠났다. 섬진강을 따라 땅끝으로 내려갈 때, 너무도 아름다운 그 길 위에서 불현듯 내 마음에 새로운 여명이 비쳐 들었다. 나는 내 안에 아직 불꽃 같은 에너지가 남아 있다고, 어떤 순간 홀연히 느꼈다. 자연이 준 은혜였을까. 밑도 끝도 없는 서기瑞氣였다. 지리산 골골이 그랬듯이, 남해 쪽빛 바다와 섞여 들고 있는 섬진강도 가을빛이 황홀했다. 섬진강에 비친 늙은 매화나무 단풍잎은 찬란한 단심丹心이었다. 나는 강가에 앉아 오래오래 그것을 뚫어져라 보았다. 소진되지 않는 어떤 에너지가 서서히 확장되어 내 온몸에 다시 가득 차는 걸, 바라보는 기분이었다. 차로 돌아와 비로소 휴대폰을 켰다. 메시지들이 줄줄이 들어왔다. 그중에, 은교, 네가 있었다. "할아부지!" 너는 여느 때와 다름없이 맑고 고즈넉한 목소리로 나를 불렀다. "어디 가셨어요, 할아부지? 서재 깨끗이 치워놨구요, 오늘은 뒤뜰 감나무에서 감을 따다 접시에 담아 책상 위에 올려두었어요. 저는 할아부지가 책상 앞에 앉아 시 쓸 때가 젤 좋아요. 근사해요. 빨리 오셔서 시 쓰세요." 나는 녹음된 너의 목소리를 열 번쯤 들었다. 늙은 매화 붉은 잎이 연방 강물로 투신하는 모습은 봄꽃보다 더 이뻤다. 먼지가 잔뜩 쌓인 나의 '당나귀'가 나를 기다리고 있었다.

저 늙은이부터 몸을 좀 씻겨줘야겠군. 나는 중얼거렸다.

   자기를 괴롭혀서 시를 짓는 것보다
   나는 누군가의 사랑을 받고 싶다

                        —A. 앙드레(Endre),
                  「나는 누군가의 사랑을 받고 싶다」에서

   애초 내가 네게 쓰고 싶었던 편지는 이런 게 아니었다. 예컨대, '지금 혹시 별이 하는 말을 듣고 있니'라거나, 아니면 '너는 꽃다운 열일곱, 네가 지닌 광채를 알고 있는지 모르지만'이라는 식으로 시작하는 편지를 쓰고 싶었다. 밤 깊어, 하얀 새 잠옷으로 갈아입은 너, 나의 처녀가 행여 남이 볼세라, 문을 잠그고 앉아, 책상 위에 촛불 하나 켜놓고 읽어봐야 할 그런 편지를.

   그러나 다 헛된 상상이다. 나이 차이 때문이 아니다. 친구가 되고 애인이 되는 데 나이는 본원적으로 아무 장애가 되지 않는다. 문제는 나의 열일곱과 너의 열일곱이 너무나 다르다는 것이다. 우리에게 넘을 수 없는 벽이 있다면 그것이겠지.

그 무참한 기억의 편차 같은 것.

　가령 나의 열일곱 기억 속엔, 이승만 대통령이 부정선거를 통해 3대 대통령에 당선되고 민주주의의 교두보라고 여겼던 신익희씨는 유세 도중 쓰러져 사망하는 사건 등이 깃들어 있다. 내가 나중에 잠시 관계했던 '진보당'이 창당되던 해이기도 했다. 나는 학교를 이어갈 수 없어 주린 배를 움켜쥐고 트럭운전사의 조수로 들어가 단지 먹고살기 위한 온갖 노동에 내 젊음을 바치느라 여념이 없었다. 그게 나의 열일곱이다. 너는 상상조차 할 수 없는 굶주림과 오욕으로 가득 찬 나의 열일곱 기억들을 네게 말하는 건 부질없는 짓일 것이다. 너는 이승만과 신익희와 진보당을 알려고 노력할 필요 없다. 2천 년대, 신세기의 열일곱 살을 살면 되지. 자본주의의 안락이 주는 꿈과 같은 달콤한 시간과 유혹들, 때로 조금 쓸쓸할 때도 있겠지만 오오, 푸르고 '섹쉬'한 밤을 수초처럼 유영하면서, 해바라기 아니면 오렌지, 남국의 과실처럼 익어가는 네 청춘을, 나는 상상해본다. 아닐 것이라고 말하지 마. 이승만과 신익희를, 굶주림이 배급해주던 자존의 멸망과, 4·19와 5·16 그 군부독재의 그늘을, 저 암담했던 유신을, 그리고 그 모든 역사의 굽잇길마다에서 겪어야 했던 뼈아픈 배신을 왜, 젊은 네가 간직해야 한단 말인가. 더도 말고 덜도 말고, 푸르고 '섹쉬'한 밤을 '섹쉬'하게 유영하면서, 네 청춘을 살기 바란다. 시간은 회귀하지 않는다. 다만, 지금 말하고 싶은 한 가지는, 너와 내가 편지로 교신할 수 없었던 이유가 단순하지 않다는 것이다. 과거를 기록하는 역사의 문장과 오늘을 사는 생생한 삶의 문법 사이는 별과 별처럼 멀다. 편지에 담은 나의 이런저런, 역사성을 간직한 문장들은 너의 인생이 아닐 뿐더러 너로부터 아득하게 결절決折돼 있다. 내 편지가 이 모양이 된 것도 그 때문이다.

모르는 것은 아냐. 왜 이렇게 문장을 쓰면 쓸수록 네가 더 멀어지는가. 너를 사랑한다고, 사랑했다고 차마 말할 수 없는 근원을, 정말 모르는 것은 아니다. 하지만 너와 나 사이 그 가파른 시간의 단층을 어떻게 설명하면 좋단 말인가. 별빛처럼 단번에 네 눈, 머리, 가슴에 나의 열일곱 시절을 박아넣어, 너의 온 정신을 적실 길이 있다면 좋으련만.

내가 제일 예뻤을 때
나의 머리는 텅 비고
나의 마음은 무디었고
손발만이 밤색으로 빛났다

내가 제일 예뻤을 때
나의 나라는 전쟁에서 졌다
그런 엉터리 같은 일이 어디 있느냐고
블라우스 팔을 걷어올리고 비굴한 거리를 쏘다녔다

— 이바라기 노리코(茨木のり子),
「내가 제일 예뻤을 때」에서

 오늘은 그만 써야겠다. 내가 진실로 쓰고 싶었던 한마디는 이로써 끝내 하지 못하고 말았다. 그러나 너는 별들의 노랫소리도 수신할 만한 예민한 귀를 가졌으니, 지금 나의 온몸에서 비명처럼 터져나오는 한마디를 듣고 있을 거라고 나는 믿고 싶다. 그 말의 다른 외피는 죽음이다. 널 영원히 갖기 위한.

시인의 노트

육체, 풀과 같은

은교는 말수가 적은데도 이상할 정도로 붙임성이 좋았다.

　가을이 다 끝나기도 전에 서지우를 포함, 우리 셋이 한가족처럼 지내게 된 것은 은교의 몫이 가장 컸다. 특히 토요일과 일요일은 거의 셋이서 함께 보냈다. "할아부지, 낙지볶음 먹고 싶어요." 은교는 어느 때 스스럼없이 그런 말도 했다. 함께 외식하러 나가면 사람들이 자주 "손녀딸이 참 이뻐요" 하고 말했다. 서지우를 내 아들로, 은교를 손녀딸로 보는 것이었다. 나가기 귀찮은 날엔 집에서 함께 요리를 해먹기도 했다. 말이 함께지, 요리는 주로 은교와 서지우가 맡았다. 그들은 정말 부녀지간처럼 때로는 오순도순, 때로는 티격태격, 낙지도 볶고 불고기도 굽고 파전도 지졌다. 포도주나 소주나 막걸리를 곁들이는 날도 있었다.

"포도주는 언제부터 만들었어요, 할아부지?" 호기심이 많은 은교는 사사건건 질문도 많았다. "인류역사하고 같을걸, 아마. 기원전 사천 년 전의 포도주 항아리가 그루지야에서 발견됐다는 기사를 본 일 있다." 나는 최대한 진지하게 대답해주었다. 안주로 나온 아몬드에 대해서도 물었다. "아몬드는 터키가 원산지야. 우리가 먹는 이것은 아몬드 씨앗이지. 한자로는 이렇게 편도, 扁桃 라고 쓴단다." "요 치즈는요?" "치즈, 뭐?" "뭐든지 다요. 할아부지 아는 거 다요." "헛, 치즈는 수천 가지 종류가 있어. 최초로 치즈를 만든 건 아시아 쪽이지만, 발달한 건 그리스 로마였다. 로마 황제들이 좋아했대. 우유를 숙성시켜 굳힌 것이니까 단백질이 풍부한 음식이지. 예전엔 우유를 응고시키기 위해 무화과나 엉겅퀴를 사용했다더라. 엉겅퀴꽃, 너도 본 적 있지?" "신기해요. 할아부지는 어떻게 뭐든지 아세요?" "그야, 책을 많이 읽기 때문이지. 너도 책 좀 봐." "책 보면 졸립구 머리 아파요, 할아부지." "나도 있는데, 너는 왜 맨날 선생님한테만 묻냐?" 서지우가 볼통해진 표정으로 끼어들었다. "물어봐도 소용없던데요. 아는 것도 없으면서." "요게……" 서지우가 칠 듯 손을 들었고 은교가 내 등뒤로 숨는 시늉을 했다. 단순히 보면 좋은 풍경이었다. 나는 허헛, 웃었다. 이런 정경은 평생 처음이었다. 내게는 사랑의 추억이 거의 없었고, 가정을 이뤄본 적이

한 번도 없었다.

우리 집은 본래 평양 외곽에서 과수원을 했다.

어느 날 완장을 찬 청년들이 우르르 몰려와 과수원이 공화국
의 것이 됐다고 선언했다. 평양에서 조국통일민주주의전선이 결
성되던 해였다. 원래 지병이 있었던 어머니도 그랬지만 특히 아
버지는 그때 허리를 심하게 다쳐 몸져누워 있는 상태였다. 불과
열 살 때의 일이었다. 청년들이 학교에서 돌아오는 나를 사립문
앞에서 에워쌌다. 나는 그때 이미 동년배 애들보다 키가 크고 힘
이 셌다. 아버지가 뭐라고 방에서 소리치고 있었다. 내가 가로막
는 청년을 힘껏 밀친 것은 거의 무의식적인 동작이었다. "어, 이
쪼그만한 지주 아들새끼가 여간 아니네!" 작대기가 어깨로 날아
왔다. 주저앉지 않으려고 용을 쓰는 중에 앞선 청년이 뒤로 넉장
거리를 한 것도 사태를 단번에 악화시키는 원인이 됐다. 흥분한
청년들의 발길과 몽둥이가 우박처럼 날아들었다. 어디가 찢어졌
는지 피가 앞섶을 적셨다. 이대로 맞아 죽는구나. 나는 생각했
다. 저항할 수도 도망칠 수도 없었다. 번데기처럼 몸을 오그리고
온몸에 떨어지는 몽둥이와 발길을 견디는 수밖에 없었다. "그만
해!" 쇳소리 같은 게 들렸다. 그리고 이어 누군가 내 몸을 힘 있

게 감싼다고 느꼈다. "사람 죽이려고 이래? 아직 어린애야. 내가 아는 애라구." 그제야 나를 감싼 것이 여자라는 걸 알아차렸다. 얼굴에서 흐른 피가 내 머리를 감싸 안은 여자의 저고리를 적시고 있었다. 옥양목 저고리는 눈부시게 하얬다. 근처 어디 사는지, 내가 학교 갈 때마다 자주 길에서 마주쳐 눈인사를 나눌 정도가 된 누나였다. 이마가 귀엽게 튀어나온데다가 숱 많은 눈썹은 까맣고 목이 길었다. 여자는 길에서 마주치면, 안녕이라고 말하려는 듯 입술을 달싹이면서 가만히 웃곤 했다. 웃으면 눈가에 잔주름이 물결쳤다. 한번은, 난 이름이 D야, 라고 말을 걸어온 적도 있었다. 아주 이쁜 이름이었다. 고개를 차마 들지 못하고선 내 가슴에서 둥둥, 북소리가 났다. "이런 식의 폭력은 안 돼!" 다시 한 번 소리치는 여자의 목소리가 아득하게 들렸다. 여자는 철푸덕 주저앉은 채 피 흐르는 내 머리를 두 손으로 안고 있었다. 복사꽃이 그날 피어 있었던가. 그 여자의 가슴팍에 안겨 옷고름 사이로 본 것은 푸른 하늘, 붉은 꽃, 그리고 내 피로 젖어드는 하얀 저고리였다. 향긋한 복사꽃 냄새를 맡기도 했다.

　평생 사랑이라는 말을 들으면 그 누나가 떠올랐다. 여운이 긴 북소리가 그녀를 떠올릴 때마다 가슴에서 둥, 하고 울려나왔다. 수십 년이 지난 일이지만 내게는,

유산균처럼,

생생히 살아 있는 기억이었다. 만약 생애에서 단 한 번 내가 사랑한다, 라고 고백해야 한다면 대상은 그 여자뿐일 것이다.

얼의 어머니를 만난 것은 이십대였다.

박정희 군사혁명이 나던 해, 나는 남북 경제교류를 주장하고 나선 신민당 소장그룹 중 한 명이었던 젊은 의원의 사무실에서 허드렛일을 맡아 하는 사환 신분이었다. 혁명에 의해 장면 정권이 실각한 다음, 사환이나 다름없던 나는 놀랍게도 사회질서를 어지럽히는 폭력배로 수배되었다. 창신동 친구 집 다락방에 숨어 지낸 것은 육 개월 정도였다. 친구는 편모와 함께 남대문에서 양담배 장사를 했다. 가족들이 다 돈벌이를 나가고 나면 집에는 나와 살림을 맡아 하던 친구의 열아홉 살 된 여동생만 남았다. 가족은 물론이고 이웃에게도 아주 헌신적인 여자였다. 식구들 몰래 다락방에 찐 달걀이나 누룽지 그릇을 밀어넣어주기도 했고, 가끔은 어디서 구했는지 미제 소시지를 잘라 전을 부쳐주기도 했다. 고향은 전라도 부안이었다. 틈만 나면 고향집에서 내다보던 바다가 얼마나 아름다운지 입에 침이 마르도록 말하곤 했다. 그 여자의 꿈은 후덕한 남자 만나 고향으로 내려가 바다를 옆에 끼고 사는 것이었다. 통통한 편이었으며, 머리가 길었다. "서울 오면 좋을 줄 알았는데, 뭐 감옥이에요." 그녀는 가끔 그렇게 말했다. 바다가 자유롭게 키운 처녀였으니 당연히 그럴 터였다. 햇빛이 좋은 날이면 마당 수돗가에 나와 앉아 머리를 감았다. 그때가 가장 행복해 보이기도 했고 또 이뻤다. 특히 어깨에서 팔꿈치로 내려오는 통통한 근육이 햇빛 좋은 날엔 수면 위로 날아오르는 날치 떼의 그것처럼 싱그러웠다. 머리를 감고 나면 툇마루 앉아 해바라기를 하면서, 긴 머리를 빗었다. 윤기 나는 머리칼과 통통한 어깻살을 나는 자주 환기구 틈으로 내려다보았다. 사달이 생긴 건 지루한 장마철, 그녀가 오징어전과 막소주 한 병을 들고 다락으로 올라왔을 때였다. 장마는 정말 지루했다. 나는 수배중이었고, 그녀는 도시라는 문명의 틀에 갇혀 있었다. 갇혀 있기로는 그녀와 내가 마찬가지였다. 우리는 취했고, 그녀가 내 무릎에 엎어졌다. 통통한 어깻살로 손이 갔다. 통통한 어깻살이 D의 이마 같아 보였다.

나를 가슴에 안아서 옥양목 흰 저고리에 담아 몰매로부터 지켜준 고향의 그 여자, D. 이쁜 여자를 보면 그 누나를 연상하는 게 내 평생의 습관이었다. 은교도 예외는 아니었다. 희고 반듯한 은교의 이마는 이미지에서 D와 너무도 닮아 있었다. 웃으면 잔잔히 접히는 눈가의 잔주름도. D를 떠올리면 매번 그 목소리가 들렸다. "이런 식의 폭력은 안 돼!" 그 말은 결국 세상을 가로질러온 나의 나침반이 됐고, 내 평생의 중심 이데올로기가 됐다.

밤에 사랑의 추가
항시恒時와 전무全無 사이를 흔들 때에
너의 언어는 가슴의 달에 부딪히고
소낙비 올 듯한 너의 푸른 눈은
지상의 천국을 주었다

—P. 첼란(Celan), 「밤에」에서

셋이서 산에 오른 적도 여러 번이었다.

은교는 김밥을 잘 말았다. "제가 동생들 도시락을 싸거든요." 주말마다 서지우가 거의 빼먹지 않고 들르는 게 마음에 들지 않았다. 그렇다고 오지 말라 할 수도 없었다. 다행히 은교는 늘 내 곁에 가까이 붙어 있었다. 서지우는 김밥 보따리를 들고 일부러 그러는지 한참씩 처져 따라왔다. "할아부지는 산에만 오면 호랑이 같아요." "너는 어린 여우 같애." "여우하고 호랑이하고 누가 빠른데요?" "너하고 나하고 시합해보면 결판이 나겠지." 은교는 산에 오르는 것도 약빨라서 나보다 훨씬 발이 빨랐다.

한번은 바다에 간 일도 있었다. 태안반도였다.

오랫동안 민주화 운동에 투신했던 후배 시인이 죽어 조문 가는 길을 서지우와 은교가 따라나선 것이었다. 우리는 한나절을 바닷가에서 지냈다. 그애는 천방지축, 외양간을 벗어난 어린 송아지처럼 뛰어놀았다. 바다는 잔잔했고 햇빛은 따사로웠다. "할아부지도 바다 들어와요!" "일없다." 나는 백사장에 앉은 채 손사래를 쳤고, 그애는 "일없다." 내 목소리와 손짓을 흉내내곤 다시 물결을 쫓았다. "넓고 넓은 바닷가에 오막살이 집 한 채, 고기 잡는 아버지와 철 모르는 딸 있네……"라고 그애는 버릇처럼 제 아버지의 노래를 불렀다. 그애가 바로 '내 사랑 클레멘타인'이었다. 한참을 저 혼자 뛰어놀다 내 앞으로 달려와 다리를 쫙 벌리고 앉아 모래장난을 하면서, 그애가 한 말은 이것이었다. "할아부지, 이제 배고파요." 웃을 일도 없는데

그애는 저 혼자

키키킥,

했다. 아스피린 분말같이 하얀 앞니가 말쑥이 드러났다. 가슴
과 쇄골은 가쁘게 오르내리고, 튀어나온 이마엔 땀방울이 송글
송글 맺혀 있었다. 햇빛과 만나 땀방울 하나하나에 작은 무지개
가 뜨는 것 같았다. 불과 열 살의 피 흐르는 나를 옥양목 저고리
로 감싸준 그 여자 D의 이마가 그애 이마 위에 오버랩됐다. 혼
인반지만큼, 꼭 들어맞는 이마였다.

사람들은 내가 여자에게 선천적으로 별 관심이 없는 줄 알았
다. 그러나 관심이 없다기보다 내 욕망을 주체하기가 쉬웠다고
말하는 게 옳을 것이다. 여자를 만날 기회가 별로 없었기 때문인
지도 몰랐다. 나는 그 흔한 포르노나 야동조차 거의 본 적이 없
었다. 섹스의 욕망을 다스리는 건 집에서 키우는 개나 고양이를
다스리는 것보다 훨씬 쉬웠다. 쉽다고 여겼다. 더구나 이 도시는
원한다면, 섹스로 가는 길이 얼마든지 구비되어 있었다. 그렇다
고 내가 금욕주의자라는 건 아니다. 사십대까지는 유곽에 다닌
적도 있었다. 섹스는 자연이라고 나는 믿었다. 그것은 본래 자연

이 만든 순환의 한 과정에 불과하다. 특히 남자들에게 섹스는 환상이 아니라 현실 문제이다. 여자들이 종종 섹스를 통해 환상에 근접하는 것과 대조적으로,

남자들은 섹스를 통해 환상을 현실로 만든다.

그러므로 나는 섹스에 대한 아무런 환상이나 집착을 갖고 있지 않았다. 오로지 자연스럽게 그것을 '다스리면 된다'고 여겼다. 섹스의 욕망을 사랑이라고 착각하는 어리석은 자들과 섹스의 욕망에 끌려 스스로 누추해지기를 마다하지 않는 천박한 인간들은 어디든 있었다. 나는 그런 자들을 경멸했다. 어째서 한 뼘도 안 되는 살덩어리에게 몸 전체를 내맡긴단 말인가. 그래서 섹스의 욕망을 나는 평생 동안 아침이 오고 나면 저녁이 온다는 식으로, 자연의 사이클에 맞춰 다스렸다. 필요하면 남몰래 여자를 샀고, 사지 않고도 취할 수 있을 때면 그 또한 자연스럽게 받아들였다. 그것으로 충분했다.

오십대엔 내 집에 주로 M이 드나들었다. M은 나의 추천을 통해 삼십대에 데뷔한 여류시인으로서 두 아이를 키우는 이혼녀였다. 나는 그 무렵 한강이 내려다보이는 동작동 언덕배기 서른 평

도 채 안 되는 낡은 아파트에서 살았다. 김치를 담가오거나 밑반찬을 만들어오던 M은, 언제부터인가, 맨손으로 와서 제 몸을 김치 대신 내게 먹였다. M은 모르겠으나, 나는 M을 사랑하지 않았다. 그래도 섹스의 과정은 아주 만족도가 높았다. M은 몇 년 후에 정신과 의사와 재혼했고, 재혼 다음에도 거의 십여 년을 시종여일, 한 달에 한두 번쯤 내게 들렀다. 육십대 초반까지만 해도 내 페니스는 아침에 불끈 서 있는 경우가 자주 있었다. 나는 타고난 강골이었고 운동으로 단련된 몸을 갖고 있었다.

어느 날 M이 내게 와서 잠깐 울었다.

나는 왜 우는지 물어보지 않고 기다렸다. "오는데 가로수 은행잎들이 다 졌더라구요." 운 것이 민망하다는 투로 M이 말했다. 우리는 늘 하던 순서에 따라 애무하고 섹스했다. 섹스에선 아주 적극적인 스타일이었기 때문에 리드를 맡는 것은 항상 그녀 쪽이었다. 삽입하기까진 아무런 문제가 없었다. 나를 말처럼 타고 앉은 M이 하체를 살짝 들었다가 내려앉으며 내 페니스를 자신에게 유연하게 끼워넣었다. 히잉, M이 말을 달렸다. 사달이 생긴 것은 잠시 후였다. 이삼 분쯤 지났을까, 갑자기 페니스에서 힘이 빠진 것이었다. 달리는 말이 멈칫멈칫했다. 나는 멈칫거리는 말에게 채찍을 가하려는 듯 두 손을 황급히 뻗어 M의 젖가슴을 만졌다. 그러나 소용없었다. 페니스는 이미 제풀에 지친 것처럼 어느새 M으로부터 빠져나와 있었다. "피곤하신가봐요. 제가…… 다시 살릴게요……" 내가 행여 언짢아할세라 M이 눈치를 살피면서 이미 풀이 죽은 페니스를 입에 물었다. M은 아주 적절하게 내 페니스를 피리 불었다. 조금 기미가 보였다. 감칠맛나게 휘어지고 구겨지는 M의 혀에 감겨들면서 페니스가 쫑긋 재기했다. M이 히잉, 다시 말 위로 올라앉았다. 하지만 거기까지였다. 재삽입하려는 순간 페니스가 또 목을 꺾고 주저앉아버렸기 때문이었다. 처음 있는 일이라 나는 조금 당황했다. M이 이미 두 번씩이나 죽었던 그것을 또다시 입 안에 넣었다. 나도 노력했다. M의 젖은 사타구니를 만졌고, 내 사타구니엔 주마가 편走馬加鞭, 불끈 힘을 주었다. 그러나 소용없는 일이었다. 소용없는 일에 용을 쓰고 있는 내가 비천하게 느껴졌다. 게다가 잠시 후 예상 밖의 일이 벌어졌다. M이 빨아들이는 힘을 감당 못 하고 개울물이 논두렁 넘어가듯이 꿀렁꿀렁, 정액만이 그만 힘없이 빠져나오고 만 것이었다. 페니스 자체가 제대로 서지 않은 상태였다. 그건 사정이 아니었다. 전신에서 힘이 쫙 빠졌고, 나는 기분이 아주 나빠졌다.

그게 마지막 섹스였다.

다음 주 찾아온 M을 나는 현관 앞에서 돌려보냈다. 그다음 주에도 마찬가지였다. "섹스가 아무것도 아니라는 건 선생님이 하신 말씀이에요." M이 눈시울을 붉히면서 말했고, 나는 아무 대답 없이 문을 닫았다. 자연의 사이클이 주는 신호를 내가 왜 거부하겠는가. M은 결국 발걸음을 끊었다. 섹스를 하지 않더라도 내 몸이 그것을 욕망하지 않으면 아무런 불편도 없다고 나는 생각했다. 그리고 실제 불편하지도 않았다. 그렇다고 전혀 욕망이 사라진 건 아니었다. 욕망은 그날 이후에도 한동안 남아 있었다. 육십대 중반이 넘어서도 페니스는 가끔 발기했다. 나는 내버려두었다. 섰던 페니스는 곧 제자리를 찾아갔다. 다시 서면 다시 선 대로 또 내버려두면 되는 일이었다. 그랬더니 이삼 년 쯤 지나자 더이상 서는 일도 없게 되었다. 나의 페니스가 마침내 살아서 임종을 맞은 것이었고, 내겐 그게 차라리 자연스럽고 편안했다.

내가 처음부터 은교를 음심(淫心)으로 본 것은 아니다. 아니, 나중에도 그랬다. 그애는 대부분 손녀 같았고, 어린 여자 친구 같았으며, 아주 가끔은 누나나 엄마같이 군다고 느끼기도 했다. 그럼에도 불구하고, 그애가 나의 가슴팍에 헤나로 창을 그리던 날 돌연히 페니스가 솟구쳐 일어난 이후부터, 분명히 음심이라고 불러야 할 욕망이 내 속에 똬리를 틀고 앉았다. 때에 따라선 그 욕망이 주인 노릇까지 하려들었다. 아주 고약했다. 나로선 예전에 전혀 경험해보지 않은 일이었다. 조금도 자연스럽지 않았다. 낯설었다. 발기한 페니스의 모양이야 똑같았겠지만, 내게는 예전과 모든 점에서 확연히 달랐다. 게다가 그날 이후에는 페니스가 저 혼자 서는 일도 생겼다. 나는 어떻게 대처해야 할지 몰라 쩔쩔 맸고, 자존심이 상했고, 무참했다.

자기를 내려다보며 이 두 손에 생각이 미치면
발을 알고 허리를 알고
그리고 모양 없는 성기^{性器}를 똑똑히 안다면
이것이 육체인 것이다 잠을 욕심내고
언젠가는 죽지 않으면 안 될 육체
그것은 지칠 대로 지쳐서 어제에서 내일로
끌려다니며 '언제'와 '어디' 사이에 끼여 있는 베개를 쥐어뜯으며
떨면서 그는 묻고 있다
나는 어떻게 되는 걸까

어머니는 어떻게 되는 걸까?

형제는 어떻게 되는 걸까?

— H. E. 홀투젠(Holthusen),

「시간과 죽음에 관한 여덟 개의 바리아시옹」에서

목이 마르면 물을 찾아 마시면 되고 걷고 싶으면 운동화를 찾아 신으면 그뿐인 것이, 자연이다. 자연의 사이클을 따르면 된다고 여겨온 섹스의 욕망이 나를 긴장시킨 적은, 그러므로 한 번도 없었다. 그러나 은교를 향한 욕망은 확실히 강도와 빛깔에서 전에 경험한 것과 판이했다. 평생 처음 겪는 강도, 빛깔이었다. 포악스럽고 장렬했다.

가령, 그애가 목제 층계를 올라오다가 접질려 발목이 시큰거린다고 말하던 날도 그랬다.

그애는 아무렇지도 않게 양말을 벗고 탁자 위에 발을 올려놓았다. 몸매와 달리 발은 갸름했다. 발등은 하얗고 두번째 발가락이 길었다. 빨간 매니큐어가 새끼발가락에만 칠해져 있었다. 그애는 시큰거리는 발목을 주물러볼 요량으로 허리를 한껏 구부리고 발목 쪽으로 손을 뻗었다. 의자는 ㄴ자 형태였다. 나는 그애와 사선으로 앉아 있었다. "애개, 이게 잘 안 닿네!" 그애가 혼잣말을 하며 나를 보았다. 허리가 뻣뻣한 건지, 손가락이 발목 뒤까지 원활하게 닿지 않았다. 내 손이 그애의 시선을 따라나가 슬그머니 발목을 잡았다. 발목은 한 줌도 되지 않았다. 뒤꿈치 인대가 이내 손가락 사이로 쏙 들어왔다. 그애가 키킥, 웃었다. 불현듯 "저는요, 발목이 젤 간지럼을 많이 타요.

　옴씬,

　들어간 데요"라던, 그애의 말이 생각났다. 다행히 인대 자체는 멀쩡한 것 같았다. 나는 그것을 꾹꾹 눌러주었다. 그애가 간지럼을 참지 못해 몸을 꼬았다. 짧은 반바지에 딱 맞는 셔츠 차림이었다. 그애의 허벅지는 얼룩 하나 없이 뽀얗고, 허리선은 날렵했다. 온몸의 피가 거꾸로 솟구친다고 느낀 것은 그 순간이었다. 내 손이 불가항력적으로 움직였다. 덥석, 그애의 종아리를 잡아 확 끌어당긴 것이었다. 아니다. 몸을 배배 꼬던 그애가 끝내 간지럼을 참지 못하고 일어서려다가 내 쪽으로 엎어졌는지도 모르겠다. 종아리를 놓쳤다고 인식했을 때는 이미 그애가 반으로 접혀 내 무릎 위에 얹혀 있었다. 고양이를 안은 것처럼 가벼웠다. 턱 밑으로 들어온 그애의 머리칼에서 향긋한 냄새가 났다. 내 입술이 벌써 그애의 머리칼 속으로 박혔다가 이마에 닿아 있었고, 오렌지를 따려고, 손이 가슴께로 포복을 시도했다. 나의 입에선 쉐쉐, 풀무 소리가 났으며, 그애는 쌔근쌔근, 화답했다. 내 감각의 예민한 촉수들은 전인미답의 쪽빛 바다로 나아가는 데 아무런 장애도 없다고 확신하고 있었다. 바로 그때, 목제 층계를 올라오는 누군가의 발소리가 쿵, 쿵, 들렸다. "서선생님 와요, 할아부지." 그애가 속삭이고 재빨리 몸을 일으켰다.

삼십 분쯤 후, 나는 집에 있는 게 견딜 수 없어 시내로 나왔다. "어디 가시는지, 제가 모시고 갈게요, 선생님." 서지우가 따라나오며 말했다. "이번엔 혼자 다녀옴세." 나는 고개를 저었다. 은교는 이층 청소를 하고 있는지 보이지 않았다. 제법 쌀쌀했다. 갈 데를 딱 정하고 나온 것은 아니었다. 나는 아직 해가 지지 않은 한적한 변두리 유흥가를 몇 바퀴나 돌았다. 룸살롱, 단란주점, 카페, 안마시술소, 고깃집, 모텔들 앞을 지나갔고, 또다시 룸살롱, 단란주점, 카페, 안마시술소, 고깃집, 모텔들을 지나갔다. 어떤 모텔은 낯이 익었다. 한때 색주가 여자를 불러 기계적인 섹스를 나누기도 했던 모텔이었다. 그러나 차마 들어갈 엄두가 나지 않았다. 결국 차를 세운 곳은 안마시술소였다. 층계를 올라갈 땐 얼굴이 화끈했다. "맹인 안마는 필요 없네." 뻔뻔해지려고 필사적으로 노력하면서 종업원에게 내가 말했다. 너른 욕조와 비닐 침대가 있는 침침한 방이었다. 반라의 여자가 곧 들어왔다. 서른 살을 갓 넘겼음직한 키가 큰 여자였다. 날씬하고 볼륨이 넘쳤다. "벗어요, 오빠." 여자가 홀렁 껍데기를 벗어 던지며 말했다. 오빠라는 말에 귀밑이 확 달아올랐다. 나는 옷을 벗고 침대 위에 올라갔다. 이제 여자가 내 몸을 씻길 차례였다. 여자는 샤워기로 내 몸을 적셨다. "물이 차다." 내가 말했고,

"찬 게 아니라 미지근한 거지. 젊은 사람들은 넘 뜨거우면 지랄하는데."

여자가 대꾸했다. 다행히 여자는 유순하고 따뜻한 표정을 갖고 있었다. 젖가슴이 엄청 컸다. 여자는 내 몸과 제 몸에 비누칠을 해서 거품을 내더니, 침대 위로 올라왔다. 그리고 젖가슴으로 내 전신을 문지르기 시작했다. 페니스가 살짝 움직였다. 그러나 그뿐이었다. 페니스는 더이상 일어나지 않았다. 비누거품을 다 씻어내고 난 뒤 목욕탕을 나와 다른 뽀송한 침대로 옮겨 누운 다음에도 그랬다. 여자는 내 것을 열심히 빨았고, 눈을 감은 채 나도 페니스를 세우려고 힘을 줬다. 심지어 은교의 나신을 상상해

보려고도 했다. 소용없었다. "안 되는데, 그래도 싸고 싶어요?" 여자가 한참이나 용을 쓰다 물었다. 나는 아무 대답도 하지 않았다. 유곽을 찾아 나온 것은 하고 싶어서가 아니라 남아 있는 에너지를, 더러운 욕망의 잔해를 소진시키기 위해서였다. 하지만 소진시킬 만한 남은 것이 내게는 없었다. 그렇다면 은교를 순간적으로 끌어당겼던 욕망은 내 안의 어디에 숨어 있는가. "사람마다 한도가 있대. 대두병으로 두 병을 쏟으면 더이상 안 된다는 말을 들었어요. 오빠 그동안 다 쏟아낸 거니, 너무 속상해하지 마. 그 대신, 젖 먹여줄게." 여자가 내 입에 사발 같은 젖을 아낄 것 없이 물려주었다. 착한 여자였다. 나는 어린아이처럼 그것을 빨았다. 복사꽃 향기가 간절히 그리웠다. 댓잎처럼 푸른 하늘, "이런 식의 폭력은 안 돼!" 왜장치던 목소리, 내 피로 얼룩진 D의 옥양목저고리 앞섶이 어른어른했다. 콧날이 찡하고 울렸다. "남자들, 불쌍해." 여자의 혼잣소리가 멀리 들렸다.

내가 받은 충격과 상처는 전적으로 내게서 비롯된 것이었다. 평생 신뢰해온, 평생 자신만만했던 나의 이성이 그애의 옴씬한 발목 인대에서 단번에 무너졌다는 사실이 믿기지 않았다. 도저히 이해할 수가 없었다. 자존심이 시궁창에 떨어져 있었다. 어떻게 그런 일이 생길 수 있단 말인가. 단지 섹스, 그 투신 때문에?

안마시술소를 나온 뒤 기분은 더 나락 속으로 떨어졌다.

차마 집으로 돌아가 서지우와 대면할 용기조차 나지 않았다.
나는 그래서 만취할 때까지 술을 마시고 거의 새벽에 빈집으로
돌아왔다. 내 안에 평생 잠복해 있던 낯선 내가 원한 것은 무엇
이었던가, 하고 생각했다. 삽입인가. 확실한 것은, 은교의 옴씬
한 인대를 주무를 때, 불가항력적인 충동으로 와락 끌어당길 때,
코가 그애의 머리칼 속으로 박혀들고 손이 그애 가슴으로 포복
할 때, 그 순간들이 오, 생피鮮血보다 더 뜨겁고 생생했다는 것.
불에 데는 순간 같았다는 것. 아무리 곱씹어도 일찍이 그렇게 생
생한 순간은 내 생애에 없었다. D의 기억을 빼곤. 나의 지난 시
간들은 대부분 밋밋했다. 사람들이 알고 있는 시인 이적요는, 불
측不測했던 세월과 교활한 전략과 거짓 관념으로 도배질된 추상
의 어휘들이, 사람들의 머릿속에서 멋대로 조합되어 만들어진
것에 불과했다.

생은 결과적으로 내게 아무런 위로도 주지 않았다. 나는 언제
나 조심했고, 억눌러 견디었다. 시가 감정의 분출을 받아쓰는
것이라고 여긴 일은 한 번도 없었다. 감정은, 일종의 얼룩에 불

과했다. 싸구려 얼룩들을 지워야 맑은 유리 너머로 참된 세계 구조가 보일 거라는 게 나의 시론이었다. 그것을 '내 시론'이라고 믿었다. 그러나 그것은 정말 내 것이었나. 아무것도 이루지 못하면서, 나는 다만 전투적으로 나를 억압하고 산 것뿐이었다. 이를테면 수인囚人으로서 나는 시간을 거의 다 써버렸다고 할 수 있었다.

나의 생애는 머릿속에서, 단번에 제로베이스가 되었다.

오늘 일을 반면교사로 삼아, 걸어왔던 대로 더 피어리게 견딜 것인가, 감정을 좇아 파멸의 길로 갈 것인가, 길은 두 갈래였다.

그러나 남은 시간이 얼마 없었다. 그 무렵의 나는 당뇨와 그 합병증 때문에 매일 스스로 주사를 놔야 했고 시시때때 설사와 변비를 반복했으며, 돋보기를 최고 도수로 바꿔야 했다. 길은 머지 않아 끝날 터였다. 그렇다면 길이 다 끝나는 곳에서, 어떤 갈랫길을 만난다고 한들, 그것은 선택으로서 이미 아무 의미도 없었다. 설령 은교를 품는다고 해도, 젊은 그애의 몸속에 내 몸을 파죽지세 박아넣는다 해도, 그것으로 내가 무엇을 이루겠는가. 그애는 '구멍'을 내줄 뿐이고 나는 어두운 '구멍'을 잠시 얻을 뿐이다.

결국 나는 '칼' 과 '끈' 사이를 왔다갔다하며 아침을, 또다른 아침을 맞았다. 할복을 할 수도 있고, 목을 매달 수도 있었다. 내 앞에 놓인 길은 다시, 두 갈래였다. 얼마 남지 않은 시간을 피어 리게 견뎌내는 것과 그 시간이나마 스스로 중절시키는 것, 이것 이 겨우 내게 남겨진 갈랫길이었다.

내가 그 장면을 목격한 것은 그 이틀 후, 저녁이었다.

몸과 마음이 너무 무거워서 하루 종일 누워 있다 일어났더니 날이 저물고 있었다. 감기가 들어오는 것 같았다. 전화벨이 울렸 다. "선생님, 저예요." 서지우였다. "대전에서 작가와의 대화 있 다고 말씀드렸잖아요? 지금 올라가는 길인데요, 오늘은 아무래 도 못 들를 거 같아서요. 저녁 식사 꼭 하시구요." 종일 굶었기 때문에 미상불 배가 고프기는 했다. 밥솥엔 어젯밤 해놓은 밥이 바싹 말라붙어 있었다. 나는 그것을 물에 말아 김치하고만 먹었 다. 밥알이 깔깔해서 잘 씹히지도 않았다. 어느 편이냐면, 나는 평생 독신으로 살아왔기 때문에, 음식도 제법 만들 줄 알았고, 혼자 먹더라도 쩍지게 상을 봐서 먹는 타입이었다. 혼자 사는 티 를 내는 건 죽기보다 싫었다. 먹는 것도 그렇거니와 입성도 마찬가지였다. 언젠가 한번은 무슨 모델협회 같은 데서 나를 '옷 잘 입는 남자'로 뽑았을 정도였다. 나는 깔끔한 성격이었고 일상생활에서의 양식을 즐길 줄 알았다. 그러므로 24시간씩, 해놓은 밥을 밥솥에 그대로 두는 일은 거의 없었다.

그러나 그 무렵엔 달랐다. 아무도 없으면 밥을 잘 먹지 않았다. 먹는다고 해도 그날처럼 마지못해 밥과 김치 정도만 먹거나, 라면을 먹거나 했다. 냉장고에 있는 찌개나 반찬조차 꺼내기가 귀찮았다. 아들 내외를 보러 이스탄불로 간 용안댁에게선 두 달 가까이 됐지만 여전히 소식이 없었다. 하기는 용안댁이 필요하지도 않았다. 이대로, 은교나 서지우까지 발걸음을 못 하게 하고 혼자 사는 게 더 편할 것 같았다. 중심이 쑥 빠져나간 듯, 어떤 무력증에 걸린 느낌이었다. 공복을 겨우 때운 뒤에 남은 밥이 눌어붙은 밥솥을 그냥 개수통에 내려놓고 텔레비전을 켰다. 볼 만한 것이 없었다. 하루 내내 침대에 누워 있다시피 했는데도 몸은 아주 찌뿌둣했다. 역기라도 들까, 하고 마당 쪽을 기웃했더니 환한 빛이 시선에 들어왔다. 달이었다. 이제 막 해가 겼는데도, 달이 휘영청 밝았다. 보름날인가보았다. 달빛은 은교의 이마처럼 희고 소나무 그늘은 은교의 눈썹처럼 검푸르렀다. 나는 달빛에 홀려 파카를 입고 모자까지 쓴 뒤 대문 밖으로 나왔다.

내가 가는 산책 코스는 대개 일정했다.

하나의 코스는 집 뒤란에서 사다리를 이용해 축대를 오른 뒤 산으로 가는 길이었고, 다른 코스는 버스 종점 앞마당을 우회해 언덕을 돌아 카페들이 밀집된 Z까지 다녀오는 길이었다. 나는 버스 종점을 우회했다. 달빛이 밝아 길은 어둡지 않았다. Z로 이어지는 이 킬로미터 정도의 산길은 달구지나 다님직한 임도林道였다. 잎 진 상수리나무들의 그늘이 어른어른, 흔들리고 있었다. 언덕을 돌아나가자 Z의 불빛들이 보였다. 나는 길가 바위에 기대고 잠시 숨을 골랐다. 무거웠던 몸이 조금 풀리는 것 같았다. 여느 때처럼 서지우와 동행했다면 언덕을 내려가 Z의 카페에서 차라도 한잔했을 터였다. 경기도에 속한 Z는 젊은 연인들이나 대학생들이 엠티를 많이 오는 곳이었다. 한참 동안 나는 Z의 불빛을 바라보았다. 젊은 연인들의 달콤한 수다도 들리는 듯했다. 갈 때마다 카페들은 젊은 연인들로 꽉 차 있었다. 어떤 연인은 아예 안다시피 하고 있었고, 어떤 그룹은 케이크에 촛불을 켜놓고 '해피 버스데이'를 합창하기도 했다. 내가 겪었던 청춘과는 천리만리 먼 풍경들이었다. 그런데도 특별히 부러운 적은 없었다. 삶이란 시대의 환경을 반영하면서 쌓이는 게 아니겠는가. 저들에겐 저들의 인생이 있고 내겐 나의 인생이 있다고, 나는 늘 생각해왔다. 그러나 오늘, 길가에 멈춰 서서 그 불빛들을 바라보는 심정은 여느 때와 전혀 달랐다. 형형색색 화려한 카페의 불빛들에게 나는 한순간 비열한 질투심을 느꼈다. 내겐 아예 청춘이 없었다. 젊을 때에도 중늙은이처럼 오로지 일만 했다. 먹고살기 위해, 학비를 벌기 위해 하루 스무 시간 일한 적도 있었고, 보다 나은 세상을 꿈꾸면서 최루탄의 무차별적인 세례와 몽둥이찜질을 견딘 날도 부지기수였다. 유신시대엔 십 년이나 차가운 옥방에서 살기도 했다. 그렇게 헌신해 겨우 얻은 것들을 카페 안의 저들이 독점하고 있다고 나는 새삼 느꼈다. 화가 났다. 달려내려가 희희낙락하는 저들에게 소리치고 싶었다.

너희가 지금 누리는 달콤한 인생을 누가 주었느냐고, 어디로부터 온 것이냐고, 마음대로 너희들만 누릴 권리는…… 없다고.

그러나 미친 상상에 불과했다.

저들의 누가 늙은 애비, 늙은 시인의 과거를 알겠는가. 나는 심통이 나서, 돌아올 때는 더욱 발걸음을 빨리 떼어놓았다. 밤이슬이 운동화의 앞부리를 적셨다. 찌뿌듯했던 몸은 그나마 많이 풀린 것 같았다. 버스 종점에서 막 버스 한 대가 시내를 향해 출발하고 있었다.

산허리를 깎아 만든 공터엔 빈 버스가 서너 대 정차해 있었다. 나는 허겁지겁 걸어와 종점이 빤히 내려다보이는 나무 그늘에 앉았다. 이마에 땀이 배어나와 있었다. 공터에서 마을 사이로 이어지는 골목길은 두 갈래였다. 한 길은 공터에서 곧게 동쪽으로 뻗어 있었고, 다른 길은 그 길과 ㄴ자를 이루며 비탈길을 오십여 미터 올라가다 역시 동쪽으로 꺾어지고 있었다. 그 뒷길 맨 끝 막다른 곳에 내 집이 있었고, 앞줄의 왼쪽 두번째 단층가옥이 은교의 집이었다. 지대가 높은 우리 집 마당에서 보면 앞줄, 보다 낮은 곳에 자리잡은 삼사층짜리 소규모 빌라들 사이로 공터와 은교네 집의 마당 한귀퉁이가 살짝 내려다보였다. 버스 한 대가 들어왔다. 내린 사람은 불과 세 명뿐이었다. 두 사람이 은교네 골목으로 들어갔고 한 사람이 위쪽 골목으로 들어갔다. 땀이 식으면서 한기가 느껴졌지만 나는 그냥 앉아 있었다.

은교를 기다리고 있다는 생각이 들었다.

만나자는 것이 아니라, 버스에서 내려 달빛 환한 공터를 가로질러 은교가 제 그림자를 밟고 집으로 들어가는 모습을 보고 싶었다. 산길을 산책하는 동안 은교가 귀가했을 수도 있으나, 뭐 상관없었다. 한 대의 버스만 더 기다려보자고 생각했다. 그때 승용차 한 대가 공터로 들어왔다. 나는 무심히 그것을 내려다보았다. 그런데 승용차가 곧장 골목길로 접어들지 않고 공터 입구에서 머리를 틀더니 내가 은신해 있는 쪽으로 다가왔다. 주차장이 협소한 사람들이 공터에 차를 세워놓는 것은 흔히 있는 일이었다. 나는 헤드라이트에 잡혀들지 않으려고 잠시 몸을 바닥으로 기울였다. 차는 나와 사선으로 불과 십여 미터밖에 안 되는 상수리나무 그늘에 들어와 멈췄다. 헤드라이트가 꺼지고 시동이 꺼졌다.

내 감각의 안테나가 쫑긋 움직인 건 그때였다.

서지우의 차가 아닌가. 불과 한 시간쯤 전, 대전에서 올라오고 있는 중이라고 말한 서지우였다. 나는 숨을 죽였다. 상수리나무 사이를 뚫고 내려온 달빛이 차 안에 스며들고 있었다. 헤드라이트를 끄고 나자 지척에 앉은 내 눈에 차 안이 예상보다 잘 보였다. 나는 미간을 한껏 모으고 마른 잡목 사이로 차 안을 들여다보았다. 서지우가 막 상체를 조수석 쪽으로 기울이고 있었다. 상수리나무 그늘 때문에 운전석보다는 조수석이 침침했지만, 형체까지 분별하지 못할 정도는 아니었다. 고개를 돌려댄 서지우의 뒤통수 뒤로 다른 사람의 이마 한켠과 머리가 보였다. 놀라운 정경이었다. 서지우는 조수석의 어떤 여자에게 키스를 하고 있었다. 그때까지만 해도 서지우의 대상은 '어떤 여자'였을 뿐이었다. 그러나 키스를 한참 하고 난 다음, 서지우의 머리가 좀더 아래로 내려앉았을 때, 조수석의 여자가 은교라는 것을 알아차리는 데는 그리 오랜 시간이 필요하지 않았다. 손끝이 떨렸고 가슴이 방망이질을 했다.

막이 접히면서 올라가듯이,

은교의 교복이 구겨지면서 위로 올라왔고 서지우의 머리통이 자맥질하는 것처럼 좀더 밑으로 내려갔다. 밀려올라온 교복에 은교의 턱이 이윽고 파묻혔다.

나는 그때 살기를 느꼈다. 서지우는, 은교의 젖가슴을 빨고 있었다. 남국의 태양빛에 잘 익은 오렌지 같은…… '내 처녀'의 젖가슴을.

육체의 과실이 어느 생생한
물통에서 멱감는다
그러나 물 밖에선
투구와 같은 힘센 실다발을 풀며
떨어지는 물에 목이 잘리는
황금의 머리가 빛난다

　　　　—P. 발레리(Valéry), 「목욕하는 여인」에서

육체는 다만, 풀과 같은가.

시인의 노트
의심

  문학은 어떤 이에겐 질병이다. 절대, 해서는 안 되는 사람도 있다.

  "나는 문장으로 하나의 예민한 악기를 만들려고 했다"라고 말한 건 『좁은 문』을 쓴 프랑스 작가 지드다. 그 말은 문학이 빈 보자기 속에서 태연히 비둘기를 끄집어내는 식의 마술을 꿈꾼다는 말과 다름없는데, 마술과 달리 문학은 속임수가 아니라는 데 문제가 있다. 서지우는 차라리 마술을 배웠으면 좋았을 것이다.

  그는 손재주도 많았고 참을성도 있었으며 필요한 대로 성실히 도구를 준비할 줄 알았다. 그러나 원고지와 질 좋은 펜을 준비한다고 해서 누구나 '예민한 악기'를 만들 수 있는 것은 아니

140

다. 천재성이 없다고 하더라도, 어떤 이는 도구를 잘 갖추고 끊임없이 연마함으로써 자신조차 알지 못했던 내면의 정수精髓를 이끌어내어 마침내 '예민한 악기'를 만들어낼 수도 있지만, 어떤 이는 영원히 거기에 도달하지 못할 수도 있다. 그런 이가 자신을 구하는 유일한 방법은 그 일을 그만두는 것뿐이다. 그러나 그는 타이밍을 놓쳤다. 아무리 가르쳐도 그는 문장은 문장, 악기는 악기로 이해할 뿐, 문장을 악기로 만드는 비밀스러운 과정을 알지 못했다.

내가 쓴 소설을 서지우의 이름으로 현상공모에 응모할 때, 나는 솔직히 '성공'할 줄 몰랐으며, 그 성공이 지속적으로 전개되리라곤 더구나 예상하지 못했다. 그 점에서, 나는 명백하게 유죄이다. 범죄자라고 비난하더라도 변명할 길이 없다.

문학에서까지, 층위를 제멋대로 나누어놓고, 모든 작가 작품을 마치 공산품에 품질 표시를 하듯 표시해서 칸칸마다 나누어 몰아넣으려는 듯한 지식인 독자들의 일반적 습관에 나는 경멸감을 갖고 있었다. 어디 문학뿐이겠는가. 문학을 떠나면 폭력적인 그 편견은 더욱 두드러진다. 모든 장르에 걸쳐 메이저, 마이너리그가 있고, 양아치로 취급받는 아웃사이더 그룹도 있다. 스포츠처럼 정당한 시합에 따른 철저한 기록 분석으로 나뉘는 게 아니다. 더러 그런 경우도 있겠지만 대부분은 아주 작은 '현상'을 단서로 '내용' 전체를 분류해버리고, 대중의 호응을 유도하여 그 분류의 정당성을 가짜로 확보, 굳히기 과정을 거친다. 그러고 나면 어떤 층위에 분류되어 넣어진 자는 아무리 변화를 꿈꾼다 해도 거의 평생 그곳으로부터 빠져나오지 못하기 쉽다. 이를테면 '한번 해병이면 영원한 해병' 그런 식이다. 그들의 분류 기준이란, 말이야 그럴듯하지만, 대개는 전근대적 '양반의식'이 이월상품처럼 전이돼온 것이다.

나는 멍청하지 않아, 일찍 그걸 알았고, 오히려 활용했다.

평생 오로지 시만 썼다는 게 무슨 자랑이 될 수 있단 말인가. 혼자 살았다는 게, 필명이 적요寂寥라는 게 무슨 카리스마인가. 그러나, 우리 풍토에서는 그런 것들이, 나의 시작詩作에 붙어 놀라운 성과를 확대 재생산해낼 수 있었다. 시인으로 살아남기를 꿈꾸었기 때문에, 내 시의 가치를 전략적으로 높은 곳에 올려놓고자 하는 나의 욕망은 부도덕하지 않다고 믿었으며, 그것이 편견으로 가득 찬 지식인 사회에 대한 통렬한 야유의 한 가지 방식이라고 나는 생각했다. 그렇기 때문에, 나는 어쩌면 시인으로서의 내 성공에 대해, 그 무렵 자학적인 묘한 감정이 있었는지 모르겠다. 도대체 내 시가 그만한 존경과 흠모를 받아서 마땅한가. 내 시에 대한 대중의 존경과 흠모는 우리 사회의 미묘한 관습들을 재빨리 간파해서 반어적으로 부응함으로써 얻은 과도한 전리품은 아닌가. 사람들은 나의 시가 '우주적인 고요'에 닿아 있다고 말했다. 그것은 내가 세속적 욕망을 단호히 절제하고 '오로지 시만 써온 지난한 과정'에서 얻어낸 빛나는 성취라고 말하는 사람도 있었다. 내가 평생 구도하듯이 혼자 살았다는 것도, 잡문한 번 쓰지 않았다는 사실도 물론 회자됐다. 나의 입장에서, 그런 평가들은 나의 전략에 머리 좋은 자들이 놀아난 결과에 불과했다. 나는 그래서 혼자 앉아 속으로 말하곤 했다.

"엿 먹어라!"

육십대 중반까지만 해도 나의 '엿 먹어라'는 대중들이 나를 숭상하도록 줄기차게 도와준 머리 좋은 병정들, 일부 지식인들을 향한 것이었다. 그런데 이상한 변화가 마침내 찾아왔다. 육십대 중반부터 불현듯 나의 '엿 먹어라'가 그 칼끝을 나 자신에게 돌리고 있다는 걸 깨닫게 되었다. 나의 시에게, 나는 '엿 먹어라'했고, 내 자신에게, 또한 '엿 먹어라' 했다. 매우 자기모멸적이고 위험한 자의식이었다. 이를테면, 나는 세상을 향해, 내 시가 알고 보면 우주의 털끝도 건드린 바 없고, 적요라는 필명도 전술적으로 준비된 도구에 불과하며, 심지어 혼자 살아온 것조차 시를 사랑해서가 아니라 우연히 그렇게 되었다고 소리쳐 말하고 싶은 충동을 자주 느꼈다.

서지우라는 이름을 통해 포르노그래피 소설을 응모해 당선했을 때, 나는 두려움과 아울러 미묘한 쾌감을 느꼈다. 영원한 완전범죄는 없다. 나는 언젠가 그 포르노그래피가 '우주적인 고요'에 닿아 있다고들 말하는 시인 이적요에 의해 씌었다는 것이 알려질 것이라고 생각했다. 그제야 비로소 사람들은 시인 이적요의 껍데기 속에 얼마나 '천박한 것'들이 숨어 있는지 알게 되겠지. '천박한 것'이라는 표현은 내 것이 아니다. 미지의, '당신들' 문법이다. 나는 포르노그래피를 기실 한 번도 '천박하다'고 생각한 적이 없다. 하찮다고 생각하지도 않는다. 그러므로 그때 쓴 포르노그래피 소설은 당신들이 천박하다고 생각하도록, 당신들이 마음 놓고 침 뱉기 좋게, 내가 획책해 썼다는 것이 옳은 표현일 것이다.

어쨌든 나는 사람들이 '천박한 것'이라고 비난하도록 획책해 쓴 그것이, 시인 이적요의 작품이라고 까발겨질 날이 언젠가 올 거라고 예감했고, 그 작품이 마침내 책이 되어 나왔을 때, 본능에 따른 나의 또다른 충동, 예컨대 나와 나의 시세계가 얼마나 하찮은가 하는 것을 세상에게 극적으로 까발리는 과정 안에, 돌입했다고 느꼈다. 돈이 필요했다고 말할 수 있고, 이중적인 지식인 사회를 더욱 통렬히 갖고 놀아보겠다고 말할 수도 있으며, 그리고 그것이 완전히 틀린 것만은 아니겠지만, 그 이유들은 사실은 나의 위악에 가까웠다. 나는 시간이 지나면서 차츰 더 깊이 잠재한 나의 심리적 배경을 들여다보게 되었다. 그리고 결국은, 시인으로 성역화해온 나의 '빛나는 성취'를 스스로 시궁창에 버리고 싶은 자학의 한 수단으로, 서지우를 대리인 삼아 내가 '당신들 문법'에 맞춰 포르노그래피 소설을 썼다는 결론에 도달했다.

물론 나는 알고 있었다.

서지우는 그것으로 유명한 작가가 됐지만, 그것으로 행복해지진 않았다. 세번째 소설 『심장』이 베스트셀러 목록 1위에 오른 걸 함께 확인한 날 밤이었다. "이번엔 뭐 그냥, 판매에 실패하기를 바랐었는데요, 1등까지 했네요." 그가 혼잣말하듯 말했다. "실패를 바라다니? 자넨 이로써 완전히 인기 작가 됐어. 축배를 들어야지." 위로하는 척 말을 건네는 나를 그가 힐끗 보았다. 원망에 찬 눈빛이었다. "저는 선생님도 실패하기를 바라는 줄 알았어요. 선생님은, 무엇을 바라시나요?" "나야 돈도 들어와 좋고, 자네의 성공도 나쁘지 않고……" "제가 이해되지 않는 게 두 가지예요. 우선 선생님 마음속에 무엇이 들어 있는지 솔직히, 잘 모르겠고요." "그리고?" "사람들, 기자들, 평론가들, 왜 그렇게 둔한가 하는 거예요. 나와 내 문장들, 그걸 그렇게 몰라보는 게 이상해요. 내가 쓴 게 아닌데도, 의심조차 하는 사람들이 없어요." "때로 까발리고 싶은 충동을 느끼는 게로군?" 내가 그렇듯이, 그도 모든 것이 드러나는 것을 원하고 있으며, 그러면서 동시에 그렇게 될까봐 두려워하고 있다는 것을 나는 알아차렸다. 그가 느끼는 내적 고통이 그 사이에 있었다. "모든 게 혹 알려지더라도, 선생님을 끌고 들어가진 않을 거예요. 선생님이 이런 유의 글을…… 말도 안 돼요. 세상이 믿지도 않을 거구요." "좋은 방법은 자네가 나로부터 독립해 자네 소설을 쓰는 거지. 그러면서 지금까지 내가 쓴 걸 깔아뭉개는 거야. 해봐." 그가 나를 힐끗 보더니 아무 대꾸 없이 뜰로 나갔다. 그는 물론 자신의 소설을 남몰래 필사적으로 쓰고 있었다. 그러나 그의 피할 수 없는 단점은 이른바 장르문학이라고 하더라도 끝까지 완성을 하지 못한다는 사실이었다. 모든 소설이 그의 경우, 미완으로 서랍 속에 수감됐다.

그날 밤, 뜰로 내려가 그는 역기를 백 번 이상 들었다.

나는 안 보는 척하면서 문 사이로 그를 내려다보았다. 땀이 비 오듯 했고, 목덜미에 불거져나온 핏줄은 터질 것처럼 팽창했다. 운동을 한다기보다, 스스로를 죽이고 싶어 환장한 사람 같았다. 아니, 서지우는 그때 나를 쓰러뜨리고 싶어 미쳤던 것인지도 몰랐다. 눈물겨운 장면이었다.

서지우와 나 사이엔, 내가 쓴 소설이 당선됨으로써 그 이후, 위험한 갈등들이 조금씩 증폭됐다. 특히 『심장』이 전에 쓴 소설보다 더 큰 반응을 얻고 나서부턴 더더욱 그랬다. 우리가 여러 모로 이상적인 파트너가 되리라는 애당초의 예상은 잘못된 것이었다. 비교적 긍정적 낙천적이었던 서지우는 어느덧 오리무중의 미묘한 캐릭터로 둔갑했고, 그에 대한 나의 감정 또한 조금씩 모멸감을 더해갔다. 우리가 공유하고 있는 심리는 모든 것이 까발려져 함께 파멸에 이르는 순간을 원하면서도, 동시에 그것을 끔찍이 두려워했다는 점이었고, 그 이중성은 우리 사이에 치명적인 요소가 됐다. 우리는 서로가 서로를 의심하기에 이르렀다. 나조차 심지어 '저러다가 저놈, 언젠가는 자폭하고 말 거야. 차라리 내가 먼저 선수를 쳐 고백하는 게 낫지 않겠나' 하고 생각했고, 서지우는 역시 내가 주위에 불쑥 말해버리지 않을까, 내 속마음을 은근슬쩍 떠보곤 했다. 의심이 증폭되자 우리에게 금기로 돼 있던 인세 문제까지 미묘하게, 화제에 오른 적도 있었다.

우연히 만난 어떤 후배가 『심장』을 찍은 출판사 사장한테 직접 들었다면서, 『심장』이 오십만 권을 넘어섰다고 했다. 내가 갖고 있는 서지우 이름의 통장엔 그 반도 되지 않는 인세만이 들어와 있었다. 그때그때 인세를 지불하지 않는 관행을 고려한다 해도 차이가 너무 컸다. "소문엔 『심장』, 오십만 권 넘게 찍었다는데 그 출판사, 인세 지불이 너무 늦네?" 내가 슬쩍 떠보았고, "웬걸요, 선생님. 이제 막 이십오만 부째 찍었다고 오늘 편집부 연락을 받았는데요." 그가 대답했다. 찜찜한 기분이 들었다. 통장이야 얼마든 더 만들 수 있고, 두 개의 통장으로 나누어 입금하라고 작가가 요구하는 것도 전혀 어려운 일이 아니었다. 『심장』을 찍은 출판사는 처음부터 그가 선택한 출판사였다. 그는 내 질문이 언짢았는지 그다음 날 출판사에서 발행해준 쇄별 부수가 기록된 명세표를 내게 가져다주었다. "이번 인세는 저 안 받을까봐요." 그가 명세표를 내밀며 말했다. "그냥 해본 말이었는데, 이 사람, 뭐 섭섭했나." "섭섭하다니, 그런 맘 전혀 없어요. 낭독회도 있고 방송 출연, 강연, 다른 수입이 많아서요." 말은 공손했지만 그는 내 눈을 보지 않았고, 나도 그의 눈을 보지 않았다. 피차 머쓱해졌다. 전에는 없었던 일이었다.

알고 보면 그런 식의 의심도 '돈' 문제에서 비롯된 것이 아니라는 데 문제의 심각성이 있었다. 더 깊고 복잡한 심리적 갈등이 사소한 의심을 갖게 만들었던 것이다. 그리고 그것들은, 은교가 들어오고 나서 급격하게 확장되고 깊어졌다. 적어도 내 경우는 그랬다. 버스 종점 공터에 주차한 차 안에서, 은교와 그가 혀를 섞고 몸을 만지는 걸 우연히 목격한 후부터, 나의 의심과 분노는 비등점에 이르렀다.

나는 처음에, 은교를 향한 내 마음을 알면서 그가 오로지 나를 능멸하기 위해 일부러 순진무구한 그애를 꼬였다고 생각했다. 제가 인기 있는 '작가'라는 점도 '작업'에 충분히 활용했겠지. 제 손으로 쓴 소설도 아니면서. 아니, 처음부터 다짜고짜 힘을 사용했을지도 모른다. 내 권유에 따라 역기와 아령으로 단련한 그의 이두박근은 요즘 힘이 최고조에 달해 있다. 은교쯤, 한쪽 팔만으로도 손쉽게 제압할 수 있었을 것이다. 열일곱, 어린 소녀가 어떻게 그의 폭압적인 손길을 방어하겠는가. 어쩌면 처음부터 그가 계획적으로 은교를 내게 데리고 온 것도 같았다.

상상은 그런 식으로 끝이 없었다.

내게 데리고 오기 훨씬 전부터 그가 어린 은교를 함정에 빠뜨려서 데리고 놀았는지도 몰랐다. 강제로 여자의 옷을 벗기고 촬영해둔 다음 인터넷에 그것을 유포시킨다고 협박해 제 욕심을 채워온 파렴치한에 대한 기사가 선뜻 생각났다. 은교의 학교에서 마을까지의 길은 차도 별로 다니지 않는 한적한 숲길이다. 하교하는 은교를 차에 태우고 으슥한 숲으로 데려가 협박해 옷을 벗기는 그의 모습이 불쑥불쑥, 마치 직접 본 것처럼 눈앞에 떠올랐다. 옷을 벗기고 동영상을 촬영한다. 겁박하는 한편으로 돈을 줘서 이중으로 입막음을 했을지도 모른다. 위험하게 인터넷까지 올릴 필요도 없다. 무슨무슨 여고생 누구라고 써서, 실수하는 척 거리에 나체 사진 한 장만 떨어뜨려도 은교의 젊은 날은 끝장이다. 세상물정 모르는 어린 토끼 같은 은교를 다루는 것은, 그로서는 여반장이었을 것이다. 무서운 상상이었다. 의심의 봇물은 한 번 터지고 말자 삽시간에 이성의 둑을 넘었다.

    사람과 사람을 서로 물어뜯게 하는 곡예사가
    무대 위에 올려놓으려고 해도 나는 믿지 않는다
    살해는 언제나 무대 위에서 행해진다
    나락을 지나서 묘지에 매장된다
    그러나 나를 죽인 사나이는 무대 위에서 우쭐대고 있다

        ― 요시모토 류메이(吉本隆明), 「사랑 노래」에서

    나는 그렇게, 나의 지옥으로 걸어 들어갔다.

Q변호사 4

　'이적요기념사업회' 운영위원들과 시청 관계자와 몇몇 기자들과 설계, 시공업자가 다 모였다. 그들은 이적요 시인이 살던 집을 꼼꼼히 둘러보았다. 이백여 평쯤 되는 집터에 본래의 언덕을 그대로 살려 지은 이층 양옥이었다. 이적요 시인이 처음 이 집을 살 때에는 버스 종점도 없었고, 시내에서 이곳까지 도로 포장조차 되어 있지 않았다. 덕분에 시인은 아주 싼 값에 이 집을 살 수 있었다. 집은 오래되어 낡았으나, 기본 골조가 튼튼해 리모델링하는 데는 아무 문제가 없겠다고, 설계를 맡은 사람이 지적했다. 그동안 여러모로 검토해오던 '이적요기념관'을 만들기 위한 일종의 기공식 같은 모임이었다. 시에서 주차장 겸 사무실로 활용할 옆집 두 채의 매입까지 이미 끝낸 상태였다. 시인이 살던 집은 물론이고 사용하던 서재나 기타 물품까지 최대한 원래의 모양을 그대로 재현하는 게 좋겠다는 점도 대강 합의가 이루어진 상태였다. "시장님께서 각별히 신경 쓰라 하셨습니다." 담당 국장이 말했다.

내부를 둘러본 사람들이 외관을 보려고 우르르 마당으로 나왔다. 집을 둘러싼 늙은 소나무들이 역시 제일 보기 좋았다. "이 소나무들, 이적요 선생님의 결개를 그대로 빼닮았어요." 누가 말했고, 사람들이 머리를 끄덕였다. 지대가 높아서 마을은 물론 건너편 골짜기까지 내려다보이는 게 이 집의 제일 큰 장점이었다. 봄부터 겨울까지, 골짜기의 숲은 역동적인 변화를 거듭했다. 그러나 이적요 시인이 집의 앞뒤를 둘러친 산과 숲에 심취해 산 것은 내가 알기로 처음 몇 년간뿐이었다. "요즘은 이상의 말이 십분 이해되네." 언젠가, 인사차 찾아간 몇몇 후배 시인들이 너나없이 숲을 칭송하자 시인이 말했다. "이상의 무슨 말을요?" 누군가 반문했다. "여름숲을 보는 게 무섭다고, 공포감을 느낀다고 쓴 산문이 있더라구. 나무들이 쭉쭉 자라고 칡넝쿨이랑 넝쿨식물들이 악을 쓰고 뻗어나가는 것을 보면 아이구, 무섭지. 그 존재의 욕망들. 생존과 종족번식의 욕망보다 센 게 없어. 얼마나 악착같은지 소름이 끼칠 때도 있으니까." 그리고 죽기 전 몇 년은 뜰 안의 소나무들까지 눈엣가시로 보았다. "저것들을 싹둑싹

둑 자를까봐. 그늘이 날로 더 깊어져서 싫어. 눈에 안 뵈니까 그렇지, 땅밑으로 파고든 저것들 뿌리는 또 얼마나 악착같이 뻗었겠어? 아마 나와 내 집을 결국은 꼼짝 못 하게 동여매고 말 거야." 말은 그랬지만 이적요 시인은 차마 소나무들을 끝까지 자르진 못했다.

"소나무들 가지치기를 좀 하고 솔잎도 좀 자르고 해야겠네. 소나무는 잎을 좀 쳐내서 가지가 언듯언듯 봬야 멋있거든." 이적요 시인의 가까운 친구이자 운영위원 중 가장 연장자인 시인 N이 말했다. 시청 직원이 열심히 메모를 했다. "갖고 계신 노트, 아직도 공개 안 하시네요." 지난번 일주기 행사 때부터 이적요 시인이 남겼다고 알려진 노트를 보여달라고 했던 문학전문 기자 S였다. S는 시인의 유작시가 있다면 신문에 독점적으로 게재하겠다면서 변호사 사무실로 찾아온 적도 있었다. "공개하기로 결정되면 남보다 앞서 복사본이라도 드리겠다고 약속을 했잖아요. 또다시 약속할게. S기자한테 제일 먼저 보여드린다고. 뭐 특별한 내용이 있어서가 아니구⋯⋯" 나는 우물쭈물하면서, 사람들을 쫓아가려고 했다. S기자가 소맷부리를 잡았다. "특별한 내용이 있다던데요?" "젊은 양반이 넘겨짚기는." "기자지만 저도 작가예요. 약속드릴 수 있어요. 이적요 선생님께 누가 되는 기사는 쓰지 않을 거예요. 돌아가신 분인걸요. 그리고요, 아까 그 서재, 열쇠는 지금 누가 보관중입니까?" "그건 또 왜?" "한가할 때 한 번 다시 들르려구요." "시에서 며칠 새 모든 짐을 옮겨 정리한 다음 리모델링 기간중 특정한 곳에 보관한대요. 개인적으로 둘러볼 수는 없을걸요." "이적요 선생님이 틈틈이 산문도 썼다, 그런 얘길 들었어요. 오로지 시만 썼다고 알려져 있지만요, 가까운 몇몇 분들의 생각은 달라요. 소설을 쓰기도 했다는 거예요. 에세이를 본 사람도 있구요. 유작 보따리가 서재 어디 있을 거라고 생각해요." "그런 게 있다면 정리 과정에서 나올 것이고, 나오면 당연히 공개되겠지 뭐." 나는 고개를 끄덕거려주었다.

왜 그 점을 진즉 생각하지 못했을까.

이적요 시인이 틈틈이 산문이나 소설, 혹은 희곡 작품을 썼을 가능성은 아주 많았다. 시만 썼다고 하지만 평소 시인의 문학적 관심은 전 장르에 골고루 걸쳐져 있었다. 나도 시인이 산문을 쓰다가 책상 위에 덮어놓은 걸 본 일이 있었다. 특히 희곡을 써보고 싶다는 말은 생전에 자주 했다. 만약 희곡이나 소설을 포함한 '유작 보따리'가 나온다면 그것이야말로 뉴스일 뿐 아니라, 이적요 시인의 새로운 문학적 보고로 평가될 것이었다.

그때 내 눈에 그 사다리가 들어왔다.

옆집 담장과 시인의 집 사이, 잡초들 사이에 쓰러져 박힌 알루미늄 사다리였다. 시인의 노트에서, 그 사다리와 관련해 충격적으로 묘사된 부분이 두서없이 떠올랐다가 꺼졌다. 사다리는 본래 시인의 집에서 곧장 뒷산으로 나가기 위해 뒤란의 축대에 세워져 있었다. 나는 사다리를 유심히 보았다. 그러나 나와 달리, 사다리에 주목하는 사람은 없었다. 그 대신 뒤란 축대 한켠을 막아 달아놓은 쪽문을 열자 사람들이 아, 하고 입을 벌렸다.

암벽을 파고들어간 동굴이 거기 있었다. 동굴 입구는 한 사람이 허리를 구부리고 들어갈 만큼 좁았지만 이삼 미터쯤 들어가면 한두 명이 서고 누울 만한 골방이 나왔다. "이거, 이적요 시인이 직접 팠다면서요?" 누가 물었고, "맞습니다. 거의 혼자서 작업했다고 들었습니다." 누가 대답했다. 그것은 사실이었다. 이적요 시인은 이사 오고 나서 얼마 안 돼 그 작업을 시작했다. 끌과 쇠망치만 가지고 삼여 년 해온 작업이었다. 끌을 대고 쇠망치를 휘두르는 시인의 모습은 고독한 전사의 이미지를 물씬 풍겼다. 왜 힘든 작업을 하느냐고 물으니까, "힘이 남아돌아서 그런다, 왜?" 시인은 되물었다. 암굴은 겨울에 따뜻하고 여름엔 시원했다. 시인이 집 안에 없어 찾아보면 그곳에서 잠들어 있기 일쑤였다. "겨우 침실로 사용하려고 그렇게 공을 들였던가?"라고 시인 N이 물었을 때, 이적요 시인은 대답했다. "겨우? 자는 게 어째 겨우야? 무덤 속도 침실인데." 그러나 죽기 전 몇 년간은 정이 떨어졌는지 암굴에 들어가는 시인을 본 적이 없었다. 암굴의 쪽문은 그가 죽기 전까지 줄곧 굳게 닫혀 있었다. "이 굴에다 시인의 밀랍인형을 만들어놓으면 어떨까요?" 평론가 C씨였다. "그것도 좋은 생각이야. 시인이 여기서 임종했으니." "임종한 대로 밀랍인형을 만들자 그 말입니까?" "그렇게까지 하는 건 좀 그렇구. 그냥 뭐 명상에 잠겨 있거나 하는 모습으로다……" "그 친구, 명상이니 뭐니, 그런 건 질색했어." K가 아퀴를 지었다. 이적요 시인이 그런 걸 싫어했다는 말은 사실이었다.

시인은 언젠가 신비주의는 '비겁한 것'이라고 내게 말했다. 당신은 깨달음을 믿지 않으며, 더구나 깨달음을 통해 영생을 얻을 수 있다는 논리는 허무맹랑한 자기합리화라고 지적했다. "다 구라일 뿐이야. 내세가 어딨어?" 그런 말을 한 적도 있었다. 신성은 우리가 직관적인 영감을 통해 느낄 뿐이지 형상으로 나타나는 것이 아니라고도 했다.

그런 점에서 볼 때 시인이 죽음을 이곳에서 맞이한 것은 일종의 수수께끼였다. 이적요 시인은 병원에서 한 달 남짓 살았다. 그 기간 동안 대부분은 혼수상태였다. 어쩌다 긴 잠에서 깨어날 때도 눈이 보이지 않아 사람을 알아보지 못했고, 말을 제대로 하지도 못했다. 병원에 입원했을 때부터 당뇨성 망막염으로 시인은 거의 실명한 상태였다. 그런 사람이 어느 날, 간호사가 병실로 들어갔더니 침상에 꼿꼿이 앉아 있었다고 했다. 시인은 갑자기 또렷한 목소리로 "이제 떠나야 할 시간인데…… 입고 왔던 내 옷을 어디 두었나요?" 하고 간호사에게 물었다. 그것이 시인의 마지막 모습이었다. 밤 깊어 시인은 병실에서 자취를 감추었다. 앞도 못 보는 사람이 대체 어디로 잠적했단 말인가. 병원의 연락을 받고 내가 시인의 집을 뒤지다가 축대에 붙은 암굴의 쪽문이 반쯤 열린 걸 본 것은 이틀 후였다. 시인은 당신 스스로 판 암굴, 멍석 위에 반듯이 누워 죽어 있었다. 머리맡에는 우단으로 만든 작은 토끼 인형 하나만이 놓여 있었다. "그 인형은요, 제가 할아부지한테 선물한 거예요. 저보고 자주 '토깽이' 같다고 하셨거든요." 나중에 은교가 내게 말해주었다.

얼을 대동한 것은 내 뜻이었다. 국제적인 '낭인浪人'이라고 이적요 시인이 말한 바 있는 얼은 그 무렵 시베리아 이르쿠츠크에서 조그만 한국 음식점을 하고 있었다. 터 잡아 살아보겠다고 전기회사를 차렸다가 옥살이까지 한 뒤 쫓기듯이 다시 나간 후 처음 귀국한 얼이었다. 시의 국장이 기념관을 위한 주차장 공사와 함께 부속실을 짓는 일을 내일부터라도 시작하겠다고 말하고 있었다. 몇몇이 박수를 쳤다. 얼은 사람들을 따라다니지 않고 소나무 밑에 혼자 서 있었다. 키가 크고 마른데다가 약간 꾸부정한 것이 십여 년 전의 이적요 시인을 그대로 연상시켰다. 따라오지 않겠다는 그를 내가 구태여 데려온 것은 그야말로 이적요 시인의 유일한 핏줄이기 때문이었다. 공식적인 소개를 하지 않아 그가 시인의 아들인 걸 알아본 이는 거의 없었다. "기념관 조성에 동료문인들께서 적극적으로 협조해주시리라 믿습니다. 그럼 준공식에서 다시 뵙겠습니다." 국장이 손을 내밀었다. '이적요기념관' 준공 예정일은 5월로 잡혀 있었다. 사람들이 곧 썰물처럼 빠져나갔다. 얼이 조수석에 탔고, 나는 차의 시동을 걸었다. 마음은 계속 무거웠다. 이런 상황에서 시인의 노트를 공개한다는 건 차마 못 할 짓이었다. 기념사업회 운영위원 멤버들도 아직 결론을 못 내리고 있었다.

"잠깐만요." 차가 막 버스 종점으로 쓰고 있는 공터를 지날 때

얼이 말했다. 나는 차를 세웠다. 시인의 기록에서, 서지우와 은교 사이의 애무 장면을 시인이 몰래 지켜본 곳이 저기쯤일 거라고 나는 순간적으로 느꼈다. 그러나 얼은 나와 반대로 마을 쪽을 보았다. 세탁소가 들어 있는 건물 옆엔 막 삼층짜리 소형 빌라의 골조가 올라가고 있었다. 한은교의 집이 자리잡았던 곳이었다. "왜요?" 내가 물었고 얼이 머뭇머뭇했다. "그, 그 아가씨요. 아버님이 인세 상속했다고 기사에 났던. 그 아가씨 집이 어디쯤인가 해서요." "아, 그 아가씨, 이사했어. 지금은 여기 안 살아요. 선생님 돌아가시기 전에 이미 시내로 나갔는데 뭐." 나는 다시 차를 출발시켰다. 곧 서지우가 사고를 당한 비탈길이 나왔다. 좁고 경사가 급하고 구불구불했다. 전방을 바라볼 수 있게 대형 볼록거울이 띄엄띄엄 서 있었다. 초보운전자라면 버거울 만한 길이었다. "그 아가씨 어떻게 생겼나요? 아직 학생인가요?" 얼이 물었다. "대학생 됐지. 흔한 타입이랄까, 그냥 뭐 요즘 애야." "기사를 보고 궁금했어요." "말이 상속이지, 인세 그거 얼마 안 돼요. 등록금이나 될까말까한." "돈은, 상관없구요. 아버님, 차가운 분이셨거든요. 그게, 그러니까 사랑, 이라고 불러도 되는, 그런 감정이셨나 해서요." "사랑이라기보다 연민……이었겠지. 걔가 홀어머니하고 좀 어렵게 살았던가봐요." 말이 끊겼다. 얼은 무엇인가, 더 묻고 싶은 것을 참는 눈치였다. "선생님 뜻도 그랬던 거 같고, 귀국해서 부안으로 내려가 살지 그래요?" 난처한 질문이 이어질까 해서 내가 얼른 말머리를 돌렸다.

이적요 시인이 남긴 재산은 얼마 되지 않았다. 제일 큰 재산이 좀 전에 다녀온 '기념관'으로 사용하게 될 집이었고, 다음으로 약간의 저축과 시골의 주택이었다. 시인은 말년 들어 얼의 어머니에게 마음의 빚을 많이 느꼈던가보았다. 노트에서, '고향집' 앞 바다를 늘 그리워하면서 서울을 '감옥'이라 불렀다고 묘사한 얼의 어머니 본래 고향은 부안이었다. 시인은 용의주도하게 그곳을 찾았고, 그곳에 전망 좋은 집을 하나 장만해두었다. 펜션으로도 쓸 만했다. 처음부터 얼의 몫으로 장만한 게 틀림없었다. 낭인으로 떠도는 얼이 제 어미가 꿈에라도 돌아가고 싶어하던 곳으로 가서 붙박이로 살기를 바랐던 모양이었다. 그 집은 이미 얼 앞으로 내가 행정적 절차를 다 끝내두었으니 마음만 먹는다면 언제든 그가 들어가 살 수 있었다. "아직 결심이 안 섰어요. 당분간은 그냥 변호사님께서 관리해주세요." 얼이 말했다.

차가 시내로 진입했다. 쇼핑센터와 유흥업소들이 밀집된 종점을 지나가자 곧 학교가 나왔다. 한 떼의 여학생들이 우르르 학교에서 밀려나오고 있었다. 은교가 졸업한 학교였다. "내일이던가, 이르쿠츠크로 돌아간다던 날이?" "그 아가씨를 한번 만나보고도 싶었어요." 얼이 동문서답을 했다. "평생, 아버지를⋯⋯ 이해할 수 없었거든요. 지금도, 어떤 분인지 모르겠어요. 그냥, 그 아가씨를 한번 보면, 아버지를 알게 될 것 같은 느낌이 들더라구요." "그럼 내가 그쪽에 한번 물어볼게요. 그 아가씨 의견도 있어야⋯⋯" "됐어요, 변호사님. 그럴 거까진 없구요." 땅거미가 내리는 시각이었다. 시내로 들어가는 찻길은 잘 열려 있었다. 이제 네거리에서 우회전하면 은교의 대학 앞을 지나가게 될 터였다. 많은 대학생들이 버스정류장에 서 있었다. 은교가 그 속에 끼어 있을 것도 같았다. 만약 얼이 은교를 만난다고 하더라도 그는 이적요 시인을 지금보다 더 깊이 이해하진 못할 것이라고 나는 생각했다.

내가 보기에, 은교는 눈에 확 띄는 미인이라곤 할 수 없었다. 키도 보통이었고, 시인이 고혹적이라고 말했던 허리 라인도 그만한 나이라면 누구나 갖고 있는 곡선이었으며, 가슴 사이즈 또한 특별하지 않았다. 얼굴이나 피부가 티 없이 정결해 보이는 건 사실이지만, 거리에 나가면 그런 피부를 가진 여자들을 얼마든 볼 수 있었다. 향기로운 윤기로 빛난다고 묘사한 머리칼도 그렇고 맑은 눈빛도 그렇고 갈쭉한 목선과 날씬한 종아리도 그랬다.

열일곱, 혹은 스무 살의 생머리, 눈빛이 누군들 맑지 않겠는가. 은교는 그냥, 밉지 않은, 좀 귀엽고 정결한 이미지의, 그 또래,

보통 여자애,

에 불과했다. 이적요 시인이 본 경이로운 아름다움이란 은교로부터 나오는 특별한 아름다움이 아니라, 단지 젊음이 내쏘는 광채였던 것이다. 소녀는 '빛'이고, 시인은 늙었으니 '그림자'였다. 단지 그게 전부였다.

그러나 시인과 달리, 서지우만은 은교의 모든 실체를 사실 그대로 알고 있었다.

서지우의 일기

류머티즘

  —나는 누구인가. 이적요인가, 서지우인가. 요즘의 내 문제는 그것이다.

  —선생님의 서재에 딸린 침실 한켠에는 옛날 반닫이가 하나 놓여 있다. 평소에는 열쇠가 채워져 있는 반닫이였다. 돋보기를 쓰고 반닫이 안에서 무엇인가 꺼내 살피던 선생님이 잠깐 자리를 뜬 사이, 나는 슬쩍, 열어놓은 그 안을 보았다. 반닫이 한켠에 원고지가 적어도 한 자ĸ쯤 쌓여 있었다. 묶어놓은 대로 원고지 묶음을 넘겨보다가 나는 찔끔했다. 모두 산문이었다. 에세이, 단편소설이 여럿 있었고 희곡도 나왔다. 발표는 안 하면서, 그래도 틈날 때마다 산문을 조금씩 쓴다는 건 눈치채고 있었지만, 그렇게 양이 많다는 건 처음 알았다. 평생 오

로지 시만 써왔다는 이른 바 성골聖骨 시인, 이적요 선생님. 당신의 글쓰기에 대한 도저한 욕망이 놀라웠다.

　—오늘은 여성지 기자와 인터뷰를 했다. 사진도 여러 장 찍었다. 인터뷰를 하는 여러 시간 동안, 나를 곤혹스럽게 한 것은 기자의 질문이 아니라 내 자신의 내면적 질문이었다. 기자는 줄기차게 소설 『심장』에 대해 물었다. 소설 『심장』은 내가 쓴 것이 아니니, 나는 숨어 있는 작가 이적요가 되어, 그 대리인으로 대답해야 했다. 더러 고향에 대해서라든가 글 쓰는 버릇이라든가 하는 개인적인 질문도 있었다. 그런 질문에서조차 부지불식간에 '선생님'이 떠올랐다. 가령 고향에 대해 물어올 때 나는 내 고향에 대해 말했으나, 글 쓰는 습관에 대해 물어올 때, 나는 나의 습관과 선생님의 습관을 반씩 섞어서 대답했다. "자주 손을 씻는 버릇이 있어요. 특히 글을 쓸 때는요. 마음을 닦는다는 측면도 있지만요, 연필의 흑연가루가 손끝에 잘 묻거든요" "연필로 쓴단 말인가요?" 기자가 놀랍다는 표정으로 반문했다. "아, 아뇨. 컴퓨터로 쓰지만요, 예전 습작기 때는 연필로 썼으니까 그때의 느낌이 남아서요, 마치 연필로 쓰는 것 같은 느낌이 든다는……" 나는 당황해서 하마터면 말을 더듬을 뻔했다. 연필로 쓰는 것은 선생님이었고,

쓰다가 자주 손을 씻는 버릇도 선생님의 버릇이었다. "아하, 굉장히 감성적이시네요. 컴퓨터로 쓰면서 가슴으로는 연필로 쓴다, 이렇게 들리는데, 멋있습니다." 기자는 감탄했다. 나는 곤혹스러움을 감추려고 양손을 깍지 끼고 뚜두둑, 손가락 매듭이 부러지는 소리를 냈다.

나는 대체 언제까지 이런 인터뷰를 계속해야 한단 말인가.

인터뷰에서 끝나는 게 아니다. 작가와의 대화니, 사인 판매니, 출판사는 끝없이 나를 불러내어 대중 앞에 세웠다. 어떤 때는 스타작가로서 대중 앞에 서는 것이 즐겁기도 했다. 마음속으로 언제나 원했던 삶이었다. 그러나 시간이 지날수록 쾌감보다 끔찍한 느낌이 훨씬 몸을 불렀다. 나와 선생님 사이에서 헷갈리기도 했다. 인터뷰나 대중적인 행사를 치르고 나면 온몸이 지쳐 쓰러질 것 같았다. 그럴 때 내가 선택할 수 있는 위로는 술에 취해 잠들거나, 여자를 사서 소진할 때까지 섹스를 하거나 둘 중 하나였다. 다음 작품을 계약하자고 덤벼드는 출판사 편집자들을 따돌리는 것도 여간해선 익숙해지지 않았다. 물론 이득이 없는 건 아니다. 선생님의 처분에 대개 따르지만, 수입이 적지 않았다. 스타작가로서 받는 사회적 대접도 좋았다. 특히 여자들을 사로잡는 데 스타작가의 신분은 매우 유리하게 작용했다. 나는 이제 서른일곱이었고, 키는 좀 작지만 운동으로 다져진 단단한 근육들을 거느리고 있으며, 표면적으로 싱글이었다. 내 쌍꺼풀이 지적일 뿐더러 아름답다고 말하는 여자도 있었다. 나는 그런 여자들을 취하고 자주 자학적으로 즐겼다. 섹스를 할 때, 어쩌다 선생님이 떠오르기도 했다. 당신은 이런 건 못 하겠지. 늙었으니까. 그런 생각을 한 적도 있었다.

그러나, 섹스는 찰나적인 위로를 줄 뿐이다. 요즘의 나는 전보다 오히려 행복하지 않다. 행복하기는커녕. 들쥐나 바퀴벌레 같은 것들이 나의 내부로 들어와 밥통, 폐, 간, 심장, 큰창자, 작은창자, 콩팥을 조금씩 갉아먹는 것 같다. 더구나 선생님의 요즘 태도는 더욱 견딜 수가 없다. 번득이는, 끈적거리는 시선이 어디 있든 나를 따라붙는다. 그것은 때로는 모멸, 때로는 의심, 때로는 노여움, 때로는 불안이다. 저러다가 결국 『심장』의 작가는 나인데, 서지우가 나 몰래 원고를 훔쳐다 제 이름으로 팔아먹었다, 라고 선언하진 않을까. 아니, 선생님은 그럴 수 없을 것이다. 그것은 나만 죽는 것이 아니라 당신 먼저 파멸하는 길이니까.

─학교 앞에서 기다렸다가 은교를 만났다. 대전에서 독자와 만나는 행사를 하고 올라오는 길이었다. 독자들이 던지는 질문들의 대부분은 역시 선생님이 대답해야 할 것들이었다. 행사가 끝나자 가슴이 메말라서 버석버석했다. 은교가 제일 보고 싶었다. 선생님에겐 들르지 않겠다고 미리 전화를 걸고 나서 나는 은교의 학교로 달려갔다. 우리는 함께 밥을 먹었다. "내 오피스텔로 가자." 은교가 고개를 저었다. "왜?" "중간고사예요. 시험은 잘 봐야죠." 은교는 영민한 애였다. 대학에 가야 제 인생의 새날들을 열 수 있다고 했다. 할 수 없이 그애를 버스 종점까지 데려다주었다. 종점의 나무 그늘에 차를 세우고 오래 키스했다. 오늘 따라 내 온몸은 그애를 너무도 강력하게 원하고 있었다. 나는 그애의 가슴을 사납게 애무했다. 그애가 뭐라고 자꾸 입속말을 하고 있었다. "뭐라고 중얼거리는 거야?" "아이 참, 영어 단어 암기해요. 내일 영어 시험 본다구요!" 그애가 짜증스럽게 말했다. 나는 김이 팍 새서 위로 말아올렸던 교복과 브래지어를 끌어내려주고 말았다. 달빛이 밝은 밤이었다.

자주 들르는 은교 학교 근처, 종점 부근의 룸카페로 가서 술을 마시고 단골 파트너 X와 근처의 모텔에서 잤다.

―『심장』을 발표한 후부터 원고 청탁은 꾸준히 늘어났다. 칼럼이나 에세이는 더러 썼다. 문제는 장편의 연재나 출판 계약, 혹은 단편소설 청탁이었다. 인세 선금을 들고 찾아오는 출판사 사장도 있었다. 면전에서 거절하는 것이 쉽지 않지만, 내 속에서 나를 치고 올라오는 내 욕망을 제어하는 건 더 어려웠다.

J출판사 O사장은 나하고 형님 동생 하는 사이다. 어제도 O사장이 나를 찾아왔다. 우리는 함께 종점 뒤편 X의 룸카페로 갔다. 고향 친구의 조카 F가 매니저로 있는 룸카페였다. F는 잘생긴 스물두 살 청년으로 얼마나 싹싹하고 눈치가 빠른지, 요즘 내가 이 룸카페에 자주 들르는 것은 파트너 X가 '텐프로'이기 때문이 아니라, F가 너무도 잘 받들어주어서였다. "중요한 손님이죠? 애들 잘 골라 넣을게요." F가 내게 귀엣말을 하고 눈을 꿈뻑, 했다. 함께 들어와 자리에 앉을 때 이미 F는 O사장이 내게 중요한 사람이라는 걸 간파한 것이다. 절간에 가서도 능히 새우젓을 얻어먹을 친구였다.

우리는 크게 취했고, 취하고 나자 O사장이 다시 문학판 이야기를 꺼냈다. "한국문학, 보수적인 혈통주의인 건 잘 알잖

아. 내 말 섭하게 생각 말고 들어. 책은 좀 팔렸다고 하지만, 이쪽 보수적인 바닥에서 서지우 작가, 여전히 서자 취급이야." 서자庶子라는 말이 내 가슴을 횡橫으로 긋고 지나갔다. O사장은 작년에 창간한 문학잡지도 하나 갖고 있었다. 요지는 문학잡지에 우선 단편이나 중편을 한 편 싣자는 것. "나도 우리 편집위원들 설득하는 거 쉽지 않았어. 자식들이 저희들만 성골 진골이라고 생각하거든. 『심장』이 아무리 팔려도 끄떡 안 해요, 걔들은. 그러니 이번 기회를 버리지 마. 일단 좋은 단편이나 중편을 주게. 한국문학, 아직 단편 중심이야. 나는 서작가 재능이 이른바 대중문학을 크게 넘어설 수 있다고 보네. 그동안 억울한 대접 받은 거지. 이참에 저희들만 성골 진골이라고 목에 힘주는 애들, 깨부숴봐. 성골 되는 거지. 좋은 단편 두어 편 발표하고, 새 장편 연재하자구. 그리고 책 내면 백만 넘길 수 있어." "개 같은 소리, 문학에 무슨 성골이 있고 진골이 있어요?" 내가 소리쳤고, "내 말이 그 말이야. 이참에 저희들만 성골이라고 목에 힘주는 애들, 부숴보란 말야!" "그럽시다, 까짓 거, 쓰면 될 거 아닙니까. 쓰지요. 단편 쓰고, 장편도 연재할게요. 쓸게요!" 나는 소리쳤다. 가슴속에서 불길이 막 솟구쳤다. 앞으로 모든 청탁을 다 받아들이리라. '성골 진골'을 가르는 자들 앞에 우뚝 서리라. "제가 이적요 선생님보다 못한

게 뭡니까!" 잔뜩 취한 내 입에서 그런 소리가 부지불식간에 나왔다. "그럼 됐네. 다음 호에 서작가 소설 자리 비워놓지. 좋은 반응 얻을 거야!" 나는 아주 젊었고, 힘이 넘쳤다. 더구나 꿈에라도 성공하고 싶었던 작가의 길이다. 힘을 어디에 소진해야 할지 모를 정도인데, 내 인생의 황금 같은 찬스를 내가 왜 거부하겠는가.

자본주의 사회에서, 『심장』의 판매부수는 어쨌든 현실이다. 이참에 좋은 단편 한두 개만 발표하면 문턱 높은 본격 문학판으로 넘어갈 수 있다는 O사장의 지적은 옳았다. 나도 그것을 알고 있었다. 그래서 진즉부터 필사적으로 단편을 쓰기도 했다. 완성한 단편도 더러 있었다. 하지만 맑은 정신을 갖고 객관적으로 읽어보면 도저히 발표할 엄두가 안 났다. 쓰진 못하지만 평가할 수 있는 눈이 없는 건 아니다. 내가 쓴 단편들은 한마디로 형편없었다. 본격문학판으로 진입하기는커녕 『심장』의 대중적인 성취조차 단번에 까먹을 수도 있는 수준이었다. 문체도 『심장』에 이르지 못했고, 스타일도 『심장』과 너무 달랐다. 잘못했다간 과연 『심장』이 서지우 본인이 쓴 게 맞는가, 하는 엉뚱한 문제제기를 불러올 가능성도 있었다.

오늘도 하루 종일, 컴퓨터 앞에 앉아 있었다. 길은 보이지 않았다. 두 줄을 쓰고 나서 지우고 다섯 줄을 쓰고 나서 지우고 또 열 줄을 쓰고 나서 지웠다. 모니터는 텅 비어 있었다. 미칠 것 같았다. 밤이 되자 룸카페로 달려갔다. "요즘 무슨 일 있는 거 같애요." 눈치 빠른 매니저 F가 말했다. "까지 말고 X나 빨랑 데려와, 술하고!" 나는 소리쳤다. 가슴속이 홧홧한데 갑자기 은교의 환한 얼굴이 떠올랐다. 보고 싶었다.

　─내게 은교는 누구이고 무엇일까.

　─은교에 대한 내 감정은 요즘 혼란스럽기 그지없다. 맨 처음 만난 것은 그애의 학교 앞이었다. 점심때쯤밖에 안 됐는데 그애 혼자 학교 앞 가로에 손을 든 채 서 있었다. 선생님 집을 오가면서 몇 차례 부딪힌 듯, 낯익은 얼굴이었다. 나는 행선지를 확인하고 차 문을 열어주었다. 아직 학교가 파할 시간이 아닌데 왜 이렇게 일찍 귀가하느냐고 물었다. 그애는 대답이 없었다. 돌아보자, 볼을 타고 넘은 눈물이 주르륵 턱까지 흘렀다. "엄마가요, 목욕탕에서 넘어져 다리가 부러지셨대요." 그애가 눈물을 닦고 말했다. 아버지가 없다는 것과 어머니가 목욕탕에서 일한다는 것을 그날 곧바로 알았다. 나는 연민을 느

졌다. 내릴 때 지갑에서 십만 원짜리 수표를 두 장 꺼내 주었다. "괜찮아. 난 일 안 하고 돈 버는 부자란다. 니 맘대로 써. 뭐 버려도 좋구." 진실로 한 말이었다. 본래 나는 동정심이 많아 불쌍한 사람을 보면 그냥 지나치지 못하는 성미였다. 중학생 때는 어머니가 모처럼 사준 외투를 어떤 행려병자에게 벗어주고 왔다가 혼쭐이 난 적도 있었다. 그애는 나를 빤히 바라보다가 아무 말 없이 수표를 책가방에 집어넣고 차를 내렸다. 고맙다는 말은 없었다. 차를 내리자마자 쪼르르 달려가, 제 집 대문을 넘어가는 바람에 저절로 그애의 집도 알게 됐다.

그렇게 시작됐다. 선생님에게 느지막이 가는 날은 휴대폰으로 연락, 학교 앞에서 그애를 태워 함께 가는 날도 있었고, 그러다보니 어쩌다가 그애와 밥을 먹고 몇 시간씩 노닥거리는 날도 있었다. 가끔 '일 안 하고 돈 버는 부자'는 그애한테 집히는 대로 돈을 주었다. "원조교제 하자는 거죠?" 어떤 날 초롱한 눈을 내게 맞추고서 그애가 물었다. 나는 화들짝 놀랐다. 그애가 맑아서 호감이 간 건 사실이지만 그때까진 정말 아무런 사심도 없었다. "이놈이 지금 무슨 말을 하는 거야!" 내가 버럭 소리치자 그애가 깨드득, 호두알 굴리는 소리를 냈다. "선생님 참 볼매예요. 볼수록 매력요. 원조교제가 뭔데요? 나는 열공할 시간 선생님하고 밥 먹어주었고 선생님은 돈 주었 잖아요? 그게 원조교제예요. 이미 시작해놓고서 훗, 왜 생까 는 거예요?" 하긴 그애 말이 틀린 데는 없었다. 그 말의 파장 은 그러나, 내 안에서 엉뚱하게 번졌다. 그때부터 오히려 그애 한테 불온한 마음이 생기기 시작한 것이었다. '볼매'는 내가 아니라 그애였다. 짙은 눈썹과 철없는 듯한, 그러면서도 어딘 지 모르게 깊어 뵈는 눈빛이 좋았다. 뭐랄까, 그 눈빛은 맑으 면서도 인생을 다 알고 있는, 먼 곳을 보는 눈빛이었다. 그리 움이 많은 여자애 같았다.

처음 그애를 품에 안은 것은 그러고도 한참 뒤였다. 내 오피 스텔에 들러 포도주를 한 병 마시던 날이었다. 섹스를 모르는 눈치였지만, 그렇다고 그애를 안은 게 내가 처음은 아니었다. "오해는 마세요. 원조교제는 안 했어요. 잠깐 사귀던 고딩 오 빠가 있었어요. 그게 전부예요." 그애가 고백했다.

그애가 선생님 집에 들어와 데크의 의자에 앉아 잠든 것도 알고 보면 나를 찾아온 것이었다. 그애는 그런 일이 있고 나서 선생님이 좋다고 했다. "산책하는 그 할아부지 자주 봤었는데 요, 집이 거기인지는 처음 알았어요. 좋아요." "유명한 시인이야."

"아, 그래서 뭔가, 달라 보였구나. 키도 선생님보다 훨 크구요, 휘날리는 흰머리, 멋있구요, 눈웃음도 되게 따뜻하고 부드러워요. 첨부터 넘사벽인 줄 딱 알아봤어요." '넘사벽'은 '넘을 수 없는 사차원의 벽'이라는 뜻으로, 특정 분야에서 압도적인 기량을 갖고 있거나 최고 수준에 도달한 그 무엇을 지칭하는 요즘 애들의 은어였다. 청소를 맡겠다는 제안도 그애가 먼저 했다. "완전 멋있어요, 할아부지. 어른이래도 뭐 어렵지도 않구요. 선생님하곤 달라요." 청소 알바를 하기로 결정한 다음날 그애는 또 말했다. "다르긴 뭐가 다르다는 거니?" "포스가, 화악 느껴져요. 선생님은 없는." "나하고 진즉부터 안다는 건 절대 말해서 안 된다. 너 당장 쫓겨날 거야." 나는 여러 번 다짐을 해두었다.

뜻밖의 사태가 벌어진 것은 은교가 아니라 선생님 쪽이었다. 은교를 바라보는 선생님의 시선에 자주 불씨 같은 게 타올랐기 때문이었다. 나는 처음엔 설마, 했고, 조금 지나선 젊은 여자를 가까이 볼 기회가 거의 없었던 선생님의 일시적인 관심이라고 생각했다. 그러나 상황은 단순하지 않았다. 놀라웠다. 내가 아는 선생님은 곧고 의지가 강했으며, 누구보다 여자에 대한 욕망을 하찮은 것으로 보는 사람이었다. 술집에서조차 여자종업원의 손이라도 더듬는 후배들을 보면 눈살을 찌푸리기 일쑤였다. 게다가 은교는 이제 열일곱 아닌가.

　─설마, 하고 손 놓고 있어야 할까. 어떻게 살아온, 어떤 선생님인지 나는 알고 있다. 보호해야 할 분은 은교가 아니라 선생님이다. 세상에서 가장 좋아하고 존경하는 나의 선생님. 요즘 몸이 계속 안 좋았으니, 선생님은 어쩌면 머릿속이 삐꾸했는지도 모른다. 혹시 치매? 선생님을 지키기 위해선 어떡하든 은교를 떼어놓아야 할 것 같다. 무슨 묘안이 없을까……

　─은교에 대한 혼란도 내 안에서 나날이 더 깊어지고 있다. 어느 때는 그애를 향한 열망이 불길처럼 번지고, 어느 때는 그냥 그렇다. 사랑스러운 것이 사랑인지는 잘 모르겠다. 더구나 내 마음속 불길이라는 게, 선생님의 은교에 대한 상식을 넘어서는 욕망을 발견하고부터 더욱 뜨겁게 번지니, 참 묘한 일이다. 설마 선생님이 은교를 내게서 빼앗아가기라도 한단 말인가. 질투심? 삼각관계? 생각이 거기 이르자 허헛, 웃음이 나온다. 너무 심한 비약이다. 선생님은 일흔이 다 됐고, 사막처럼 건조되고 있다. 뺏기고 말고 할 것도 없다. 선생님을 따르는 은교의 마음도 어른의 정을 많이 받지 못하고 자란 그 또래

여자애들이 가질 수 있는 일반적인 정서에 불과할 것이다. 그보다 나의 감정이 야릇하다. 선생님을 보호해야 한다는 나의 생각은 진실일까. 질투가 아니고?

존경하고 사랑하는 나의, 선생님!

오랫동안 나는 나의 모든 것을 당신에게 바쳐도 좋다고 생각하고 살아왔다. 선생님이 쓴 소설을 내 작품으로 발표하기 전까지 나는 단 한 번도 선생님을 의심하거나 부정한 적이 없었다. 그분은 웅혼한 산맥, 깊은 우물이었다. 자신에게 엄격하고 남에게 자애로웠다. 내가 술에 취해 몸을 가누기 어렵거나 아플 때는 당신이 직접 수발을 든 적도 많았다. 이혼하고 나서 돈벌이조차 못 하던 시절엔 생활비는 물론 용돈까지 챙겨주던 분이었다. 당신의 품에 안겨 서럽게 울던 날도 있었고, 아플 때 당신이 떠먹여주는 미음을 받아먹은 적도 있었으며, 갈 길 몰라 헤맬 때 죽비로 내려쳐 나를 깨운 일도 부지기수였다. 실제 내가 선생님의 품에 머리 대고 잔 기억, 선생님이 내 어깨를 베고 잠든 기억도 있었다. 유럽 여행 때는 스무 날이나 한 침대를 썼다. 선생님과 나의 사이가 수상하다고 잠깐 소문이 나기까지 했다. 그까짓, 작가로 성공하지 못해도 상관없었다. 선생님의 품에 기대어 살 수 있다면. 그 향기를 맡으며 살 수 있다면. 어떤 여자인들, 선생님보다 더 사랑하고 존경할 수 있겠는가. 극단적으로 비유컨대, 선생님이 원한다면 내 아내라도 바칠 수 있다고 생각한 적도 많았다.

그런데 아니었다. 『심장』이 베스트셀러가 된 후부터 모든 것에서 내 마음은 전과 달리, 아주 미묘하게 움직였다. 예컨대, 선생님의 눈빛에서 욕망이 번뜩이는 것과 비례하여, 내 마음속에서도 은교를 향한 불의 질주가 오히려 가속 페달을 밟는다는 것. 은교를, 아니 다른 그 무엇도 당신에게 일방적으로 빼앗기지 않겠다는 것. 이 심보는 대체 무엇일까.

ㅡ오늘은 아침녘 선생님께 들렀다. 엊그제는 '작가와의 대화'가 있어 대전엘 다녀왔고, 선생님께 들르려다가 은교를 만나는 바람에 못 들렀고, 어제도 다른 행사들이 있어, 선생님께 갖다드리도록 약속한 책을 사흘이나 드리지 못했기 때문이다. 오후에는 인터넷 서점에서 주관하는 낭독회 행사가 잡혀 있었다. 선생님은 뜰에서 모처럼 아령운동을 하고 있는 중이었다. 날씨가 쌀쌀한데도 선생님은 반팔 면티 하나 달랑 입고 있었다. 소나무 그늘이 선생님의 팔뚝에 어른어른했다. "나하

고 역기 시합을 해보지 않겠나?" "네?" 나는 선생님이 농담을 하는 줄 알았다. "해봐. 육십 킬로그램을 십 분 안에 누가 많이 들어올리느냐로 승부를 내세." "아이구 선생님, 허리 다 치세요. 몸 안 좋아 요즘은 운동도 안 하셨잖아요?" "내가 무덤 속으로 곧 들어갈 것 같다는 말로 들리네." "참, 선생님도. 역기라니요, 그 연세에. 팔씨름이라면 또 모를까." 그때까지만 해도 나는 사태가 얼마나 심각한지 눈치채지 못했다. "그럼 팔씨름을 하세." 선생님이 먼저 데크로 올라갔다. "팔 잡아!" 선생님의 눈에서 그 순간 섬광이 번쩍했고, 나는 찔끔했다. 선생님의 그런 눈빛이 무엇을 말하는지 나는 너무 잘 알고 있었다. 난 가져온 책을 내려놓고 선생님의 손을 잡았다. 내 손이 쏙 들어갈 만큼 큰 손이었지만 선생님의 손은 거의 뼈만 남아 있었다. 괜히 가슴이 뭉클했다. 나는 용을 쓰는 듯하다가 선생님이 눈치채지 못할 만큼 조금씩 손에서 힘을 뺐다. 져주기로 작정을 했으니 승부는 보나 마나였다. "나쁜 놈!" 내 손이 넘어가자 선생님의 눈에서 예의 섬광 같은 게 쏟아져나오기 시작했다. 금방 멱살이라도 잡아챌 기세였다. "니가 감히 날 늙은이 취급해?" 선생님의 목소리가 길길이 뛰었다. "선생님……" 나는 울상을 하고 목을 움츠렸다. "나하고 오늘 인연을 끊지 않으려면 네 놈 힘을 있는 대로 써봐. 승부는 공정해

야 돼." 할 수 없이 손아귀를 다시 잡았다. 선생님을 속일 수
는 없었다. 속인다면 당신이 속아넘어가주어야만 성공했다.
오랜 경험으로 익히 아는 사실이었다.

　두번째 팔씨름이 시작됐다.

　예상과 달리 선생님의 손힘은 나와 백중지세를 이루었다.
오기가 생기기 시작했다. 그래, 하고 나는 생각했다. 그래, 당
신도 질 때가 있다는 것을 경험해봐. 그러나 그것은 나의 오산
이었다. 시간이 지날수록 선생님의 손가락들이 내 손의 뼛속
까지 파고드는 느낌이었다. 그것은 악마의 손처럼 강력했다.
선생님은 그 팔씨름에 당신의 모든 것, 이를테면 폐부 깊숙이,
평생 쌓아온 어떤 정염, 어떤 분노, 어떤 미움까지 모조리 걸
고 있는 사람 같았다. 핏줄이 터질 듯 불거져나왔고 땀방울이
투둑, 투두둑, 떨어졌다. 나는 살기까지 느꼈다.

　게임은 나의 완패였다. 선생님이 당신의 손아귀를 거두어
간 다음에도 나는 한참이나 앉은자리에서 일어설 수 없었다.
얼마나 억세게 잡았던지, 내 손가락들의 핏줄이 모두 막혔었
던가보았다. 어깨도 골절이 된 듯한 기분이었다. 선생님은 햇

빛을 등에 지고 느릿느릿 걸어 말없이 현관 안으로 사라졌다. 거대한 늙은 낙타 같았다.

하루 종일 나는 선생님이 오늘 내게 보낸 신호가 무엇인지, 또 어디에서 비롯됐는지를 생각했다. 오리무중이었다. 확실한 것은 팔씨름이 어떤 신호나 경고를 담고 있다는 사실뿐이었다. 정오의 팔씨름에서, 선생님은 야수의 폭발을 보여주었다. 아무런 이유 없이 그런 적은 여태껏 한 번도 없었다.

나는 공포감을 느꼈다.

─나는 선생님을 모시고 병원에 다녀왔다. 지난번 몇 가지 정밀검사를 했고, 오늘은 그 결과를 보는 날이었다. "자네는 로비에 있게." 진료실까지 모시고 가려 했으나 선생님의 눈빛이 범상치 않아 나는 그냥 로비에 앉아 텔레비전을 보았다. 한시간이 지나도 선생님이 오지 않았다. 뭔가, 문제가 생긴 거야. 불길한 예감을 느꼈다. 커피를 한잔 마실까 하고 병원 찻집에 잠깐 들렀는데, 선생님이 찻집에 우두커니 앉아 있었다. "아니, 선생님!" "목이 말라서 이곳으로 왔지." 선생님의 목소리 톤이 평소와 달리 높았다. "내 자네가 이리 올 줄 알았어.

자넨 커피 중독이야. 허헛." 평소 같았으면 웃지 않았을 대목인데, 선생님은 웃었다. 일부러 활달한 티를 내는 게 확실했다. 나는 선생님을 차의 뒷자리에 태우고 조심스럽게 시내를 빠져나왔다. "검사 결과, 괜찮으신 거죠?" 룸미러를 슬쩍 훔쳐보며 내가 물었다. 선생님은 기지개를 켰다. "당뇨도 뭐 더 좋아졌고, 다른 검사들 다 말끔하대. 요즘은 컨디션이 좋아. 최상이야. 새벽엔 역기를 쉰 번이나 들었네. 힘이 막 뻗치거든." 선생님으로선 전에 없이 긴 대사였다. 불길한 예감은 그래서 더 깊어졌다.

─은교가 이상하다. 어쩐지 나를 따돌리려고 하는 듯한 느낌이다. 물론 그동안에도 그애와 섹스를 한 것은 딱 두 번뿐이다. 섹스의 습관화는 좋지 않다. 더구나 여고생 아닌가. 문제가 생긴다면 나도 사회적으로 파멸이다. 그래서 나는 그애를 가급적 내가 사는 오피스텔로 데려가지 않았고, 그애 또한 그러는 나를 신뢰하고 따랐다. 어쩌다 새로 개봉한 영화를 보고 싶다 하면 영화를 보여주었고, 특별히 먹고 싶은 것이 있다 하면 먹고 싶은 것을 사주었으며, 시간이 서로 맞으면 집에 데려다주기도 했다. 용돈도 주었다. 제가 마음이 당길 때 전화해서 하교시간 맞춰 데리러 오라고 말해 가는 날도 있었다.

─오늘은 아침부터 비가 주룩주룩 내렸다. 엊저녁 쓰다 만 단편소설을 꺼내 다시 읽었다. 불에 태워버리고 싶었다. 나의 문장들은 하나같이 너무도 단순명료하고 무미건조했다. "내 면화가 안 돼서 그래." 언젠가 선생님이 지적했던 말이 생각났다.

　날씨 때문인지, 아니면 나에 대한 절망 때문인지, 난데없이 은교가 너무 보고 싶었다. 안고 싶기도 했다. 쇄골이나 귓바퀴나 허리나 발목같이 오목한 곳을 만지면 그애는 늘 키득키득, 몸을 꼬며 웃었다. 그애는 그럴 때 미소년 같았다. 또 그와 달리, 손위 누나같이 느껴진 적도 더러 있었다. 가령 "선생님은 넘 헐렁해요. 할아부지한테 좀 많이 배우세요." 하고 잔소리를 한다든가, "왜 뭘 먹을 땐 꼭 입가에 양념을 묻혀요? 저것 좀 봐, 지금도 짜장이 잔뜩 묻었어요. 애 같아요." 하고 냅킨으로 입술을 닦아준다든가 할 때였다. 그럴 때의 그애는 아주 따뜻했다. 나는 그애한테 위로받고 싶었다. 간밤에 쓴 내 문장들을 다시 읽어보기 전, 눈을 뜬 아침에도, 잠자는 동안 무엇인가, 내게서 빠져 달아난 것 같은 느낌이 들었던 참이었다. 귀가 달아났나 하고 귓바퀴를 잡아보고 심장이 달아났나 하고 심장께를 만져보았다. 심장 위에 손을 내려놓자 그애가 떠올랐다. 나는 휴대폰으로 전화를 걸었다. "이따 학교 앞으로 데리러 갈게." 내가 말했다. 은교는 망설이는 듯 잠시 침묵했다. 이런 침묵은 그애의 스타일이 아니었다. "왜, 약속 있어?" "엄마한테 가야 해요. 엄마 일터로요." "알았다." 나는 전화를 끊었다. 심장은 어제 있던 자리에서 여전히 뛰고 있었다.

너를 거기
구름 젖은 길가에 두고 떠날 때

나는 매번
류머티즘에 걸린다

나의 젊은 신부여
너는 내 모든 관절에 위치해 있다

　　　─시집 『산이 움직이고 물은 머문다』, 「젊은 신부」에서

우연히 펼쳐든 문예지에서 선생님의 시를 발견하고 눈으로 읽었다. 「젊은 신부」라는 제목으로 쓴 근작시였다. 내 가슴속

에 불길이 확 번졌다. '젊은 신부'는 혹 은교? 그런 생각이 전광석화처럼 스쳐 지나갔고 동시에, 어떻게든 오늘 안에 그애를 봐야겠다는 생각이 들었다.

그리움은 때로 이렇게 터무니가 없다. 사랑인가. 나는 자신에게 물어보았다. 나는, 톨스토이처럼 사랑을 가리켜 '자기희생'이라 말하고 싶지 않고, 오스카 와일드처럼 '성찬이니 무릎 꿇고 받아야 한다'고 떠들고 싶지 않다. 아내와 연애할 때에도 알고 보면 미적지근한 관계였다. 만나면 따뜻하고 안 보면 조금 쓸쓸한, 그것이 나의 사랑이다. 사랑은 본래 미친 불꽃, 불가사의한 질주의 감정이라고 말한 건 선생님인데, 나는 그 말에 동의하지 않았다. 어찌하여 사랑이라는 이름으로, 불에 데거나 다리를 부러뜨릴 수 있는 위험을 감수해야 한단 말인가.

내가 꿈꾸는 사랑은 오래 앉아본 듯한, 편안한 의자 같은 것이다.

그러나, 오늘의 내 감정은 평소와 달리 질주의 빛깔을 분명히 띠고 있었다. 나는 하교시간에 맞추어 은교의 학교 앞으로 갔다. 비는 그쳐 있었다. 엄마한테 꼭 가야 한다면 그애의 엄마 일터까지 데려다주면 될 것이었다. 그렇게라도 그애를 보고 싶었다. 교문에선 학생들이 쏟아져나오고 있었다. 나는 교문 앞이 잘 보이는 위치에 차를 대려고 서행했다. 그때 낯익은 차 꽁무니가 내 눈에 들어왔다. 아니, 저건…… 선생님의 '당나귀' 코란도가 아닌가. 나는 얼결에 차의 속력을 더 높여 그곳을 지나쳤고, 다음 사거리에서 유턴해온 다음, 학교 맞은편 골목에 차를 세웠다. 그 정도라면 선생님 눈에 띄지 않을 만한 거리였다. 코란도 운전석에 앉아 있는 건 분명히 이적요 선생님, 당신이었다. 선생님은 교문 앞을 살피느라 여념이 없었다. 때마침 은교가 나타났다. 여러 학생들 사이인데도 그애는 쉽게 눈에 띄었다. 선생님의 '당나귀'를 향해 손을 흔들면서 뛰고 있었기 때문이다. 웃느라 표정도 더없이 환했다. 때마침 학교 운동장 너머로 무지개가 살짝 떠올랐다. 가슴이 철렁했다. 내가 교문 앞에서 기다릴 때 은교가 그렇게 밝은 표정을 하고 뛰어온 적은 한 번도 없었다. 언제나 시큰둥했다. 그것에 비해, 지금 손을 흔들며 코란도로 뛰어오고 있는 그애는 티끌 하나 없이 해맑았다. 후광으로 받치고 선 무지개와 그애의 환한 표정이 너무도 잘 어울렸다. 그애가 지금처럼 이뻐 보인 것은 처음이었다. 나는 마른침을 삼켰다. 그애가 코란도에 상큼하게 올라탔다. 어떻게 된 노릇인가. 선생님이 그애를 일부러 데

리러 왔단 말인가? 나는 멍하니, 멀어지는 코란도의 꽁무니를
그저 바라보고 있었다.

X의 룸카페밖에 갈 데가 없었다. 카페는 거기에서 한 정거
장도 되지 않았다. "혼자 오셨어요?" 매니저 F가 물었다. X는
아직 출근 전이었다. "왜, 혼자 오면 안 되냐?" 나는 소리쳤
다. "아니, 그런 말이 아니라……" "양아치 같은 새끼, 그 머
리꼴이 뭐냐?" 누구에게든 시비를 걸고 싶던 참이었다. 앞부
분 일부만 브릿지로 노랗게 물을 들인 F의 머리칼이 불편한
심통을 더 건드렸다. "아는 미장원 누나가 공짜로 해준다고
해서요. X는 멋있다고 했는데." "젊은 새끼들은 그런 걸 멋이
라고 하냐, 양아치 아니고 누가 새꺄, 머리 앞대가리에 노랑물
을 들여?" "보라색으로 할걸 그랬나." "병신새끼. 가서 애들
이나 불러와. 가위로 머리칼 확 자르기 전에!" 내가 그 순간
잘라버리고 싶은 머리는 은교의 그것이었는지도 몰랐다. 아
니면 은교가 멋있다고 말한 선생님의 긴 백발?

은교가 많이 밉고 또 많이 그리웠다.

알 수 없는 아이였다. 감히 선생님과 원조교제라도 하겠다

고 생각했는지 몰랐다. 노인네지만 나의 주인이 그분이니까. 나의 모든 권력도 그분으로부터 나오니까. 이왕 거래를 해야 한다면, 종보다 주인이 낫다고, 영민한 그애는 재빨리 계산했을 수 있었다. 전에 없이, 질투심이 노골적으로 불타올랐다.

　—난데없이 선생님께서 골프를 하자고 하셨다. 선생님은 오래전 골프를 배웠지만, 그만둔 지도 오래되셨다. 영원한 비기너셨다. 골프채도 여전히 박물관으로 보내야 할 일제 혼마. "십팔 홀 다 도시려구요?" 선생님으로서는 십팔 홀을 다 도는 것이 무리일 것 같아 내가 물었다. 나는 엊그제만 해도 친구들과 삼십육 홀을 돌았다. 나는 일흔아홉 개를 쳤고, 친구는 여든다섯 개를 쳤다. 운동 중 내가 가장 잘하는 것은 골프였다. 나를 절대 이길 수 없다는 걸 잘 아실 텐데 왜 갑자기 골프는 하자는 걸까. "왜, 오십사 홀 돌자구?" 선생님이 흐흣, 경망스럽게 웃고 반문했다. "아이구, 잘못했습니다, 선생님." 내가 얼른 90도 절을 했다.

　인코스 숏홀에서 홀인원을 했다. 골프에선 선생님과 워낙 게임조차 되지 않기 때문에 가볍게 툭 친 공이 그린 가운데로 떨어지더니 경사를 타고 오륙 미터나 굴러 홀컵으로 쪼르르 굴러 떨어진 것이었다. 홀인원은 나도 처음이었다. 왜 그럴까, 난데없이 은교가 눈앞을 스쳤다. 만세삼창이라도 하고 싶었다. "왜, 만세라도 부르지 그러나?" "아이구, 선생님. 만세는 무슨요." 족집게가 따로 없었다. 나는 화들짝 놀라서 얼른 고개를 가로저었다. "첨 한 것도 아닌데요 뭐." "우연이지. 홀인원, 이글, 그런 거. 전에도 했다면 우연히 겹친 거구." "우연이라니요?" 그 대목에서 화가 났다. 잘 쳐서 홀컵에 근접시켜 공을 떨어뜨려야 홀인원이든 이글이든 할 수 있는 확률이 높아진다는 것을 선생님은 모르는 모양이었다. "확률로 설명하려고 그러지?" 또 내 속을 족집게처럼 짚어내며, 심술궂은 개구쟁이 같은 눈빛으로 선생님이 나를 빤히 보았다. "네, 선생님!" "전에도 홀인원 했다고 해서 말인데, 겹치면 더 우연인 거야." "그런 법이 어딨어요? 겹치면 그야말로 필연이죠!" "구멍은 원래 그래." "구멍요?" "이봐. 한 구멍에 자꾸 겹쳐 넣어봐. 나중에 너만 힘들 일 생겨. 그냥 우연이라고 말해. 자꾸 겹쳐 넣을수록 우연이라구 우기는 게 살 길이야. 알리바이를 만들 줄 알아야지. 필연이라고, 내 실력이라고 말하다 너 죽어. 죽는 수 있어. 다 자넬 위한 말이야!" 선생님은 말하고 나서 웃었다. 그제야 '구멍'이 단순히 홀컵을 가리키는 게 아니라는 걸 깨달았다. 선생님은 계속 웃고 있었다. 웃겨 미치겠다는 얼굴이었다. 웃다가, 당신 혼자 한참이나 배꼽을 잡고 웃다가, 벌러덩 잔디로 쓰러지기까지 했다. 웃음소리가 뚝 끊어졌다. "선생님?" 선생님은 꼼짝도 하지 않았다. 미동조차 없었다. "선생님!" 놀라서 내가 달려갔다. 노인이다. 웃다가 심장마비인들 왜 안 오겠는가. 다른 일행까지 이상한 낌새를 느끼고 뛰어오기 시작했다. 내가 먼저 달려들어 선생님의 머리를 안아 올렸다. 머리가 내 품으로 들어오는 순간, 선생님이 눈을 반짝 떴다. 장난기가 가득 담긴 눈이었다. 그리고 곧 한쪽 눈을 찡긋하더니, 내 귀에 대고 재빨리 속삭였다. "나한테 팔씨름 진 거, 이것으로 원수 다 갚았지?"

시인의 노트

우단 토끼

사로잡고 싶어서 못살겠구나
토끼가 한 마리 살고 있는
애정의 나라 골짜기에
사향풀이 향기를 품는 금렵구禁獵區

—G. 아폴리네르(Apollinaire), 「토끼」에서

내가 좋아하는 시인은 아니지만, 토끼에 대해 아폴리네르는 이렇게 읊었다. 예전의 잠수함은 토끼를 태웠다. 토끼가 가장 산소 결핍에 민감하기 때문이다. 산소측정기가 발달하지 않았던 시절의 밀폐된 잠수함은 토끼의 상태를 보고 실내 산소량을 감지했다. 욕망의 빅뱅을 극적으로 경험하고 있는 오늘의 세계는

어쩌면 뚜껑이 닫힌 거대한 잠수함일는지도 모른다. 잠수함의 이름은 '자본주의호'라고 붙이면 맞을 것이다. 이 잠수함에서는 무엇이 실내의 산소량에 반응해 우리에게 경고를 보내겠는가. 어린아이들도 그렇겠지만, 단도직입적으로 말해 은교야말로 '자본주의호'의 토끼다. 초목 옆에서 자란 것 같은, 4월의 나뭇잎 같은 그애. 봄에 새로 나온 잎사귀를 귀에 대보라. 그들의 초록빛 살 속에 숨겨진 수맥을 따라 맑은 물이,

쪼륵 쪼르륵,

흐르는 소리를, 나는 보고, 듣는다. 은교를 보고 있을 때 나는 언제나 그런 느낌이다. 서지우가 그애의 입술에 더러운 제 입술을 포개는 걸 우연히 목격한 후에도 은교에 대한 나의 이미지는 본질적으로 변한 것이 없었다. 며칠간은 그애를 똑바로 보지 못했으나 진실로 미워서 그런 건 아니었다. 민망하고 부끄러웠다. 서지우가 아니라 마치 내가 그애의 입술을 사납게 훔치고 그애의 젖가슴을 폭력적으로 유린한 것 같았다. 그애는 서지우의 품 안에서 산소가 희박한 잠수함 속의 토끼처럼 숨이 막혔을 것이다. 나 또한 그 무렵, 숨구멍이 조금씩, 아니 어쩌면 급격히 줄어들고 있었다.

"염려했던 대로 당뇨성 신부전증이 진행되고 있어요. 말씀드린 대로 식이요법을 철저히 지키시고 운동을 꾸준히 하셔야 됩니다." 의사는 말했다. 당뇨병은 일반적으로 췌장의 기능 저하를 전제로 하고 있다. 소변량은 나날이 늘고 체중은 줄며 무력감이 뒤쫓는다. 무서운 것은 합병증이 많다는 것이다. 신부전증이나 망막염, 결핵, 동맥경화, 신경염 등이 고구마처럼 한줄기에 주렁주렁 달려 있다. 모두 치명적인 질병들이다. 내 경우, 아침 공복 때 매일 인슐린을 투여하지 않으면 안 되는 수준이다. 혈당치는 하루가 다르게 높아지고 있으며 투여하는 인슐린도 그만큼 양이 증대되는 중이다. "망막염은 어떻습니까?" 내가 물었고, "망막염뿐만 아니라 간도 정밀검사가 필요해요." 의사가 사무적으로 대답했다. 망막염은 실명을 불러오고 신부전증은 간 기능의 급속한 저하, 골다공증, 폐수종, 심부전으로 번질 수 있다. 동맥경화도 이미 더불어 시작되었다. 인체는 정교하게 짜여진 유기물로서, 모든 기관과 기능이 연접돼 가동된다. 나이가 많으면, 한 기관의 기능 저하는 모든 기관의 기능 저하를 가속시키고, 결국은 기관 전체가 앞다투어 침몰되는 수순에 돌입하고 만다. 죽음은 기관들의 도미노적 침몰과 그 완전한 해체이다. 나는 내 몸의 모든 기관들이 급속히 해체되는 과정에 놓여 있다는 것을 전부터 알고 있었다. 죽음의 씨앗이 벌써 발아했다는 것을.

"죽음은 삶의 한 가지 에피소드처럼, 끝내 멈추지 않고 다가
오고 있다는 인식에, 나는 하루하루 가까이 다가갔다"라고 톨스
토이는 썼다. 나는 친애하는 톨스토이에게 기꺼이 동의했다. 멸
망은 필연이다. 받아들여 그것을 친구로 삼는다면 최상의 죽음
을 얻을 것이다. 나는 그것을 알고 있었고, 또한 내 육체가 최종
적인 해체와 멸망을 향해 가속 페달을 밟기 시작했다는 것도 알
고 있었다. 나는 받아들이기 위해 노력하는 중이었다. 만약 은교
를 만나지 않았다면 죽음을 순조롭게 받아들이기 위한 나의 노
력은 좀더 깊은 진전을 이루었을지 몰랐다. 아니다. 그 반대가 되
지 않았다고 어떻게 단언하겠는가. 단언하거니와, 은교가 내 죽
음의 열차를 더 빠르게 달려가도록 내몬 것은 아니다. 오히려 그
반대라고 말하는 게 옳다. 은교는 나에게 슬픔과 함께, 생애를 통
해 경험해보지 못한, 청춘의 광채와 위로를 주었다. 사실이다.

어느 날, 새벽에 일어나 샤워는 물론 면도까지 말끔히 한 뒤
나는 차를 몰고 나왔다. 서지우가 하는 일이라면 나도 할 수 있
다고 생각했다. 골목을 백여 미터 나와 좌회전하면 곧장 버스 종
점이 바라보였다. 은교네 집으로 들어가는 골목 어귀도 잘 보이

는 곳이었다. 아카시아 밑에 차를 세우고 그애가 학교에 가기 위해 버스 종점으로 나오기를 기다렸다. 십여 분도 채 기다리지 않았는데 그애가 눈에 들어왔다. 나는 얼른 비탈길을 내려와 버스를 향해 걷고 있는 그애 옆에 차를 세우며 빵, 클랙슨을 눌렀다. "어머, 할아부지 어디 가세요?" "수원에 볼 일 있어 가는 길이다. 이렇게 일찍, 토깽이가 고생이 많구나." 나는 시치미를 뗐고, 그애가

깡총,

토끼처럼 뛰어 차에 올라탔다. "토깽이가 뭐예요, 토끼면 토끼지." 그애가 입술을 살짝 내밀었다. 학교까진 불과 이십 분 미만의 거리였다. 나는 되도록 천천히 달렸다. 막 떠오른 햇빛이 키 큰 잡목들 사이로 연방 자맥질해 들어왔다. 굽잇길은 비로 쓴 듯이 청결했다. "할아부지는 시인이신데, 늦잠 안 자요?" 그애의 목소리가 햇빛을 통통 튕겨냈다. "늦잠을 자야 시인이냐." "서지우 선생님은 열두시쯤 돼야 일어난다던데……" 서지우라는 이름이 나와 순간적으로 좀 언짢아질 뻔했지만 기분은 금방 회복됐다. 이런 것을 데이트라고 하는 건가, 하고 생각하자 피식 웃음까지 나왔다. "뭐가 우스워요, 할아부지?" "우연히 토깽이

를 만나 웃는다." "또 토깽이. 저두요, 사실은 무지 좋아요. 맨날 할아부지 차 타고 다녔으면 좋겠당!" "글쎄 뭐……" 나는 우물쭈물했다. 그애가 좋다면 매일 태워다주는 게 왜 어렵겠는가. 날아갈 듯 쾌청한 날씨였다. 나무들과 풀과 심지어 전봇대까지 다 새로웠다. 여러 날 꽉 막혀 있던 가슴 한가운데

하얀 신작로 하나

시원하게 놓여지는 느낌이었다. 이대로 땅끝까지 갈 수 있다면 그 모든 길, 얼마나 등불처럼 환하랴. 그것은 한 번도 상상해보지 않은 길이었다. 내가 걸어온 길은 언제나 풍우설상風雨雪霜에 묻혀 있었고, 내가 보았던 길은 늘 안개가 가득했다. 왜 좀더 오래전에 이런 길이 가까이 놓여 있는 걸 보지 못했을까. 아니, 보지 못한 게 아니라 한사코 버리고 온 길이었다. 이십 분은 너무도 짧았다. 그러나 그 이십 분은 생애 전체와 맞바꿔도 좋을 만큼 아름다웠다. "할아부지 언제 돌아오세요?" "으응, 아마 저녁 먹을 때쯤" "저도 그때쯤 끝나는데요. 이따 할아부지 휴대폰으로 전화해볼게요." 학교 앞에서 그애가 깡총, 차에서 내렸다. "안녕히 가세요, 할아부지!" 가로에 내려선 그애가 꾸벅하더니, 돌아서서 종종걸음을 쳤다. 따라가고 싶어 다리에 힘이 잔뜩 들

어갔다. 무릎과 발목 발가락 관절 마디 속으로 무수한 꽃잎들이 우수수, 떨어졌다.

기다리던 그애의 전화를 받은 저물녘, 시내에서 대기중이던 나는 나는 듯이 교문 앞으로 달려갔다. 수원에서 돌아오는 길에 안성맞춤 전화했다고 내가 말하자 그애가 "짝, 짜짝!" 박수 소리를 입으로 냈다. 그애는 뛰어서 교문을 나왔다. 아침처럼 또 깡총, 차에 올랐고, 차가 움직이기 시작했을 때 "짜잔!" 하면서 무엇인가를 내 눈앞에 들이댔다. 우단으로 만든 작은 토끼 인형이었다. "할아부지 선물로 학교 앞에서 샀어요. 오천 원인데 천원 깎았어요. 잘했죠?" "허어, 잘했다!" "그 대신 이제부터 토깽이라고 하지 말고 토끼라고 해주세요." 어둔 길도 어둡지 않고 환했다. 나는 우단으로 만든 토끼를 주머니 속에 넣었다. 그애가 내 주머니 속에 들어온 것 같았다. 죽음은 더이상 생각나지 않았다.

나는 집으로 돌아와 소주병을 어금니로 따서 목을 적셨다. 그애가 준 토끼가 침대 머리맡에 놓여 있었다. 나는 새벽이 올 때까지 오래오래 그것을 보았다. 환한 기쁨과 어둑신한 슬픔이 동시에 나를 사로잡았다. 그 가운데에서 시심詩心이 물결치는 게

생생히 느껴졌다. 혁명보다 더 환한, 아침 같은 세계의 발견이
나를 기쁘게 했고, 피어리게 불타고 있는 저물녘 놀빛의 실존이
나를 슬프게 했다. 내 시의 풀밭을 지나가는 바람은, 지금까지의
그것과는 전혀 달랐다. 예전의 나라면 유치하다고 했을 바람이
었다.

　　내 청춘 저물었는데
　　난로에선 젖은 참나무 탄다

　　소주병 뚜껑 어금니로 젖히며
　　늙은 청년아,

　　여기 적막한 늦가을 저녁
　　어디를 향해 너는 피어리게 불타고 있느냐

　　　　　— 시집 『산이 움직이고 물은 머문다』, 「저물녘」에서

　나는 거기까지 썼다. 목젖이 뜨거웠다. 소주의 맑은 독기로도
죽지 않을 불이었다. 돌아보면 내 삶과 시대는 암적색 휘장으로

덮였는데, 눈 들어보면, 오 저기, 바람 부는 광휘의 새 날들, 흰 면사포를 쓴 새 신부같이, 사뿐사뿐 내게로 오고 있었다. 나는 비몽사몽 나의 꿈길로 들어갔다. 실존의 난로에선 여전히 생살이 타고 있었지만, 나의 꿈길은, 눈물보다 투명하고 초롱보다 환했다. 나는 꿈의 비단길을 타고 비행을 계속했다.

그리운 중앙아시아 톈산天山 산맥,

타클라마칸 젊은 산맥에,

어떤 순간, 폭풍처럼, 복사꽃이 붉게 붉게 피는 게 눈에 보였다. 옥양목 흰 저고리에 남색 치마를 받쳐입은 나의 젊은 새 신부가 꽃길을 따라 함께 흘렀다. 꽃이 꽃을 불러 꽃길로 이어지는 복사꽃 도미노는, 시베리아 얼어붙은 동토를 지나고, 양쯔강 거친 너울을 넘고, 티베트 고원의 악마 같은 모래바람을 뚫고 가, 마침내 아름다운 실크로드, 그 비단길에 닿고 있었다. 타클라마칸 젊은 사막에 투신하고 있었다.

아, 은교가 있어, 나의 꿈길은 그렇게 환했다.

시인의 노트

노랑머리

"연애가 주는 최대의 행복은 사랑하는 여자의 손을 처음 쥐는
것이다."

스탕달이 『연애론』에서 한 말이다. 내가 스탕달의 말을 인용
하자 서지우는 큭, 웃었다. "선생님, 요즘엔 뽀뽀도 그냥 하는
세상이에요." "그럴 테지." 나는 미소 지으면서 고개를 끄덕거려
주었다. 서지우는 당연히 이해할 수 없을 것이라고 생각했다. 추
억이란 단순히 쌓여지는 것이 있고, 화인火印처럼 내 몸에 찍혀
영원히 간직되는 것이 있다. 내가 은교의 손을 처음으로 쥐었을
때가 바로 그럴 때이다.

산에 오를 때였다. 심한 비탈에서 은교를 끌어올리려고 몇 차

례 손을 잡았더니, 바위 둔덕에 올라 나란히 앉아서 마을을 내려다보며 쉬고 있는데, 은교가 내 손을 잡았다. "할아부지 손이 엄청 커요. 손가락만 해도 두 배는 되겠네." "두 배까지야……" 나는 귓불이 붉게 물드는 걸 느끼고 손을 빼내려 했으나 그애가 놔주지 않았다. 손바닥을 펴서 제 손과 내 손을 대보고 나더니, 주먹 쥔 제 손을 나의 손바닥에 놓고 내 손가락을 하나씩 꺾어 제 주먹을 감싸게 하는 것이었다. 나는 가슴이 두근두근했고, 얼굴이 붉어져서 한사코 맞은편 골짜기만 내려다보았다. 굳이 보지 않아도 검버섯이 군데군데 핀 거무튀튀한 나의 갈퀴 같은 손과 정맥들이 푸르스름 산지사방 고요히 흐르는 분통 같은 은교의 손을 볼 수 있었다. 그애의 숨결과 맥박이 느껴졌다. "보자기 같아, 할아부지 손. 손 보자기로 주먹 쥔 제 손 싸맨 거 같아요. 시인의 손은 이렇게 생겼구나." 늙은 어미닭이 어린 병아리를 품고 있는 것 같을 터였다. "이제 걸어다닐 때 맨날 할아부지 손 잡고 걸어야지." 그애가 혼잣말을 했다. 먼 곳에 아지랑이가 가물가물 피어올랐다.

나는 스탕달의 말에 깊이 공감했다.

서지우 말에 따르건대, 세상 사람들과 내가 다른 점도 간단히 정리하자면 '손'에 대해 느끼는 그런 감각의 차이였다. 여성에게 있어 연애는 영혼으로부터 감각으로 옮겨가는지 모르지만,

남자에게 연애는 감각으로부터 영혼으로 옮겨간다,

라고 그 순간 생각했다. 그것은 내가 관념적으로 연애를 상상할 때와 너무도 다른 결론이었다. 나는 은교를 만나기 전까지, 참된 연애란 남녀불문하고 영혼으로 시작된다고 믿었다. 감각은 하나의 부수적인 것에 불과했다. 그러나 나는 은교를 통해 내가 생각했던 것이 얼마나 실체 없는 관념이었는지 명백히 알게 되었다. 또한 세상 사람들의 보편적 수준보다 늙은 내 육체가 사실은 얼마나 예민하고 건강하게 제 촉수들을 온전히 유지하고 있는지도. 늙은 육체는 외피에 불과했다. 은교와 만나는 나의 감각들은 몸서리쳐질 만큼 살아 있었다. '뽀뽀도 그냥 하는 세상'을 알고는 있었으나 도저히 이해할 수는 없었다. 그것은 나와 상관없는 다른 세계였다.

나는 그 무렵, 분명히 연애를 하고 있었고, 내게 연애란, 세계를 줄이고 줄여서 단 한 사람, 은교에게 집어넣은 뒤, 다시 그것을 우주에 이르기까지, 신에게 이르기까지 확장시키는 경이로운

과정이었다. 그런 게 사랑이라고 불러도 좋다면, 나의 사랑은 보통명사가 아니라 세상에 하나밖에 존재하지 않는, 고유명사였다.

"할아부지, 월요일 시내 나가죠?" 어떤 날 유리창을 닦다 말고 은교가 물었다. 나와 서지우가 월요일 열릴 문학관계 행사에 대해 이야기 나누는 것을 듣고 있었던 모양이었다. 내가 축사를 해야 할 행사였다. "뭔지 모르지만, 동숭동에서 두시에 시작되는 일이라면서요?" "근데 니가 왜?" 서지우가 울퉁불퉁 끼어들었다. "나 학교 파할 때쯤 들어오실 거면 할아부지 차 타고 와도 되겠다 싶어서요." "일없어. 선생님 뒤풀이도 가셔야 할 거고." "아닐세." 내가 말했다. "뒤풀이는 무슨. 니 말이 맞다. 여섯시쯤이면 되겠구나." "네, 할아부지!" 은교가 서지우를 향해 메롱하듯 입술을 빼물었고, 서지우가 주먹을 쥐었다가 놓았다. "제 차로 모실게요, 선생님." 여느 때와 달리 오만상을 찌푸린 서지우가 꼬리를 잡았다. 저놈이 질투를 하는 게야. 나는 생각했다. 그즈음 서지우와 나 사이엔 어떤 불연속선이 가파르게 걸쳐져 있었다. 서로 터놓고 말할 수 없는 것들이 서로 꼬이고 몸뚱이를 부풀리면서 폭발 지점을 향해 위태롭게 상승하고 있다는 느낌이었다. "됐네. 자네야말로 뒤풀이에 남아야지." 나는 냉정하게 잘라 말했다.

새삼스러울 것 없는 일이었다. 은교를 차에 태우는 일은 그동안에도 종종 있었다. 어느 때는 내가 핑계를 대서 데리고 온 적도 있었고, 우연을 가장해 길에서 픽업하기도 했다. 서지우에게 숨기지도 않았다. 은교의 입장에서 서지우의 차를 동승하는 건 위험한 일이고 나의 차를 타는 건 안전한 일일 거라고 믿었다.

날씨는 아주 좋았다. 행사를 끝내고 차 한잔 나누었는데 다섯시가 가까워졌다. 서지우가 안절부절 못한다고 느꼈다. "선생님, 정말 들어가시게요?" 예전의 서지우에 비해 얼굴도 까매지고 눈도 깊어진 것 같았다. 분명히 극심한 불안에 사로잡힌 얼굴이었다. "응. 허리가 아프네. 얼른 들어가서 좀 쉬어야겠어." 난틈을 주지 않고 자리를 떴다. 놀이 지고 있는 시각이었다. 시내를 우회해 은교의 학교로 이어지는 곧은 도로로 들어서자, 서지우고 뭐고, 다 지워졌다. 종일 이 시간을 기다려왔다는 걸 그래서 알았다. 오늘은 곧장 집으로 가지 말아야지, 라고 생각했다. Z의 카페촌, 아름다운 불빛들이 두서없이 떠올랐다. 연애를 하면서 동시에 지혜로워지는 것은 불가능하다는 잠언은 맞는 말일지도 몰랐다. 은교에게 서지우의 입술이 포개지던 일도 지워져 없었고, 유난히 더 불안한 얼굴로 나를 배웅하던 서지우도 지워져 없었으며, 카페 안의 수많은 젊은이들이 나와 은교를 어떻게 볼는지에 대한 염려도 지워져 없었다. 세계엔 나와 은교뿐이었다. 나는 구체적인 욕망을 느꼈다. 내가 지금 하려는 모든 것이 범죄라 해도 내게 공범자가 곁에 함께한다면 무슨 상관인가.

두 사람만의 상점에서 서로 만나서
두 사람만의 술을 우리들은 마신다
너는 조금 나는 많이
늘 마시는 술을 마시면서
낮에 있었던 이야기며 일의 이야기

남의 소문이며 내일의 스케줄을
그리고 갑자기 어둠 속에서의 입맞춤

— 이와다 히로시(岩田宏), 「미혼未婚」에서

한때 좋아했던 일본 시인의 시를 나는 암송했다. 내 머리칼들이 곤두서 별에 닿았다. 나는 나의 머리칼로 우주와 나 사이에 다리를 놓을 수도 있을 것 같았다. 학생들이 쏟아져나오기 시작했다. 나는 교문에서 좀 떨어진 곳에 차를 세우고 비상등을 켜두었다. 은교는 틀림없이 다른 때처럼 뛰어나올 것이다. 사랑하는 사람에게 가려고 뛰어본 적이 있는가. 좋아하고 사랑하는 자를 향해 뛰고 있는 사람은 다 아름답다. 그러므로 사랑에는 하나의 법칙밖에 없다.

그것은 그리운 그를 향해 뛰는 것이다.

나의 '당나귀'는 횡단보도 앞에 정차하고 있었다. 횡단보도 앞에 서 있는 한 청년이 얼핏 눈에 들어왔다. 신호가 바뀌었다. 한 떼의 여학생들이 횡단보도를 향해 우르르 몰려가는 것과 동시에 청년이 이쪽으로 걸어왔다. 은교는 아직 보이지 않았다. 똑똑똑, 청년이 차창을 노크했고, 나는 창을 열어주었다. 그제야, 청년이 내 시선을 끈 이유가 그 머리 색깔 때문이라는 걸 알았다. 앞머리만 샛노랗게 물이 들어 있었다. "할아버지, 누구 기다리세요?" 스무 살이나 갓 넘겼음직한 노랑머리 청년이 물었다. 길을 물으려는 줄 알고 차창을 내렸던 내가 조금 당황해 "아, 뭐……" 했고, 노랑머리가 이어서 쿡, 웃었다. 모멸이 섞인 웃음이었다. "아하, 은교 기다리는구나, 한은교?" "……" "은교한테 말은 들었지만, 하이구우, 이거 너무하시는 거 아냐!" "누, 누군가, 청년은?" "아, 씨팔!" 노랑머리가 차창을 손바닥으로 탁 쳤

206

다. "봐요. 나 은교 남친이거덩. 어떤 꼰대가 못살게 군다더니, 할배였어?" 노랑머리가 두 손으로 반쯤 열린 차창을 꽉 부여잡은 채 세모눈을 떴다. "눈만 감으면 송장인데, 무슨 짓요? 미쳤어요? 자기 얼굴을 좀 보라구, 씨팔. 어떻게 생겨먹었는지 거울도 안 봐?" 치가 떨린다는 듯이 노랑머리가 고개를 세차게 흔들었다. "내 눈에는요, 이 노친네야.

당신, 지금 썩은 관처럼 보여.

충공이야. 충격과 공포! 그 얼굴로 고딩이를 넘봐? 씨팔, 이거토 나오네, 토!" 지나가던 여학생들이 힐끗힐끗 이쪽을 살피고 있었다. 머릿속이 하얘지고 눈앞이 가물가물해졌다. 평생 그런 모멸은 처음이었고, 어떻게든 방어할 수도 없었다. 나는 실제 '썩은 관'처럼 늙었으니까. 나는 나도 모르게 끙, 하면서 액셀을 밟았고, 그 순간 반쯤 열린 차창에 노랑머리가 날린 가래침이 쩍하고 달라붙었다. 횡단보도를 지날 때 얼핏, 손을 흔드는 은교를 교문 앞에서 본 듯했다. 길은 휑하니 열려 있었다.

그날 밤 나는 집으로 돌아가지 않았다. 서지우와 은교가 찾아올 것 같았기 때문이었다. 나는 판문각까지 갔고, 임진강을 따라 흘렀다. 강을 넘으면 고향 가는 길 하마 보일까. 핏물 든 옥양목 흰 저고리, 붉게 핀 복사꽃, 푸른 하늘이 어릿어릿했다.

밤 깊어 겨우 외딴 여관에 들었다. 저녁을 먹지 않았지만 배고프지 않았다. 마음이 우울하면 술 생각이 나곤 했는데 술도 마시고 싶은 생각이 없었다. 벽지가 바랜 허름한 여관방 바닥에 나는 쓰러지듯 앉았다. 무슨 일이 있었던가. 충공, 이라고, 노랑머리 청년이 씹어뱉던 낯선 말이 생각났다. 모든 길은 닫혀 있었다. "당신, 지금 썩은 관처럼 보여!" 노랑머리의 말이 계속 고막을 울렸다. "씨팔, 어떻게 생겨먹었는지 거울도 안 봐!" "토 나오네, 토 나와!" 충공, 이라고 나는 중얼거렸다. 충격과 공포를 느꼈다. 도대체 그 노랑머리는 어디에서 왔을까. 나는 잔인한 킬러에게 온몸이 난자당한 것 같은 고통을 느꼈다. "썩은 관처럼 보여!" 노랑머리의 말이 끝없이 나를 찌르고 후비고 헤집고 토막냈다. '썩은 관' 같은 내 귀를 스스로 틀어막아보았다. 소용없었다. 무릎 꿇고 앉은 내 앞의 제단은 검은 상복에 싸여 있었다. 나는 명백하게 썩어가는 관이니, 누가 보아도 정말 '토'가 나올 것 같았다. 내가 그것을 불러들이지 않았다고 하더라도,

늙는 것, 이야말로 용서받을 수 없는, 참혹한 범죄,

라는 생각이 들었다. 늙은이의 욕망은 더럽고 끔찍한 범죄이므로, 제거해 마땅한 것, 이라고 모든 세상 사람들이 나를 손가락질하며 비난하고 있었다. 일회용 면도기가 눈에 들어왔다. 면도칼만 빼내서 팔목 한 번 내려치면 내 안의 더러운 범죄, 그 추악한 욕망들과, 오로지 늙었기 때문에, 당연히, 받아야 하는 끔찍한 모든 굴욕이 다 씻겨나갈 것이다. 옥양목 저고리를 적시던 복사꽃보다 붉은 내 피를 나는 원했다.

살 것인가 아니면 죽을 것인가 이것이 문제로다
포악한 운명의 돌팔매와 화살을
마음속에서 참는 것이 더 고상한가
아니면 고난의 바다에 대항하여 무기를 들어 반대함으로써
이를 근절시키는 것이 고상한가

— 셰익스피어(Shakespeare), 『햄릿』에서

새벽에 서지우한테 전화를 걸었다. "오늘부터 은교, 우리 집 일 그만두게 하는 게 좋겠네. 수고료는 충분히 주고." "선생님……" "걔 잘못하거나, 그런 건 없고…… 시 좀 써야겠어!"

정말 시 좀 써야겠다, 라고 내 안의 다른 누가 그 순간 화답하고 나왔다. 멀리 보이는 임진강 수면이 여명을 받아 조금씩 팽창하고 있었다. 서지우는 가만히 있었다. "진즉부터 쓰고 싶은 게 있었거든. 산만해서 그래. 전화도 꺼둘 거고. 뭐 집을 떠나 있을까 생각도 해보고 있네. 자네도 당분간 발걸음하지 말고. 부탁일세!" "지금, 어디세요, 선생님?" "해장국집 찾아가네. 그만 더 자게." "선생님!" "해 뜨려고 해. 시 쓰기 좋은 날씨야." 서지우가 뭐라고 말하려는 듯했으나 얼른 전화를 끊었다. 간밤에 나는 죽었다, 라고 생각했다. 남은 인생은 다만 이 시대의 용서받을 수 없는 범죄인, 늙은이로, 혹은 썩은 관, 혹은 주검으로 연명하게 될 것이었다.

햇무리가 떠오르고 있었다. 강심부터 금색 물비늘이 매달리기 시작했다.

그 강의 리듬은 어린아이의 침실에 있었고
4월 앞마당 가죽나무 숲속에 있었고

그리고 "겨울 밤 가스등을 둘러싼 저녁 모임 속에도 있었다"라고 나는 소리 내어 시를 읽었다. T. S. 엘리엇의 「사중주」였다.

잠깐 동안의 꿈같은 '저녁 모임'이 끝났으니 그만 '커다란 관'
이 될 내 집으로 돌아가야겠다고 생각했다. 나는 곧장 집으로 돌
아왔고, 열쇳집 남자를 불러 현관 번호키를 수정했고, 모든 자물
쇠를 굳게 잠가 나를, 나의 주검을 완전히 '커다란 관' 속에 유
폐시켰다. 비로소 잠이 왔다. '죽음보다 깊은 잠'이었다.

Q변호사 5

한강이 내려다보이는 호텔 커피숍 창가 좌석에 먼저 온 은교가 앉아 있었다. 얼굴 본 지 불과 한 달여밖에 되지 않았는데 그 사이 은교는 훨씬 더 성숙한 티가 났다. 가볍게 화장도 한 것 같았다. 하기야, 대학생이 아닌가. 고등학교 시절에 비해 대학은 일종의 해방공간이다. 특히 새내기들은 '가치에 비해 지나치게 칭찬받는 봄'과 다르지 않다. 환호와 혼란과 자기모반과 새로운 문화가 집중적으로 깃들어 있는 해방구니, 시절이 하루가 다르게 그녀를 익혔을 것이다.

우리는 커피를 마셨다. 볼 때마다 느끼는 것이지만 은교는 눈빛이 참 좋다. 그것은 해맑은 재기로 반짝이면서도 어딘지 모르게 다른 세상을 보는 것처럼 아득하다. 단순히 젊다고만 할 수 없는, 나이가 느껴지지 않는 '신비한' 눈빛이다. "기사가 나겠지, 했어요." 그녀가 먼저 운을 뗐다. "어떤 기사가?" "할아부지가 남긴 노트 내용에 대한, 뭐 그런 기사요. 노트, 공개 안 하신 거죠? 그럴 것 같았어요. 제 짐작대로, 할아부지 노트에 뭔가, 공개되면 안 되는, 그런 내용이 있을 거라는 거, 그래서 알았어요." 커피가 왔다. 내려다보이는 한강은 봄빛과 만나 하얗게 보였다. 그녀가 먼저 전화해 만나자고 해서 나온 참이었다. 역시 이적요 선생님의 노트를 보자고 할 셈인가, 하고 나는 생각했다. "시기를 보고 있네. 이적요기념관 개관이 준비되고 있고 해서……" "서지우 선생님은, 할아부지가 어쩌면 자신을 죽일지도 모른다고 일기에 썼어요. 서선생님, 그래서 그 일기를 제게 맡기셨던 거 같아요." "무슨 이야기를 하자는 건가?" "그 사고요, 변호사님. 서지우 선생님 돌아가시게 한 차 사고 말인데요. 목격자가 있어요." "사고기록엔 그런 거, 없었어." 나는 아직 그녀의 진의를 파악하지 못하고 있었다.

이적요 시인의 노트를 읽고 나서 경찰의 사고조사 기록을 열람한 것은 불과 한 달 전이었다. 코란도는 과속을 견디지 못하고 굽잇길에서 추락, 폭발했다고 기록돼 있을 뿐, 목격자 진술은 없었다. 운전한 서지우가 전날 밤 마신 술에서 덜 깬 상태로 운전했던 것 같다고 조사담당 형사는 귀띔했다. 예전부터 잘 알고 지내온 형사였다. "세탁소 이층에 사는 아저씨요. 사고 난 며칠 후, 그 사고에 대해 아저씨가 말하는 것을 엄마가 우연히 들었다고 했는데요, 그때는 저도 굉장한 쇼크 상태에 있었고, 또 목격한 게 무슨 의미가 있겠나 하고 그냥 흘렸었어요. 그러다가, 할아부지 노트가 공개되면 어쨌든 무슨 기사가 날 텐데 왜 안 나지, 안 나지? 하고 생각하는데, 엄마가 해줬던 말이 떠오르더라구요. 엊그제서야 그 아저씨를 찾아가 만나봤어요. 저도 아는 아저씨거든요." "그랬더니?" "서지우 선생님 차는요, 그냥 추락한 게 아니래요. 굽잇길에서 트럭 하나가 중앙선을 넘어 올라오고 있었나봐요. 갑자기 차선을 넘어서 올라오는 트럭을 만나 피하려고 핸들을 급히 꺾다 추락한 거죠. 아저씨는 코란도가 핸들을 꺾으면서 트럭 앞 범퍼 한쪽 모서리에 부딪히기도 했을 거라고 그랬어요. 부딪히는 소리가 났다면서요. 트럭은 책임 추궁이 무서웠는지 그냥 도망쳤다고 했어요. 아저씨는 아침 운동 겸 그때 숲속에 있었대요." 처음엔 무심히 들었는데, 다 듣고 나자 무심히 흘릴 정보가 아니라는 생각이 들었다. 나는 자세를 고쳐 앉았다.

이적요 시인은 핸들을 조작해, 일정한 지점에 이르면 그 핸들이제 구실을 하지 못하게 해놓았다고, 남긴 노트에 썼다. 한밤 중, 서지우 몰래 밖으로 나와 서지우의 아반떼 바퀴에 일부러 펑크를 내고 당신의 코란도 조향장치를 교묘히 조작하는 과정이, 노트엔 비교적 상세히 기록되어 있었다. 노트에 기록된 대로라면 사고는 '중앙선'을 넘어온 '트럭'을 피하려다가 난 것이 아니라 굽잇길에서 핸들을 조종할 수 없어 나야 옳았다. 그러나 은교의 말이 사실이라면 사고 당시 핸들은 멀쩡했다는 뜻이 된다. 굽잇길에서 갑자기 중앙선을 넘은 트럭을 피하려 했다면 서지우는 핸들을 급히 왼쪽으로 꺾었을 것이다. 트럭의 모서리를 치고 도로를 벗어난 뒤 뱅글 돌면서 추락하는 코란도의 모습이 눈에 보이는 듯했다. 사고 위치를 확인하고, 사고보고서에 첨부된 사진에 나타난 바퀴자국만 면밀히 살펴도 구분할 수 있는 일이다. 핸들이 움직이지 않거나 제멋대로 요동치면서 추락한 것과, 트럭을 피하기 위해 핸들을 급히 돌리면서 추락한 것은, 그 위치와 흔적이 다를 게 명백하다. 핸들이 무용지물이 돼 난 사고라면 스키드 마크가 지그재그로 났을 터이고, 트럭을 급히 피하려 했다면 스키드 마크는 당연히 왼쪽으로만 호선弧線을 이루고 있을 터였다.

나는 놀라서 은교를 똑바로 쳐다보았다.

"어째서 자네가 서지우 사고에 새삼 관심을 가졌나?" 나는 물었다. "지난번 서선생님 묘지에 갔다올 때요, 변호사님께 전화가 걸려왔었어요. 경찰서 같았구요. 서선생님 사고에 관한 대화였어요." 서지우의 사고담당 형사에게 사고기록을 좀 보고 싶다고 전화했던 일이 생각났고, 나중 기록을 찾아놓았다는 전화 연락을 형사로부터 받았던 것도 생각났다. 서지우 묘지에 다녀오던 날, 담당형사의 전화를 받았던가보았다. "할아부지는 자동차, 좋아했어요. 감옥에서 십 년간 정비 일 했다는 말씀도 해주셨구요. 서지우 선생님도 일기에 써놨잖아요? '선생님이 나를 죽인다면 어떻게? 총? 칼? 석궁? 아니면 당나귀로?' 그 구절요. 변호사님이 서지우 선생님 사고에 관심을 갖게 된 것이 뭔가, 할아부지 노트 내용하고 관계 있겠다는 생각이 들었지요. 더구나노트 공개 안 하시는 거 보고, 뭔가 있다고 생각했구요." 영민한 애였다. 저 자신만큼은 서지우, 이적요 시인으로부터 '빼주세요'라고 말하던 당찬 애였지만, 그 순간 그녀가 그들로부터 완전히 빠져나오지 못했다는 것을 나는 깨달았다. 빠져나오기는커녕, 그녀는 여전히 어둠 속에 있었다. "할아부지 노트랑 서선생님 일기랑, 다 읽은 변호사님이 절 어떻게 생각하실는지 알아요. 하지만 저는 상관없어요. 할아부지, 서선생님, 상관없다는 게 아

216

니구요. 변호사님, 뭐라고 하실지 모르지만요, 두 분 다, 저는요, 진짜요, 좋아…… 해요. 지금도요. 특히 할아부지는요, 날이 갈수록요, 더 깊어지는 중이구요. 젊은 애들이라고, 다 터미네이터나 에일리언이겠어요?" 커피는 식어 있었다. 나는 행여 그녀가 울까봐 짐짓 창 너머만을 한사코 바라보았다. "진짜 제가 드리고 싶은 말씀은요……" 그녀가 커피잔을 들었다. 죽어가던 이적요 시인의 본능을 일깨워 광포한 파멸의 문 안에 들게 하는 데 단초가 됐던 그녀의 흰 손가락들이 다부지게 커피잔을 잡았다. 엄지손가락에 반지, 새끼손가락 하나, 회색 매니큐어가 발라져 있었다. "할아부지와 선생님, 서로가 너무 많이 사랑했다는 거예요. 절 사랑한 게 아니에요. 두 분하고 함께 있을 때마다 버림받은 기분은 제가 가져야 했다구요. 진짜로요. 끼어들 틈도 없었는걸요."

그녀의 눈에 이윽고 얇은 습기의 막이 드리웠다.

창 너머엔 라일락이 한참 피어 있었다. "그런데 엄지손가락에 반지를 꼈네"라고, 나는 화제를 돌리기 위해 눈썹을 이렇게 (^^)하고 말했다. "젊은데 매니큐어도 좀 밝고 화려한 색깔로 하지 않고?" "어른들은…… 문제예요. 왜, '젊은데, 화려한 색깔'이라고 하는지 모르겠어요. 훗, 멜로드라마 많이 봐서 그런가요? 젊은 색깔이라고, 다 화려한 게 아닌데…… 난 회색일 때가 많던데……"라고 그녀는 대답했다. 회색은 무채색이잖아? 나는 반문하려다가 그만두었다. 내가 아는 이적요 시인은 무채색만은 아니었기 때문이다.

경찰서로 가서 서지우 사고기록을 다시 살펴보았다. 내가 관심을 가진 것은 사고 위치와 스키드 마크였다. 스키드 마크는 사진이 있어 쉽게 분별해볼 수 있었다. 사진에 따르면 서지우의 차는 오른쪽에서 왼쪽으로 급회전을 하다가 도로를 벗어난 게 분명해 보였다. 왜 이 점을 생각 못 했을까. "만약에 말야, 어떤 이유로 핸들이 무용지물처럼 돼서 요동을 쳤다면, 김형사 생각은 어떤가. 바큇자국이 이렇게 날까?" 나는 물었고, "그야, 갈팡질팡 나겠지요." 형사는 대답했다. "위치는 어떻던가. 서지우 차가 도로를 벗어난 끝 지점 말일세. 길이 구부러지는 곳이었나, 구부러지기 전이었나." "구부러지기 전이었던 것 같아요. 기억이 가물가물하지만요. 제가 보기에 분명히 핸들조작이 안 돼서 일어난 사고는 아니에요. 속도를 따라가지 못했거나 해서, 핸들을 과하게 꺾은 거죠. 그런데 왜요?" 형사는 하품을 했다. "아닐세. 나중에 다시 연락함세." 이적요 시인은 사고시간을 잘못 예측했는

지도 몰랐다. 따라서 그것으로 이적요 시인의 죄가 다 면제되는
건 아니었다. 그날의 상황을 좀더 면밀히 알아볼 필요가 있었다.

이적요기념사업회 운영회의가 저녁에 열렸다. 시인의 노트가
다시 화제에 올랐다. "그 노트, 사본이라도 우리에게 보여줘야
되지 않겠나?" T가 말했고, "제게 시간을 좀더 주세요. 진실이
뭔지, 알아봐야 할 것이 좀 있어서요." 나는 단호하게 대답했다.
은교가 마지막에 힘주어 한 말이 뜻하는 바가 무엇인지 나는 알
고 있었다.

예상 밖의, 또 하나의 다른 길이 숨겨져 있을 것 같은 예감을
느꼈다.

서지우의 일기

불안

　—은교, 정말 대책 없는 애. 멍청하지 않으니 그애도 선생
님의 마음속에 일고 있는 비정상적인 불꽃을 보고 느꼈을 것
이다. 그런데도 오늘 나도 함께 있는 자리에서, 감히 선생님한
테 월요일 학교 앞으로 자신을 데리러 와달라고 천연스럽게
말하는 것이었다. 월요일 오후엔 동숭동에서 문학행사가 있
었고, 선생님은 그 행사 앞머리에 축사를 하도록 내정되어 있
었다. 그애의 제안은 선생님의 불꽃에 기름을 들이붓는 격이
었다.

　집으로 돌아와 나는 은교에게 휴대폰으로 전화를 걸었다.
"월요일 선생님하고 한 약속, 취소해라." "왜요?" "선생님 그
날 뒤풀이까지 남으셔야 해. 네가 함께 들어오자 조르니까 할

수 없이 약속한 거지." "전 조른 적도 없구요, 할아부지가 할 수 없이 약속했다고 생각하지도 않아요." "애가 지금……" "후훗, 선생님 질투하시는구나?" 질투가 아니라고 말하려 했으나 말이 얼른 나오지 않았다. 질투심이 아니라 선생님을 너로부터 보호하려는 거야. 마음속에 그런 말이 떠올랐다. "너 똑똑히 들어. 선생님은 지금 비정상이야." 나는 이윽고 말했다. "선생님이 어떤 분인 줄 네가 몰라서 그래. 사람들이 모두 존경하고 받드는 분이야. 그리고, 그분은 지금…… 그냥 따뜻한 할아버지가 아냐, 이것아!" "알아요." "뭘 알아?" "비정상, 아니에요. 뭐가 비정상이라는 건지 잘 모르겠어요. 할아부지는요, 선생님보다 훨, 진짜로 훨씬 젊어요. 선생님이 더 올드하다구요." 그 순간 무엇인가 심장을 긋고 가는 것처럼 가슴속이 싸아, 했다. 나는 무의식적으로 내 가슴 한켠을 움켜잡았다. 무슨 말을 보태도 그애는 마음을 바꾸지 않을 게 확실했다. 전화를 끊고 나서도 나는 가슴을 움켜잡고 있었다. '선생님이 더 올드하다구요.' 그애의 말이 내 속에서 메아리로 계속 울렸다.

— 월요일, 문학행사는 네시쯤 끝났고, 동료문인들과 차를 마시던 선생님은 다섯시쯤 일어났다. 사람들이 붙잡았으나

소용없었다. "선생님, 정말 들어가시게요?" 은교의 학교로 갈 줄 뻔히 알면서 나는 짐짓 물었고, 선생님은 "얼른 들어가 쉬어야겠어." 대답했다. 나는 선생님을 차가 있는 데까지 배웅했다. 차를 향해 성큼성큼 걷는 헌칠한 뒷모습에 여느 때와 달리 힘이 넘쳤다. 코란도 운전석에 휙익 올라타는 모습도 그랬다. 얼굴만 늙었지 그 순간의 선생님에게선 젊은 야성이 물씬 풍겨나왔다. '할아부지는 선생님보다 훨 젊어요.' 은교의 말이 고막을 울렸다. "그럼 먼저 가네." 눈빛에도 서기瑞氣가 가득했다. 기대감은 물론이고 황홀감까지 느껴지는 눈빛이었다.

차가 주차장을 급히 빠져나갔다. 거칠 것 없는 질주였다. 나는 습관처럼 가슴을 잡았다. 선생님은 오늘 은교를 데리고 곧장 집으로 들어가지 않을 것이다. 무슨 일인가 벌어질 게 틀림없다. 당당히 주차장을 빠져나가는 코란도의 꽁무니를 보면서 내 예감의 게이지가 급격히 비등했다. 토요일부터 계속 나를 괴롭혀온 예감이었다. 결전에 대비한 마음의 준비는, 선생님 쪽에서나 은교 쪽에서나 이미 끝냈다고 느꼈다. 한 번 비등하기 시작한 불안증은 금방 정상치를 넘어섰다. 막아야 돼! 질투심 때문이라곤 생각하지 않았다. 나는 오랫동안 선생님의 청지기였고, 보디가드였고, 수호자였다. 선생님의 파멸을 막는 것이야말로 내가 할 일이었다. F가 전광석화로 떠올랐다. 나는 룸카페 매니저 F에게 급히 전화를 걸었다. X의 룸카페는 은교의 학교에서 가까운 버스 종점 부근이었고, F가 사는 원룸은 바로 그 뒤에 있었다. 은교의 학교까지 걸어서 채 십 분도 안 되는 거리였다.

—은교는 학교 앞에서 선생님이 자신을 태우지 않고 그냥 떠나버렸다고 했다. 그애는 모르겠지만 그리된 것은 F 때문이었다. "무슨 일인지 모르겠어요. 머리가 노란 어떤 자식이 할 아부지한테 막 욕을 하더래요. 내 친구가 그걸 봤어요." 은교가 전화로 말했다. 나는 그때 X의 룸카페에 있었다. 그 무렵의 나는 그 룸카페에 거의 매일 들렀다. 술은 내게 분별없는 위로를 주었다. 노랑머리가 이 방으로 들어왔다. 나는 다짜고짜 F의 뺨을 치고 발길질을 했다. "이 새꺄, 내가 언제 너보고 욕하라고 했어? 걔 남자친구라면서 겁을 조금만 주라고 했잖아, 새꺄! 일흔 살이 다 된 노인이야. 어따 대고 쌍욕을 해, 이 무식한 새꺄!" 웨이터들이 흥분한 나를 붙잡았다. F가 쌍욕까지 할 줄은 몰랐다. 내가 F에게 부탁한 것은, 학교 앞에 서 있는 코란도를 찾아 '여고생'이 나오기 전 '노인'에게 다가가, 여고생 '남친'을 가장해, 계속 이러면 크게 '망신'당하게 될 터이니

그냥 가는 게 좋을 거라고 으름장만 좀 놔달라는 것이었다. "그런 늙은이가 고딩이를 후리려고 한다는데, 쌍욕, 그럼 안 나와요?" F가 받아쳤다. F는 '노인'이 정말 '여고생'을 괴롭히는 줄 알고 자못 분개했던가보았다. "후려? 늙은이? 이 새끼가 지금!" 나는 흥분하여 F에게 맥주컵을 집어 던졌다. 컵은 F의 귓불을 스치고 벽에 부딪혀 산산조각이 났다.

일이 이렇게 커질 줄은 몰랐다. 선생님은 새벽까지 집으로 돌아오지 않았다. 내가 무슨 일을 저질렀는가. 선생님의 집은 밤새 캄캄했다. 아침이 돼서야 선생님이 전화를 걸어왔다. 예상대로 은교의 알바를 그만두게 하라고 했고, 나에게도 당분간 들르지 말라고 했다. 선생님이 받았을 상처가 얼마나 깊었을지는 불문가지不問可知였다. 선생님은 자기를 죽이고 싶었을 것이다. 아, 사랑하는 나의 선생님. 선생님을 은교와 선생님 자신의 불꽃으로부터 지켜야 한다고 생각한 것은, 선생님의 파멸을 막아야 한다고 생각한 것은 명분에 불과했던 것인지도 몰랐다. 주차장을 빠져나가는 선생님의 힘찬 '당나귀'를 보는 순간, 나는 오로지 질투심에 차 있었던 건 아닐까.

질투심은 열등감의 다른 이름이며, 맹목적 잔인성을 갖는다는 말을 한 것은 내가 아니라 선생님이다. 질투심이 꼭 정열의 증거는 아니라고 했다. 정말 질투심이었다면, 나의 질투심이, 은교를 선생님에게 빼앗기고 싶지 않은 질투심인지, 아니면 선생님을 은교에게 빼앗기고 싶지 않은 질투심인지, 그것이 아니면 재능에 있어 선생님의 그림자조차 따라갈 수 없는 고통에 따른 질투심인지, 알 수 없었다. 나는 극심한 혼란을 느꼈다.

─거의 열흘 만에 선생님을 다시 만나 뵈었다. 선생님은 소나무에 올라가 가지치기를 하고 있었다. 키가 큰 소나무였다. "이놈들 때문에 앞산이 뵈질 않네." 선생님은 아무 일 없었다는 듯 말했다. "위험한데 정원사를 부르시지 않구요." "내가 나무만 만나면 원숭일세." 선생님이 나무를 잘 탄다는 것은 사실이었다. 키 큰 나무도 타잔처럼 순식간에 올라갔다. 그러나 예전의 일이었다. 몇 년 전부터 선생님은 나무를 잘 타지 못했고 또 스스로 올라가려고 하지도 않았다. "내려오세요, 선생님. 딸기가 좋아서 사왔어요." 나는 선생님과 데크에 마주앉아 딸기를 먹었다. 그사이 주름살이 늘고 백발은 더 자란 것 같았지만, 표정만은 의외로 편안해 보였다. 나는 비로소 안도했다. F로부터 선생님이 받았을 상처를 짐작하지 못하는 건

아니지만, 결과적으로는 내가 한 짓이 잘한 거 같기도 했다. "시는 좀 쓰셨어요?" "써봤자, 저놈들만큼 깊겠나?" 선생님이 늙은 소나무를 가리키며 미소했다. 본래의 선생님이 보여주던 미소였다. 나는 비로소 선생님이 은교에 대한 비정상적 욕망에서 벗어나 완전히 제자리로 돌아왔다고 생각했다. 나를 보는 시선도 예전처럼 다정하고 편안해 보였다. 어쨌든 F는 제 역할을 효과적으로 한 셈이었다. 여름이 오고 있었다.

　—선생님을 모시고 또 병원에 다녀왔다. 내과에 들르고 안과를 경유했다. "눈에 이상이 있으신가요?" "당뇨는 여러 가지 합병증이 오거든. 신부전증이나 망막염도 그중에 포함돼 있어. 뭐 괜찮을걸세. 체크해보는 거지." 선생님은 밝게 말했다. 건강에 대해서 선생님은 나에게 언제나 구체적인 정보를 주지 않았다. 신부전증과 망막염이라는 말이 마음에 남았다. 체크해볼 뿐이라고 했지만, 선생님의 그 정도 표현만으로도 이미 병이 진행되고 있을 가능성을 배제할 수 없었다. 나는 선생님을 집으로 모셔다드린 뒤 인터넷에 들어가 신부전증과 망막염을 검색했다. 단백뇨성 망막염이라는 항목이 떴다. 당뇨병과 고혈압 등의 합병증으로 쉽게 나타나는 단백뇨성 망막염은 "안저출혈과 백반白斑, 시력장애 등, 제반 안저眼底 질

환 증세를 가져올 수 있으며, 그로 인해 안저 변화가 시작되면 대개 일, 이 년 내에 사망한다"고 씌어 있었다. 가슴이 덜컥 내려앉았다.

— 은교가 전화했지만 받지 않았다. 지난번 전화했을 때 그애는 말했다. "할아부지 욕했다는 그 노랑머리요, 아무리 생각해봐도 제 주위엔 없는 남자예요. 그날 그걸 목격한 제 친구는요, 그 자식이 분명히 제 이름을 댔다고 했는데요, 진짜 이상해요. 혹시 선생님은 뭐 떠오르는 게 없어요?" "나를 의심하니?" 나는 단호히 대답했다. "그냥, 워낙 답답해서요. 그 생각만 하면 공부도 안 돼요." "널 혼자 좋아하는 놈일지도 모르지. 엉뚱한 데 신경 끄고 네 할 일 해. 선생님도 요즘은 다 잊은 눈치야." 나는 전화를 끊었고, 이후엔 하지 않았다. F와의 관계를 들킬까봐 두려워서가 아니었다. 그애는 절대로 진실을 알아차리지 못할 터였다. 다만 이 기회에 나도 그애와의 관계를 정리해야 할 것 같았다.

그애가 그립지 않은 건 물론 아니었다. 때때로 아주 강렬하게 그애가 그리울 때도 많았다. 선생님 집에 가려면 그애의 학교, 그애의 집 앞을 지나야 하기 때문에 그때마다 보고 싶어

더 애가 탔다. 한밤중 선생님께 왔다가 시내로 돌아갈 때, 종점 공터에 차를 세우고 그애가 공부하고 있을 방의 불빛을 한참이나 바라본 적도 있었다. 그애를 사랑하고 있어, 라고 생각하기도 했다. 애처로운 구석도 있고 도발적이거나 발칙한 구석도 있으며, 그 또래 소녀 같기도 하고 애환을 많이 겪은 마흔이나 쉰 살쯤 되는 여자 같기도 한 애였다. 오목한 데는 오묘하게 깊고, 솟은 데는 탱글탱글한 그애의 젊은 몸도 내게는 버릴 수 없는 치명적 매력이다. 왜 그녀를 멀리하고 싶겠는가. 그러나, 그애는 여고생, 내게는 위험한 폭발물과 같다.

대학생이 된 다음 다시 만나면 되지 않겠는가.

시인의 노트

침묵

마태복음에 이르기를 멸망에 이르는 길은 '넓다'고 했다.

내가 멸망에 이르는 길은 어둡고 좁았다. 은교를 기다리다가 노랑머리 청년을 만난 후부터, 나는 여러 날, 모든 문을 잠근 나의 밀폐된 방에서 꼼짝하지 않고 누워 있었다. 몇 차례 서지우가 찾아와 현관문을 두들겼지만 기척을 하지 않았다. 은교도 찾아와 닫힌 문 앞에 나를 부르다가 돌아갔다. 되도록 남이 내가 집을 떠났다고 느끼도록 하기 위해, 밤이 돼서도 가급적 불을 켜지 않았다. 나는 자주 굶었고, 아주 배고프면 최소한의 것을 먹었으며, 오래오래 잠을 잤다. 슬픔도 기쁨도 별로 없었다. 모멸감과 분노도 없었다. 넋이 반쯤 내 몸에서 빠져나간 것 같았다. 가끔 나는 관 속에 누워 있는 듯한 느낌도 맛보았다.

'노랑머리 사건'이 나고 사흘째던가, 자정도 넘은 시각에 은교가 찾아온 일도 있었다. 잠은 끝이 없었다. 나는 그때 우무 같은 잠의 긴 터널 속에 있었다. 자는 것이 깬 것이었고 깨어 있을 때도 잠들어 있는 듯한 잠이었다. 그 시간은,

저승과 이승의 틈새나 다름없었다.

나는 그 틈새에서 목제 층계를 밟고 올라오는 아주 낮은 발소리를 들었다. 쫑, 쫑, 쫑, 하는 것이 은교였다. 은교라고, 나는 가수假睡 상태에서 생각했다. 달이 떴는지 구더기 같은 흰빛이 창을 통해 들어왔다. 시곗바늘은 자정을 훌쩍 지나서 계속 가고 있었다. 현관문을 잡아당기는 소리가 났다. 나는 가만히 일어나 앉았다. "할아부지……" 은교가 속삭이는 목소리로 불렀다. 사위는 쥐 죽은 듯이 고요했다. 안에서 기척이 없자 그애가 거실을 돌아 침실 창 앞으로 다가왔다. 아무렇지 않았다. 어쩌면 죽은 다음의 시간인지도 모르겠다는 생각이 들었다. "안에 계신 것알아요. 혹시 주무실지도 모르지만요, 은교는 말하고 싶은 거 하고 갈게요." 낮게 속삭였지만 이상할 정도로 그애의 목소리가 또렷이 들렸다. 그나저나 저 목소리의 주인이 은교인 건 맞는가.

창에 비친 그림자는 양손을 올려 제 머리를 좌우로 감싸 쥐고 있었다. "할아부지가 왜 문도 안 열어주고 그러시는지 모르겠어요. 그래서 공부도 안 되고요, 영 잠이 안 와요." 그애 머리칼이 바람에 조금 날리는 듯했다. 달빛을 사선으로 받은 그림자였다. 콧날이 오똑했다. 나는 침묵했고 곧 그애도 침묵했다. 나의 침묵은 죽은 자의 침묵이고 그애의 침묵은 산 자의 숨 고르기였다. 금방이라도 그애의 숨소리까지 들릴 것 같았고 숨결 따라 오르내리는 가슴도 보일 것 같았다. "제 친구가요, 저보다 먼저 나와 횡단보도 앞에 서 있다가 할아부지 코란도를 봤대요. 어떤 남자애가 할아부지한테 막 욕을 했다고 하더라구요. 제 이름도 얼핏 들은 거 같다고 했어요. 나도 그 남자 봤어요. 노랑머리요. 제가 할아부지 차를 쫓아가려고 할 때 그 남자가 침을 찍 뱉으며 나까지 노려봤으니까요. 첨 보는 남자였어요. 누구예요, 그 남자? 그날…… 무슨 일이 있었던 거예요?" 앞머리를 노랗게 물들인 청년의 얼굴이 떠올랐다. 이상하게, 아무렇지 않았다. "눈 감으면 송장이구먼, 씨팔, 거울도 안 봐!" 청년의 말이 들렸다. 여전히 아무렇지 않았다. 나의 침묵은 견고했으며 그애의 숨 고르기는 고요했다. 그애도 한참이나 가만히 있었고 나도 그냥 가만히 있었다. 어느 방향에선가 개 짖는 소리가 났다. 그러나 그 소리도 내 세계의 고요를 깨진 못했다.

조금만 더 귀를 열면 바람에 솔잎 하나가 떨어져내리는 소리까지 들릴 듯한 고요였다. 그 고요 속에서 나는 유리창과 얇은 커튼 한 장을 사이에 두고 그애와 마주보고 있었다. 그것은 우주적인 거리였다. 내게는 그애보다 죽음이 훨씬 가까웠다.

"말씀 안 해주셔도 좋아요. 제가 어려서 아무것도 모른다고 생각하시겠지만요, 할아부지 맘…… 쪼끔요, 저도 안다고 생각해요." 그애가 다시 속삭이며 한 손을 뻗어 유리창을 만졌다. 부채처럼 편 손가락 다섯 개의 손금이라도 보일 것 같은 느낌이었다. 그래도, 정말 이상하지, 나는 아무렇지 않았다. 내가 손만 내밀면 그애의 손과 머리칼을 만질 만큼 가까운 거리였다. 그러나 나의 침묵은 여전히 견고했고, 내 침묵의 빗장을 풀지 못하리라는 걸 그애도 결국 알아차린 듯했다. "오지 말라면 안 올게요. 그러니깐요, 저 땜에 할아부지, 감옥에 가둘 필요는 없어요." 그애의 목소리가 어머니의 그것처럼 따뜻이 들렸다. "젊으실 때도 십 년이나 감옥에 있었다고 하셨잖아요. 할아부지 이렇게 감옥에 있으면요, 저도 공부 안 돼 대학 못 들어갈지 몰라요. 은교 안올 테니까요, 내일은 문 열고 나오세요." 그애가 창을 떠났다. 아니, 몇 발자국 걸어가다가 잠시 멈춰 섰다. 창엔 그애의 머리 그림자만 겨우 걸쳐져 있었다. "안녕히 계세요, 할아부지!" 늘 그랬던 대로 그애는 꾸벅, 했다. 개는 더이상 짖지 않았다. 바람이 부는가, 나뭇잎 흔들리는 소리가 미세하게 났고, 그래서 나의 침묵은 더 깊어졌다.

저 소리 없는
청산이며 바위의 아우성은
네가 다 들어가버렸기 때문이다

겹겹 메아리로 울려 돌아가는 정적 속
어쩌면 제 안으로만 스며 흐르는
음향의 강물!

— 문덕수, 「침묵」에서

그애가 마침내 뭔가를 결심한 듯이 빠르게 거실 앞을 돌아 목제 계단을 내려갔다. 한 번 발걸음을 내딛고 나자 망설임이 없었다. 목제 층계는 쫑, 쫑, 쫑, 울지 않고 통통통, 울었다. 대문을 열고 나가는 그애, 제 그림자를 톡톡 차면서 숲으로 둘러싸인 텅 빈 골목을 걸어나가는 그애가 떠올랐다. 발소리는 더이상 나지 않았다. 나는 비로소 길게 엎드렸다. 갑자기 가슴 한켠을 어떤 단검이 깊게 에이고 지나갔다. 그리고 시간을 따라 물처럼 차오르는 건, 슬픔이었다. '눈 감으면 송장' 혹은 '썩어가는 관 같은' 나는, 그래서 엎드린 채 조금 울었다. 눈물이 남아 있다는 것이 신통했다.

슬픔에는 두 종류가 있다. 하나는 눈물로 덜 수 있는 슬픔이고, 다른 하나는 눈물로도 덜 수 없는 슬픔이다. 내가 만난 그날 밤의 슬픔은 후자였다.

다음날 현관문을 열었다.

햇빛이 밝았다. "할아부지 맘…… 쪼끔요, 안다고 생각해요." 은교의 말이 생각났다. 바로 그 말 때문에 그애를 믿을 수 있었다. 그애는 아마 다시 오지 않을 것이다. 이별이야, 라고 나는 중얼거렸다. 그리고 모처럼 청소를 했다. 마루를 닦을 때는 어린 시절 교실을 닦을 때처럼 궁둥이를 높이 들고 밀었고, 유리창을 닦을 땐 그애처럼 화아, 김을 불고 뽀득 뽀드득, 소리나게 닦았다. 그런다고 슬픔이 지워지는 건 아니었다. 죽지 못하는 것이 제일 슬펐다. 꿈을 꾸다가 깨어난 것 같기도 했다. 은교를 나는 무엇으로 보았던가. 걸레를 쥔 채 나는 생각했다. 이제 열일곱, 봄풀 같은 아이다, 라고 말하고 나니까 가슴이 모래무덤처럼 무너져내렸다. 나는 어느 한때 그애를 욕망으로 보았고, 또 한때 그애를 덧없이 흘러간 내 청춘의 마지막 보상으로 보았다. 그것은 사실이었고, 그것은 또한 이기주의적 범죄였다. 본능적 욕망을 따라가고 싶어했던 나의 짐승은 대체 내 어디에 그 긴 세월 동안 숨어 있었단 말인가. 나의 어느 핏줄에? 나의 어느 똥통에? 내가 지켜왔다고 믿었던 자존심은 더러운 시궁창에 박혀 있었다. 걸레만도 못했다. 나는 어쩌면 허깨비로 살아왔는지도 몰랐다. 죽여도 시원하지 않을 내가 죽지도 않고 유리창을 닦고 있다는 것에 욕지기를 느꼈다. 오욕의 역사 속에서 그나마 양심을 팔지 않고, 그나마 내 자존에게 멸망당하지 않고 살아왔다고 생각했던 순간도 있었으련만, 남은 것은 전무했다. 평생 세상을 관통하며 짊어져왔다고 생각했던 것들이 결국 아무것도 아니었다는 사실에 나는 무한한 슬픔을 느꼈다. 나는 그래서 더욱 유리창을 뽀드득뽀드득 닦았다.

미친 그림자들아,
너희 욕망의 과녁을 향해 달려라

보들레르는 노래했다. 나는 내 미친 그림자에게 치를 떨었고, 그것이 불렀던 순간들의 내 짐승에게 몸서리를 쳤다. 차마 얼굴을 들 수 없었다. 나는 약한 인간이었고, 너무도 뻔뻔한 인간이었다.

여기에서 이 미친 질주를 멈추어야 한다. 죽비를 내려쳐 나를 깨우쳐준 노랑머리 청년에게 나는 오히려 감사했다. 그 청년이 은교의 남자친구든 아니든 그런 건 문제의 본질과 아무 상관없었다. 알고 싶지도 않았고 알아봐야 할 권리도 없었다. 더이상 시를 쓸 수도 없을 터였다. 내게 어떤 시가 남아 있다 한들, 그것은 모두 허위의 찌꺼기, 위선의 망토에 불과했다. 남은 길은 그래서 한 가지뿐이었다. 다만 죽음을 기다리는 것. 온갖 비애의 종말을 기다리는 것. 그리고 그 길은 과정이 아니라 집행되어야 할 하나의 절대적 법이라는 것.

그리하여 며칠 사이 내 몸은 십 년쯤 늙었다.

시인의 노트

범죄

우연히 산길에서 은교와 부딪쳤다. 거의 두 주일 만이었다. 집의 뒤란에서 사다리를 타고 올라가 뒷산의 정상으로 이어지는 능선길로 막 접어들었을 때, 마을이 빤히 내려다보이는 바위 위에 그애가 무릎을 세우고 앉아 있었다.

학교 앞에서 노랑머리 청년을 만나고 나서 얼굴을 직접 대면하는 건 처음이었다. "여기서 뭘 하고 있니?" 조금 당황했지만 마음속 정리가 비교적 잘돼 있던 참이라 나는 아무렇지도 않은 척 말을 걸었다. "할아부지 올라오는 거 보고 있었어요." 그애도 시치미를 뚝 떼고 어제 보고 오늘 만난 듯 대답했다. 내가 걸어 올라온 길이 손금처럼 내려다보이는 위치였다. 앞산은 숲이 무성했고, 마을은 고요했다. 산 굽잇길에 버스 한 대가 부릉거리며 올라오고 있었다. "할아부지는 타잔 같아요. 너무 빨라서 놀랐어요." "나는 네가 산 싫어하는 줄 알았다." "맞아요. 근데, 여기서 우리 동네 내려다보는 건 좋아해요. 할아부지 집 뒤꼍도 환히 보이잖아요? 할아부지가 혹시 올까 하고 있었는데 진짜로 할아부지가 사다리를 타고 이쪽으로 올라왔어요. 신기해요." 나는 아무 말도 하지 않았다. '할아부지 맘…… 쪼끔요, 안다고 생각해요.' 자정 넘어 찾아온 그애가 창 너머에서 낮은 목소리로 속삭이던 말이 귓가에 생생하게 남아 있었다. 나의 무엇을 안다고 생각했을까. '저 땜에요, 할아부지, 감옥에 가둘 필요는 없어요.' 그애는 그때 그런 말도 했다.

가슴속에 비애의 그림자가 가만히 지나갔다.

그사이 다 삭아 발효된 줄 알았는데, 그애에 대한 감정의 여운이 아직 내 속에 남아 있나보았다. 나는 그래서 얼른 일어섰다. "좋은 대학 가게 공부 열심히 하거라." 앞만 바라보고 내가 말했다. "대학 가면요, 다시 와서 주말마다 유리창 닦아도 돼요?"라고 그애가 장난기 어린 표정으로 대꾸했고, "너 대신, 요즘은 내가 유리창을 닦는다. 재밌더라." 내가 화답했다. "저는요, 그날 교문 앞에서요, 할아부지에게요, 무슨 일이 있었는지 정말 모르겠어요. 확실한 건, 그날, 하루 종일, 할아부지를 만나 할아부지 차를 탈 생각만 하고 있었다는 거예요. 맛있는 저녁 사달라고 조를 참이었어요. 교문으로 뛰어나오는데, 할아부지 차가요, 벌써 출발해 저만큼 가고 있더라구요. 저도요, 무지 삐졌었어요. 화나서 그날, 집까지 걸어왔는걸요. 왜 그러셨는지, 말하기 싫으면요, 안 하셔도 좋아요. 하지만요, 할아부지 그렇게 가버리고, 집에도 못 오게 하고, 저도 상처받았다는 건 알아주세요." 바람이 정상으로부터 불어내려왔다. 많은 말이 목젖에 걸려 있었다. 그애에게 아무런 잘못이 없더라도, 노랑머리 청년을 그애가 정말 전혀 모른다고 하더라도 설명할 수는 없었고, 설명하고 싶지도 않았다. 나는 머리칼 사이에 손을 넣어 손갈퀴질을 했다. 앞산이 아득해 보였다. "전 할아부지, 좋아요. 진짜 우리 할아부지면 좋겠다고 생각 많이 했구요, 할아부지한테 가서 청소하는 것도 참 좋았어요." 나는 묵묵부답으로 있었다. 앞산을 지나가는 바람 소리가 한참 들렸다. 그애가 말을 이었다. "원래, 저요, 무용을 하고 싶었어요. 중학교 일학년 때까지는 무용학원도 다녔는걸요. 까치발하고 유리창 맨 꼭대기 닦고 있으면요, 손끝이 막 꼬물꼬물해지곤 했었어요. 무용 배울 때 생각이 나서요." 그애는 정강이뼈를 두 손으로 모아 잡은 채 머리를 무릎 위에 내려놓고 있었다. 해바라기하러 나온 작은 짐승 같았다. "대학도 당빠, 무용과를 갈 줄 알았지요. 그런데 지망을 컴퓨터공학과로 바꿨어요. 취직이 잘될 거라면서 엄마가 그리 가래요. 참, 당빠는 당연하다는 말이에요." 그애가 그 대목에서 키킥, 그애답게 웃었다. "나는 정상까지 갔다와야겠다." 내가 동문서답을 하고 바위를 내려왔다. 그애는 그대로 앉아 있었다. 그애 발밑을 돌았다. 그애의 시선이 내 관자놀이에 닿는 게 느껴졌다. 아카시아 숲이었다. 마른 아카시아 꽃잎이 능선길에 깔려 있었다.

"할아부지는요, 은교보다요, 더…… 불쌍해요……"

뒤꼭지를 따라오는 마지막 말은 혼잣말처럼 낮아서 겨우 들렸다. 가슴이 뭉클했다.

여름은 마치 정복자처럼 거칠 것 없이 진군해왔다.

이제 6월인데, 나날이 햇볕이 뜨거웠다. 나는 매일매일 소나무에 올라 하루가 다르게 솟구치는 소나무 새순을 반으로 잘라주었다. 새순을 그대로 두면 그것 자체가 가지로 둔갑하기 때문에 잘라주어야 키가 덜 자라게 되고 보기도 좋았다. 송홧가루 냄새가 더없이 좋았다. 장자莊子는 이르되, 겨울이나 여름이나 홀로 푸르른 소나무를 가리켜 '본성을 그대로 보전하므로 스스로 믿어 의심하지 않는다'고 했다. 소나무처럼 살기를 꿈꾼 적이 얼마나 많았던가, 하고 생각했다. 내가 이 집으로 들어온 것도 늙은 소나무가 있어서였다. 당나라 때의 선인으로 알려진 반사정潘師正은, 중국 오악五嶽의 하나인 숭산 소유곡逍遙谷에 은신하고 있었다. 당황제 고종이 세 번이나 그를 찾아와 만났고, 바라는 바가 무엇이냐고 물었다. 그는 대답했다. "제가 바라는 것은 오로지 울창한 소나무숲과 맑은 샘물뿐이옵니다." 반사정 자신이 바로 소나무였다. 나 또한 그렇게 살기를 바랐다. 그러나 돌아보면 나의 삶은 허위투성이였다. 소나무가 된 것이 아니라 나의 본능을 평생 체제의 억압에 맡겨놓고, 다만 소나무를 흉내내고 있을 뿐이었다. 소나무 꼿꼿한 잎을 자를 때마다, 그래서 나는 가슴이 아렸다.

이른 저녁이었고, 시내에서 집으로 돌아오는 길이었다. 은교의 학교 앞은 텅 비어 있었다. 잊고자 했으나 잊히지 않아 저절로 교문께에 눈이 갔다. 금방이라도 그애가 '할아부지!' 하면서 교문을 박차고 뛰어나올 것 같았다. 허헛 참, 하고 나는 자신이 한심스러워 혼자 중얼거렸다. 학교를 지나서 한 정거장 가면 제법 큰 사거리가 나왔다. 버스 종점 부근이었다. 변두리지만 근교의 경기도에 사는 사람들이 오가는 길목이라 사거리는 제법 번화했다. 쇼핑센터도 있었고 유흥주점도 많았다. 신호가 바뀌어 사거리에서 차를 세웠다. 행인들이 물결치듯 지나갔다. 한 청년에게 시선이 잡혔다. 귀퉁이 담뱃가게에서 담배 한 보루를 사가지고 나온 청년이었다. 청년은 뛰듯이, 내 차에서 잘 보이는 골목으로 꺾어 들어갔고, 침을 찍 뱉었고, 그리고 곧 어느 살롱 간판 밑으로 사라졌다. 살롱 간판 불빛 아래를 지날 때 청년의 머리가 한순간 샛노랗게 빛났다. 갑자기 가슴이 쿵닥쿵닥했다. "당신 지금, 썩은 관처럼 보여." 청년이 말하고 있었다. 은교의 학교 앞에서 그애 남자친구라면서 내 '당나귀'에게 가래침까지 뱉었던 그 청년이 틀림없었다.

나는 일단 집으로 돌아왔다. 침대 머리맡에서 은교의 우단토끼가 나를 바라보고 있었다. 노랑머리 청년과 살롱 간판의 불빛이 나를 계속 사로잡고 있었다. 나는 우단토끼와 한사코 눈을 맞췄다. 침착해지려고 최선을 다했다.

하나의 길은 다 잊는 것이다. 노랑머리 청년을 만나보는 게 무슨 의미가 있는가. 더 큰 모멸을 감당해야 할 일이 생길 수도 있다. 은교를 향한 나의 변태적이라 할 정염은 쓸개즙을 씹는 마음으로 그동안 비교적 가지런하게 정돈했고, 그애나 서지우도 그 상황을 받아들이고 있던 참이다. 어쩌다가 은교가 집에 들른다 하더라도 견뎌낼 자신이 있다. 모든 걸 덮어버리고 그냥 이 시간의 바람을 통과하는 것이 백 번 현명한 일이 아닌가.

그러나, 하고 나는 생각했다.

그러나, 는 계속 내 속에서 또 그러나, 를 불렀다. 그러나, 그러나, 그러나, 하고 나는 중얼거렸다. 그러나, 그 노랑머리가 누구인지는 알고 싶다. 은교는 분명히 전혀 모르는 사람이라고 했다. "그 남자가 침을 찍 뱉으며 나까지 노려봤거든요. 누구예요, 그 남자?" 침실 창 너머에서 그애가 속삭이던 말이 생각났다. 고해성사를 하는 듯한 어조였다. 그리고 동시에 그 노랑머리의 말도 선연했다. 차로 다가온 노랑머리는 "봐요, 씨팔. 나 은교 남친이거덩. 어떤 꼰대가 못살게 군다더니 할배였어?"라고 말했다. 어떻게 된 노릇인가. 은교의 "누구예요, 그 남자?"와 "나 은교 남친이거덩." 사이를 잇고 싶어 나는 미칠 지경이었다. 다시 내게 어떤 수모와 모멸이 닥친다고 하더라도 진실만은 알고 싶었다.

나는 옷을 갈아입었다. 야구 모자를 깊이 눌러썼다. 아홉시가 넘어서고 있었다. 차를 몰고 다시 나왔다. 담배를 한 보루나 사들고 들어간 걸 보면 노랑머리는 그 살롱의 종업원일 가능성이 높았다. 조금 멀찍이 차를 세워놓고 살롱으로 들어갔다. 지하였고, 카페를 겸한 살롱이었다. 홀은 불과 서너 테이블밖에 되지 않았으나 안쪽으로 룸이 많은 것 같았다. 나는 빈 홀에 앉았다.

룸마다 손님이 꽉 찬 듯, 안에서는 밴드 소리, 왁자한 웃음소리가 연방 흘러나왔다. "맥주 좀 주게." 다가온 웨이터에게 일렀다. "혼자세요?" "친구, 올지도 몰라. 친구가 오면 룸으로 옮기지." 반라의 여자들이 계속 룸을 드나들었다. 나는 맥주 한 잔을 단숨에 마셨다. 노랑머리가 안쪽 방에서 나온 건 그때였다. 노랑머리는 혼자 앉은 나를 힐끗 보고 나서 대기실의 여자 몇을 불러 안쪽 룸으로 데려갔다. "자, 아가씨들 대령했습니다!" 노랑머리 목소리였다. "눈만 감으면 송장이구먼"이라던 청년의 목소리가 그 말에 오버랩되어 들렸다. 노랑머리가 먼저 나를 알아볼 것 같지는 않았다. 그렇다면 불러서, 정색을 하고 은교에 대해 물어보는 수밖에 없었다. 노랑머리에게 말을 걸 찬스를 기다리면서, 나는 세번째 맥주병 마개를 땄다. 바로 그때, 내 귀가 쫑긋했다. 아가씨가 나오느라 가까운 룸의 문이 벌컥 열렸는데, 그사이 귀에 익은 남자의 목소리가 열린 문을 통해 달려나온 것이다. "너도 『심장』을 읽어봤단 말이지?" 나는 벌떡 일어섰고, 그 바람에 맥주잔이 앞으로 쓰러졌다.

저거, 서지우의 목소리가 아닌가.

주르르 흘러내린 맥주가 바짓자락과 구두를 적셨다. 웨이터들은 내게 아무 관심도 없었다. 손이 떨렸다. "제가 책을 사서 애들한테 다 돌렸다니깐요." 그런 말이 뒤따라 들렸다. 노랑머리의 목소리인 것 같았다. 화장실로 갔던 아가씨가 볼일을 끝내고 나와 내 옆을 지났다. 나는 방을 찾는 시늉을 하면서 아가씨를 쫓아갔다. 그리고 아가씨가 다시 룸으로 들어가려고 문을 열었을 때, 마침내 나는 뚜렷이 보았다. 서지우였다. 서지우 옆에 앉은 대머리 남자도 낯이 익었다. 어디선가 한두 번쯤 스친 적이 있는 출판사 사장인 것 같았다. 반라의 여자를 안은 서지우가 기고만장한 표정으로 한껏 허리를 굽힌 노랑머리 청년에게 양주를 따라주고 있었다. "책까지 사서 돌리고, 너 F, 멋진 놈이야!" 서지우가 말했고, 그 순간 서지우 옆의 대머리 남자가 고개를 돌려 나를 바라보았다. 나는 곧장 계산을 하고 서둘러 밖으로 나왔다. 층계를 오르는 두 발이 후들후들 떨렸다.

밤이 깊은데, 나는 오랜만에 축대 아래 쪽문을 열고 내가 일찍이 팠던 어두운 암굴 속으로 들어갔다. 내가 판 굴은 흐트러진 마음을 다스리는 데 최적의 장소였다.

나는 그곳을 '적요굴寂寥窟'이라고 불렀다.

밀라레파의 동굴이라고 부르기도 했다. 밀라레파는 가객歌客이자 부처로 칭송받는 성인이다. 사람들이 수미산이라고 믿었던 티베트의 성산聖山 카일라스에 은거했던 밀라레파는, 쐐기풀만 먹으며 굴속에 은거하여 마침내 깨달음을 얻었고 득도했다. 수많은 악마들이 그의 수행에 위협을 가했으나, 그는 어두운 동굴에서 끄덕도 하지 않았다. 악마들과 맞서는 그의 무기는 말言語로 된 노래였다. 그는 굴속에 살며 십만송頌의 노래를 지었다. "고독한 동굴을 너의 아비로 삼고, 정적을 너의 낙원으로 만들라"고 그는 노래했다. 동굴 속의 어둠은 그냥 어둠이 아니다. 동서고금 수많은 성인들이 동굴 속의 어둠에서 세상의 중심을 밝게 꿰뚫어보고 천리天理를 알았다. 어리석음과 탐욕과 성냄의 삼독三毒을 마음속에서 씻어내는 데는 동굴 속의 어둠만한 것이 없었으며, 그래서 카일라스 산의 밀라레파 동굴을 순례하고 온 그

해부터 동굴을 판 것이었다. 나는 멍석 위에 가부좌를 틀고 앉았다. 그리고 오랫동안 미동도 하지 않았다.

숨은 길 걸으면 지름길이 나타나고
공성空性을 얻으면 연민이 생겨나네

— 밀라레파(Milarespha), 게송偈頌에서

나는 나의 '성냄'으로부터 나와 서지우를 지키길 간절하게 바랐다. 피를 흘리는 기분이었다. 서지우를 향한 나의 분노를 피해 갈 길은 없는가. 그러나 길은 없었다. 밤새도록 앉아 있어도 무명無明은 계속됐다. 나는 밀라레파가 아니었다. 그냥 보통 사람에 불과했다. 새벽이 와도 내 몸은 여전히 지옥불에 놓인 것처럼 펄펄 끓었다. 서지우에 대한 연민은 생겨나지 않았다. 배신당한 고통은 사랑의 고통보다 더 치명적이었다. 연민은커녕 "남을 사도邪道로 끌어들이기 위해……"라는 말이 앞서 기억났다. 봄에 본 연극 〈맥베스〉에서 맥베스가 외치던 말이었다. "선생님, 연극도 보시고 영화도 보시고요, 자꾸 외출을 하셔야 건강도 좋아져요. 제 후배가 연출한 건데요, 평판이 아주 좋아요." 서지우의 극진한 권유를 받아 함께 보았던 〈맥베스〉였다. 어떻게 이럴 때,

맥베스의 그 대사가 뚜렷이 떠오를까. 나는 새벽이 오고 햇빛이 '적요굴' 어귀에 비쳐들 때쯤, 자리를 박차고 일어나며, 맥베스가 되어, 배신당한 맥베스의 심정으로 피를 토하듯 속으로 외쳤다. 서지우가 내게 선물한 대사였다.

"남을 사도로 끌어들이기 위해 악마들이, 악마들이 진실을 말하는 일이 종종 있다. 조그만 진실로 끌어들였다가 심각한 결과로 배신, 배신하기 위해!"

혁명을 꿈꾸던 오래전의 젊은 한때,

나는 젊었으므로 뜻과 이상에 파묻혀 살았고, 역사의 진보를 믿었으며, 사람을 숭상했다. 친구나 동지, 꿈과 이상이라는 말만 들어도 가슴이 울렁거렸고 눈앞이 환해졌다. 내게 주어진 인생의 가장 푸르렀던 한 시기를 꼽으라면 바로 그때였을 것이다. 그러나 내 인생의 청색시대는 오래가지 않았다. 친구나 동지는 배신의 다른 이름이었고 꿈과 이상은 관념에 불과했다. 감옥에 가기까지 내가 나날이 경험한 것은 오욕과 모멸로 점철된 반역의 드라마였다. 끝내 검거되어 감옥에 유폐되었을 때, 내겐 이미 사람에 대한 아무런 신뢰도 남아 있지 않았다. 신뢰는커녕 사람이 오히려 무서웠다. 십 년 동안의 감옥생활은 사막을 지나는 것과 다름없었다. 동지의 얼굴 뒤에서 나를 배신했던 친구들은 감옥에 가지 않거나, 감옥에 갔어도 일 년 미만의 형기를 마치고 자유의 몸이 되었다. 나는 그들 중 누구의 면회도 받아들이지 않았다. 감옥 생활 십 년, 완전히 혼자였고, 혼자인 것이 차라리 다행스러웠다. 시를 쓰게 된 것도 어쩌면 오롯이 혼자 가는 길이었기 때문이었는지도 몰랐다. 시는 나를 받아주었고, 나는 혼자 시 속으로 걸었다. E. A. 포의 말처럼 시는 단지 그것 자체를 위하여 쓰일 뿐이니까.

서지우는 안으로 쌓은, 사람에 대한 나의 담장을 조금씩 허물었다. 재주가 없다고 생각하고 처음엔 거들떠보지도 않았다. 그는 열심히 내 집에 드나들었다. 나는 드나들다 말겠거니 하고 모르는 체 내버려두었다. 그러나 몇 년이 지나도 그는 시종여일했다. 재주가 없는 대신 심성이 착하고 따뜻했다. 아들과 살았어도 그만은 못했을 터였다. 어떤 가족보다 나은 사람이었다. 때마침 나는 가속도로 늙어가고 있었다. 거의 유일하게 그를 믿을 수 있었고, 살붙이 같은 정을 느꼈다. 단 하나의 가족이었고, 모든 희로애락과 오욕칠정을 내보여도 되는 유일한 친구였다. 다만 그가 제자로서 문학판에서 쑥쑥 뻗어나가지 못하는 게 늘 마음

아팠다. 멍청하다고 욕을 하고, 온갖 구박을 하며 위악적으로 굴어봐도 밭이 근본적으로 부실하니 소출이 없었다. 그래도 마음속에서 그는 여전히 '내 새끼'였다. 내가 죽으면 내 집을 물려받아 지켜갈 사람도 그였고, 내 유지를 따라 시집들을 관리해줄 사람도 그라고 믿었다. 추억만 해도 평생 시간을 함께 나눠온 연인처럼 많았다. 그러므로 아, 차라리 그가 내 돈을 훔쳐갔더라면, 차라리 그가 당신은 허위투성이 위선자라고 소리쳐 반항해왔더라면, 차라리 그가 은교는 '내 것'이니 샷된 욕망을 버리라고 말해왔더라면, 화를 냈을지언정 기꺼이 그를 용서할 수 있었을 것이다.

그러나 이것은, 아니다.

어둠 속에 앉아 있었지만 내 온몸은 풍뎅이처럼 부풀어 있었다. 마음을 내려놓으려 할수록 분노가 내 속에서 놀라운 폭발력으로 빅뱅을 거듭하고 있었다. 늙는 것은 용서할 수 없는 '범죄'가 아니다, 라고 나는 말했다. 노인은 '기형'이 아니다, 라고 나는 말했다. 따라서 노인의 욕망도 범죄가 아니고 기형도 아니다, 라고 또 나는 말했다. 노인은, 그냥 자연일 뿐이다. 젊은 너희가 가진 아름다움이 자연이듯이. 너희의 젊음이 너희의 노력에 의

하여 얻어진 것이 아닌 것처럼,

노인의 주름도 노인의 과오에 의해 얻은 것이 아니다,

라고, 소리 없이 소리쳐, 나는 말했다. 아름답게 만개한 꽃들이 청춘을 표상하고, 그것이 시들어 이윽고 꽃씨를 맺으면 그 굳은 씨앗이 노인의 얼굴을 하고 있다. 노인이라는 씨앗은 수많은 기억을 고통스럽게 견디다가, 죽음을 통해 해체되어 마침내 땅이 되고 수액이 되고, 수액으로서 어리고 젊은 나무들의 잎 끝으로 가, 햇빛과 만나, 그 잎들을 살찌운다. 모든 것은 하나의 과정에 불과하다. 보들레르는 노래했다.

쭈글거리는 노파는
귀여운 아기를 보자 마음이 참 기뻤다
모두가, 좋아하고 뜻을 받아주는 그 귀여운 아기는
노파처럼 이가 없고 머리털도 없었다

─C. P. 보들레르(Baudelaire), 「노파의 절망」에서

그러므로,

그러므로 서지우는 죽음으로 처단해야 할 만큼 돌이킬 수 없는 범죄를 저질렀다, 라고 나는 생각했다. 그는 스승을 배반했고, 늙는 것을 '범죄'이자 '기형'으로 취급했다. 단순히 스승인 나를 모욕하고 나를 배신한 것만이 아니다. 전체 인류가 직면한, 모든 살아 있는 것들이 젊어져오고 젊어진, 젊어져갈 존재의 장엄한 법칙을 가장 부정직한 방법으로 철저히 부정했으며 철저히 모욕했다. 그가 부정하고 모욕한 존재 속엔 그 자신까지 물론 포함된다. 그도 자연의 법칙에 따라 나이 들고 있는 중이니까. 따져보면, 자신을 부정하고 그 자신을 모욕한 것만 해도 용서받지 못할 범죄라고 할 수 있다. 그냥 범죄가 아니라, 사악한, 적극적인 범죄이다. 그러니, 어떻게 내가 그를 용서하겠는가.

나는 그러나 그 이틀 후쯤 찾아온 서지우에게 내색을 하지 않았다. 그는 '멍청해서' 아무것도 모르고 있었다. 내 분노를 감추기 위해 나는 한사코 그의 눈을 피했다. "번거로우니 당분간 들르지 말게"라고 말했을 뿐이었다. 시간이 필요했다. 나는 며칠 동안 혼자 지냈다. 서지우에 대한 끔찍한 배신감과 그의 '범죄'에 대한 내 분노를 다지고 다져서 다른 이가 알아보지 못하도록 하는 데 나는 정성을 기울였다. 그러면서 나는 기다렸다. 기다려야 한다고 생각했다. 그의 '사악한 범죄'가 어서 세포분열을 거듭해 더 크고 깊어지기를. 내 살의가 노인이라는 씨앗보다 더 단단해지기를. 그리고 서지우 스스로 죄에 죄를 보태고 또 보태서, 자기 멸망의 올가미 속으로 기고만장 걸어들어오기를. 그러기 위해 필요하다면, 은교라도, 기꺼이 활용할 마음의 준비가 나는 되어 있었다.

여름이 울울창창했다.

며칠 만에 서지우에게 전화를 걸어 집으로 한번 들르라고 말했다. 아무래도 은교의 도움을 다시 받아야 할 것 같다는 말도 했더니, 그는 잠시 입을 다물고 가만히 있었다. "용안댁은 아주 이스탄불에 눌러앉을 모양이야." 나는 그가 아무것도 의심하지 않도록 심드렁한 목소리로 말했다. 방학중이었다. 진실은 물론 그날 학교 앞에서 내가 어떤 모멸을 받았는지도 확실히 알지 못할 테니, 연락을 하면 은교는 어쨌든 다시 내게로 돌아올 것이라 믿었다.

과연, 서지우의 연락을 받은 은교가 곧 전화를 걸어왔다. 데크에 앉았는데, 햇빛에 목이 뜨거웠다. 불 같은 날씨였다. "할아부지, 삐친 거 풀렸어요?" 다짜고짜 그애가 말했고, "어른한테, 삐치다니." 내가 대꾸했다. "피, 삐쳤으면서." "시 쓰느라 시간을 가졌던 게야. 청소 일, 하기 싫으면 관둬!" "왜 삐치셨나 말해주면 할게요." "그럼, 안 하는 걸로 알고 전화 끊으마." "아, 알았어요. 해요, 한다구요. 그 대신 학원 등록비에 보태게요, 한 달 알바비 미리 주세요, 할아부지." 마지막 말은 육성으로 들렸다. 그애가 전화기를 귀에 댄 채 대문을 밀고 들어온 것이다. 대문 앞에 와서 전화를 했던가보았다. "알바비는 오늘 청소 끝나고 미리 주마." 내가 겸연쩍어 뚱한 표정으로 말했다. 그애가 키드득, 웃었다. "할아부지 삐칠 때요, 킥, 그 입요, 키킥, 입술 쭉 나오고요, 큰 앞니도 앞으로 나오고요, 키드득, 당나귀 같으세요. 킥, 큰 당나귀요." "시끄럽다!" 나는 짐짓 눈을 부라리고 현관 안으로 들어왔다. 서지우의 차가 대문 앞에 와 멈추는 소리가 났다. 유난히 무더운 여름이었다.

그렇게, 적어도 겉으로는 모든 것이 회복됐다. 회복시켰다. 서지우가 죄로써 죄를 더 불러오는 데, 회복된 상황은 보탬이 될 것이라고 생각했다. 서로 간 말해야 할 것이 있었을 테지만, 다행히 누구도 재로 덮인 불구덩을 헤집지는 않았다. 서지우와 은교는 대강 같은 날, 일주일에 두세 번씩 들렀다. 함께 올 때도 있었고 좀 엇갈려 올 때도 있었다. 데크의 소나무 그늘에서 셋이

삼겹살을 구워 먹기도 했다. 어떤 일을 하다가 무심코 고개를 돌리면 자주 나를 바라보고 있던 서지우와 눈이 마주쳤다. 뭔가, 할 말이 잔뜩 차 있는 듯, 불안한 눈빛이었다. 아니, 혹시 갑자기 밝아진 나의 진의를 의심하고 있었는지도 몰랐다. 그러나 나는 그의 속내에 대해 깊이 생각하지 않았다. 나의 진의를 그가 알아차릴 리 만무하다고 여겼다. 그는 영원히 멍청한 놈이니까.

그리고 곧 긴 장마가 왔다.

서지우의 일기

수상한 평화

—출판사 O사장을 만났다. 늘 그렇듯이, 오늘도 X의 룸카페로 가서 놀았다. 하루가 멀다 하고 X의 룸카페로 가서 술을 마시지 않으면 견딜 수 없는 나날이었다. "서작가, 역량을 몰랐던 건 아니지만 엊그제 보내준 단편, 좋아어. 짧은 만큼 강렬했다구. 편집위원들도 놀란 눈치야." O는 그러면서 내년 봄호부터 장편 분재를 할 수 있게 미리 준비해달라는 말을 덧붙였다.

정말 찰거머리 같은 사람이다. 거의 일 년 넘게 그에게 갖은 방법으로 단근질을 당하면서, 몇 차례나 약속을 펑크낸 뒤, 벼랑 끝에 밀린 상태에서 이판사판의 마음으로 에라 모르겠다, 눈 딱 감고 건넨 단편소설. 단편이라지만 원고 매수는 육십 매에 불과했다. 솔직히, 내가 쓴 것도 아니다. 원고를 훔쳤다. 범

256

죄다. 나는 어째서 쓴다고 큰소리를 쳤던가. 훔치는 게 불안했지만 나로서는 일단 그 길밖에 없었다. 약속을 계속 펑크내면서 써지지 않는 상태로 지내는 것은 더 불안하니까. 불안한 날들의 연속이다. 내가 부른 불안이다. 차라리 선생님이 치매라도 걸린다면, 차라리 그 흔한 '막장드라마'처럼 기억상실증에 걸린다면 좋으련만, 하다가 몸을 떤다. 어떻게 이런 상상까지 한단 말인가. 차라리 죽고 싶다. 나는 죽어라 술을 마셨다. X의 카페가 내 집처럼 느껴졌다. 다행히 O사장이 창간한 문학지는 창간한 지도 얼마 안 돼 아직 문단의 큰 주목을 받지 못하고 있었다. 보나 마나 책을 사는 사람도 거의 없을 터이다. 그 문학지가 선생님에게까지 눈에 띌 일은 없다고 나를 애써 위로했다. 선생님은 그런 잡지가 있다는 사실도 모를뿐더러, 본래 배달돼 오는 잡지조차 열어보지 않는 성미니까. 지금으로선 부디 내 단편이 사람들 눈에 띄지 않고 그냥 흘러 지나가기만을 바랄 뿐이다.

　─오늘, 이상한 날이다. 선생님에게 무슨 일이 있었을까. 점심때쯤 갔는데 선생님이 계속 나와 시선을 마주치지 않았다. 하룻밤 새 눈이 쑥 들어간 것이 선생님은 아주 혹독하게 앓고 난 사람 같았다. "지난밤 몸이 안 좋으셨어요?" 내가 물

었고, 선생님은 시늉으로 "으응……" 하고 말았다. 그리고 조금 있다가, 자고 싶으니 가달라고 말했다. 그 말을 할 때도 선생님은 나를 바라보지 않았다. 무엇인가, 내게 감추고 있거나, 어떤 가파른 감정을 참고 있는 게 확실했다. "그만 가보래도!" 선생님은 방에 들어가서 문을 탁 닫았다. 나는 어떻게 해야 할지 몰라 문 앞에 어정쩡하게 서 있었다. "내가 부르기 전에 오지 말게. 번거로운 게 싫어서 그래." 그게 선생님의 마지막 말이었다. 낮았지만 잘 갈린 끝을 들이대듯, 어딘지 모르게 서슬이 느껴졌다. "필요하신 일 있으면 언제든 부르세요, 선생님." 나는 닫힌 문을 향해 고개를 숙였다. 간밤에 무슨 일이 혹 있었나. 혹시 은교를? F의 일이 있고 나서 은교는 물론 다시 오지 않았고, 또 선생님도 그애에 대해 한 번도 말을 꺼낸 적이 없었다. 선생님은 정말 마음을 잘 정리한 것처럼 보였다. 그러나 알 수 없는 일이다. 지난밤에 은교를 만나 내가 알지 못하는 어떤 일을 겪었는지도 모른다. 그게 아니라면 당신의 병에 대한 특별한 예후를 만났거나 어떤 정보를 들었을 수도 있다. 선생님의 성미로 보면 설령 사형선고를 받았더라도 다른 이 앞에서 약한 모습을 보이진 않을 것이다.

나는 혹시나 해서 은교에게 전화를 걸었다. "혹시 간밤에

너, 선생님께 다녀갔니?" "아뇨. 열흘쯤 됐나, 산에서 산책하는 할아부지와 우연히 부딪친 게 전부예요." "그런 일 있었어? 진즉에 말을 해주잖고!" "내가 왜 그런 거까지 일일이 보고를 해야 돼요?" "또 시비. 됐다, 됐어." "피, 할아부지하고 부딪쳤을 때 무슨 말이 있었나 궁금하면서. 신경 꺼요. 별 말 없었으니까." "별 말 없었어?" "학교 잘 다니냐고, 공부 잘 되냐고 하셨어요. 참, 이런 말도 하셨어요." "무슨?" "너 대신, 요즘엔 내가 유리창을 닦는다. 재밌더라." 은교가 선생님 말투를 그대로 흉내내고 후훗, 웃었다. "훗, 할아부지, 귀엽죠?" "까불지 말고 끊어!" 나는 전화를 끊었다. 불안은 계속됐다.

  ―은교는 일 년 반만 있으면 대학생이 된다. 나는 마흔이 가깝겠다. 나의 마흔 살로 대학생 은교의 마음을 과연 얻을 수 있을까. 마흔이면 불혹不惑이라 했다. 불혹이고 뭐고, 내겐 내 것이라고 쌓은 아무것도 없었다. 신명을 다 바쳐 얻고 싶었던 문학이 나를 버렸고, 아내가 나를 버렸고, 시간이 나를 버렸다. J. J. 루소는 『에밀』에서 이렇게 썼다. 10세는 과자, 20세는 연인, 30세는 쾌락, 40세는 야심에 미친다고. 나의 마흔은 지금까지 그랬던 것처럼 미쳐야 할 어떤 영지領地도 갖고 있지 않은 불모의 대지에 불과할 것이다. 나는 진실로 청춘이었던

적이 없었으며, 내 정체성에 따른 뜻을 세운 적도 없었다. 그
냥 허랑하게 시간을 따라 흘러왔을 뿐이다. 내 인생에서 단 한
번이라도,

 '나의 조국'

이라고 부를 만한 것이 있었던가. 은교 말은 백 번 지당하
다. 지금은 물론 과거에서조차 단 한 번도 선생님보다 젊었던
적이 없었다. 당신이 가진 면도날 같은 감성, 마모되지 않는
야수성, 뜻의 장대함, 그 무엇도 버텨내는 에너지 그리고 도저
한 욕망이 내겐 없었다. 하다못해 나는 선생님의 '당나귀'만
도 못한 삶을 살았다. 그래서 오늘은 오피스텔에서 혼자 술을
마셨다. 나의 현재에게, 미래에게 '불'을 켜대고 싶지만 내겐
성냥 한 개비도 가진 게 없었다. 쓸쓸했다.

　과거도 없어지고 미래도 없어지는 것 같은 시간이었지
　다만 예리한 불빛이 비치는 현재의 시간만 남는 것 같고
　그 순간에다 우린 불을 켜대고 싶은 생각만 든단 말이야

　　　　　　　　—T. S. 엘리엇(Eliot), 「가족의 재회」에서

—선생님에게서 계속 전화가 오지 않는다. 나의 불안은 자꾸 깊어졌다. 내가 혹시 잘못한 건 없었을까. 짚이는 게 전혀 없는 건 아니었다. 지난주 X의 룸카페에서 O사장과 술 마신 날, O사장이 했던 말이 생각났다. "좀 전에 저리 지나간 사람, 이적요 선생님 같았는데." O사장은 말했었고, 나는 대수롭지 않게 생각했다. 이런 룸카페에 선생님이 온다는 건 상상조차 할 수 없었다. F의 말로는 어떤 남자가 맥주 세 병을 마시고 나간 건 사실이지만, 처음 보는 사람이었고 그렇게 노인도 아니었다고 했다. 만약 선생님이 당신을 욕한 사람이 내 단골집의 F라는 것을 알았다면? 절로 어깨가 움츠러든다. 선생님은 그런 일을 용서할 사람이 아니다. 번거로우니 당분간 들르지 말라고 딴청부리듯 말하지도 않을 분이다. 당장에 나를 잡아 죽이려고 했을 것이다. 그럴 리 없어. O사장이 잘못 본 거야. 나는 고개를 저었다.

그러나 선생님의 이 침묵은 무슨 뜻일까.

F가 선생님에게 모욕을 가한 날 이후, 엊그제까지만 해도, 선생님의 얼굴은 줄곧 쓸쓸한 듯 안온했고 평안한 듯 쓸쓸했

다. 평화였다. 나는 그렇게 생각했다. 선생님은 마침내 본래의
자리로 돌아온 것이라고. 그런데 지금은 분명히 달랐다. 심정
의 변화를 일으킬 만한 어떤 계기를 만난 것이 확실했다. "부
르기 전엔 오지 말게." 선생님의 말이 찜찜했다. 가봐야 할 것
도 같고, 또 선생님의 당부를 지켜야 할 것도 같았다. 나는 내
내 안절부절 못했다. 이렇게도 저렇게도 할 수 없었다. 결국
은교를 만날 핑계로 학교 앞에 갔다. 꽤 오랜만이었다. 은교는
여느 때와 똑같이 쿨한 표정으로 내 차에 올라탔다. 우리는 Z
의 어느 식당으로 가 저녁을 먹었다. 안고 싶었지만 참았다.
그애를 데려다주고 선생님의 집으로 가보았다. 선생님은 집
에 없는 것 같았다. 캄캄했다.

─선생님에게서 드디어 전화가 걸려왔다. 일주일 만이었
다. 선생님은 뜻밖의 말을 했다. "방학일 텐데, 아무래도 은교
한테 다시 청소를 맡겨야겠어. 일주일에 한두 번이면 되겠지.
용안댁은 아주 이스탄불에 눌러앉을 모양이야." 나는 잠시 혼
란을 느꼈다. 다시 은교를? 그러나, 염려했던 불안이 말끔히
가셔지게 해준 전화라서 혼란보다 기쁨이 컸다. 선생님 뜻을
전하자 은교도 싫다곤 하지 않았다. "할아부지, 변덕쟁이예
요. 삐질이고요." 은교는 후훗, 천진하게 웃었다.

262

주말이었다. 내가 선생님 집에 도착했을 때는 은교가 이미 와 있었다. 장마철이었다. 밤부터 오전까지 내내 비가 왔는데 점심때가 되자 날이 살짝 밝았다. 무슨 말을 했는지 그애의 청랑晴朗한 웃음소리와 선생님의 걸걸한 웃음소리가 대문 밖까지 들려왔다. 선생님이 대문 소리에 뒤를 돌아보았다. 아이처럼 천진하게 웃는 표정이었다. "글쎄, 얘 말하는 것 좀 들어보게나. 와이셔츠 자락이 자주 빠져나와 있다고, 제 담임 별명을 헛, 빠진 자락이라고 지었대요." 의자 위에 올라선 그애가 거실 유리창의 상단을 닦고 있었다. "애들은 키킥, 빠진 자식이라고 한다니까요!" 그애는 아주 짧은 반바지에 민소매 차림이었다. 햇빛을 받은 그애의 팔과 다리가 투명하게 빛났다. 선생님이 실눈을 뜨고 그애를 올려다보았다. 실눈을 뜨고 있지만 광채가 서린 눈이었다. 한동안 내려놓았던 욕망의 불꽃이 선생님의 눈빛에서 다시 빛나기 시작했다고 나는 생각했다. 가슴속이 덜컥했다. 요망스러운 것은 그애였다. 팔을 쭉 뻗은 채 유리창을 닦는 그애의 손길은 육감적이었다. 그애의 가슴도 팔의 높낮이에 따라 사뭇 관능적으로 오르락내리락했다. 선생님이 잠시 자리를 떴을 때 나는 눈살을 찌푸리고 재빨리 말했다. "너 다음부터는 긴 바지 입고 와. 선생님도 계신데, 옷

차림이 그게 뭐니." "할아부지 핑계대지 마세요. 할아부지는
이쁘다고 했는데." 그애가 혀를 낼름했다. 혀는 선홍빛이었
다. 신열이 오르듯, 눈앞이 순간 뽀얘졌다.

모처럼 갠 날이라 우리는 데크에서 함께 삼겹살을 구워 먹
었다. 선생님은 은교가 무슨 말을 하면 연방 웃었다. 바람에
소나무 잔가지가 간헐적으로 흔들렸다. 선생님과 그애만이
무엇인가, 깊이 통하는 분위기였다. 나는 깊은 소외감을 느꼈
다. 그애는 웃으면서 자주 선생님의 어깨를 두들기거나 팔을
잡기도 했다. 그럴 때마다 선생님의 눈빛에 섬광이 반짝하다
가 재빨리 꺼지는 것을 나는 보았다. 마음이 여간 불편한 게
아니었다.

그애가 집으로 돌아가고 나서 선생님 몰래 전화를 걸었다.
"이따 좀 보자." 내가 말했고, "친구들하고 약속이 있는데요."
그애가 쌀쌀맞게 대답했다. "그럼 낼 보든지." "내일은 엄마하
고 어디 가야 되구요. 대학 갈 때까지 따로 안 본다고 한 건 선
생님이잖아요?" 나는 말문이 막혔다. "담에 할아부지 집에서
봐요." 그애가 냉큼 전화를 끊었다. 나는 화가 나서 벽을 탁 쳤
다. 선생님과 그애가 짜고 나를 밀어내고 있는 것 같은 느낌이

들었다. 실제는 보이지 않고 그림자만 보이는 기분이었다. 뭔지 모르게 찜찜했다. 특히 아무런 감정의 굴곡을 내보이지 않고 나를 향해 늘 부드럽게 미소 지어주는 알 듯 말 듯한 요즈음 선생님의 표정도 내 불안의 중요한 요인이었다. 라이너 마리아 릴케가 『말테의 수기』에서 쓴 대로 "내가 누워 있는 화강암이 회색으로 돌변하지는 않을까 하는 불안, 그리고 내가 느닷없이 소리를 지르게 될 것 같고, 그러면 사람들이 나의 방문을 부수고 우르르 밀려들지는 않을까 하는 불안, 나도 모르게 말해선 안 될 것까지 모든 것을 털어놓은 것 같고, 그런가 하면 아무리 이야기를 하고 싶어도 어떻게 말하면 좋을지 몰라서 끝내 한마디 말조차 하지 못할지도 모른다는 불안"이었다.

　―어느새 , 모든 것이 다시 원점으로 돌아가고 만 이 평화, 어쩐지 수상하다.

시인의 노트

분노

나의 노림수는 적중했다. 서지우가 자신의 죄에 또다른 범죄를 치명적으로 보태기 시작한 것이다. 새로 보탠 죄는 파렴치한 '도둑질'이었다. 그것을 발견했을 때, 마치 그의 '도둑질'을 내가 기다려왔던 것 같은 기분을 느꼈다. 나는 전보다 더 화가 났고, 내 '성냄'에 크게 기대했다. 그를 '범죄의 덩어리'로 키우기 위해, 내 안에 깃든 노인의 '씨앗'이 더욱더 여물고 있었다.

나는 원래 문학잡지를 잘 읽지 않는다. 문학지가 다루는 문제들은 흔히 문학의 본질에서 벗어나 있기 일쑤이고, 정략적 전술로부터 자유롭거나 초연한 경우는 별로 없기 때문이다. 발표되는 작품들도 대동소이했다. 비평 그룹이 암시하는 방향을 맹목적으로 따라간 작품이든, 일시적인 충격으로 다른 이의 눈에 띄

기 위해 쓴 듯이 보이는 작품이든, 문단 트렌드를 무조건 고려해
쓴 작품이든지간에, 늙은 나에겐 젊은 작가들의 모든 노림수가
손금처럼 내려다보이기 때문에 대부분 스트레스일 뿐이었다. 깊
은 감흥을 받지 못하면서 시간 낭비를 할 필요는 없었다. 배달돼
오는 문학지도 목차나 겨우 훑어보는 둥 마는 둥 할 정도였다.
그래서 제호부터 낯선 문학지 하나가 불현듯 배달돼 왔을 때, 나
는 목차조차 열어보지도 않고 서가 한켠으로 툭 던져놓았다. 아
니, 던져놓았다가, 낯익은 무엇인가를 열린 표지 안쪽에서 본 것
같아 내 시선이 다시 문학지로 갔는데, 거기에 서지우의 사진이
있었다. 웃고 있는 서지우의 흑백사진이었다. 때마침 심심하던
참이었고, 더구나 그 잡지는 처음이었다. 처음엔 작품 『심장』에
대한 일반적인 평론이 실렸나 하고 생각했다. 그러나 잡지에 실
린 것은 평론이 아니라 의외로 서지우의 단편소설이었다. 이 친
구가 단편을? 나는 무심코 서지우의 단편을 읽기 시작했다. 그
리고 채 한 페이지를 읽지도 않은 상태에서 탁, 하고 책을 팽개
치고 말았다. 쓴 지 오래됐다고 내가 어찌 자신의 문장을 알아보
지 못하겠는가.

그것은 오래전에 쓴 내 단편소설이었다.

세상은 이적요가 오로지 시만을 썼다고 칭송하지만 그것은 나의 전략에 속은 것에 불과했다. 자물쇠가 잠긴 반닫이 속엔 그동안 내가 썼던 다양한 산문들이 들어 있었다. 나는 한때 소설을 써서 가명으로 신춘문예 같은 데 응모한 일도 있었다. 미완의 장편소설도 두 편이나 있고, 단편소설 여러 편과 칼럼, 희곡도 있었다. 특히 단편과 희곡은 젊었던 시절 내가 꼭 한 번쯤 성취를 이루고 싶었던 문학 양식이었다. 어쩌다 보니 시로써 일가를 이루었다고 사람들이 말했고, 그래서 그 성취를 공고히 하기 위한 전략의 하나로 나는 시만 발표해왔다. 오로지 시만 쓰는 게 자랑일 게 없다고 믿었지만, 이른바 고답적인 독자들을 다루는 데는 그런 전략이 여전히 주효한 것이 우리의 지식인 사회였다. 반닫이는 자물쇠가 채워진 채 그대로 있었다. 그러나 열쇠를 주로 책상 서랍에 넣어두는 내 습관은 서지우도 잘 알고 있으니 반닫이를 여는 것은 쉬웠을 것이다. 나는 그동안 써두었던 원고들을 꼼꼼히 살펴보았다. 단편소설만 적어도 세 편쯤 사라진 것 같았다.

문제의 단편은 에밀레종에 대한 설화에서 모티프를 얻은 것으로서, 장인적인 종지기 남자의 보다 완전한 종에 대한 갈망을 다룬 짧은 소설이다. 일종의 탐미적인 예술가 소설이라 할 수 있었다. 서지우는 그것을 가져다가 일부분을 고쳐 자기 이름으로 발표했다. 달라진 곳은 주인공 종지기가 더 완전한 종을 만들지 못하는 데 대해 극적인 내적분열을 견디다가 자살하는 작품의 마지막 대목이었다. 내가 죽인 주인공을 서지우는 살려서 마무리했다. 작품의 내적 개연성을 오히려 망친 선택이었다.

"이 멍청한……"

나는 나도 모르게 소리내어 중얼거렸다. 더 진전된 방향으로 고쳤더라면 그나마 화가 덜 났을지도 몰랐다. 마지막을 뒤집어놓았다는 것은 그가 작품을 제대로 이해하지도 못했다는 뜻이 된다. 이해할 수 없으면 차라리 그대로 두는 것이 죄가 가볍다. 그것은 도둑질의 죄만 있기 때문이다. 그러나 서지우는 내 작품의 내적 개연성을 읽어내지도 못했을 뿐만 아니라, 감히 거기에 함부로 손을 댐으로써 작품을 오히려 망치는 죄를 저질렀다. 나를 향해 "썩은 관 같다"고 한 치명적인 모멸과 뭐가 다르겠는가. 이를테면 그는 내 작품을 훔치는 것에서 모자라 내 작품에게, 발표하지 않았으므로 일종의

'처녀' 같은 나의 영혼에게,

아주 철면피한 폭력을 행사한 셈이었다. 확실히 그렇다. 미발표한 작품들은 순결한 '처녀' 같은 영혼이다. 그것은 아주 고유한 것이다. 이미 발표한 수많은 시보다 발표하지 않은 몇몇 희곡이나 단편소설에 나는 어떤 의미에서 더 많은 애정을 갖고 있었다. 발표한 것은 '내 것'이 아니지만, 발표하지 않은 것은 온전히 '내 것'이기 때문이고, 내가 죽은 뒤에도 세상 속에 나를 부활시킬 수 있는 새로운 단초가 될 가능성을 늘 갖고 있기 때문이다. 그런데 '멍청한' 서지우는 그것을 훔쳐 그것의 본질을 읽어내지도 못하고 감히 형편없는 연장을 들이대서 모욕적으로 재조립했다. 내가 어찌 이것을 사소한 일로 간과하겠는가.

나는 잡지를 서지우의 눈에도 잘 띌 만한 곳에 자연스럽게 보이도록 툭 던져두었다. 다음날 찾아온 서지우가 그것을 보았다. 놀랐는지 귓불이 붉게 달아오르는 것을 나는 안 보는 체하면서 보았다. 아마도 잡지사에서 나와 서지우의 관계를 고려해 일부러 그의 단편이 실린 잡지를 내게 보낸 것 같았는데, 서지우는 거기까지는 예상하지 못했던 모양이다. 그는 똥 마려운 강아지처럼 전전긍긍했다. 나는 계속 태평스런 표정을 하고 있었다. 내가 제 작품을 보았는지 보지 않았는지를 나의 표정으로 판단하는 게 그에겐 매우 중요한 과제였겠지만, 나는 계속 그의 판단을 돕지 않았다. 늙은 사람의 힘이 어떤 것인지를 보여주고 싶었다. 늙으면 속눈이 더 밝아지니, 젊은 애들 마음을 읽어내는 건 여반장과 다름없다. 더구나 나의 피부는 두꺼워 홍조도 감출 수 있고, 나의 주름은 깊으니 독심 품는다면 오욕칠정인들 안으로 숨기는 게 뭐 어렵겠는가. 감각이 무딘 그로서는 죽었다가 깨어나도 제가 알고 싶은 것을 내 표정에서 읽어낼 수 없었을 터이다. 과연, 그는 내가 그 잡지를 읽지 않았다고 판단했던 것 같았다. 그가 떠난 뒤 잡지는 보이지 않았다. 나는 물론 원고가 쌓인 문갑의 열쇠도 늘 놓아두었던 자리에 그대로 놓아두었다. 그의 도둑질이 계속되면 그만큼 '노인의 씨앗'은 더 여물 것이니까.

그 무렵 나는 더욱 놀랍게 젊어졌다. "놀랍게 젊어진 느낌이 들어요"라고 말한 건 은교였다. 실제 나 자신도 내부에 전에 없이 어떤 에너지가 물처럼 고여드는 느낌이었다. 이상하게 몸이 가뿐했다. 보이는 사물까지 더 또렷해진 것 같았다.

이것은 어디로부터 흘러드는 에너지일까.

한번은 시내에서 볼일을 보고 오다가 종점에서 우연히 은교를 만났다. "심심해서 나온 참인데요, 할아부지. 드라이브 시켜

주세요." 은교가 말했다. 저물녘이었다. 카페촌 Z쪽으로 갔다. 꼭 거기를 가려고 계획한 건 아니었는데 드라이브를 하려고 외곽으로 나오다보니 자연스럽게 카페촌 Z가 나왔다. 원래 노랑머리에게 망신을 당하던 날에도 그애와 함께 가고 싶었던 카페촌이었다. 카페촌은 불이 밝았고, 주말이기 때문인지 길가에도 젊은이들이 넘쳐 흘렀다. "저녁 먹을 때도 됐고 한데, 카페에 들어가도 되겠니, 넌 고등학생인데?" 나는 넌지시 물었고, 그애가 키드득, 웃었다. "고딩이들 많아요, 저기. 나보다 아마 할아부지를 싫어할걸요." "장사하는 덴데, 손님을 가리면 안 되지. 장사꾼들에겐 매상이 제일이야. 니가 먹고 싶은 거 많이 시켜." 이왕 여기까지 왔으니 나도 그애와 함께 젊은 문화의 훈향을 받으며 그에 합당한 저녁을 즐기고 싶었다. 은은한 촛불이 켜진 탁자를 사이에 두고 그애와 눈빛을 나누며 이야기 나눌 일을 생각하니 내심 가슴이 뻐근했다.

나는 카페촌을 한 바퀴 돈 다음 숲과 가장 가까운 곳에 있는 유럽식 고성 같은 건물 주차장에 차를 세웠다. 전망이 특별히 좋은 카페였다. 검은 제복에 나비넥타이를 한 젊은 웨이터가 나를 맞이했다. "두 분이신가요?" 웨이터가 물었고 나는 고개를 끄덕거렸다. 홀은 아주 넓었다. "미안합니다. 자리가 다 찼는데요."

라이브 카페였다. 젊은이들이 자리를 가득 채우고 있었다. 무대 위에서는 더벅머리 청년이 슬프고 감미로운 발라드를 부르는 중이었다. 자리가 다 찼다면 별수 없었다. "아프니까 사랑……"이라고 더벅머리 청년이 애절하게 소리치고 있었다. 나는 돌아섰다. "아프니까 사랑인 거겠죠……"라는 더벅머리 청년의 노랫말과 함께, 살뜰한 은교의 목소리가 들렸다. "저쪽에 자리 있는데요?" 조명이 어두워 처음엔 보이지 않았으나 말을 듣고 둘러보자 두어 군데 빈자리가 눈에 들어왔다. "아, 그거 예약석입니다." 웨이터가 고개를 흔들었다. "예약석이라면 예약석이라고 표지를 해놔야지." 이번에는 내 어조가 볼통해졌다. 눈치를 보니 예약한 자리가 아닌 것 같았다. "죄송해요, 할아버지. 여긴 주로 연인들이 오는 데라서요." 울화가 확 치밀어올랐다. 하마터면 '이놈아, 저 청년이 아프니까 사랑이라고, 무대 위에서 소리치는 것도 안 들리냐!' 그렇게 악을 쓸 뻔했다. 은교는 이미 나가려고, 나의 소매를 끌고 있었다. 청년이 계속 예약석이라고 우겼다면, 나를 피하려고 그랬다 짐작했더라도 그냥 나왔을 것이었다. 그러나, '연인'이라는 말이 나를 건드렸다. "이봐. 젊은, 연인들, 아, 니, 면, 이 집, 에 못 온다는 거야? 저쪽 여러 명 있는 자리도 다 연인이야? 연인들만 골라서 받는 집이 어딨어? 여기야?" 내 언성이 높아지자 지배인인 듯한 중년남자가 황급히 뛰어나왔다. 그러잖아도 속으로는 조마조마한 기분으로 고르고 골라 들어온 집이었다. 한 번 심사가 뒤틀리자 울화가 쉽게 가라앉지 않았다. 젊은 손님들이 힐끗힐끗 이쪽 편을 돌아보았다. "죄송합니다, 어르신. 화 푸시고요, 이쪽으로 오시지요." 그냥 넘어갈 수는 없다고 느꼈는지 지배인이 사과하고 자리를 안내했다. 가슴속에서 '악마의 소리'가 들끓고 있었지만, 은교가 있으니, 참아야 했다.

지배인이 메뉴판을 놓고 돌아갔다.

촛불이 켜져 있을 뿐 전체적으로 조명이 어두침침해서 돋보기를 쓰지 않고선 메뉴를 분별해 볼 수 없었다. 앉고 보니, 더구나 홀의 한가운데였다. '아프니까 사랑인 거'라고, '눈물에 휩싸여도' 그래서 '놓지 못해요'라고, 더벅머리 청년은 발라드의 가장 애절한 대목을 부르고 있었다. "그냥, 딴 데 가요, 할아부지." 풀이 잔뜩 죽은 은교가 낮게 말했다. 맞은편 젊은 한 쌍이 키스를 하고 있었다. 그 옆자리 한 쌍은 부둥켜안고 있다가 나와 시선이 마주치자 비로소 옷매무새를 고치면서 눈살을 와락 찌푸렸다. 그러고 보니, 이상한 시선으로 힐끔거리는 게 그들만이 아니었다. 생일 파티중이라 케이크에 촛불을 켜놓고 둘러앉은 팀도 있었다. 조명 탓인지 다 은교 또래로 보였다. "저 꼰대는 뭐야!" 내 귀에 그들의 속삭임이 들리는 것 같았다. 홀 안에 암묵적으로 흐르고 있는 강력한 배타성을 나는 느꼈다. 내가 마치 '사람들의 나라'에 와서 자리를 차지하고 앉은 '늙은 당나귀' 같았다. 게다가 도무지 눈을 둘 데가 없었다. 데카당하고 달착지근한, 부식腐蝕되고 있는 냄새가 났다. "저요, 사실은 낮부터 감자탕이 먹고 싶었어요. 감자탕 먹으러 가요, 할아부지." 은교가 아예 자리에서 일어나 소매를 잡아당겼다. 온몸이 확 달아올랐다. 어쩔 수 없이 일어섰다. 그곳에서는 그게 내 살 길이었다.

나는 최선을 다해 마음을 추슬렀다. 이런 꼴을 당하는 것도 처음은 아니었다. 은교만 없었다면 으레 그러려니 하고 나왔을 터였다. 착한 그애는 계속 나의 눈치를 보았다. "감자탕이 얼마나 맛있다고요. 우리 학교 근처에 가본 집 있어요. 뼈도 많이 줘요." 그애는 짐짓 호들갑을 떨었다. "그래. 좋지. 감자탕 좋지." 나는 대답했다. 그래도 상처는 깊이 남았다. 카페 안의 젊은 그들과 나 사이엔 전쟁에서의 전선보다 더 삼엄한 경계선이 쳐져 있었다. 잔인한 금줄이었다. 세대 간의 단층을 왜 모르겠는가. 동서고금을 막론하고 그 단층은 언제나 존재해왔다. 하지만 내가 저들과 친구로 지내자고 요구한 바 없고, 내가 저들의 자리에 끼어 앉으려 한 적이 없는데, 어찌하여 한 지붕 아래 있는 것만도 참지 못하는지 알다가도 모를 일이었다. 세계 어디에, 저렇게 또래들만 모여 앉아 늙은이는 '무조건 나가달라'고 말하는 곳이 있을까.

은교의 학교 근처 종점으로 나왔다.

"쪼오기, 쫌만 가면 돼요, 할아부지. 감자탕 진짜루 맛있어요." 은교가 내 팔짱을 끼고 있었다. 그때 쇼윈도 밝은 불빛 속에 한 소녀가 앉아 있는 게 보였다. 나는 걸음을 멈추었다. 다시 보자 소녀는 살아 있는 소녀가 아니라 마네킹이었다. 자수를 놓은 청바지에 노랑 셔츠를 받쳐입고 입술은 앞으로, 엉덩이는 뒤로 쭉 빼고 앉은 마네킹이었다. "왜요, 할아부지?" "쟤 좀 봐. 헛, 넌 줄 알았다." "저런 애들, 감자탕 안 먹는다네에!" 은교가 입술을 쏙 내밀며 다시 나를 끌었다. 나는 끌려가지 않았다. 마네킹이지만 은교처럼, 아침 햇살처럼 환했다. "저 마네킹을 사야겠다!" 내가 말했고, "쟤를요?" 은교가 반문했다 "아니 저 애 입은 옷!" "할아부지, 저 옷 비싸요. 맨날 와서 보니까, 뭐 비싼 값도 못 하던데." "입어봐!" 나는 무조건 은교를 끌고 안으로 들어갔다. '맨날 와서' 봤다면 은교도 입고 싶었을 것이다. "저 마

276

네킹이 입은 옷, 사이즈 맞춰 이 처녀한테 입혀주세요." 나는 '처녀'라는 말에 힘을 주고 청년처럼 씩씩하게 말했다.

감자탕집은 사람이 빼곡했다. 자수가 놓인 청바지와 노란 셔츠를 받쳐입은 은교는 천상에서 온 것 같았다. 사람들이 다 돌아보는 것 같았다. "여기 감자탕 대짜로 주세요, 소주하고." 나는 뽐내듯이 말했다. 홀엔 사람들이 꽉 차 있었다. 감자탕이 기세 좋게 끓기 시작했다.

그래, 감자탕이면 어떠랴. 은교와 함께 있는데, 라고 나는 생각했다. 카페에서 언짢았던 것은 전생의 일이었어, 라고 또 나는 생각했다. 그때 무슨 축하할 일이라도 있었던지, 요란한 함성소리가 나면서, 뒷자리에 서 있던 젊은 남자가 기우뚱하더니 공교롭게도 은교의 어깨 쪽으로 넘어졌다. 남자에게 눌린 은교의 몸이 탁자 위로 깊이 숙여진 것과 감자탕 '대짜'가 쓰러진 것은 거의 동시였다. 감자탕의 매운 국물이 은교의 노란 셔츠에 튀고 자수 놓아진 청바지를 적셨다. 내가 벌떡 일어섰다. "아니, 이게 뭐하는 짓들이얏!" 내가 벽력같이 소리 질렀다. 감자탕집 전체가 찌렁하게 울릴 만큼 큰 소리였다. 실내가 조용해졌다. 문제를 일으킨 뒷좌석엔 일고여덟 명쯤 되는 젊은이들이 둘러앉아 있었다. 넘어진 청년이 일어나 "죄송합니다. 제가 이거, 큰 실수를 했네요"라고, 공손한 사과를 했다. "죄송하다면 다야! 여긴 음식점이잖아. 젊은 친구들이, 최소한 다른 손님에게 폐가 되지 않게 놀아야지, 이게, 젊은 당신들만의 나라야!" 감자탕집 주인도 뛰어오고, 뒷좌석 젊은 그룹도 하나둘 일어나 죄송하다면서 머리를 조아렸다. 공손했다. "아이고 어르신, 제가 사과드릴게요. 이 친구들 제가 잘 아는데요, 회사에 취직해서 오늘 첫 출근 했대요. 입사동기들이 회식한다고, 그만 마음이 들떠서 그런 거니 이해해주세요. 세탁비는 제가 드릴게요." 감자탕집 주인이 머리를 조아렸다. 주인까지 그렇게 나오니 오히려 내가 머쓱해졌다. 실내 분위기가 다시 살아나기 시작했다. 주인이 감자탕을 새로 가져왔지만 식욕은 싹 사라지고 없었다. 홀엔 불유쾌한 돼지뼈 냄새와, 탐욕스럽게 뼈를 뜯고 있는 군상과, 왁자지껄한 소음이 금방 찼다. "할아부지, 새로 산 옷은 원래 한 번 세탁해 입는 게 좋대요. 잔이나 받으세요. 그리고요, 저도 소주 마실래요. 저, 술 잘 마셔요." 나는 아무 대답도 하지 않았다. "할아부지, 키킥, 그런데요, 좀 전에요, 킥, 거기서 왜 나라가 나와요." 은교는 무엇이 재미있는지 자꾸 웃었다. 그래도 내 마음은 되살려지지 않았다. 감자탕 국물이 묻은 노란 셔츠는 아주 무참해 보였다. 내 얼굴에 감자탕 국물이 쏟아진 듯했다. 나의 첫 데이트는 그것으로 파탄이었다. 가슴이 찢어지는 것처럼 아팠다.

 그애와 촛불이 켜진 카페에서 마주 앉아 와인으로 건배를 하면서 저녁 한때를 보내고 싶은 꿈이 그렇게 용서받을 수 없는 꿈이던가. 감미로운 발라드를 한 곡쯤 백 뮤직으로 거느리고 그애의 맑은 눈을 들여다보면서, 낮에 있었던 일이며, 앞날의 희망이며, 그리운 사랑에 대해 조근조근 이야기를 나누는 꿈이 혁명보다 더 불온한 꿈이던가. 다 발라먹고 버린 탁자 위의 돼지뼈들이 늙은 나, 혹은 늙은 나의 꿈처럼 느껴졌다.

 늙는다는 것은 생물학적 기능과 신진대사의 스트레스에 의한 적응능력이 감소하는 현상이라 할 수 있다. 원시인들은 늙는 것을 이해할 수 없었을 것이다. 그들은 시간의 개념을 몰랐으니까. 시간은 생명의 순환구조를 운행하는 핵심적 원리이다.

 세포는 일정한 세포분열을 하고 나면 죽어 없어지고, 거의 재생되지 않는다. 근육 조직도 꾸준히 줄어들고, 나날이 칼슘이 빠져나가 뼈의 동공화 현상이 나타나며, 피부나 힘줄에선 콜라겐 생산이 중단된다. 피부가 처지거나 주름이 많이 생기고, 가만히 앉아 있어도 마디마디 관절에 모래주머니를 매단 것처럼 힘이

드는 것은 그 때문이다. 뇌도 부피가 줄고 눈물도 마르며 뼈마디도 삭아 내려앉는다. 말초신경섬유의 수는 더욱 급격히 감소될 뿐 재생되는 법이 없다. 이런 현상들은 시간을 따라 멈추는 일 없이 진행된다. 이십대 중반만 넘으면 생성되는 세포보다 죽어 없어지는 세포의 수가 많다고 하니까, 그때부터 이미 죽음을 향한 노화의 마차가 앞으로의 전진을 시작하는 셈이다. 말하자면 서지우와 나는, 카페를 채우고 있는, 감자탕 국물을 쏟게 한, 젊은 그들과 나는, 죽음으로 가는 마차를 함께 탄 동료승객이라할 수 있다. 서로 위로하면서 손 맞잡고 함께 가야 할 동료가 아닌가.

고백하거니와, 나는 노화나 죽음의 극복에 대해 말하는 어떤 관념적 논리에도 순종하지 않았다.

나라고 해서 죽음을 넘어서기 위한 많은 길을 찾아보지 않은 건 아니다. 마음을 닦으면 된다고 해서 길을 따라 끝없이 떠돌아다닌 적도 있었고, 모든 걸 극복한 현자들이 있다 하여 선인의 말을 찾아 수많은 책도 읽었으며, 영원히 사는 법이 교회나 절간에 들어 있는지 알고 교회당에 찾아다닌 적도 많았다. 하지만 다 도로徒勞에 불과했다. 그래서 어쨌단 말인가, 하고 나는 최종적으로 생각했다. 노화와 죽음은 다만 무자비한 법칙에 불과하다. 그것은 절대성을 갖는다. 생명이 갖고 있는 가장 비극적인 운명은 노화와 죽음으로부터, 그 지옥으로부터 마지막까지 잔인하게 유린될 수밖에 없다는 사실이다. 그리고 나는 유린당할 준비를 하고 있었다. 나는 이제 일흔이 되지만 병이 깊으니 노화의 속도가 더 빠르다. 은교를 만나기 전에 그랬고, 그애와 이별하고 그랬다. 그래서 나는 말했던 것이다.

죽음이여, 어서 와, 자, 나를 찢고 나를 해체하라.

은교를 만나면서 나는 보다 젊어지고 싶었다. 그게 죄인가. 그애를 통해 아직도 생피처럼 더운 나의 욕망을 확인했을 뿐, 나는 아무런 범죄도 저지르지 않았다. 나의 은닉된 욕망에게 형벌을 선고할 수 있는 자는 그러므로 나뿐이다. 나는 육십대 마지막을 보내고 있다. 다른 누가 나의 뺨을 후려칠 권리는 없다. 서지우는 더욱 그렇다. 다른 모든 이가 비난해도 서지우만은 나의 자연스러운 욕망을 이해할 줄 믿었다. 그런데 그는 누구보다 앞서 뺨을 후려치고 시궁창에 밀어넣었다. 내 에너지의 팔 할은 그러니까 '성냄'으로부터 솟구쳐 일어난 셈이다. 그의 배반과 맞닥뜨리자 어떻게 된 노릇인지 더 청춘이 되고 싶은 강한 열망이 생겨난 것이었다. 아니, 청춘이 될 수 없을지라도 청춘인 듯이, 나는 젊은 저들과 오지게 맞장을 뜨고 싶었다. 이는 당연히 위험한 에너지였다. 마치 10도의 경사면을 굴러가던 마차가 30도, 40도의 비탈길을 갑자기 만난 것과 다름없었다. 나는 그걸 알고 있었고, 그것의 위험함도 충분히 예견했다. 그러나, 나는 오직 고개를 세우고 앞으로 나가고 싶었다. '나는 다시 태어났다'고 생각했다. 손은 '말굽'처럼 단단하고 나의 몸엔 '납'처럼 무거운 옷이 입혀질 것이다. 그게 내 길이었다. 생각해보면, 서지우를 핑계대면서, 어쩌면 나는 그때 스스로 본질적인 내 자신의 광포한 죽음을 불러오고 싶었던 것인지도 몰랐다. 나는 이렇게 허공을 향해 묻고 있었다.

컨베이어 벨트에 상품 박스가 올려진 것처럼 시간에 따라 죽음으로 실려가는 게 존재의 공동 운명일진대, 단지 도토리 키 재기 같은 그 서열에 의지하여 기고만장, 늙은이를 가리켜 '썩은 관'이라고 나팔을 불어대는 '범죄자들'에게 왜 내가 물러앉아 가슴만 쥐어뜯어야 한단 말인가. 퓰리처 상을 수상한 바도 있는 친애하는 미국 시인 로스케는 노래했다.

죽어가는 불빛 속에 잠겨서

282

나는 내 자신이 다시 태어났다고 생각했다

나의 손은 말굽으로 변한다

나는 일찍이 입어본 일이 없는

납의 무게를 입는다

—T. 로스케(Roethke), 「지금은 무엇」에서

서지우의 일기

반역

   — 선생님의 시집을 다섯 권이나 출판한 출판사 편집주간을 우연한 자리에서 만났다. "이적요 선생님, 요즘도 자주 뵙나요?" 그가 물었고, "그러믄요. 일주일에 적어도 세 번 이상 찾아뵙지요. 안살림을 제가 하다시피 해서요." 내가 자랑스럽게 대답했다. "이상하네." 그가 고개를 갸웃해 보였다. 그의 말인즉, 지난주 선생님이 전화를 걸어 『심장』이 몇 부나 나갔는지 알아봐달라고, 진지하게 말하더라고 했다. 나는 『심장』의 인세수입을 놓고 선생님이 나를 의심한다는 것을 그래서 알았다. 전에도 약간 수상쩍은 표정으로 『심장』의 발행 부수에 대해 물어온 적이 있었다. "도둑놈 같으니라구!" 했던 선생님의 말도 거기에 딱 부합됐다.

『심장』의 발행 부수는 속인 것이 없다. 그렇다고 선생님에게 말하지 않은 게 전혀 없는 건 아니다. 계약할 때 '광고'를 좀 세게 하는 조건으로 팔 프로 인세 계약을 맺었으며, 내가 섭섭한 눈치를 보이자 사장은 그 대신 손익분기점을 넘기면 정상적인 십 프로 인세에 해당하는 보너스를 별도로 지급해주겠다고 구두로 약속했다. 계약서에 쓸 필요는 없다고 말한 건 나였다. 어느 정도 팔려야 손익분기점을 넘기는 것인지도 확실하게 말한 것이 없었다. 속으로는 피차 있으나 마나 한 약속이라고 여겼으며, 설령 많이 팔려도 사장이 안 주면 그만인 약속이었다. 그런데, 사장은 다음 원고를 얻기 위한 속셈인지, 삼십만 권을 넘기고 나자 약속한 대로 이 프로 인세에 해당하는 보너스를 주겠다고 했다. 약 육천만 원쯤 되는 돈이었다. 나는 그 돈을 수표로 달라고 해서 받았다. 선생님이 갖고 있는 인세 통장에서 일부의 돈을 선생님에게 받아 쓰고 있긴 하지만, 충분한 돈은 아니었다. 보너스에 해당하는 그 정도의 돈을 받을 권리는 내게도 있다고 생각했다. 돈 쓸 데가 많지 않은 선생님으로서, 수입은 이미 넉넉히 확보하고 있었다. 나는 육천만 원을 선생님에게 말하지 않고 내 통장에 넣었다.

─오늘 출판사 사장에게 발행 부수 확인증을 받았다. 선생님에게 보여드리기 위해서였다. 이걸 보여드리면 의심이 풀릴 것이라고 생각했다. 보너스 관계는 사장과 나만 아는 일이니, 선생님에게까지 전해질 리가 없었다. 마음이 찜찜했지만, 보너스를 받은 게 벌써 두 주일 전이다. 지금 고백한다면 오해가 더욱 커질 것이다.

─『심장』은 내가 쓴 나의 작품이다, 라고 나는 가끔 무심코 중얼거렸다. 심장에 대해서 수많은 인터뷰를 했고, 독자들과 대화를 여러 차례 나누었으며, 강연도 했다. 『심장』에 대해 직접 쓴 선생님보다 더 많이 생각했다고 여겼으며, 더 많이 읽었다고 여겼다. 모든 인물, 모든 사건이 이미 내 속에 내 것으로 자리잡고 있었다. 사람들도 누구나 나를 가리켜 말했다. "『심장』의 작가 서지우 선생님이야!" 『심장』의 진짜 작가가 나라고 착각을 하는 것은 당연한 일이었다. 아니, 착각이 아니다. 『심장』은 내가 썼다. 만약 선생님이 『심장』을 당신이 썼다고 밝힌다 하더라도 누가 선생님의 말을 믿겠는가. 내가 그 말에 동의하지 않는 한, 선생님조차 나에게서 이제 『심장』을 빼앗아가지 못할 터였다. '돈 문제'는 중요하지 않았다. 인터뷰를 할 때조차 요즘은 정말 내가 『심장』을 썼다고 계속 착각

할 때가 많았다. 고백하거니와, 나의 불안은 그래서 조금씩 사라졌다.

그렇지만, 모를 일이다, 이런 내 심리는 정상적인가.

—O사장이 반응이 좋다면서 단편소설을 한 편만 더 쓰라고 했다. 자신의 잡지가 아니라 다른 메이저급 문학지에 싣자는 것이었다. 새로 시작할 연재소설을 단행본으로 히트시키기 위한 최상의 전략을 그는 갖고 있었다. 나는 가타부타 입을 다물었다. 내게는 선생님의 서재에서 가져온 두 편의 단편소설이 수중에 더 있었다. 앞뒤를 좀 고치면 아무도 그게 선생님의 소설인지 알아보지 못할 것이었다. 문제는 선생님 자신이었다. 지난번 발표작은 그쯤 넘어갔다고 하더라도 메이저급 문학지에 실리면 선생님 눈에 띌 가능성이 많았다. 어느 때는 차라리 선생님이 치매에 걸렸으면, 쓰러져 누웠으면, 하고 상상하다가 스스로 놀란 적도 있었다. 선생님의 서재 반닫이에는 단편소설이 아직도 여러 편 남아 있었다. 미완이지만 장편도 있었고, 에세이도 있었다. 선생님으로서는 전혀 소용이 없는 작품들이었다. 선생님은 평생 동안 오로지 시만을 쓰고 살았다고 대중은 굳게 믿었다. 그것은 한국문단에서 선생님만

이 독보적으로 갖고 있는 카리스마의 중요한 요소였다. 보나 마나 선생님이 죽은 후에도 그 점은 선생님에 대한 전설의 키워드로 작용할 터였다. 전후가 그러하니, 소용은커녕, 돌아가신 후라도 선생님의 소설, 에세이, 희곡 등이 세상에 알려지는 건 선생님에게 오히려 누가 될 가능성이 많았다. 말하자면 선생님의 산문들을 내가 내 이름으로 발표하는 일이 선생님에게 아무런 해가 되지 않는다는 게 나의 결론이었다.

나의 상상은 점점 더 담대해졌다. 선생님의 병이 깊어 의식을 잃거나 치매 현상이 올 가능성은 항상 있었다. 은교를 향한 선생님의 병적인 욕망이나 눈빛도 그러했다. 치매가 이미 진행되고 있는지도 몰랐다. 그리하여 나는 개인별로 시간의 수레바퀴를 좀더 빨리 돌릴 수는 없나 하는 생각까지 하게 되었다. 나의 사랑하고 존경하는 선생님에게 좀더 빠른 시간의 수레바퀴를 제공할 수 있다면, 때로는 기꺼이 그것을 제공할 수도 있을 것 같았다.

— 장맛비에 서재와 서재에 딸린 침실 벽에 곰팡이가 폈다고 해서 견적이라도 뽑아달라고 도배 집 사장을 데리고 선생님에게 갔다. "도배를 데려오면 어떡해?" 선생님은 벌컥 화를

288

냈다. 나는 왜 선생님이 화를 내는지 알 수 없었다. 장맛비로 곰팡이가 폈다면 결로 현상에 의한 것이고, 도배를 새로 하면 말끔해질 터였다. 재작년 도배할 때 서재만 뺐었기 때문에 이번에 아예 이층 도배를 새로 할 필요도 있었다. "이층만 새로 도배를 하죠, 뭐." 도배 집 사장 보기도 민망해 나는 우물쭈물 했다. "옆으로 들이친 비가 외벽을 적셨고, 벽돌이 습기를 빨아 먹어 곰팡이가 피는 거야. 먼저 외벽에 방수액을 뿌린 다음 도배를 해도 해야지. 쯧, 멍청한……" 선생님은 내게 눈을 찢어져라 흘기고 탁 문을 닫았다. 도배 집 사장의 얼굴이 벌게졌다. 당신이 모욕당해서가 아니라 내가 모욕당했다고 느끼는 눈치였다. 도배 집 사장의 입장에서는 이적요 시인이 누구인지도 몰랐을 것이다. 그 대신 『심장』의 작가 서지우는 잘 알았다. 시내에서 들어올 때도 내내 『심장』에 대해 화제를 삼았던 사람이었다. 나는 전에 없이 속이 뒤집어졌지만 꾹 참고 도배 집 사장에게 사과를 했다. "아이구, 죄송해요. 그럼 방수 처리를 한 다음 다시 부를게요." 도배 집 사장은 괜찮다면서 손사래를 치고 나갔다.

일이 거기서 끝났다면 그냥 넘어갔을 터였다. 도배 집 사장이 나가고 나자 갑자기 선생님이 문을 열고 또 한 번 소리친 것이 끝내 내 속을 뒤집었다. "누가 도배한댔어? 뭘 다시 불러? 니 맘대로 도배도 하고 말고 할 셈이야?" "아, 그게 아니구요, 재작년에도 이층은 도배를 안 했으니까요, 이참에 깨끗이 하면 좋을 듯해서요." "돈지랄하고 있다. 저 책만 들어내려고 해도 한두 명의 인부로 될 것 같아?" "그야, 저도 돕고, 은교도 있고." "힘없는 걔 이름은 거기서 왜 나와? 에이그, 멍청하긴……" 선생님이 다시 문을 발작적으로 닫았다. 두번째 나오는 멍청하다는 말에 내 속에서 천불이 솟았다. 나는 아무 말 안 하고 곧 대문을 닫고 나왔다. 나도 모르게 주먹이 불끈 쥐어졌다. "저놈의 노인네가……"라는 말이 얼결에 입 밖으로 새어 나왔다. 멍청하다는 소리를 아마 천 번은 들었을 것이다. 나도 이제 나이가 서른여덟이고, 경위야 어쨌든 사회적으로는 유명 작가가 되었다. 예전이야 어려서 그랬다 치더라도 지금 다른 사람 있는 데서까지 나를 모욕하는 건 아무리 존경하는 선생님이라도 정말 참을 수가 없었다. 그동안 무시받았던 수많은 순간들이 줄지어 떠올랐다. 생각하면 당신의 제자가 아니라 노비로 살았다고 생각했다. 사람 취급을 받은 적이 도무지 없었던 것 같았다. 출판사 사장한테 몰래 받은 육천만 원은 일종의 새경에 해당됐다. 양심의 가책을 느낄 게 없었다. 다음에 다시 이렇게 나를 모욕한다면 나도 할 말은 해야겠다. 생각해보니, 성미도 원래부터 더러운 양반이다. 내가 아니었으면 늙고 병들어 무너져가는 당신 곁을 누가 지켰겠는가. 당신에게 받은 것은 작고 내가 당신에게 준 것은 크다. 안 그런가.

나는 종점으로 나와 X의 룸카페에 들러 곧장 낮술을 마셨고 대취했다.

—뭔가 있다, 라고 나는 생각했다. 오늘도 선생님은 이유 없이 소리를 질렀다. 외벽을 방수 처리하고 인부들이 막 돌아가고 난 다음이었다. 인부들이 빈 방수액 통을 비롯해 몇몇 깡통을 베란다에 남기고 간 것이 화근이었다. 선생님은 빈 방수액 통에 냅다 발길질을 했다. "일했으면 뒤끝을 남기지 말아야지, 이게 뭐야!" 선생님은 그런 다음 역시 문을 왈칵 닫고 들어갔다. 불끈하는 마음이 들었지만, 나는 참았다. 아무 말 하지 않고 깡통들을 대문 밖으로 옮겼다. 때를 기다리는 심정이었다. 당뇨와 함께 여러 합병증도 깊어지고 있다는 것을 나는 알고 있었다. 그래, 당신이 쓰러져 누우면 그때 내가 어떻게 하는지 좀 봐. 나도 모르게 혼잣말이 나왔다. 선생님에게 발길질을 당한 깡통은 심하게 우그러져 있었다. 나는 그 깡통

을 보다가 시선을 돌려 선생님이 있을 서재 창을 바라보았다. 당신이 발길질을 한 것은 깡통이 아니었다. 나였다. 도대체 왜? 무엇 때문에? 인세 문제? 단편소설? 보너스? 아니다. 내가 짐작할 만한 문제 때문이었다면 성미로 볼 때 내게 들이대 말을 하는 것이 당신과 어울렸다. 그런데 걸핏하면 화만 냈다. 아니, 화를 내는 정도가 아니었다. 화를 내고 있지 않을 때조차 요즘 선생님이 나를 보는 눈은 거의 상시적으로 노기를 달고 살았다. 은교와 웃으면서 얘기하다가도 나와 눈이 마주치면 반짝하는 서릿발 같은 섬광이 그 눈에서 순간적으로 쏟아져나왔다. 예전의 그것과 달리 살기까지 느껴지는 눈빛이었다. 도대체, 당신의 심중에 뭐가 있는가.

—마침내 오늘 일이 터졌다. 선생님은 내가 당신의 단편소설을 앞뒤로 조금 고쳐 잡지에 게재한 사실을 알고 있었던 것이다. 이층으로 올라온 선생님이 내가 서재의 반닫이 근처에서 있는 걸 보고 낮게 쏘아붙였다. "왜, 또 뭘 훔쳐가려고?" 나는 너무 놀라서 말이 나오지 않았다. 다행히 은교는 돌아간 다음이었다. "희곡도 가져다 발표하지 그러나? 천하의 서지우 작가가 희곡까지 해서, 2관왕은 돼야지." 선생님의 얼굴엔 비웃음이 가득했다. 나는 처음에 잡지사에서 얼마나 교묘한 방

법으로 내게 미끼를 걸고 코너로 몰았는지 설명하려고 했다. 장편도 아니고 그까짓, 단편소설 하나에 불과하지 않은가. 이미 공범이 돼서 살아가고 있는 참인데, 내가 얼마나 고통스럽게 몰렸는지 안다면 선생님이 이해하지 못할 것도 없다고 생각했다. 그러나 선생님은 내가 더듬더듬 말을 시작하자 "도둑질에 비겁하기까지 한 놈이네!" 한마디만 내던지고 아래층으로 내려갔다. 변명으로 사태가 해결되지 않으리라는 것을 나는 재빨리 알아차렸다. 백기 투항밖에 방법이 없었다. 나는 선생님에게 달려내려가 무조건 그 앞에 무릎을 꿇었다. "잘못했어요, 선생님. 말씀드려야 하는 줄은 알았지만요, 저 자신이…… 너무 한심하고……" 거기까지 말했는데 불현듯 목젖에 뜨거운 것이 치밀어오르더니 눈물이 쑥 빠져나왔다. 선생님은 고개조차 내게 돌리지 않고 앉아 있었다.

한 번 흐르기 시작하자 봇물이 터진 듯 눈물이 계속 흘러나왔다. 내가 정말 한심해서 눈물이 나왔고, 그동안의 불안증이 떠올라 눈물이 나왔고, 내 재주 없는 것이 너무 불쌍해 눈물이 나왔다. 선생님을 처음 만나서 문학에 뜻을 둔 다음의 세월이 주마등같이 스쳐 지나갔다. 글쓰기에 대한 그리움과 여한이 새삼스럽게 복받쳐서 더 뜨거운 눈물이 마구 쏟아졌다. 차라리 죽고 싶었다. 나란 놈은 도대체 어떻게 생겨먹은 위인인가.

─오늘로 석고대죄 사흘째다. 나는 아침 열시에 선생님에게 찾아갔고, 선생님이 있는 서재 앞에 무릎 꿇고 앉았다. 비록 재능이 없을지라도 끈기라면 남다른 게 바로 나, 서지우였다. 그동안 왜 계속 화를 냈는지 알게 돼서 오히려 다행이었다. 이제는 끈기 싸움이다. 당신은 여전히 침묵하고 있었고, 나도 계속 무릎 꿇고 앉아 있었다. 선생님이 입을 열 때까지 한 달이 지나도 찾아와 무릎 꿇고 앉을 수 있었다.

당신에게 결코 지지 않을 것이다.

나는 속으로 말했다. 한 시간쯤 지나서 선생님이 문을 열고 나왔다. "선생님, 용서해주십시오. 다시는 이런 일 없을 겁니다. 잘못했습니다." 내가 울먹이는 듯한 어조로 말했고 선생님은 "헛 참!" 했다. "선생님께서 용서해주실 때까지…… 자리에서…… 일어나지 않을 거예요." "장하다, 장해. 또 속인 건 없나?" "어, 없…… 습니다. 또 속이다뇨, 그런 거 없습니다, 선생님!" 나는 단호하게 말했다. 선생님은 한참 동안 말없이 뜰을 내다보았다. 여전히 노기를 띤 것도 같고, 허망해하는 것도 같고, 슬픔을 지그시 눌러 참는 것도 같은, 종잡을 수 없는 표정이었다. "선생님 곁에 있지 않으면…… 저, 죽은 목숨입니다." 선생님의 입에서 그때 긴 한숨이 흘러나왔다. 그리고 마침내 말했다. "내려가서 쌍화차나 한잔 타와, 이놈아!" 그 한마디 말이 너무 감격스러워 콧날이 빙, 하고 울었다. 승리감을 느꼈다. 선생님이 오히려 끈질긴 내게 무릎 꿇은 셈이었다. 후닥닥, 아래층으로 내려가 커피포트에 물을 담았다.

— 장마전선이 남쪽으로 내려갔다고 했는데 다시 주룩주룩 비가 온다. 종일 책상에 앉아서 단편소설을 썼다. 독심 품고 열 시간이나 앉아 있었는데 겨우 열몇 장을 썼을 뿐이다. 그것도 마음에 들지 않는다. 나는 몇 차례나 지우기를 누르려다가 손을 자판기에서 뗐다. "문장은 만년필 잉크처럼 꼬리에 꼬리를 물고 나와야 하는 거야!" 언젠가 선생님이 했던 말이 생각난다. 꼬리에 꼬리를 무는 것은 자기모멸이고 한탄이다. 술이나 마셔야겠다. 어깨가 너무 뻐근하다.

— 사흘이나 무릎 꿇고 끈질기게 빈 끝에 선생님의 용서를 받았다고, 알고 보면 내가 이긴 거라고 여긴 것은 나의 속단에 불과했다. 나의 출입을 금지한 건 아니지만, 선생님의 눈빛은

기실 전에 비해 달라진 것이 없었다. 뭔가, 다 풀리지 않는 감정이 남아 있는 게 확실했다. 그렇다면 핵심은, 역시 질투심인가. 은교가 문제였다. 나를 라이벌로 보는 모양이다. 라이벌이라니, 말도 되지 않는다. 노인이다. 그냥 노인이 아니라 단도직입적으로 말하자면, 당신은 누가 봐도 '죽어가는 노인'에 불과하다. 은교 같은 젊은 애들은 시의 위대성에 대해 알지 못하거니와, 당신의 시가 어떤 깊은 울림을 갖고 있는지도 절대로 헤아릴 수 없다. 시를 빼면 당신에게 무엇이 남는가. 나는 어쨌든 인기 있는 작가이고 젊고 싱글이다. 라이벌이라니, 노인네가 미쳤다. 미쳤다고, 나는 생각했다.

더구나 오후에는 은교에게 키스를 하려다가 들켰다. 주차장에서 선생님의 코란도를 세차하고 있을 때였다. 선생님이 집 안으로 들어간 사이 그애가 내게 호스로 물을 뿌린 것이 계기가 됐다. 그애는 웃으면서 내게 물을 뿌렸고, 나는 쫓아가 호스를 빼앗아 그애에게 들이대었다. 그애는 민소매 셔츠만 달랑 입고 있었다. 젖은 셔츠가 몸에 착 달라붙자 당연히 몸매가 말쑥이 드러났다. 아주 육감적이었다. 나는 그애를 주차장 벽에 붙여놓고 충동적으로 키스를 시도했다. 피차 얼굴까지 물투성이였다. 그애가 고개를 옆으로 도리질하며 나를 밀어

냈다. 그럴수록 나의 충동은 더욱 힘차게 솟아올랐다. "싫어, 싫어!" 그애가 말했으나 나는 듣지 않았다. 입술은 그애의 입술을 찾아 전투적으로 움직였고, 손은 그애의 가슴을 더듬어 쥐기 위해 앞으로 뻗어나갔다. 어떤 순간에 선생님이 주차장으로 들어왔는지는 모르겠다. 요란한 소리가 나서 뒤돌아보았을 때 선생님은 이미 들고 왔던 쓰레받기와 비를 바닥에 팽개친 뒤 주차장을 나가고 있었다. "미쳤어, 정말!" 그애가 내 어깨를 탁 때렸다. 난감한 상황이었다. 다행히 선생님은 거기에 대해 아무 말도 하지 않았다. 다만 나를 바라보는 눈빛이 번쩍, 했을 뿐이었다.

―그러나 나는 오늘 결심했다. 선생님 때문에 은교를 멀리하진 않을 것이다. 아니다. 선생님이 오히려 나를 그애한테로 밀어주고 있다. 나는 그렇게 느낀다. 당신이 그럴수록 그애가 더 깊이 내 마음속으로 들어온다. 승부는 보나 마나다. 은교의 눈에 당신은 오직 '할아버지'일 뿐, 남자가 아니라는 것을 선생님은 왜 모르실까.

시인의 노트

선고

서지우가 출판사로부터 고액의 보너스를 받았다는 소문을 들었지만 나는 아무 말도 하지 않았다. 그런 건 어쨌든 용서할 수 있다. 돈은 훔칠 수 있는 것이다. 돈을 훔치는 것도 죄지만, 죽을 죄라고 할 수는 없다. 문제는 탐욕이다. 서지우의 탐욕이 점점 더 대담해지고 있다. 한 번 자라기 시작하면 탐욕은 놀랄 만큼 증식이 빠르다. 탐욕이 저 자신을 끝내 감옥에 가두고 마침내 파멸로 몰고 갈 수 있다는 것을 모르는 모양이다. 단편소설을 훔치고 돈을 훔친다. 다음엔 더 무엇을 훔칠까. 어쩌면 나의 모든 것을 훔치려고 할지도 모른다. 은교도, 내 집도, 내 모든 미발표작들도. 그리고 『심장』을 비롯해 제 이름으로 발표한 작품들의 저작권도 통째 먹으려들겠지. 최종적으로는 나의 목숨을 빼앗으려 할 수도 있다. 지금처럼 탐욕이 빠르게 증식된다면, 터무니없는 상상이 아니다.

　단편소설을 훔쳐낸 일은 그의 '사죄'를 형식적으로는 받아들였다. 사흘간이나 계속 좇아와 무릎 꿇고 앉아서 "잘못했습니다. 한 번만 용서해주십시오" 하고 우짖으니 당할 재간이 없었다. 그런 와중에도 서지우는 단편소설을 훔친 것 이외엔 단 한 가지도 "거짓말한 것이 없다"고 말했다. 가증스럽다. 그가 내 속에 깃든 노인의 '씨앗'을, 빅뱅으로 터질 때까지, 정말로 단단히 여물게 만들 작정을 한 것 같다. 아니, 나의 죽음을 좀더 당길 어떤 프로그램을 이미 가동시켰을 수도 있다. 마음만 먹는다면 내 음식에 독약을 탈 수도 있고, 더 다급해지면 나의 목을 조를 수도 있을 것이다. 탐욕이 끝에 이르면 미치는 것이니까. 사실은 그럴 필요도 없는 일이다. 신부전증은 물론 간에도 암종이 뿌리를 틀었다고 하지 않는가. 그런데도 그는 죽어가는 내게 속으로 말하고 있을 터이다. '그래봤자 당신 일흔 살이 다 됐잖아? 지금 죽어가고 있잖아? 당신의 죽음을 조금 앞당기려는 것뿐이니, 섭섭하게 생각하진 마!' 속마음이 그럴 테니 내가 안중에 있을 리 없다. 안하무인이다. 오늘은 주차장에서 차를 닦다 말고 은교를 강제 추행하려는 것까지 목격하게 되었다. 은교가 한사코 "싫어, 싫어" 하고 밀어내는데도 막무가내였다. 입술을 들이대는 것도 모자라 가슴까지 더듬으려들었다. 대낮인데다가 내가 있는 '나의 집' 안이 아닌가. 이것은 사소한 일이 아니다. 집은 나의 고유한 공간이며, 그러므로 나와 동일한 존재라고 할 수 있다. 세대차이라고 지적한다고 해도 할 수 없다. 요즘 사람들은 집을 얼마짜리라는 식의 교환가치로만 생각할는지 모르지만, 나에게 내 집은 나의 근거이고 유일무이한 피난처이고 중심이다. 더구나 그는 내가 은교를 아끼고 사랑한다는 걸 알고 있다. 그런 애를, 그애가 거부하는데도 불구하고 내 집에서 감히 건드렸다.

감히 나의 왕국인, 나의 고유한 '내 집'에서.

이는 나를 모욕하고 내 돈을 훔치는 것과 비교해 결코 하찮다고 할 수 없는 중대한 도전이다. 손님으로 온 사람이 내 집의 아내를 건드렸다면 이런 기분일 것이다. 어떻게 이런 놈을 품에 안고 십 년이나 지내왔단 말인가. 그러나 나는 좀더, 끈질기게 기다릴 생각이다. 제 스스로 파멸을 불러올 때까지. 제 스스로 죽음의 박씨를 물고 내게 날아올 때까지.

어떤 날, 낮에 다녀간 은교가 밤 열한시도 넘어 다시 왔다.

비가 많이 오는 칠흑 같은 밤이었다. 현관문을 잡아당기는 소리가 나서 깜짝 놀라 누구냐고 소리쳤더니, 은교였다. 우산도 쓰지 않은 채였다. 반바지와 면티는 물론 위에 걸친 블라우스도 흠뻑 젖어 있었다. "이 밤에 무슨 일이냐?" 나는 짐짓 눈을 부릅떴다. 그러나 빗물을 뚝뚝 떨어뜨리면서 거실로 들어온 그애는 몸을 한차례 떨더니, 늘 그렇듯이 키드득, 웃었다. "무슨 일이냐니까?" "할아부지도 참. 젖은 거 안 보여요? 혼내기부터 하시구." 그애는 입술을 쭉 내밀어 보이고 곧 목욕탕으로 들어갔다.

한참 동안 물소리가 났다. 나는 어쩔 줄 몰라 거실 한가운데 우두커니 서서 빗소리에 잠긴 어두운 뜰만 내다보고 있었다. 장대 같은 비였다. 멀리서 뇌우 소리도 들렸다. 어쩌다가 밤에 들를 때도 있었지만 이런 경우는 처음이었다. 무슨 안 좋은 일이 있었던 게야. 나는 생각했다. 비를 맞았으니 따뜻한 차라도 한잔 먹여서 보내야 할 것 같았다. 나는 커피포트에 물을 담아 플러그에 꽂고 누군가 갖다준 쌍화차를 두 잔 탔다. 그제야 젖은 셔츠 위에 큰 타월을 두른 그애가 세수를 끝낸 해맑은 얼굴로 욕실을 나왔다. "할아부지, 나 줄려고 훗, 쌍화차 타셨네." "뜨겁다. 불어서 마셔라." 나는 겸연쩍어서 그애를 똑바로 보지 못하고 다른 데를 쳐다보며 말했다. "뭐하고 있었어요, 할아부지?" "책 읽었다.""텔레비전도 좀 보고 하세요. 맨날 책, 책, 재미없게.""이 밤에, 왜 왔냐고 물었다.""말하면 할아부지한테 혼날 텐데" "……""무슨 말을 해도 저 혼내지 마세요. 안 그러면 말 한 마디도 안 할 거예요.""말해봐. 밤에는 절대 오지 말라고 일렀잖아.""할아부지, 저요, 저, 자고 갈게요.""뭐?""재워주세요. 오늘은 집에 저 못 가요!" 나는 비로소 그애를 똑바로 바라보았다. 빗소리가 그애와 나 사이로 거칠게 지나갔다. 아무래도 밤새 그치지 않을 비였다.

그애가 이번엔 내 시선을 피해 고개를 숙였다.

젖은 머리가 치렁하니 허공으로 내려왔다. 머리로 반쯤 가려진 볼의 아래쪽에 어떤 자국 같은 것이 내 시선 안에 잡혔다. 귓불에서 등으로 이어지는 목덜미 부분도 무엇으로 세게 맞은 것처럼 벌겋게 상기되어 있었다. 젖은 셔츠를 입고 있어 추운지 그애의 볼이 유난히 파리했다. "고개 좀 들어봐라!" 내가 말했고, 내 말에 따라 그애의 고개가 더 아래로 내려갔다. "고개 좀 들어보라니까!" "싫……어요……" 그애의 말끝이 심하게 떨렸다. 혹시 우는가. 나는 가만히 있었다. 뇌우 소리가 또 한차례 들려왔다. 이번엔 아까보다 가까운 곳에서 들리는 소리였다. 그애의 어깨가 부르르 떨렸다. 그리고 이어 눈물이 뚝, 바닥으로 떨어지는 것이 보였다. 나는 난감해서 그냥 입을 다물고 있었다. 젊다는 것은 그 값이 하늘에 닿으려니와, 동시에 준비되지 않은 여린 영혼으로 불온한 앞날과 자기 모반謀叛의 유혹을 상시적으로 받을진대, 울고 싶은 일이 왜 없겠는가. 바람만 불어도 웃을 때인 것처럼 바람만 불어도 울 때이다. 그러니, 울고 싶을 때는 가만히 두는 게 상수였다. "아이, 쪽……팔려……" 한참 있다가 그애가 혼잣말을 하고 수건으로 얼굴을 닦았다. 그 순간 나는 깜짝 놀랐다. 뺨에 난 자국은 손자국이 거의 틀림없어 보였다. 누군가 호되게 뺨을 친 것 같았다. 나는 놀라서 급히 다가가 그애의 얼굴을 싸쥐고 위로 들어올렸다. "누가 널 때렸구나!" "아, 아니에……" 그애가 황급히 내 손으로부터 얼굴을 빼내려 했으나, 다시 눈물이 흘러나오기 시작해 말조차 제대로 나오지가 않았다. "누구냐." 내가 물었고, 그애는 낮게 흐느꼈다. "아는 남자애냐?" "엄……마요." 그애가 울면서 말했다. "우리 엄마…… 동생들한테는 안 그런데…… 가끔 절 때려요." "엄마……라고?" 내 목소리가 한 자쯤 쑥 솟아올랐다. "제가 성질이 나빠서요, 대들거든요." 그애는 소년처럼 주먹 쥔 손으로 눈가를 씻어내며 훗, 하고 짐짓 웃더니 또 한 번 "아이, 쪽팔려!" 했다.

그애 어머니의 매질은 습관적이었다.

그날만 해도 어머니한테 뺨만 맞은 게 아니라 주걱으로 머리 어깨 등짝까지 맞았다고 했다. 목덜미의 부풀어오른 자국은 주걱의 자국이었다. 정수리도 밤톨만큼 부풀어 있었다. 동생들이 늘어놓은 것을 제때 치우지 않은 게 화근이 된 모양이었다. "알아요. 우리 엄마, 그냥 사는 게 무지 힘들면요, 나한테 그러는 거예요. 엄마는…… 혼자니까요." 그애는 설명했다. 하기야 목욕탕에서 남의 때를 밀며 애들 셋을 혼자 몸으로 키우는데 참기 어려울 만큼 힘든 날이 왜 없겠는가. 그렇다고 주걱까지 들고 여고생 딸을 무차별로 때리다니. "엄마, 나쁜 사람 아니에요. 저하고 사이도 좋아요. 내일이면 다 잊어버려요." "그래도 집엔 들어가야지, 걱정돼 네 엄마 잠이나 주무시겠냐?" "키킥, 엄마요, 나 들어가면 속 뒤집어져서 더 못 자요. 내일 출근한 뒤 들어가면 일 없어요. 킥, 울 엄마 단세포 아메바예요. 하루만 지나가면 전날 있었던 일 다 잊어버리는걸요." "어떻게 잊어버릴 수가 있어?" "그런다니까요. 내일 마사지 손님이래도 많아봐요. 나 좋아하는 통닭 사들고 히힛, 하면서 들어올 텐데요 뭐. 이런 일 있을 때마다 나가서 자는 친구 집 있어요. 엄마도 으레 그 집으로 간 줄 알거구요. 오늘은 비가 많이 와서요, 그냥, 할아부지한테 온 거예요." 듣고 보니 억지를 부려 빗속으로 쫓아낼 수도 없었다.

그애를 이층 서재에 딸린 침실로 보내고 나는 아래층 안방에서 자면 될 것이었다. 그애가 입을 만한 것이 있나 살펴보았지만, 내 옷은 커서 그애한테 맞을 만한 것이 없었다. "제가 찾아볼게요, 할아부지는 나가 계세요." 그애가 한참 만에 찾아 입고 나온 것은 반바지와 흰 면티였다. 반바지는 종아리까지 내려왔고, 라운드 면티는 허리를 넘어 엉덩이까지 다 가릴 정도였다. "킥, 보세요, 할아부지. 원피스예요." 그애가 키득키득 웃었고 나도 허헛, 웃었다. "할아부지, 우리 라면 끓여먹어요." 이제까지 아무 일도 없었다는 듯 그애의 목소리가 한 뼘쯤 솟아올랐다. 내 마음속 가로등 초롱불이 일제히 켜지는 느낌이 나를 사로잡았다.

바람이 많이 부는지 빗줄기가 창을 때리는 소리가 후드득 하고 났다.

라면을 먹고 나서 잠시 소파에 나란히 앉아 그애와 나는 텔레비전을 보았다. 티브이를 잘 보지 않는 나로서는 처음 보는 프로그램이었다. 나는 건성으로 그것을 보고 있었다. 그애가 내 곁에 앉아 있다는 것만 해도 꿈속 같았다. 비에 젖은 밤은 심해처럼 고즈넉했고 푸르렀다. 푸르르다고 나는 느꼈다. 카뮈는 그의 『비망록』에서 저녁을 가리켜 "물굽이에 드리운 세계의 다사로움"이라 했고, 소동파蘇東坡는 봄밤을 일러 "일각一刻도 천금千金"이라 노래했다. 나에게 그 밤이 그랬다. 그애가 곁에 앉아 있다는 것만으로 세상에 부러울 게 없었다. 어머니에게 맞은데다가 비에 젖고 나서 라면을 먹었으니, 당연히 졸릴 수밖에 없었을 터였다. 끄덕거리고 졸던 그애의 몸이 조금씩 기울더니, 이윽고 쑥 내 쪽으로 쓰러졌다. "은교, 올라가서 자야지." 내가 말했고, "할아부……지, 쪼……끔만요……" 비몽사몽, 그애가 대꾸했다. 그애의 젖은 머리가 내 팔에 내려놓여 있었다. 아무런 경계도 없었다. 쌔근쌔근하는 숨소리가 너무도 편안했다. 나는 가만히 있었다. 먼 곳에서 천둥소리가 들렸다. 텔레비전 화면은 눈에 들어오지 않았다. 천년 동안이라도 그렇게 있고 싶었다. 만약 텔레비전에서 요란한 효과음이 나지 않았다면 그대로 밤을 샜을 것이다. 유리창이 깨지는 소리였다. 그애가 화들짝 놀라서 잠을 깼다. "할아부지, 저요, 소리 질렀어요?" "아니다. 티브이 속 사람들이 시끄럽더라. 이층 가서 편히 자거라." 나는 민망해서 얼른 텔레비전을 끄고 소파에서 일어섰다. 빗소리가 쏴아, 창을 타넘어 들어왔다.

그리고 아침이었다.

나는 어떤 이상한 느낌을 받고 잠에서 깨어났다. 무엇인가 따뜻한 기운이 내 허리쯤에 닿아 있었다. 이것이 무엇이지? 가슴이 갑자기 두근거렸다.

자정쯤, 은교는 분명히 이층 서재 침실로 올라갔고, 나는 아래층 안방 침대에 누워 잠들었다. 모처럼 꿀같이 자고 난 뒤끝이었다. 그애가 한 지붕 아래 잠들어 있다는 사실만으로도 나는 너무나 달콤했다. 왜 그애를 열렬히 품에 안고 자고 싶지 않았을까마는, 그런 욕망이 있었을지라도, 그런 욕망을 수습해 곱게 간직하는 일이 그날은 이상할 정도로 쉬웠다. 그애에 대한 어떤 욕망도 나의 본원적인 달콤함에 장애는 되지 않았다. 저 위에 그애가 있다, 라고 나는 잠의 터널 속으로 들어가면서 생각했다. 아침이면 통통통, 작은 북소리를 내면서 내려와 그애는 내 귓가에 대고 청명하게 우짖을 것이다. "할아부지, 밥 먹어요!" 평생토록 그런 아침을 맞은 적은 없었다. 또 평생토록 꿈꾸어온 아침이기도 했다. 그래서 자기 전에 냉장고를 몇 번이나 열어보며 그애의 아침 식탁을 무엇으로 어떻게 차릴까 궁리하다가 잠들었던 것이다.

그애보다 좀 일찍 일어나 시내로 나가 찬거리를 사와야겠다고, 잠으로 끌려가면서까지 계속 생각했을 정도였다.

그런데 허리쯤에서 지금 쌔근쌔근 누군가의 숨소리가 들려 왔다.

그애다. 나는 속으로 중얼거렸다. 나는 조용히 상반신을 일으 켰다. 정말이지 그애가 내 허리께쯤에 이마를 댄 채 몸을 물음표 처럼 오그리고 잠들어 있었다. 아마도 천둥소리에 잠을 깼다가 무서워서 베개를 안고 아래층으로 내려왔던가보았다. 간밤의 폭 우는 꿈이었다는 듯, 햇빛의 첫정이 창가에 막 닿는 중이었다. 방 안은 발그레했다. 나는 그애가 행여 깰세라 숨을 죽이고 그애 를 내려다보았다. 숙인 머리가 내 허리께에 있었고, 등과 엉덩이 는 활대처럼 구부러져 있었으며 손 하나는 내 무릎을 잡고 있었 다. 큰 셔츠라서 한쪽 어깨와 가슴골이 반 이상 드러난 채였다. 피부는 순은처럼 희고 명털이 오롯한 팔과 손등엔 푸르스름 작 은 강들이 흘렀다. 따뜻한 곳을 찾아,

대륙을 횡단해오느라 많이 지친 어린 새 같은,

느낌이 들었다. 관능은 아름다움인가, 연민인가. 아름다움이 참된 진실이나 완전한 균형으로부터 온다는 일반적인 논리에 나는 동의하지 않는다. 아름다움은 각자의 심상을 결정하는 주관적인 기호에 따른 고혹이거나 감동이다. 그것에 비해, 연민은 존재 자체에 대한 가없는 슬픔이고 자비심일 뿐 아니라, 쇼펜하우어에 따르면 도덕률의 가장 기본적 기준이다. 그 두 가지는 어떤 의미에서는 상대적 개념인바, 완전한 합치는 쉽지 않다.

나는 고요히 그애의 머리칼을 만져보았다.

그애의 젊은 머리칼에선 적멸寂滅 없는 빛이 흘러나왔고, 쇠별꽃 같은 향기가 풍겨나왔다. 셔츠를 가만히 당겨 그애의 어깨를 가려주었다. 투명하고 싱그러운 어깨였다. 나는 그것을 쓰다듬어보았다. 흰 물소리가,

쪼르륵쪼르륵,

번져나왔다. 아득한 옛이야기, 낮은 노랫말이 그애의 머리칼, 볼, 어깨, 허리, 장딴지에서 흘러나오는 것도 같았다. 가슴골은 깊고, 엉덩이로 내려간 허리 라인은 활공滑空보다 부드러웠다.

관능적이었다. 아침 햇살로 밝혀진 그애의 모습은 말할 수 없이 아름다웠고, 말할 수 없이 애련했다. 그애를 품 안에 담쑥 안아 뉘고서 온종일 머리와 어깨와 허리를 쓰다듬고, 홍옥 같은 입술과 뺨에 입 맞추고, 가슴에 귀를 댄 채 그애의 심장이 뛰는 소리를 듣고 싶었다. 오르내리는 아랫배에 코를 문지르면서 그애의 숨결 속으로 자맥질해 들어가고 싶었다. 놀라운 관능이다, 라고 나는 느꼈다. 그런데, 이상한 일이었다. 나의 페니스는 고개를 기웃하다 말고 곧 잠잠해졌다. 한때는 그애의 유리창을 닦는 손끝만 보고도 움찔움찔 새벽풀처럼 일어났던 페니스였다. 그애가 내 가슴팍에 헤나로 창을 그릴 때, 오렌지 같은 그애의 가슴이 이마를 스치면서 시작된 행진이었다. 발목을 주물러주던 날엔 그애를 포악스럽게 품 안으로 끌어들인 일까지 있었다. 그러나 지금, 그것은 여전히 서는 듯 마는 듯 조용했다.

늙어서 힘이 없었다고 오해하지 말라. 나는 회복되었으며, 충분한 힘이 있었다. 그리고 그애는 그 어느 때보다 치명적이라고 느낄 만큼 관능적이었고, 아무런 방비도 없었다. 욕망이 없는 것도 아니었다. 나의 욕망은 한껏 당겨져 있었다. 그런데도 내 몸은 고요했다. 그것은 고요한 욕망이었다. 한없이 빼앗아 내 것으로 소유하고 싶은 욕망이 아니라 내 것을 해체해 오로지 주고 싶은 욕망이었다. 아니 욕망이 아니라 사랑, 이라고 나는 처음으로 느꼈다. 비로소, 욕망이 사랑을 언제나 이기는 건 아니라는 확고한 생각이 나를 사로잡았다. 그애를 오로지 소유하고 싶었던 욕망은 관능조차 이길 수 없었는데, 지금은 달랐다. 나의 사랑으로 관능과 욕망을 자유롭게,

공깃돌처럼,

갖고 놀 수도 있을 것 같았다. 예상하지 못했던 경험이 아닐 수 없었다. 또한 그 상태가 불편하지도 않았다. 나는 숨을 멈춘 듯한 긴장을 가지고 그애를 세세히 들여다보고 있으면서, 그 순간이 불편하기는커녕 한없이 평화스러웠고 달콤했다. 완전한 사랑, 나아가 완전한 관능을 오히려 그때 나는 느꼈다. 이것은 무엇일까. 아름다움과 연민의 완전한 합일일까. 아니면 아름다움에 대한 연민의 일방적인 승리일까.

나는 가만히 문을 열고 뜰로 나왔다.

밤새 비에 젖었던 소나무 잎들이 이제 막 떠오른 햇빛과 만나 세수하고 난 어린애처럼 일제히 환호하는 것을 나는 보았다. 나

는 데크에 앉아 햇빛에 내 몸을 맡겼다. 이상도 하지, 내내 가만히 있던 나의 페니스가 그애 곁을 떠나오자 어느 사이 슬몃 일어서 있었다. 그것은 쾌청하고 단단했다. 그러면서도, 나는 자유로웠고 편안했다. 그 상태가 차라리 우스웠다. 유쾌했다. 뭔가를 마침내 이루어낸 듯한 기분도 들었다. 클클클, 하고 절로 웃음이 나왔다. 기분이 날아갈 것 같았다.

그날따라 어떤 예감이 있었던 건지, 서지우가 여느 날과 달리 아침녘 일찍 들어왔다. 전날 밤 빗속으로 나오다가 은교가 서지우에게 전화를 걸었었다는 것은 나중에 안 사실이었다. 그애와 내가 막 아침밥을 먹고 있을 때였다. "무서워서 죽는 줄 알았어요. 천둥소리가 엄청났는데 할아부지는 어쩜 그렇게 태평할 수가 있어요?" "허어, 죄지은 게 많은가보다, 은교는. 죄지은 거 없으면 천둥소리가 뭐 무섭냐. 지붕엔 피뢰침도 있고." "할아부지 어깨를 베고 잘까 하다가 겨드랑이 속으로 숨어 들어가 잤어요." "아침에 보니까 허리쯤에 숨어 있더라. 거기 어디 숨을 데가 있다고. 허허헛." 내 웃음소리가 거실까지 울리는데 서지우가 현관문을 열고 들어왔다. "자네, 이렇게 일찍 웬일인가?" 내가 물었다. "간밤에 비가 하도 오지게 내려서요, 무슨 일 없나 걱정했어요." 그가 내 시선을 피하면서 대답했다. 잠을 제대로 못 잤는지 얼굴이 좀 초췌해 보였다. "선생님, 밥 안 드셨으면 이리 오세요." 은교가 노래 부르듯 말했고, 서지우는 잔뜩 부은 표정으로 그애를 노려보면서 이맛살을 와락 찌푸렸다. "너 옷차림이 그게 뭐야!" "훗, 할아부지 거예요. 잠옷으로 그만이었어요." "잠옷이라니?" 서지우가 낮게 으르렁거렸다. "그렇게 됐네. 길 잃은 새가 하룻밤 쉬어가야겠다는데 헛, 차마 어찌 내치겠나?" 내가 끼어들었다. "밤엔 출입하지 말라고 선생님이 말씀하셨잖아요? 애, 고작해야 고등학생이에요!" 부지불식간에 서지우의 볼퉁한 말이 날을 넘기고 말았다. 나는 이놈이, 하는 듯한 눈빛으로 그를 향해 홱 고개를 돌렸다. "도둑놈 같으니라구!" 나는 은교에겐 들리지 않을 정도로 낮게 씹어뱉었다. 나도 모르게 내뱉어진 말이었다. 가까이 있었으면 뺨이라도 쳤을지 몰랐다. 노기가 충천했다. 이놈이 진짜로 제 파멸의 박씨를 물고 올 모양이구나. 그렇지 않고서야 내게 이처럼 터놓고 도전할 수는 없다. 이대로 가면 조만간 삿대질을 하고, 주먹질을 하고, 결국 칼이라도 들이댈는지도 모른다. 좋은 일이다. 기다리마. 나는 속으로 말했다. 파국에 이르는 프로그램을 기다리는 듯한 짜릿한 느낌이 나를 사로잡았다. 그애의 입술을 덮친 것도 모자라, '고작해야 고등학생'의 교복을 막무가내 밀어올리고 그 더러운 침을 그애의 순결한 젖가슴에 묻혔던 놈이다. 어따 고등학생 운운

한단 말인가. 저의 욕망은 자연스럽고, 늙었으니 나의 욕망은 반자연적 범죄라고 말하고 싶을 터이다.

그때까지 물론, 나는 서지우와 그애가 섹스까지 나누는 사이라고는 상상조차 하지 못했다. 어두운 차 안에서 그애의 교복을 밀어올리던 서지우의 모습만 떠올려도 주먹 쥔 손이 부르르 떨렸다. 서지우가 내 눈빛에 찔끔, 고개를 숙였다. 나는 분을 참지 못하고 탕, 탕, 탕, 발소리를 내며 이층으로 올라갔다.

서지우는 그런 다음에도 계속 은교를 심하게 채근하고 몰아세우는 눈치였다. 간밤에 그애가 내게 와서 지낸 것 때문에 질투심으로 제정신이 아닌 것 같았다. '멍청한' 서지우의 머리로는 그애의 머리칼만을 만졌을 뿐인 순간의, 내 충만감을 감히 상상조차 할 수 없을 것이다. 아름다움에 대한 충만한 경배가 놀라운 관능일 수 있으며, 존재 자체에 대한 뜨거운 연민이 삽입의 순간보다 더 황홀한 오르가슴일 수 있다는 것을 그가 어찌 꿈엔들 상상할 수 있으랴. 그의 머릿속에 이 순간 어떤 그림들이 지나갈지 나는 충분히 예상할 수 있었다. 그애한테 "저 늙은이하고 했냐?"라고 묻고 싶을지도 몰랐다. 마음 같아서는 문을 박차고 나가, "그래. 했다. 그러니 은교는 내 것이다! 어쩔 테냐!"라고 소리쳐 말하고 싶었다.

사형 선고는 인간이 가진 최상의 가치를 증명하는 표상일지도 모른다. 왜냐하면 인간 세상 이외엔 오로지 죽임만 있을 뿐 사형 선고는 없으니까.

서지우는 생로병사라는 절대적 자연법을 부정했으며 모욕했고, 그로써 저 자신의 존엄성은 물론이고 늙었다는 이유만으로 스승의 자존까지 능멸했을 뿐 아니라, 타인의 작품, 타인의 영혼을 훔치는 것도 모자라, 그것을 거친 손길로 못쓰게 만들어놓기까지 한 중죄인이었다. 게다가 일말의 반성조차 없으니 사형 선고를 받아 마땅했다. 누군가 '사형!'이라고 소리치면서 방망이를 두들기는 소리가 탕, 탕, 탕, 나의 갈빗대를 호되게 울렸다.

서지우의 일기

헌화가

　—나는 밤새 잠을 설치고 해가 뜨자 곧 선생님 집으로 달려갔다.

　간밤에 은교한테 전화가 왔었는데, '갈 데가 없다'는 것이었다. "갈 데가 없다니?" "집 나왔는데요, 갈 데가 없어서요." 나는 그때 독자들과 만나는 행사를 하고 그 뒤풀이에 참석하고 있었다. "얘가 무슨 말을 하는 거야, 지금. 까불지 말고 집에 있어. 내일 연락할게." 나는 전화를 끊었다. 끊고 나니, 불안했다. 사연이라도 자세히 물어볼걸 너무 냉정했던 것 같았다. 행사가 끝나고 전화를 걸었다. 그애의 휴대폰은 꺼져 있었다. 술에 취해 잤다. 꿈자리가 사나웠다.

불안한 예감은 딱 들어맞았다. 현관문을 열자 선생님의 활달한 웃음소리가 주방 바깥에까지 울려나왔다. 선생님과 그애가 식탁에 마주 앉아 있을 뿐 아니라, 그애는 선생님의 티셔츠를 걸치고 있었다. 함께 밤을 보낸 것이 확실했다. 울화가 확 치밀어 올랐다. 선생님을 위해서도 그렇다. 적요라는 필명이 그렇듯이 세속적 욕망을 다 접은 것처럼 회자되는 고결한 시인 이적요 선생님이다. 여고생과, 이 무슨 해괴망측한 짓인가. 선생님을 위해서라도 오금을 박아두어야 한다는 생각이 머릿속을 스쳤다. 그래서 나는 화난 표정을 감추지 않고 살차게 오금을 박았다. "애, 고작해야 고등학생이에요!" 선생님이 내 말에 화난 표정으로 휘익, 돌아보았다. 나는, 찔끔했다. 그 순간의 선생님 표정, 잊을 수 없다. 살기가 번뜩이는 표정이었다. 그 농도가 이제까지의 그것과는 달랐다. 내 심장에 칼침이라도 놓을 것 같았다.

"도둑놈 같으니라구!"

선생님이 낮게 씹어뱉곤 이층으로 올라갔다. 나는 이 모든 게 은교 때문이라고 여기고, 선생님이 이층으로 올라간 뒤 그애를 한참이나 몰아세웠다. 간밤에 선생님과 그애 사이에 무슨 일이 있었는가. 설마, 마침내 일을 치렀단 말인가. 나는 그러나 곧 고개를 저었다. 그애가 태평한 얼굴을 하고 있어서가 아니었다. 선생님은 죽어가고 있어, 라고 나는 중얼거렸다. 구태여 마주 대거리할 필요도 사실은 없었다. 늙었을 뿐 아니라 병도 깊다. 보나마나 섹스, 불가능하다. 정이 모자라 할아버지처럼 따를지는 몰라도 그애 역시 미치지 않고선 섹스까지, 저 '노인네'를 받아들일 리 없다. 아무리 선생님이라지만, 그애와 선생님이 벌거벗고 뒹군다고 상상하면 솔직히 욕지기가 올라온다. 서지도 않는 그것을 어린 그애한테 들이댄다? 오, 말 안 됨. 어쩌다가 사랑하는 나의 선생님이 이 지경까지 추악해졌단 말인가.

오후에, 나는 집요하게 전화해서 그애를 불러냈다. 질투심 때문이었을까. 간밤에 선생님과 그애가 밤새 함께 있었다는 사실도 싫었다. 무조건 짜증났다. 더구나 요즘은 줄곧 그애와 선생님 사이에서 소외감을 느껴오던 중이었다. 그애를 설득해 나의 오피스텔까지 데려올 만큼의 여유도 없었다.

나는 Z의 카페촌 후면에 자리잡은 모텔로 그애를 데려갔다. "이런 데는 쪽팔려 들어가기 싫은데!" 그애가 말했다. "안 따라오면 선생님한테 너랑 잤다고 다 불어버릴 거야!" 막말을 뱉으면서, 스스로 평소의 내가 아니라는 느낌이 들었다. 십대와의 관계로 사회적 매장을 당하는 일이 있다면 선생님보다 내가 짊어져야 옳다는 생각도 했다. 나는 부드럽지 않았고 차근차근 접근하지도 않았다. "좀 살살해요." 그애가 말했을 정도였다. 나는 밤짐승같이, 그애의 탱탱한 젖을 물었고, 다짜고짜 사타구니에 나의 그것을 밀어넣었다. "아아," 하고 그애가 비명을 질렀다. 상관없었다. 선생님을 향해 소리 없이 소리쳤다. 자, 늙은 당신, 이것을 똑바로 보라구. 당신이 할 수 있어? 당신이 못 하는 걸 나는 할 수 있단 말야. 화내고 소리쳐도 소용없어! "다시는 선생님하고 안 놀아, 정말 듣보잡이야!" 일이 끝나고 나서 그애가 나를 밀어내며 혼잣말처럼 씹어뱉었다. '듣보잡'은 '듣지도 보지도 못한 저질 잡놈'이라는 십대 네티즌들이 쓰는 은어였다.

그애를 데려다주고 집으로 돌아오고 나서야, 선생님의 그 말이 생각났다. "도둑놈 같으니라구!" 선생님은 분명히 그렇게 말했다. 무슨 뜻인가. 잡지에 선생님의 단편을 게재한 건 이미 알고 있고, 사흘간의 석고대죄를 통해 형식적으로는 용서를 받았다. 그것 이외에 나를 '도둑놈'이라고 말할 다른 이유가 더 있는가. 혹시 보너스에 대해서도 알아차렸다? 그럴리 없다. O사장은 분명히 경리사원도 모르는 돈으로 보너스를 지불했다고 내게 말했다. 만약 알았다고 하더라도 이제 겁나지 않는다. 내게도 그럴 권리가 있다고 말할 것이다. 하지만 선생님은 누구보다 내가 제일 잘 안다. 절대로 오욕칠정을 감추지 못하는 사람이다. 그걸 알았다면 당장 눈에서 불이 나왔을 것이다. 그러면, 내가 은교와 관계한 것을 알고 있다? 그 또한 고개를 저었다. 은교가 직접 고백하지 않는 한 선생님이 그것을 아는 것은 불가능하다. 그런데 왜, 선생님은 하필 '도둑놈'이라는 용어를 사용했을까.

―선생님은 요즘 전보다 기운이 넘쳐 보인다.

모처럼 은교까지 셋이서 산에 갔다. 정상은 거대한 암벽의 꼭대기이다. 벼랑 앞에 은교가 쭈그려 앉아 손거울을 보고 있었다. 나는 놀래줄 셈으로 "어흥!" 하면서 어깨를 툭 쳤고 그 바람에 그애가 들고 있던 손거울을 떨어뜨렸다. 손거울은 벼랑을 미끄러져 내려가다가 암벽의 접힌 부분에 턱 걸렸다. 정상에서 수직으로 최소한 사, 오 미터 됨직한 곳이었다. "몰라! 어떡해요, 내 거울!" 그애가 울상을 하고 눈을 흘겼다. "그런다고 그걸 떨어뜨리냐. 산꼭대기에서 거울을 보는 것도 그렇고." "선생님, 미워요. 안나수이 공주거울이라구요!" "안나수이가 뭔데? 뭐 비쌀 것 같지도 않구먼!" 검은 테두리를 한 작은 거울이다. 싸구려 거울 같다. "그깟, 손거울. 내가 사줄게." "엄마가 생일선물로 사준 거예요!" 그애의 눈가에 눈물이 핑 도는 듯하다. "사준다니까. 똑같은 걸로 사주면 되잖아!"

"똑같은 거 사도, 똑같지 않아요!"

그애가 표독스럽게 말했고, "무슨 말을 하는 거야, 얘가!" 내 목소리에도 짜증이 서렸다. 똑같은 거 사도 똑같지 않다? 말장난으로 나를 공박하자는 수작이라고 생각했다. 선생님이 앉은 자리에서 일어선 것은 그때였다. 당신은 한심하다는 듯이 나를 한 번 쏘아보고 나서, 곧 벼랑으로 몸을 돌렸다. "뭐 하시는 거예요, 선생님!" 내가 소리쳤고, "할아부지, 괜찮아요. 내려가실 건 없어요!" 은교도 황급히 손을 저었다. 당신은 아무 대답도 하지 않았다. 60도가 넘는 경사면이니 절벽이나 다름없었다. 선생님은 바위틈에 손가락을 박아넣고 시곗바늘처럼 암벽을 트래버스해 내려가기 시작했다. 정상에 앉아 있던 사람들이 하나둘 몸을 일으키고 선생님을 보았다. 너무도 위험한 짓이었다. 미끄러지면 적어도 오십여 미터가 넘는 암벽 아래로 쑤셔박힐 터였다. 더구나 당신은 평소에 암벽등반을 경험해본 적도 없었다. 조마조마했다. 사람들도 손에 땀을 쥐고 선생님을 보고 있었다. 당신의 손이 마침내 바위 주름에 낀 손거울을 잡았다. 몇몇 사람들이 박수를 쳤다. 내려갔던 것에 비해 올라오는 것은 비교적 수월해 보였다. "옛다. 엄마 선물인데, 소중하겠지!" 선생님이 그애한테 거울을 내밀면서 말했다.

붉은 바위 끝에
잡고 있는 암소 놓게 하시고
나를 부끄러워하지 않으신다면
꽃을 꺾어 바치오리다

— 견우노옹(牽牛老翁), 「헌화가」에서

웃기는 '늙은이'다. 뭐 「헌화가」의 주인공이라도 되고 싶은가. 그것은 얼마든 다시 살 수 있는 평범한 거울에 불과했다. 선생님은 그애 앞에서 내 코를 납작하게 눌러주고 싶었을지도 몰랐다. 그 나이에 겨우 과시욕 때문에 목숨을 걸다니.

—은교를 향한 선생님의 질주가 내부에서 한계를 넘어선 것이 확실하다. 손거울 하나에 목숨을 거는 선생님을 보고 나서 나는 당신의 욕망이 미쳤다는 생각을 더욱 굳혔다. 아울러 나에 대한 눈빛엔 더 강한 혐오가 흘렀다. 특히 주차장에서 차를 닦다가 내가 은교에게 키스를 시도한 일이 있고부터, 선생님의 눈빛은 더욱 달라졌다. 그야말로 사금파리 같은 눈빛이었다. 예리했다. 네놈을 죽이고 싶어, 라고 그 눈빛은 내게 말했다. 이러다가 정말로 살의를 실천에 옮기려 할지도 모른다는 느낌이 들었다. 선생님이 내 목을 조르는 꿈을 꾸다가 깨어난 적도 있었다. 팔씨름을 할 때나, 손거울을 가지러 암벽을 타고 내려갈 때의 그 아귀힘이라면 능히 가능한 일이었다. 당신은 의지가 굳었고 또 모진 데도 있었다. 특히 이유 없이 모욕당했다고 생각하면 절대로 그냥 넘어가는 법이 없었다. 끈질기고 살똥스러웠다. 선생님의 성미를 누구보다 잘 알기 때문에, 나는 당신에게 극단적으로 쫓기는 꿈을 요즘 자주 꾸었다. 그애를 향한 당신의 욕망이 처음부터 정상이 아니었듯, 질투심도 이미 변태적인 지점에까지 걸쳐져 있는지도 몰랐다.

　오늘 선생님은 불현듯 내게 말했다. "나는 다음 세상에선 킬러로 태어나고 싶네. 자네도 작가니까 알겠지만, 작가라는 것도 그래. 좋은 작가는 킬러같이 정밀하고 철저하고 용의주도해야 돼. 킬러는 바람의 방향 하나도 그냥 지나치는 법이 없거든. 예술이 그렇다네. 완전한 예술가는 곧 완벽한 킬러라 할 수 있지." 문학에 대해 말하는 것처럼 그 말을 했지만, 나는 단순히 듣지 않았다. 머리끝이 쭈뼛 곤두섰다.

　—오늘은 선생님하고 둘이서만 산에 올랐다. 정상으로 가려면 팔부능선에서 암벽 사이의 좁은 길로 올라가는 구간이 있다. 먼 곳까지 시선이 툭 터져나가는 구간이라 흔히 좌우가 절벽인 이곳에 앉아서 한참씩 쉬기 마련이다. 선생님이 먼저 와 앉았고, 뒤늦게 온 내가 선생님보다 좀 떨어진 암벽 끝에 서 있었다. 발밑은 수십 미터는 됨직한 절벽이다. 산에 오르며 당신이 내내 침묵하고 있어서, 섣불리 말을 붙이기도 어려워 그냥 서 있던 참이었다. 멀리 굽이쳐 흘러가는 한강이 보였고, 강 건너편으로는 관악산이 보였다. 선생님과의 관계가 나날이 살얼음판을 딛고 가는 형세라서, 마음이 몹시 착잡하기도 했다. 어떻게 선생님과의 관계를 회복시켜 나갈지 막막했다. 오가는 사람은 아무도 없었다. 순간적으로 이상한 기척이 느껴져 나는 휙 고개를 돌렸다. 가슴이 철렁했다. 언제 왔는지

선생님이 바로 내 등뒤에 서서 뭐랄까, 목마르기도 하고 경멸이 서린 듯도 한 이상한 눈빛으로 나를 바라보고 있었다. 손 내밀어 조금만 밀어도 나는 수십 미터 절벽으로 떨어져내릴 터였다. "항상 뒤를 조심하게. 킬러는 뒤를 노리거든!" 선생님이 낮게 말했다. "아이구 참, 선생님도!" 나는 손사래를 치면서 얼른 옆으로 걸어나왔다. 손바닥에서 식은땀이 났다.

밤에 나는 꿈을 꾸었다. 선생님이 내게 석궁을 쏘아 날리는 꿈이었다. 만약 선생님이 나를 죽이려 한다면 어떤 도구를 선택할까. 어떻게 죽이려 할까. 식은땀을 흘리면서 소스라쳐 일어난 뒤, 나는 상상해보았다. 총? 칼? 석궁? 어떤 영화에서 석궁으로 사람을 죽이는 걸 봤지만 선생님은 꿈에서처럼 석궁을 사용하진 않을 것이다. 당신이 석궁을 다루는 것은 본 적이 없으니까. 선생님은 그보다 좀더 정교한 방법을 생각해낼 터였다. 당신이 쓰고 내 이름으로 발표한 두번째 소설은 일종의 추리물이었다. 여자가 남편 공장의 터빈을 교묘히 조작해 사고사로 죽도록 만드는 과정을 선생님은 아주 치밀하게 서술했다. 마음만 먹는다면 교묘하게 나를 죽일 수 있는 방법을 당신은 백 가지도 넘게 생각해낼 것이다. 선생님은 보다 예술적인 살해 방법을 강구하겠지. 시인이니까. 오늘처럼 등산객들이 없을 때 바람이 되어 나를 벼랑으로 밀어버릴 수도 있다. 아니면 혹 자동차? 가능성은 충분하다. 선생님은 자동차에 대해선 모르는 게 없다. 차를 이용해도 뭔가, 당신은 음악적으로 내 명줄을 끊도록 할 터이다. 심지어 음악적으로. 내 차의 보닛을 열고 무엇인가 조작하는 선생님의 용의주도한 모습이 눈앞에 어른거리면서 휙 스쳐 지나갔다.

—선생님에게 공포감을 느낄수록 은교를 향한 열망이 더 격렬해지는 내 심리가 참 묘하다. 내가 청개구리 성미를 갖고 있는 모양이다. 은교는 내 것이에요, 라고 저 '늙은이'에게 소리쳐 외치고 싶다. 당신은 너무 늙었잖아요, 라고도. '당신이 은교에게 뭘 줄 수 있어요, 라고도. 혼자이고, 당신보다 한참 젊은 내가 왜 당신 때문에 은교를 잃어야 하는가. 당신은 그애와 함께 갈 길이 전혀 없다. 그애도 잠시나마 당신을 받아들이는 일 따위는 없을 것이다. 제발 거울 앞에 서서 보라. 늙고 병든 당신을. 황혼녘 시간의 벼랑길을 브레이크 없이 쓸려 내려가는 당신을. 아, 어째서 선생님은 자신을 보지 못할까. 이것은, 노망이다. 시간을 거스를 수는 없다. 이 미친 질주를 막아야 한다. 막지 못하면 끝내 내가 선생님을 죽이려고 할지도 모르겠다. 차라리 아예 치매를 깊어지게 하여 정신을 완전히 놓

아버리게 하는 약이 있다면 구하고 싶다.

그러나 솔직히 고백하자면, 나는 선생님을 잃고 싶지 않고, 은교도 잃고 싶지 않다. 나는 여전히 선생님을 존경하고 사랑하고 있다. 때로 선생님이 나의 장애물이며 짐이라고 느낄 때도 있지만, 그 짐을 지고 가는 것이, 선생님 없이 살아가는 것보다 백 배 낫다. 어떤 의미에서 선생님은 여전히 은교 이상이다. 설마, 선생님이 정말로 나를 죽이려고 하겠는가.

—선생님은 오늘도 심심하다면서 자동차 엔진을 완전히 해체했다가 다시 조립했다. 한나절 내내 당신은 주차장에 있었다. 양손에 기름때를 잔뜩 묻히고 드러누워 엔진 밑으로 들어가 있는 선생님의 모습은 어딘지 모르게 아름다운 구석이 있다. 진지하고, 차갑고, 정밀하다. 선생님 자신이 정교한 기계의 부품 같기도 하다. 내가 우두커니 서 있는 것을 느꼈는지, 작기로 들어올린 엔진 밑에 상반신이 들어간 선생님이 말했다. "자네가 지금 작기를 툭 내리기만 해도 내 얼굴이 엔진에 죽사발이 될 텐데." "무슨 그런 말씀을 다 하세요?" "혹시 몰라서. 헛, 나는 조심성이 워낙 많은 인간이라." 나를 떠보는 듯한 말투였으나, 오히려 나에 대한 선생님의 살의가 굳어져

가고 있다는 것을 암시하는 것처럼 내게는 들렸다. "자네 은교랑…… 자고 싶지?" 선생님이 두번째 단검을 던져왔다. 날카로웠다. "참 선생님도. 걔, 어린애인걸요, 뭐." "그래? 자네가 그렇게 도덕군자인지 몰랐네. 나는 걔, 섹시하던데. 갖고 싶던데." "……" 함정이 있는 말 같아서 나는 가만히 있었다. 선생님이 이런 저급한 말투를 쓰는 것은 처음이었다. 확실히 머리가 어떻게 돼가는 눈치였다. "갖고 싶다고 해서 자넬 욕할 사람은 없어. 주차장에서 키스도 하려고 했으면서?" 세번째로 날아오는 단검이었다. 나는 움찔, 목을 움츠렸다. "키스뿐이겠는가. 통째 갖고 싶겠지. 허헛, 늙은 나도 그렇다네. 자네 욕망, 이해할 수 있어. 키스 말고 또 무엇을 헛, 서지우 작가께서 시도했을꼬?" "저는 애들, 취미 없어요. 그냥…… 장, 장난하려다가 그리된 거예요." "애들이라…… 장난이라……" 선생님이 히힛, 하고 웃었다. 소름끼치는 웃음소리였다.

─또다시 악몽을 꾸었다. 선생님의 코란도가 순식간에 질주해 서 있는 나를 들이받는 꿈이었다. 코란도가 강력하게 덮쳐 오는 순간, 핸들을 잡은 운전석의 선생님 표정이 꿈속인데도 생생히 보였다. 선생님은 히힛, 웃고 있었다. 꿈을 깨고 났을 때 나의 온몸은 땀으로 젖어 있었다. 공포감과 함께, 나 또

한 선생님에게 살의를 느꼈다.

— 일기의 일부분을 은교한테 맡겨두어야겠다.

설마, 라고 말하지만 선생님이 계속 비정상적인 길로 빠져
든다면 정말이지 내게 어떤 일이 닥칠지 알 수 없다. 결국 이
런 상상까지 하다니, 선생님처럼 나도 지금 조금씩 미쳐가고
있는지도 모르겠다. 제발 나의 상상이 터무니없기를. 그러나
모를 일이다. 만에 하나, 내게 무슨 일이 닥친다면, 그애만은
모든 진실을 알아야 한다. 내가 그애를 지금 얼마나 열렬히 원
하고 있는지도. 얼마나 깊이 사랑하고 있는지도. 나 자신, 적
어도 여름이 되기까지, 그애에 대한 나의 마음이 이렇게 깊어
질 줄 몰랐다. 시작은 이런 사랑이 아니었다. 나는 미지근했고
미지근한 그것이 나에게 잘 맞는 내 사랑법이라고 믿었다. 하
지만 지금은 아니다. 나의 사랑은 뜨겁고 무겁다. 은교는 여전
히 선생님보다도 내가 더 늙었다고 힐난하면서, 나를 허랑하
기 짝이 없는 위인이라 여기는 눈치지만, 지금 내가 하는 말은
사실이다. 그애한테 말하고 싶다. "사랑해!"라고.

— 선생님은 살인도 할 수 있을 만큼 욕망이 강한 사람이다.

선생님을 단순히 '늙은이'로 본 것은 나의 잘못이다. 성욕도 나보다 셀지 모르고, 실제 성적 능력도 뜻밖으로 나보다 강할지 모른다. "나는 개 섹시하던데. 갖고 싶던데." 선생님의 말이 굴 껍질처럼 내 귓구멍에 달라붙어 있었다. 들을 때는 나를 떠보려고 하는 줄 알았는데, 그게 아닌 것이 확실하다. 나는 잘못 보았다. 선생님은 노인의 탈을 쓰고 있을 뿐이다. 더럽고, 무섭다. 엽기적인 늙은이 같으니라고. 그래봤자, 당신은 아무것도 갖지 못할 것이다. 내가 은교를 당신의 노망난, 미친 욕망으로부터 지킬 것이므로. 아니, 은교만이 아니라 선생님, 당신도 나는 지켜야 한다. 은교를 '늙은이'로부터 지키는 것이 '늙은이' 자신의 명예를 지키는 것이라고 나는 믿는다. 그러니, 길이 전혀 없을 땐 아, 당신을 죽여서라도, 당신의 명예를 지키고 싶은 게 솔직한 나의 심정이다.

아, 세상에서 가장 사랑하고 존경하는 나의 선생님.

진실로 말하건대, 나는 여전히, 아직도 선생님을 사랑하고 있다. 당신의 저 비정상적인 욕망, 엽기적인 눈빛까지도. 자신의 시간을 뛰어넘으려는 미친 역주행까지도. 그러므로 용기 없는 나이지만, 어느 때 마침내 당신을 정말로 죽이려 할지도 모른다. 제발 그렇게까지 나아가지 않기를. 나의 살해 방법은 당신처럼 미학적이지 못할 것이다. 시인도 아니니까. 내가 선생님보다 그야말로 '무대뽀'로, 그야말로 더 아프게 죽인다고 해도 선생님은 나를 원망해선 안 된다. 왜냐하면 당신은 끝내 나를 시인으로 만들지 않았으니까. 시인이 아닌 한 오로지 '살인' 그 자체만 목표로 삼아도 된다고 생각한다. 과정에 이르는 미학까지 '멍청한' 내가 왜 고민하겠는가.

시인의 노트

꿈, 호텔 캘리포니아

사막의 어두운 고속도로를 달리는
내 머리칼에 찬 바람이 스치고
짙은 콜리타스 향기
찬 바람에 실려오는데
저 멀리 앞으로 희미한 불빛이 보이네
머리는 무거워지고 시야는 점점 흐려지고 있어
하룻밤 쉬어가야겠는데

— 이글스(Eagles), 〈호텔 캘리포니아〉에서

아마 그랬을 것이다. 산맥을 넘어왔는데 또 사막을 지나는 것
같다. 어둡다. 이대로 쓰러져 죽을지 몰라. 살은 햇빛에 타서 재

가 되고 뼈는 닳아서 모래바람에 묻히겠지. 지상의 아무도 나라는 존재가 한때 이 세상 한켠에서 머물렀다는 사실을 기억해 내지 못할지도 모른다. 그러나 오호, 나는 청년이다. 팔을 뻗으면 근육들이 산맥처럼 일어서고 소리치면 모래바람이 쏴아 솟아오른다. 지쳤을 뿐이다. 지쳤어도 천금 같은 젊음이 내게 있으니 이대로 쓰러지진 않는다.

지평선 끝에 마침내 불빛이 보인다.

따뜻하고 화사한 불빛이다. 웃으면 눈가에서 잔주름이 이쁘게 접히는 어떤 여자가 초롱을 들고 궁전 같은 어떤 집 문 앞에 서 있다. 이마는 희고, 목은 모딜리아니 그림 속 여인들처럼 길고, 머리칼은 바람결에 부드럽게 날린다. "어서 오세요. 당신은 정말 멋진 청년이군요. 모든 준비를 끝내고, 그리고 당신을 기다렸답니다." 어디선가 작고 '아름다운 교회당'의 종소리가 울려오는 느낌이다. 여자는 나에 비해 주름살이 좀 많지만 나보다 훨씬 풍부하고 아름답다. 여자가 밝히는 초롱불을 따라 꽃으로 둘러싸인 회랑을 걷는다. 걸으면서 생각한다. 여기는 '천국 아니면 지옥'이라고. 회랑 안쪽에서 우아하고 거룩한 천상의 코러스가 속삭이듯 울려나온다.

Welcome to the Hotel California

Such a lovely place, such a lovely face

Plenty of room at the Hotel California

Any time of year, you can find it here

호텔 캘리포니아에 잘 오셨어요

여긴 굉장히 근사한 곳이죠, 아주 멋진 곳이랍니다

쉬어갈 방도 많이 있어요

연중 어느 때든지, 여기서 당신의 방을 구할 수 있답니다

—〈호텔 캘리포니아〉에서

"Any time······ You can find it here"에서, 콧날이 시큰해진다. 언제나, 구할 수 있는 그 방에선 뭐든지 할 수 있다고 나는 상상한다. 그곳에는 어떤 억압도 존재하지 않는다. 시간도 멈추어 있을지 모른다. 어느덧 한낮, 나의 방은 지금 최상이다. 창밖 정원엔 열대의 꽃들이 가득하고, 맑은 강이,

사부작사부작,

흐르고, 강물엔 느릿느릿 하늘을 지나가는 흰 구름이 조용히 자맥질해 들어와 있다. 정원에서 '댄스파티'가 한창이다. 최상급 '벤츠를 몰고 온' 여자를 아름다운 '미소년들'이 쫓아다닌다. 젊은 나도 소년들 사이에 끼여 여자를 쫓는다.

호텔 캘리포니아에서 나는 이제 열일곱, 5월의 물푸레나무같이 젊다.

'티파니처럼 비싼 옷'을 입고 있는 여자는 키킥, 흐뭇하게 웃으며 손가락 두 개를 세워 보이고 "나는 서른넷, 당신의 따블이네" 한다. 은교를 많이 닮은 얼굴이다. 우리는 함께, 흐르는 침대 위로 올라간다. 일광은 꿀보다 달콤하다. 흰 천으로 둘러싸인 침대가 여자와 나를 태우고 정원 한가운데로 부드럽게 흐른다. "따따블이면 더욱 좋지!" 내가 말하고, "따따블이라니, 취미도 우아하셔!" 여자가 흥겹게 웃는다. 놀랍다. 시간은 컨베이어 벨트의 속도로 이동한다. '따블'이 금방 '따따블'로 간다. 재미있고 신기하다.

"호텔 캘리포니아에서 시간은 고무줄과 같아!"

여자가 침대에 누운 채 가속도로 늙어가면서 노래하듯이 말하고 있다. '따따블'이면 예순여덟이다. 놀랄 것도 없다. 여기는 호텔 캘리포니아니까. "나이가 무슨 소용 있어? 원하는 나이로 가면 되는 거지. 여기는 호텔 캘리포니아!" 여자가 말하고 "여기는 호텔 캘리포니아!" 숲속에서 미소년들이 화답해 노래한다. 우리는 침대 위에서 햇포도로 빚은 와인을 마신다. 여자의 얼굴에서 어느새 '따따블'로 늘어난 주름살을 본다. 어떤 주름은 실개천같이 흐르고 어떤 주름은 강같이 깊다. 소나무 그늘인 듯, 온화하고 아름답고 섹시한 주름이다. 다시 보니, 오호라, 아무래도 여자는 은교의 나이든 얼굴이다. "은교?" 내가 묻자 "상관없다니까. 시간도 없는데, 촌스럽게 이름은." 여자는 내 뺨을 어루만지며 깔깔거리고 웃는다. "나는 청년이 누군지 알고 싶지 않아. 그냥 사막을 넘어온 청년일 뿐이지. 잊지 마, 아름다운 나의 청년. 여긴 호텔 캘리포니아!" 크리스털 술잔이 햇빛에 반짝거리고, 어디선가 교회당 종소리가 들려오고, 맑은 강물이 발치에 흐른다.

이곳에선 얼마든지 더 나은 삶을 살 수 있어요
놀랍고 경이로운 일이지요,

핑곗거리를 대고 이곳으로 놀러 오세요

　　　　　　　—〈호텔 캘리포니아〉에서

나는 아늑한 침대에서 값비싼 '티파니'로 지은 은교의 드레스를 오, 벗긴다. 주름살은 많아도 은교는 여전히 아름답다. 침대를 둘러싼 여름꽃들이 부드러운 바람에 제 몸을 흔들며 향기를 내뿜는다. 그녀의 우윳빛 맨살이 대지를 향해 문을 열고 나온다. 손은 떨리지 않는다. 여기는 호텔 캘리포니아니까. 은교는 금방 옥양목 흰 저고리로 피 흐르는 내 머리를 감싸 안았던 고향 마을 D가 되고, D는 다시 은교가 된다. 아니, 이름은 상관없다. 사실이다. 뭐든지 상관없다.

여기는 호텔 캘리포니아일 뿐이다.

쓰다듬는 대로, 나이 따라 탄력이 없어진 그녀의 살결은, 아스라이 잔주름을 만들면서 멀리멀리 동심원으로 퍼진다. "당신이 이처럼 늙은 줄은 몰랐어." 내가 말하고 "무슨 상관, 여기는 호텔 캘리포니아!" '따따블'인 예순여덟 살, 은교가 노래하듯 화답한다. 나는 키스한다. 어금니 하나는 빠졌고 어금니 두 개는 금이다. 그녀의 혀는 부드러워 우무 같다. 혀와 혀가 감기고 꼬이고 들어붙고 풀어진다. 차진 맛이다. 쇄골의 우물엔 검버섯이 더러 앉아 있는데 바람과 햇빛이 오래 익혀 오히려 아름답고 신비스럽다. 나는 따뜻이 핥는다. 눈물겹다. 젖꼭지는 열일곱 살 시절의 그녀처럼 여전히 보랏빛이지만, 열일곱으로부터 '따블' '따따블'로 시간이 흐르며 더 낮게 지상으로 내려온 그녀의 젖가슴은 대지처럼 풍성하고 겸손하다. 나는 빨고 깨문다. "살살해, 아파!" 그녀가 키득키득, 몸을 뒤채며 웃는다. 그리고 배꼽이다. "뱃살이 킥, 많이 쪘네."

 "사막을 넘어오는 청년을 기다리느라 많이 먹어서 그래. 기다리는 건 후훗, 노동보다 훨 힘이 들거든."

 질펀한 뱃살을 혀로 쓰다듬고 내려와 배꼽을 입술로 문다. 미운 아이 인형처럼 웃기게 찌그러든 배꼽이다. "배꼽, 웃겨. 개그맨 같아!" 내 말에 "청년은, 나의 야생마. 젊은!" 그녀가 맞장구를 친다. 나는 싱싱한 혀와 반짝이는 젊은 앞니로 배꼽의 주름살을 세세히 편다. 허벅지는 그녀의 튀어나온 이마처럼 희다. 세월 따라 근육이 많이 빠져 달아난 그녀의 허벅지는 주름살이 잘 잡히는 옷감처럼 자유자재 구겨진다. 입술부터 허벅지로 내려오는 동안 그녀의 시간은 또 한 번의 열일곱을 보냈는지 모른다. 그렇다면 여든 살이 넘은 허벅지다. 하지만 근사하다. 젊은 육체와는 다른 겸손함, 아늑함, 푸근함이 있어 좋다.

여기는 호텔 캘리포니아, 다 괜찮다.

나는 펑퍼짐한 허리를 지나고 동전만한 검은 점이 있는, 설탕처럼 부드럽게 풀어진 엉덩이를 지나간다. 나의 입술은 시간의 바람, 마침내 나의 바람의 지도를 그리듯이 사타구니를 뒤진 다음, 그녀의 은밀한 꽃방에 다다른다. "여기, 숲으로 둘러싸인 꽃방이야." "키킥, 꽃빵?" "꽃방." 나도 키킥, 그녀처럼 웃는다. 색깔은 젊은 날의 그것보다 조금 바래 연보랏빛이다. 젊은 시절의 선홍빛 꽃잎보다 부드럽고 은은해진 '따따블'의 연보랏빛 꽃잎이 더 풍성하다. 꽃잎이 수액에 젖어 방싯거리고 있다.

천장에 펼쳐진 거울
그리고 얼음을 넣은 핑크빛 샴페인, 그녀는 이렇게 말했어
이곳에선 우린 모두 우리가 만들어낸 도구의 노예가 되어버리죠
첫번째 거실에서 사람들은 만찬을 위해 모이고

나이프로 음식을 자르지, 하지만 그들은 짐승을 죽일 순
없어

—〈호텔 캘리포니아〉에서

　나는 꽃잎을 핥고 손가락으로 건드려본다. 그녀의 꽃잎은 곤
충을 잡아먹는 끈끈이주걱이나 벌레잡이제비꽃처럼 벙긋벙긋,
내 혀와 손가락을 잡아먹으려고 안달이다. 하지만 '나이프로 음
식을 자를' 뿐이다. 나의 '짐승을 죽일 순' 없다. '나의 짐승'은
직립하다 못해 하늘을 떠받치고 있는 형국이다. "내 것을 먹어
봐." 내가 속삭이면서 이윽고 그녀의 '옴씬'한 발목을 잡아당긴
다. '나이프'는 필요 없다. 나는 그녀의 발목을 빨고 문지르고 잘
게 씹는다. 하모니카를 문 느낌이다. 그녀의 치렁한 머릿결이 나
의 아랫배를 쓸며 지나간다. 교성이 그녀의 잇사이로 빠져나온
다. 내가 빨고 문지르고 씹는 대로 그녀는 즉각즉각 하모니카 다
양한 음계를 연주하면서, 더이상 도저히 참을 수 없다는 듯이,
상반신을 불끈 일으켜 '나의 짐승'을 덥썩 물고 만다. "키킥, 살
살 다뤄줘!" "당신처럼?" "응. 나처럼!" 나는 그녀의 발목을, 그
녀는 '나의 짐승'을 물고 있다.

그녀는 천 개의 혀를 가진 나의 여왕이다.

"맛있어!" "정말이야, 맛있어!" 서로 추임새를 넣는다. 천 개의 혀가 '나의 짐승'을 보드랍게 더듬고 살차게 핥고 나슬나슬하게 긁고 맞춤하게 빨면서, '나의 짐승'을 순화시킨다. 쉽게 순화되지 않는다. 나는 보다 완전한 혁명, 완전한 해방을 원한다. 그녀를 밀어젖힌다. 어느새, 풀밭이다. 그녀가 풀밭에 누운 채 양팔을 벌려 나를 부른다. "내 야생마, 어서 날 죽여봐!" 그녀가 킥, 또 웃는다. 이제 전진뿐이다. 나는 다이빙을 하듯이 그녀의 품속으로 뛰어든다. 그녀가 나를 더 달구기 위해 슬쩍 몸을 풀밭에 뒹굴린다. 내 맨살에 풀과 흙이 묻는다. 후훗. 나는 미친 것처럼 웃는다. 흙투성이가 된다고 하더라도 그녀를 향한 다이빙은 백 번 천 번도 다시 할 수 있다.

히잉, 하는 말 울음 소리가 내 온몸에서 솟구쳐나온다.

어찌된 일인가. 여기는 호텔 캘리포니아, 시간은 내가 원하는 대로 가뿐하게 이동한다. "따블로 와!" 나는 시간의 얼레를 거꾸로 감기 시작한다. 내 얼레에 걸린 여자가 예순에서 마흔으로, 마흔에서 서른넷으로 감긴다. "정말 다시 따블이네!" 내가 환호

하듯 말하고 "시간은 마음속에 있지. 여긴 호텔 캘리포니아. 더
줄여보지 그러셔?" 그녀가 키득키득 웃고 "오케이. 여기는 호텔
캘리포니아, 슬슬 스무 살로 가볼까." 내가 소년처럼 신명나게
얼레를 감는다. 시간도 이름도 자유롭다. "여기는 호텔 캘리포
니아!" 그녀가 소리치고 "여기는 호텔 캘리포니아!" 내가 대꾸
하고, "여기는 호텔 캘리포니아!" 숲속에서 미소년들이 노래하
고 있다. 발끝을 적시면서 강물이 흐른다. 맨살을 부드럽게 쓰다
듬고 가는 바람과,

차악차악 감기는 시간의 주름을,

나는 느끼고 본다. 풀밭은 침대보다 푹신하다. 얼레줄에 감기
면서 그녀가 스무 살로 내려오고 열아홉, 열여덟, 열일곱으로 내
려온다. "동갑이네!" 내가 클클 웃고 "우리, 동갑이야!" 그녀가
산맥처럼 일어선 나의 어깨 근육에 토닥토닥 주먹질을 한다. 그
녀의 속눈썹은 심해같이 검푸르다. 목은 매끄러우며 젖가슴은
잘 익은 오렌지보다 달다. 탱탱한 아랫배, 고혹적으로 휘어진 허
리, 터질 듯 부풀어오른 엉덩이가 눈부시다. 그리고 이윽고 사타
구니 꽃방의 문, 열일곱의 문은 선홍빛이다. 선홍빛 금붕어의 아
가미처럼 그것은,

뻐끔 뻐끔,

뻐끔거린다. 뻐끔거리며, 정결한 비누거품을 잔뜩 물고 있다. 싱그럽다. 금방이라도 수천의 비눗방울을 쏘아 날릴 것 같다. 열일곱 젊은 말, 나는 갈기를 휘날리면서 달려간다. 어떤 방패도 나의 창을 막을 수 없다. 나의 육체는 섬세하고 날렵하고 예민하고 힘차다. 내 더운 생피가 그녀의 입술, 쇄골, 겨드랑이, 젖가슴, 배꼽, 허벅지, 발목을 폭풍처럼 휘감고, 그녀의 온 관절 마디를 섬세하고, 날렵하고, 예민하고, 힘차게 들어낸 뒤에 마침내, 그녀의 깊고도 은밀한 꽃방을 온통 꽃보다 붉은 피로 물들일지도 모른다. "상관없어. 괜찮아!" 그녀가 환호성을 지르고 "여긴 호텔 캘리포니아!" 그녀의 젊은 야생마가 히잉, 환호한다.

말은 그것이 크고, 말言語은 그것이 크다.

우리는 말馬도 되고 말言語도 되고 햇빛도 되고 숲도 되고 강물도 된다. 빅뱅이 가깝다. 오관이 부풀어오를 대로 부풀어올라 그 촉수가 지금 우주를 휘감고 있다. 생생하고 순결하고 성스럽다.

세상의 모든 '생생한' 꽃들이 피고, 모든 '순결한' 강물이 소리쳐 흐르고, 모든 '성스러운' 별들이 화려한 빅뱅을 위해 촉수를 열고 나오는 걸 나와 그녀, 동갑내기 우리는 함께 보고, 느끼고, 껴안는다. 팡파레는 기어코 울릴 것이다. 생생하고, 순결하고, 성스러운, '나의 짐승'과 '은교의 짐승'은, 그 무엇에 의해서 방해받지 않는다. 파죽지세다. 세계의 모든 체제는 마땅히 죽어 땅에 파묻혔으니, 보이지 않는다.

Last thing I remember, I was runnin' for the door

I had to find the passage back to the place I was before

"Relax!" said the night man

"We're all programmed to receive

You can check out anytime you like, but you can never leave"

내가 마지막으로 기억하는 건 출입구를 향해 뛰었다는 거야

나는 내가 원래 있던 곳으로 돌아갈 길을 찾아야 했거든

"진정해요!" 야간 경비가 말했어

"우리는 손님을 받기만 할 수 있습니다

당신은 언제든 원할 때 방을 뺄 수는 있지만,

결코 떠날 수는 없을걸요"

—〈호텔 캘리포니아〉에서

죽음보다 황홀하고 인생보다 고통스러운 꿈이었다. 아, 그곳
은 호텔 캘리포니아. 누구든 '방'을 얻을 수는 있지만 빠져나올
수는 없는 곳. 나는 처음부터 그것을 알고 있었다. 원했던 결과
였다. 출구를 찾아 헤맬 생각조차 나지 않았다. 눈물이 흘렀다.
나는 끝내 그곳에서 죽고 말 것이었다. '콜리타스' 향기 가득하
고 햇빛이 넘치는 그곳, 호텔 캘리포니아에서.

시인의 노트

집행

그날은 내 생일이었다. 아침에 서지우가 전화를 걸어왔다. "선생님, 생신 축하드려요. 저녁을 제가 모실게요. 함께하시고 싶은 분들 있으면 말씀해주세요." "생일은 무슨. 그냥 집으로 오게. 은교도 올 텐데." "걔가 선생님 생신을 알아요?" "자네가 말해준 게 아니었나? 하긴 요즘 인터넷이 워낙 발달해서 말야. 알고 있더라구." "다른 사람은 안 부르고요?" "절대로 번거롭게 하지 말게. 안 와도 좋지만 오려면 자네 혼자 와. 삼겹살이나 구워 먹지." 구름이 잔뜩 끼어 있어서 선선했다.

이제 가을이었고, 때마침 일요일이었다. 고요한 것이 참 좋았다. 생일이라고 해도 누구와 함께 보낸 일은 거의 없었다. 평생 혼자였으며, 혼자인 이 고요가 내겐 차라리 축복이었다. 얼이 용하게 생일을 기억하고 전화를 해왔다. 감옥까지 갔다가 내가 만들어준 합의금으로 풀려난 뒤 다시 이 땅을 떠나 러시아에서 살고 있는 유일한 핏줄이었다. "모시지 못해 죄송해요, 아버님." 얼이 말했고, "됐다. 생일, 그런 거 내겐 없다." 나는 담담히 대꾸했다. 오랜만의 통화였지만 피차 할 말이 없었다. 피는 물보다 진하다는 말에 나는 동의하지 않았다. 그것은 혈연에 따른 의무와 권리로 사람의 관계를 묶어두려는 일종의

정치적인 속임수,

라고까지, 생각했다. 가족도 마찬가지였다. 때때로 가정을 꾸렸다면 더 따뜻한 노년을 보낼 수 있었겠지, 라고 생각해본 적도 많지만, 다 부질없는 상상이었다. 사랑이라는 가면을 쓴 권리와 의무로 꽁꽁 묶여 사는 것이 내가 주위에서 들여다본 가정이고 가족이었다. "우리 마누라, 힘 좋아 일찍 죽지도 않을 거야. 내겐 희망이 없다니까." 심지어 그렇게 말하는 친구도 있었다. 그런 가정을 왜 꾸려야 하고 유지해야 한단 말인가. 버나드 쇼는 말했다. 가정은 소녀의 감옥이자 부인의 감화원이다, 라고. 내가 가정을 꾸렸다면 나는 물론이고 나의 아들과 딸과 아내까지 권리와 의무라는 이름의 감옥에서 살았을

것이다.

내 가슴에 얼이 깃들어 있는 것도 핏줄이기 때문이 아니다. 단지 한때 나와 맺어졌던 얼의 어미에 대한 추억 때문이다. 얼의 어미에겐 언제나 미안했다. 그게 전부였다.

은교가 집에 온 건 세시쯤이었다. 그애는 오자마자 "넓고 넓은 바닷가에……" 콧노래를 흥얼거리면서 청소부터 했다. 언제 보아도 열심히 청소하는 그애의 암팡진·모습은 보기에 참 좋았다. 청소가 끝난 다음엔 제가 사라다를 만들 준비를 해왔다면서 주방으로 들어갔다. 앞치마를 두른 모습이 어린 신부 같았다. 그애의 뒷모습을 가끔 훔쳐보면서 나는 그냥 데크에 가만히 앉아 있었다. 그애의 등은 심해어의 지느러미같이 유연하고 푸르렀다. 영원한 것이 아무것도 없다고 믿었으나, 어딘가, 아득한 어둠 속에서 알이라도 품고 싶다는 생각이 불현듯 났다. 새 떼들이 포르릉포르릉 연방 내 머리 위를 지나갔다.

사랑받는 것은 타버리는 것
사랑하는 것은 어둔 밤에만 켠 램프의 아름다운 불빛
사랑받는 것은 꺼지는 것

그러나 사랑하는 것은 긴 긴 지속

　　　　　　　—R. M. 릴케(Rilke), 『말테의 수기』에서

　식탁이 데크에 차려졌다. 서지우가 포도주와 케이크 등을 사들고 여섯시쯤 왔다. 우리는 고기를 구워 먹었다. 은교가 만든 사라다와 미역국은 의외로 맛이 있었다. 그애는 그것을 "내 사라다" "내 미역국"이라고 불렀다. 케이크에 촛불을 켰고 선물도 받았다. 서지우의 선물은 자동 안마기와 소주 몇 박스였다. 내가 서지우와 유럽 여행할 때 자주 먹던 추억 때문에 팩소주를 여러 차례 찾았으나 동네 슈퍼에 없어 안타까워하던 걸 용하게 기억하고 제 딴엔 힘들여 구해온 모양이었다. 그가 멍청한 것은 이럴 때에도 드러났다. 당뇨병과 그 합병증으로 죽어가는 참에, 비록 내가 찾았던 팩소주라 할지라도, 소주를 몇 박스씩이나 구해오면 어쩌란 말인가. 그리고 안마기도 그랬다. 어깨에 대면 드르르르 하면서 어깨와 팔을 문지르고 주무르고 때려주는 자동 안마기였다. "아무래도 연세 드시면 근육이 굳으니까요. 이걸로 자주 안마를 받으세요." 서지우가 말했고, "고맙네." 내가 대꾸했다. 기분은 썩 좋지 않았다. 내게 '늙은이'라는 표지를 한사코 붙이고 싶어하는 것 같았다.

은교의 선물은 팬티였다. 알파벳이 프린트된 빨간색 켈빈클라인이었다. 나는 얼굴을 붉혔고, 그애는 까르르르 웃었다. "멋있죠, 할아부지. 후훗, 젊어지실 거예요!" "원, 나도 못 입겠다. 이런 걸 선생님이 어떻게 입나?" 서지우가 핀잔을 주었다. "왜 못 입어요? 이게 요즘 언더웨어의 대세예요. 할아부지 꼭 입으실 거죠?" 나는 고개를 끄덕거려주었다. 그애도 포도주를 곧잘 마셨다. 서지우는 처음에 술을 좀 피하는 눈치였다. "사실은 내일 아침 어떤 포럼의 조찬모임에서 초대를 해왔거든요. 삼십 분쯤 강의하고 밥 먹고 그런대요." "피, 나는 새벽 일곱시에 가서 일곱 시간 넘게 수업 받는데." 은교가 입을 삐죽했다. 포도주가 두 병째 나왔다. 반취상태가 되자 서지우도 조금씩 흥이 나는 듯했다. "할아부지보다 술도 못 하시구." 은교의 말에 서지우가 발끈했다. "내가 왜 못 해? 쪼끄만 게 까불고 있어!" 사실 서지우의 주량은 소주 한 병이었다. 소주를 세 병쯤 마셔도 끄떡없는 나와는 주량에서 비교가 되지 않았다. 은교의 말이 자극이 된 것 같았다. 서지우도 술잔 비우는 속도가 턱없이 빨라졌다. 모처럼 흥겨운 분위기였다. 노란 셔츠를 입은 은교의 볼이 포도주 몇 잔에 홍옥처럼 익었다.

그리고 곧 빗방울이 떨어졌다.

술좌석은 자연히 이층 서재로 옮겨졌다. 우리는 엠티 온 대학생들처럼 음식 그릇들과 술병과 술잔 따위를 들고 층계를 뛰었다. 분위기는 그래서 더 고조되었다. 은교가 까르르 웃고, 서지우가 하하하 웃었다. 은교는 홍조만 가득했지 별로 취한 것 같지 않으나, 서지우는 급격히 취하는 눈치였다. "선생님, 제가요, 이 서지우가요, 꺽국, 청출어람할 겁니다. 두, 두고 보세요. 소설, 열심히 써서……" 혀가 잔뜩 꼬부라진 소리로 그가 말했다. "헛, 아무렴. 청출어람해야지." 나는 헛웃음 소리를 냈다. "아프니까 사랑인 거겠죠……"라고, 은교가 흥얼흥얼 노래를 불렀다. 그애가 '넓고 넓은 바닷가에' 말고 다른 노래를 흥얼거리는 걸 나는 처음 들었다. 그애는 정말 노래만은 잘하지 못했다. 노래가 아니라 염불 같았다. 어디서 들어본 듯한 노래라고 생각하다가 금방 Z의 카페가 눈앞에 떠올랐다. 은교와 함께 들어갔다가 망신만 당하고 나온 카페에서 더벅머리 청년이 부르던 노래였다.

"아파야 사랑인 거죠. 아프니까 사랑인 거겠죠."

노래는 계속됐다. 음정 박자가 다 엉망이라 웃겼다. "애가, 선생님 생신인데 껵국, 청승맞게 무슨……" 서지우가 말했고, "할아부지, 이거요, 그때 카페 갔을 때, 그곳에서 라이브로 부르던 노래인데요, 요즘 인기 짱이에요. 민경훈 오빠 노래, 〈아프니까 사랑이죠〉요. 슬프죠?" 은교가 내 손을 잡고 흔들었다. "껵국, 카페? 무슨 카페?" 서지우의 목소리 톤이 높아졌다. "선생님은 상관없어요. 우리만 아는 노래예요. 후훗, 그렇죠, 할아부지?" 은교의 몸이 살폿 기울어 내 가슴속으로 들어오는 듯했다. 서지우가 열꽃이 서린 시선으로 나를 힐끗 보았다. 질투가 담긴 시선이었다. "안 됩니다, 선생님. 껵국, 그럼 안, 안 된다구요." "안 되다니, 뭐가?" "아, 아닙니다. 저, 이 서지우, 멋진 작가 돼서 선생님의 자랑이 되겠다아, 뭐 그런 말씀입니다." "기다리고 있겠네." "세상은요, 껵국, 세상은 변해야지요. 주인이 머슴 되고 머슴이 주인 되는 껵국, 그, 그런 세상 아닙니까?" 열꽃이 이번엔 내 마음속에서 폈다. 이놈이 감히 내게 지금 무슨 얘기를 하는가. 제가 결국은 내 주인이 되겠다? 그러나 서지우는 이미 많이 취해 있었다. 잘못했다가는 은교도 있는 데서 무슨 파탄을 만날지 몰랐다. 굵어진 빗줄기가 서재의 너른 창을 타타타, 때리고 지나갔다.

나는 자리에서 일어섰다. 취한 건 아니었지만 취한 척했다.

"선생님, 꺽꾹, 내, 내려가 주무시려구요?" 서지우가 나를 부축하려고 일어서다가 몸을 가누지 못하고 다시 주저앉았다. 만취 상태였다. "난 취했네. 내려가 자야겠어. 은교도 이제 그만 가고 자네도 그만 자게. 낼 새벽 조찬모임인가 있다고 하지 않았나." "아, 네. 선생님 주무세요. 저는 뭐 젊으니까 몇 시간만 자고 나면 꺽꾹, 괜찮겠지만요. 제가 다 치우고 서재에서 잘게요." 층계를 내려오는데 은교가 따라나와 부축했다. "사랑한다고 말할 걸 그랬지이……" 혼자 서재에 남은 서지우가 노래를 불렀다. "너, 어서 집에 가." 내가 말했고, "네, 할아부지!" 은교가 다소곳이 대답했다. 안방은 가로등 불빛이 흘러들어 희끄무레했다. 내가 정말 취했다고 생각했는지 은교가 침대까지 나를 데려갔다. 나는 침대에 앉았고, 팔을 붙잡았던 은교의 손이 내게서,

슬몃……

떠나갔다. 그애 손이 내 팔을 떠날 때 가슴을 무엇인가 예리하게 에고 지나갔다. "할아부지, 생신 축하드려요. 안녕히 주무세요." 그애는 늘 그랬던 것처럼 고개를 꾸벅 숙이고 돌아섰다. "망설이다가아 가버린 사라앙……"이라고 서지우 노래가 고조되고 있었다. 벌떡 몸을 일으킨 나의 손이 전광석화처럼 앞으로

나아갔다. 불가항력적이었다. 그애의 어깨를 잡았고, 홱 돌려세웠고, 그리고 독수리가 병아리를 채듯이 단번에 끌어당겨 안았다. 온몸이 푸릇푸릇 떨렸으며 가슴속은 쿵쾅거리며 뛰고 있었다. 창을 때리는 거친 빗소리만 들릴 뿐 방 안은,

깊은 바닷속처럼,

고요했다. 턱 밑에 들어온 그애의 머리에서 향기가 났고, 쿵쾅거리는 내 가슴속에서 그애의 가슴이 오르락내리락했다. 억겁과 맞바꿀 만한 시간이 지나갔다. "하, 할아부지……" 그애가 가슴속에서 속삭였다.

"하고 싶으시면요, 키스……하셔도 돼요……"

폭풍 같은 울림이었다. 나는 떨면서, 그애의 이마에 입맞췄다. 튀어나온 하얀 이마였다. 실크처럼 부드러웠다. 먼 곳에서 천둥소리가 들렸다. 나아가고 싶은 수많은 길이 그애의 몸속에 존재한다는 걸 알고 있지만 나는 더 나아갈 수 없었다. 길이 있다고 다 갈 수 있는 건 아니다. 내가 욕망을 따라가는 길이 그애를 조금이라도 망가뜨리는 길이면 어쩔 것인가. 나의 욕망을 다스리

는 일이 예전처럼 고통스럽지도 않았다. 내 몸의 긴장과 욕망이 오히려 감미롭게 느껴지기까지 했다. 감미로운 긴장 때문에 온몸에 너무 힘을 줘서 그런지, 무릎에서 조금씩 힘이 빠져 달아났다. "자야겠다. 그만 나가보거라." 한참 만에 간신히 그 말을 하고 침대에 앉았다. 그애가 잠시 말없이 서 있더니, 한 발 다가와 역시 내 이마에 조용히 키스했다. 젖은 꽃잎이 이마에 가만히 내려앉았다가 가만히 떠나가는 느낌이었다. 그애가 곧 소리 없이 문지방을 넘어갔고 그리고 문을 닫았다. "님은 먼 곳에, 영원히 먼 곳에……" 서지우의 노랫소리가 귓구멍을 파고들었다. 나는 침대 위로 털썩 쓰러졌다. 콧날이 빙, 울었다. 감미롭고도 쓸쓸했다. 그애가 '은하철도 999'를 타고 먼 우주로 떠나는 것 같았다. 그러나, 끝내 보내야 할 길이었다.

　

나는 잠들고 싶다, 소녀여

나를 쳐다보고 있는 새를 눈부시게 하지 말아다오

색채가 잠 속에서 생겨난다

이 한 주간 꽃들은 호흡을 못 하고 있다

나는 지금 본질 그것인 것처럼 계절의 밖에 있으며

보석처럼 명징한 상태에 있기 때문에

너의 입술에 가까이 갈 힘을 잃어가고 있다

밤이 우리들의 램프를 나무 사이로 던져버린다
길가에 접하고 있는 문처럼 조심성 없는 너의 입술,

— G. 슈아드(Schehade), 「포에지 1」에서

잠이 들었었는지 어쨌는지는 분명하지 않다. 나는 어떤 안개 속 굽잇길 같은 데를 계속 헤매고 있었던 게 분명했다. 이상하고 불길한 여행이라고, 비몽사몽중에 나는 생각하고 있었다. 그때 무슨 소리가 들렸다. 의자 같은 게 넘어지는 소리였다. 비 때문에 데크의 의자가 넘어졌는지도 몰랐다. 나는 가만히 일어나 문밖에 귀를 기울였다. 키드득, 하는 소리가 난 것 같았다. 아직도 은교가 이층 서재에 있는 모양이었다.

나는 가만히 문을 열고 이층을 향해 귀를 나발처럼 열었다. 은교가 키득거리는 소리가 분명했다. 가슴이 철렁 내려앉았다. 아직까지 은교가 집으로 돌아가지 않은 것도 그렇거니와, 은교의 키득거리는 웃음소리 사이사이로

씨익씨익,

하는 거친 숨소리 같은 게 끈적하게 달라붙어 있는 것도 범상하지 않았다. 나는 나도 모르게 맨발로 층계를 반 이상 올라가 서재 불빛이 보이는 자리에서 숨을 죽이고 귀를 기울였다. "그, 그러니까, 씨익씨익, 오목한 데, 씨익, 간지럼을 타는 데, 씨익씨익씨익, 그거 성감대지. 여기!" 서지우의 낮은 목소리, 거친 숨소리였다. 사위는 조용했다. 서지우가 어떻게 했는지, 키드득 하는 웃음소리 사이에 참을 수 없다는 듯, 은교가 이번엔 낮은 신음을 보태고 있었다. 나는 너무 놀라서 일단 얼른 방으로 돌아왔다. 씨익씨익, 이 나를 따라붙고 키드득키드득, 이 역시 나를 쫓아 방 안까지 따라붙었다. 귓구멍을 막아봐도 헛일이었고, 이불을 뒤집어써도 소용없었다. 그것은 단근질이었다. 고문이었다.

나는 발작적으로 일어나 현관문을 열고 나왔다.

바람도 없이 비가 계속 내리고 있었다. 들어가. 보지 않는 게 좋아! 내 안의 다른 내가 말했지만 효과는 없었다. 누구도 그 순간의 나를 가로막지 못할 터였다. 맨발로 뒤뜰을 가로질러 갔다. 빗물에 미끄러져 얼굴을 갈면서 넘어졌지만 얼른 일어났다. 그때의 나는 일종의 짐승이었고, 그래서 정말 짐승처럼 움직였다. 지옥으로 가는 것 같았다. 축대에 걸쳐놓은 사다리가 비에 젖고 있었다.

나는 알루미늄 사다리를 불끈 들었다. 무겁다는 생각은 들지 않았다. 빗물이 얼굴을 훑고 내려와 셔츠 속으로 계속 흘러들어 왔다. 서재엔 너른 남쪽 창 이외에 서쪽 창도 뚫려 있었다. 오직 풍광을 내다보기 위한, 폭이 좁고 세로만 긴, 열리지 않는 창이었다. 옆집 담장과 내 집의 서쪽 외벽으로 이어진 좁은 통로는 캄캄했다. 들고 온 사다리를 소리나지 않게 서창 가까이, 외벽에 걸쳐 세웠다. 심호흡을 했다. 서재에서 무슨 일이 벌어지고 있는지 짐작 못 하는 것은 아니었다. 내게 남은 건 본능뿐이었다. 침착해야 된다, 라고 나는 중얼거렸다. 너무 힘껏 주먹을 쥐어서 손톱 끝이 손바닥 살을 파고들었다. 나는 양손을 번갈아 주무르고 더 깊이 심호흡을 했다. 무엇을 보아도 놀라지 않을 준비를 한다는 건 나로서는 죽음만큼 고통스러웠다. 그러나 나는 차가워지려고 필사적으로 노력했고, 실제로 차가워졌다.

사다리를 잡았다. 올라가는 길은 대여섯 계단에 불과했다. 블라인드 커튼은 창의 하단에서 손가락 하나 정도 떨어진 채 멈춰 있었다. 빗물이 자꾸 눈 속으로 들어왔다. 나는 주먹 쥔 손으로 빗물을 연방 닦았다. 그리고 마침내 창의 좁은 틈새로 서재 안쪽의 침대께가 보였다. 호흡이 뚝 멈춰졌다.

그 틈으로 내가 본 것을 차마 다 말할 수 없다.

나는 서지우를 보았고 은교를 보았다. 다리를 벌린 은교를 서지우가 제 허벅지에 올려 앉혀놓고 있었다. 서지우는 물론 은교도 벌거벗겨져 있었다. 나의 집, 서재, 침대 위였다. 허벅지 위에 앉힌 그애의 허리를 끌어안은 서지우의 억센 팔이 보였고, 그애의 숙인 등과 그애의 가슴속에 파묻혀 들어간 서지우의 머리도 보였다. 볼 수밖에 없었다. 그것은 시작에 불과했다. 그애의 엉덩이에 있는 검푸른 점과 팥알만한 유두와 역동적으로 솟았다 꺼졌다 하는 갈비뼈를 보았을 뿐 아니라, 서지우가 그것들을 씹고 빨고 구기고 부숴뜨리는 것도 보았다. 서지우의 눈은 붉게 충혈된 채 번들거리고 있었다. 그가 그애의 발목을 앞니로 물었고, 그애가 고통을 참지 못하고 몸을 뒤틀었다. 아, 그애는 과연 그 순간 '고통을 참지 못해' 몸을 뒤틀었던가.

그러나,

그러나, 나는 그렇다고 생각했다. 그렇다고 생각하는 것이 나를 살리는 길이었다. 그애가 싫다면서 한사코 밀어내는데도 불구하고, 그애의 사타구니를 벌리고, 뱀과 같이 혀를 낼름거리면서, 그 안에 머리를 밀어넣는 서지우까지도 보아야 했을 때, 내가 어떻게 "그애가 싫다면서 한사코 밀어내는데도 불구하고"라고 쓰지 않고 그 장면을 견뎌낼 수 있었겠는가. 그애가 '비명을 내지르며' 진저리를 쳤다. 그애는 '당연히' 끔찍하게 고통받고 있었다. 그때의 나는, '비명을 내지르며' 그애가 '끔찍하게 고통받고' 있다고 분명히 보고 느꼈다. 분노가 아니라 충격이 나를 후려쳤다. 다리가 후들후들 떨렸다. 사다리를 간신히 내려온 뒤엔 빗물이 고인 바닥에 주저앉은 채 한참이나 일어날 수 없었다. 거친 폭우였다.

어떤 경우, 사실적이고 생생한 묘사는 저주받은 자들이 하는 짓이다. 서지우는 내가 상상조차 해보지 않은 방법까지 모두 동원해 철저히 그애를 갖고 놀았다. 그렇다고 나는 믿었다. 나의 집, 서재, 침대 위였다. 나는 사디스트도 아니고 마조히스트도 아니다. 그 순간 내가 본 모든 것을 더이상 리얼하게 묘사한다는 것은 잔인한 사실주의자들이 벌이는 극단적인 가학이나 피학일 것이다. 내가 어찌 초목 옆에서 살아야 마땅한 은교의 희디흰 대지가 나의 서재, 나의 침대에서 서지우라는 '짐승'에 의해 속속들이 해체되고 망가지고 파먹히는 것을 여기에 다 낱낱이 묘사할 수 있겠는가.

모든 나의 괴로움 사이 죽음과 나 사이
내 절망과 살아가는 이유 사이에는
부정不正과 용서할 수 없는 인류의 불행이 있고
내 분노가 있다

——P. 엘뤼아르(Éluard), 「사랑의 힘에 대하여」에서

나는 간신히 방으로 들어온 뒤 맨바닥에 무릎 꿇고 앉았다. 온몸에 소름이 돋아난 건 빗물 때문이었다. 사다리를 내려올 때와 달리, 머릿속은 어느덧 놀라울 정도로 차가워져 있었다. 나는 다시 침착해졌으며, 확신을 느꼈고, 때를 기다렸다. 한참 후 문이 열리는 소리가 났다. "현관에, 우산 있다." 잔뜩 혀 꼬부라진 서지우의 목소리가 우렁우렁, 층계참을 울렸다. 은교의 대답 소리는 들리지 않았다. 층계를 내려오는 낮은 발소리, 현관문 여닫는 소리, 그리고 대문이 닫히는 소리가 차례로 들렸다. 나의 귀는 예민하게 모든 소리를 수신하고 있었다.

비로 젖은 골목길은 캄캄할 터였다. 온몸을 '난자당한 것'처럼 비틀거리면서, 캄캄한 골목을 걸어나가고 있는 은교의 조그마한 뒷모습이 보이는 것 같았다.

여름은 잔인하게 침몰했다.

내가 본 것은 사랑이 아니라 모든 사랑에 대한 흉포한 폭력이라고 확신했고, 반드시 처단돼야 할 범죄라고 여겼다. 찢겨져 피 흘리는 '처녀막'을 나는 상상했다. 그애의 사타구니는 '당연히' 피로 젖어 있을 터였다. 그렇게 믿었다. 그애는 나의 '처녀'였으니까. 나는 그렇게 믿었다. 그애는 '나의 처녀'이니까. 이가 마주 칠 만큼 떨렸다. 포악스럽게 그애를 '유린'한 서지우는 취한데다 포만으로 배가 불렀으니 금방 잠들 것이었다. 나에게는 더이상 오늘이라는 시간이 없었다. 오늘이 없었으므로 과거도 지워졌고 미래도 지워졌다. 검열은 끝났다. 사리분별력의 마비, 이성의 착란, 욕망의 잔인한 폭력, 그리고 배신과 반역이 서지우의 죄목에 추가되었다. 확정 판결은 이미 내려져 있었다. 그 무엇에 의해서도 뒤집히지 않을 최종적이고 완전한 판결이었다. 나는 미동도 하지 않은 채 충분히 기다렸다.

집행의 시간이 빠르게 다가왔다.

나의 당나귀, 코란도의 키와 서지우의 아반떼 키는 친구처럼 거실 탁자 위에 나란히 놓여져 있었다. 나는 그것을 주머니에 넣고 현관문 소리를 내지 않기 위해 맨발로 창문을 넘어 밖으로 나왔다. 서재는 불이 꺼져 있었고 세상은 적요했다. 지하 주차장으로 이어진 시멘트 계단은 비에 잔뜩 젖어 있었다. 오래전부터 계획한 것처럼 내가 해야 할 일들이 머릿속에 정교하게 정렬되어 있었다.

먼저 작은 손망치와 녹슨 못을 하나 찾아들었다. 서지우의 아반떼는 2008년형이고, 나의 당나귀는 1993년형으로 15년이 넘었으니, 누가 보아도 사고엔 당나귀가 훨씬 더 잘 어울렸다. 나는 맨발 그대로 대문 앞에 세워져 있는 서지우의 차로 다가가 앞바퀴 아래쪽에 녹슨 못을 박아넣었다. 상처받은 은교가 걸어갔을 골목은 텅 비어 있었다. 타이어의 바람이 빠지는 미세한 소리가 났다. 사이드를 풀고 살짝 미니까 못 박은 데가 땅과 접합된 곳으로 들어갔다. 바람 소리는 더이상 들리지 않았다. 타이어의 바람은 조금씩 서서히 빠질 것이다. 트렁크를 가만히 열었다. 게

으른 서지우가 바퀴를 스페어로 갈아 끼울려고 할 리도 없겠지만 만일을 위해 대비를 철저히 할 필요가 있었다. 오래 신고 다니다보면 스페어타이어의 바람이 저절로 빠지는 것은 흔한 일이었다. 스페어타이어의 바람을 3분지 1쯤 뺐다.

그런 다음 주차장으로 다시 들어왔다.

불은 켜지 않았다.

나의 당나귀를 조작하는 것은 눈을 감고도 할 수 있다. 보닛을 열고 작은 손전등을 입으로 물었다. '당나귀'는 남성적인 RVH 바네트 엔진을 적재한 5인승 구형이다. 클러치 조작에 약간 힘이 들어가야 하지만 바디가 짧아 회전반경이 빠르고 핸들조작이 부드럽다. 핵심은 핸들이다. 차는 주차장을 떠나 오 분 이내에 좁고 긴 고갯길에 당도할 것이다. 핸들이 고장 난다면 사고를 피할 수 없다. 더구나 굽잇길이 가장 많은 한 구간은 경사가 급해 벼랑길이나 다름없었다. 컬럼샤프트가 손전등 불빛에 드러났다. 핸들과 핸들의 회전운동을 직선운동으로 바꿔주는 웜기어를 잇고 있는 게 바로 컬럼샤프트다. 웜기어는 곧 피트암을 통해 수평으로 뻗은 타이로드로 이어지고 타이로드는 앤도와 붙어 있다.

바퀴까지 핸들의 힘을 전달하는 최종적인 전진기지가 말하자면 앤도인 셈이다. 각 부품들은 너트에 의해 한 몸뚱어리로 이어지고, 핸들의 동력은 회전운동에서 직선운동으로 전환되면서 너트로 연결된 각 기관의 몸뚱어리를 통해 바퀴로 전달된다. 그러니까 각 기관을 연결하는 너트 하나만 빼놔도 핸들은 무용지물이 되고 만다. 나는 웜기어와 타이로드를 잇는 피트암의 너트를 빼놓기로 했다. 너트를 보호하기 위한 샤클핀을 뽑고 너트를 드라이버로 돌렸다. 17밀리 너트가 대가리를 꼿꼿이 들고 솟아나왔다. 다 빼서는 안 된다. 사고는 차가 출발한 뒤 십 분 전후에 나야 가장 결정적인 효과를 얻을 수 있다. 너트를 얼마큼 빼놔야 십 분 전후의 시간에 핸들조작이 불가능하게 될지를 정교하게 가늠해 맞추는 것이 관건이다. "됐어!" 나는 이윽고 속으로 중얼거렸다. 다음은 추락한 차가 폭발하기 쉽도록 연료 호스에 작은 구멍을 내는 일이 남았다. 나는 배기가스관인 머플러 옆에 바싹 붙어 지나가는 연료호스에 집게를 댔다. 그 위치라면 기름이 아주 조금만 새어나오고 있더라도 배기가스와 합쳐지면서 단번에 불이 붙고 큰 폭발을 이끌어낼 게 틀림없었다. 그는 몇 시간 후면 산산이 부서져 불탈 것이다. 재가 되어 허공의 바닷속으로 가라앉을 것이다. 가슴속이 뻐근했다. 확정판결이 끝났으므로 떨리지는 않았다. 집행은 판결을 따를 뿐이었다.

하늘이 갈라져 독毒의 화분花粉이 내릴 때
아무도 이 수수께끼를 풀려고 하지 않으리라
장난 삼아 나에게 묻지 마라
답은 언제나 가라앉는 배船 속에 있다.

— 시마오카 히로시(嶋岡晨), 「유서」에서

새벽이 왔다. 서재에서 핸드폰의 알람 소리가 희미하게 들렸다. 죽음을 향해 떠나도록 예정된 서지우를 깨우는 소리였다. 이어서 그가 일어나 문을 여닫는 소리, 세수를 하는 소리가 났다. 나는 잠든 척 가만히 누워 있었다. 시간은 멈추는 법 없이 결정된 것들을 밀고 나갔다. 죽음과 예약한 사형수가 곧 아래층으로 내려왔고 현관문을 열고 나갔다. 나는 미동도 하지 않았다. 여전히 비가 오고 있었다. 아반떼의 앞바퀴가 주저앉은 것을 발견하고 다시 거실로 돌아올 것이라고 내가 계산한 꼭 그만큼의 시간 후에, 사형수가 현관문을 열고 다시 거실로 들어왔다. "선생님!" 쉰 목소리로 그가 나를 불렀다. 나는 침묵했다. "제 차가 펑크라서요, 선생님, 제가 선생님 차를 좀 써야겠어요. 열시 전엔 돌아올 거예요." "아, 알았어." 선잠을 깬 듯한 목소리를 지어내어 비

366

로소 내가 대답했다. 코란도의 키는 거실 탁자 위에 그대로 있었다. 얼마나 예민한지 그가 탁자 위의 자동차 키를 집어드는 소리까지 내 귀는 수신하고 있었다. "그럼 조찬모임, 다녀오겠습니다!" 그가 말했다. 대답은 하지 않았다.

그러나 한순간 내 몸이 불끈 하고 들렸다.

그것은 나의 의지가 아니었다. 예상 밖의 충동이 아닐 수 없었다. 나는 전광석화로 일어났고, 문을 열었고, 발작하듯이 현관까지 달려나왔다. 무의식적 행동이었다. 놀라울 만큼 차갑게 가라앉아 있던 가슴속에서 갑자기 방망이질 소리가 나고 있었다. "여보게!" 내 목소리가 날카롭게 터져나왔다. "네?" 지하 주차장으로 반쯤 내려간 상태라서 겨우 가슴까지만 보이는 서지우가 얼굴을 돌려 나를 바라보았다.

내 시선과 그의 시선이 빗물이 흐르는 허공에서 짧게 만났다.

"왜요, 선생님?" 그가 물었고, 내가 얼결에 "아, 아닐세." 대꾸했다. 그 차를 몰고 나가면 죽을 거야, 라는 말이 반쯤 목울대를 넘어오다가 멈춰져 있었다. 그가 고개를 갸웃하는 듯한 표정으로 시선을 거둬갔다. 여덟시까지 시내로 들어가려면 여유 부릴 시간이 없었다. 사형수가 곧 남은 층계를 내려갔다. 코란도의 시동이 걸리는 소리, 주차장을 빠져나가는 소리가 났다. 나는 현관에 비틀, 주저앉았다. "멍청한……"이라는 말이 잇사이로 빠져 나왔다. 멍청하기 때문에 사형수는 내 눈빛이 보내는 우주적인 신호조차 알아차리지 못한 것이었다.

루이 16세는 자기를 사형장으로 끌고 가는 남자에게 편지 한 통을 내밀었다. 죽음을 앞두고 아내한테 쓴 편지였다. "이 편지를 아내한테 전해주게. 부탁이네." 사형수는 간곡히 말했으나 호송인은 냉정하게 고개를 가로저었다. "나는 당신의 심부름꾼으로 여기 있는 게 아니라, 당신을 단두대로 끌고 가기 위해 여기 있는 것이오!"

변명으로 듣지 말라. 확신에 찬 나의 선고에 반해서, 나는 마지막으로 그에게 어떤 온정을 베풀려고 했다. 원한다면 그가 내미는 '편지'를 기꺼이 전해주었을 것이고, 더 나아가 형 집행을 유예해달라는 청원서조차 받아들였을지도 몰랐다.

그러나 그는 '멍청해서' 내가 주려고 했던 마지막 온정조차 제

것으로 받아 인지하지 못했다. 단지 삶의 습관에만 반응하면서 살아온 그의 감각은 이미 죽은 것과 같았다. 그는 습관에 따라 짖어댈 뿐 결코 적요寂寥를 몰랐고, 그러니 시인이 될 수 없었고, 당연히 내가 보내는 구원의 신호를 수신하지 못했다. 내가 어떻게 시인이 아닌, 멍청한 그를 죽음에서 구할 수 있었겠는가.

개가 달을 보고 짖는 것은 심심하기 때문이다
그대가 세상을 보고 짖는 것은 무섭기 때문인데

그대는 오늘도 개보다 많이 짖는다

— 시집 『산이 움직이고 물은 머문다』, 「소음」에서

Q변호사 6

이적요 시인의 집은 기념관으로 개장하기 위해 마무리 작업이 한창이었다. 나는 은교와 현장을 둘러보았다. 때마침 시청 직원도 나와 있었다. "혹시 이적요 시인의 유고들이 있나요?" 내가 물었고, "정리된 유품목록엔 없었어요. 더 정밀하게 유품을 분류할 작정이지만 없는 거 같아요. 기자들이 유작에 관심이 많아서 우리도 찾아보고 있긴 한데요." "예정대로 오픈할 건가요?" "그럼요. 시장님의 관심 사항이라서 뒤로 미루어지진 않을 거예요." 시청 직원의 눈이 은연중 은교에게 갔다. 버스 종점에 볼일이 있어 함께 왔다가 들른 길이었다. 나는 얼른 그녀를 태우고 그곳을 떠났다. 종점은 금방이었다.

정비코너는 종점 한켠에 조립식으로 지은 건물에 들어 있었다. "저기, 버스 둘러보는 청년요. 제가 엊그제 만났던 바로 그 사람이에요." 은교가 말했다. 출발하려는 버스를 다 둘러본 청년이 정비코너로 다가왔다. 버스회사에서 만든 코너지만 일반인의 차량 정비도 받아 해준다고 했다. 청년은 금방 그녀를 알아보았다. "왜 또 오셨어요?" "네, 그 코란도에 대해서 제게 말해줬던 거요. 이 변호사님이 좀 확인하고 싶다고 하셔서요." "변호사님요? 그 코란도 사고, 뒤늦게 뭐 문제가 생겼나요?" 청년의 시선이 내게로 왔다. "그냥, 확인해볼 일이 있어서요." "이 아가씨한테 다 말해줬는데." "한 번만 더 부탁합니다."

청년이 차 번호를 확인하고 정비코너 안으로 들어갔다가 잠시 후 검은 표지의 두꺼운 서류철을 들고 나왔다. "예, 여기 있네요. 회사에서 운영하고 있어서요, 모든 걸 기록하도록 되어 있거든요. 그 차는, 아가씨한테도 말했지만, 재작년 9월 23일 07시 10분, 조향장치를 점검받았어요. 비 오는 날 이른 시각이라 지금도 기억나요. 운전해온 분이 핸들과 브레이크를 봐달라고 했었지요." "문제가 있었나요?" "여기 기록한 대로라면, 핸들의 힘이 전달되는 피트암의 너트가 거의 빠져 있어 다시 조였어요." "그 너트가 완전히 빠지면 어떻게 되나요?" "핸들의 힘이 바퀴에 전달 안 되죠. 바퀴는 제멋대로 움직이게 되고요. 너트가 많이 빠져 있었던 걸로 봐서 그대로 운행했으면 고갯길을 채 내려가지 못하고 사고가 났을 거예요." "그 너트가 저절로 빠질 수도 있나요?" "아뇨." 청년은 고개를 저었다. "그게 빠지지 않도록 샤클 핀이 위에 꽂혀 있어요. 우연히 빠졌다고 보긴 좀 어려워요." 청년의 눈빛이 깊어졌다. 그날의 일이 더 생생히 생각나는 것 같았다. "운전해온 분도 그런 말을 했어요. 사랑하는 사람이 차를 빌려갔었는데, 아무래도 불안해 들렀다고요. 저 안에서 자고 있다가, 그분이 깨워서 일어났었지요. 짜증이 좀 났지만, 그분이 하도 불안해하셔서 봐줬던 거예요." "정말 운전자가 그런 말을 했어요, 사랑하는 사람이라고?" "네, 분명히 기억해요. 나도 마음이 아팠지요. 의도적으로 누가 너트를 풀어놓았다는 눈치가 보이자 그분이 갑자기 울기 시작해서요." "울어요?" "사랑하는 사람이 정말 그랬다고 생각하면, 왜 눈물이 안 나오겠어요? 그분은 차를 몰고 떠날 때까지 계속 울었어요. 비도 오고, 참 안됐다 싶었었지요." 스승인 이적요 시인이 차를 조작해놨다는 걸 알았을 때 서지우는 충격과 함께 완전히 버림받은 자의 깊은 슬픔을 느꼈을 터였다. 차를 몰고 떠나면서도 울었다는 걸 보면, 트럭이 중앙선을 넘어 들어오던 순간에도 그는 눈물이 앞을 가려 그것을 제때 보지 못했거나 기민하게 대처하지 못했을 가능성이 많았다. 울면서, 차라리 모르는 체 차를 몰고 가다가 죽는 것이 낫

지 않았을까, 그는 생각했을지도 몰랐다. 결국은,

　'눈물'

　이, 그를 죽음으로 몰아넣은 것이었다. "경찰관에게 그런 말을 했나요?" 내가 물었고 "조사하러 나오지도 않았는데 누구한 테 그런 말을 해요?" 청년의 목소리가 볼통해졌다. "다른 사항은 기억나는 게 없고요?" "사고 얘길 나중에 들었는데요, 차가 구르면서 곧 폭발했다고 하대요. 그 얘기를 듣고 아차했었어요." "왜요?" "그게요, 보닛 안에서 기름 냄새가 났었거든요. 조금씩 기름이 새고 있었던 거라고 봐야지요. 기름 냄새가 나니 그것도 확인해보자 하니까, 그건 상관없다고, 울면서 고개만 가로 젓곤 떠났지요. 뭐 그 정도 기름이 묻어나는 것이야 사실 운행엔 문제 안 되니까, 나도 나중에 들르라고만 하고 말았어요. 차의 폭발은 그 때문에 일어났을 거예요." "그 코란도 사고 날 때요, 중앙선을 넘어온 트럭을 피하려다가 그리됐다고 하는데, 혹시 트럭에 대해서 들은 얘기 있나요?" "없어요. 그때 저쪽 빌라를 짓고 있을 때여서요, 자재를 실은 트럭들이 자주 왔다갔다하긴 했는데요." 더이상 물어볼 것은 없었다.

사고현장을 목격했다는 세탁소 이층 방 남자는 집에 없었다. 하긴, 은교가 들은 이야기를 확인하는 것일 뿐 내가 구태여 그 사람을 꼭 만나볼 필요도 없었다. 고갯길을 넘어오면서 사고가 났던 현장을 잠깐 둘러보았다. 좁고 경사가 급한 길이었다. 사고 이후에 생긴 시멘트 난간 너머는 급경사였다. 트럭운전사는 굽 잇길에서 원심력을 받은 차를 급히 수습하느라 핸들을 크게 돌려 잠깐 사이 중앙선을 넘었을 터였다. 사고를 유발한 것이 무서워 그냥 가버린 차인데, 지금 찾아낼 수도 없거니와 찾아낼 필요도 없는 일이었다.

이적요 시인은 그 새벽에 죽음의 길로 떠나는 서지우를 돌려놓으려고 "여보게!" 하고 불렀다고 했다. 시인과 서지우의 시선이 "빗물 흐르는 허공에서 짧게 만났다"고 이적요 시인은 기록하고 있었다. 서지우는 코란도의 시동을 걸고, 주차장을 벗어나 골목을 빠져나올 때에도 마지막으로 자신을 불러세웠던 시인의 모습을 반추했을 터였다. 선생님이 왜 나를 불러세웠지? 고통에 찬 눈빛이었는데, 그 눈빛에 감추고 있던 것은 뭐지? 서지우는 아마 자문하고 자문했을 것이다. 약속된 조찬모임에 딱 맞춰 집을 나섰음에도 정비코너의 청년을 무리하게 깨운 것으로 볼 때, 이적요 시인이 눈빛으로 보내는 경고를 그가 뒤늦게 알아차렸던 것은 틀림없어 보였다. 자신의 차가 펑크 난 것도 그때쯤 우연이 아닐 것이라고 생각했을 터였다. 그리고 그는 결국 정비를 받으며 핸들이 사고를 부르려고 조작돼 있다는 걸 확인했다. 그것은 스승으로부터 그 자신이 완전히 버림받았다는 증거였고, 살아 있는 동안엔 '세상에서 가장 사랑하고 존경하는' 스승과의 관계를 절대로 회복시킬 수 없다는 명백한 신호였다.

그에 비해, 이적요 시인은 임종할 때까지 당신이 서지우를 죽였다고 굳게 믿었다. 서지우가 그의 코란도를 몰고 떠난 뒤 불과 삼십여 분도 되지 않아 이적요 시인은 큰 폭발음을 들었다. 뇌우 소리가 아니었다. 시인은 이내 당신의 '당나귀'가 서지우와 함께 최후를 마쳤다는 것을 알아차렸을 터였다. 폭발음이 들렸을 때 그는 베란다에 나와 운무로 가린 앞산을 바라보고 있었다고 했다. 폭발음을 듣고 곧,

"눈이 갑자기 침침해지면서 사물이 잘 보이지 않았어"

라고, 이적요 시인은 말한 적이 있었다. 당뇨성 망막염이 깊어지고 있을 무렵의 일이라서 대수롭지 않게 들어넘겼으나 이제 생각하면, 그것은 시인 스스로 당신의 내밀한 심리상태를 설명

한 말이었다. "그 순간, 눈이 완전히 먼 것 같았다니까!" 이적요
시인은 덧붙였다. 시인이 모든 치료를 거부하고 오로지 술을 주
식으로 삼는 자학적인 방법으로 당신 자신을 '처형'하기로 결심
한 것은 그때였을 것이다.

나는 한숨을 쉬었다. 두 사람의 운명이 갈렸던 그날 새벽, 시
인이 충동적으로 뛰쳐나오며 "여보게!" 하고 불렀을 때, 서지우
는 시인이 눈빛으로 보낸 '우주적 신호'를 알아들었던 게 확실했
다. 서지우는 '시인'이 될 수 없는 '멍청한' 인간이 아니었다. 틀
린 것은 서지우가 아니라 시인이었다. 이적요 시인은 '완전범
죄'에 실패한 것이었다.

"이제 할아부지 노트를 저도 읽어봐야겠어요." 은교가 말했
다. 그녀는 아랫단에 수가 놓여진 청바지와 노란 셔츠를 입고 있
었다. 감자탕집에 가던 날 이적요 시인이 선물한 옷이 확실했다.
"아침 햇살처럼 환하다"고 시인이 표현했던 바로 그 옷이었다.
'읽어보고 싶어요'가 아니라 '읽어봐야겠어요'라고 말한 걸로 봐
서 의지가 확고한 듯했다. 노트를 읽다가 더러 그녀가 상처받을
지도 모르지만, 그녀의 요구를 거절할 명분이 내겐 없었다. 더구
나 노트엔 그녀에게 보내는 편지글로 된 부분도 두 군데나 있었

다. 법률 상담을 하기로 한 약속 시간이 다가오고 있었으나, 나는 그녀를 옆자리에 태운 채 변호사 사무실 쪽으로 차를 몰았다. "서선생님 사고가 할아부지 때문에 난 게 아니라는 건 확실해졌어요. 이래도 할아부지 노트를 공개할 거예요?" "나는 변호사야. 또 노트의 존재를 기념사업회 운영위원들이 다 알고 있어. 이적요 시인의 유언을 받드는 것은 당연히 나의 의무야. 다만, 이제 진실을 알았으니, 서지우의 사고경위를 함께 밝혀야겠지." "사고경위를 밝혀도 사람들은 믿지 않을 거예요. 노트에 자동차 사고가 나도록 할아부지가 차를 조작해놨다고 써놨다면요, 사람들은 그것만 화제 삼을 게 분명해요." "쉽지 않은 일이야. 내일 운영회의가 있어. 거기서 결론을 내려야겠지만 변호사 윤리 문제도 있고 해서." "할아부지는 왜, 당신의 노트를 공개하라고 했을까요?" "가서 노트를 읽어보면 다 알게 돼." "공개되면 안 된다, 제가 꼭 그렇게 주장하는 건 아니지만요, 그냥요, 할아부지가 사람들 입에 이러쿵저러쿵 오르내리는 것 자체도 참을 수 없을 것 같아서요." "공개되더라도 자네의 프라이버시가 침해받는 일은 없을 거야. 지난번 약속은 지킬게. 대학생활, 장애받는 일 생기게 하진 않아" "제 문제가 걱정돼서가 아니구요. 확실한 건요, 할아부지하고 서선생님, 서로가 깊이 사랑하셨다는 거예요. 제가 낄 자리가 없을 정도로요! 제가 소외감 느낄 정도로요!" 그녀의 말이 단단히 내 고막을 울렸다. 그녀의 그 말이야말로, 이적요 시인과 작가 서지우의 비극적인 관계를 풀 가장 핵심적이고 본질적인 열쇠라고 나는 그 순간 확연히 느꼈다. 계속 꺼림칙했던 나머지 의문점들이 홀연히 모두 풀어지는 기분이었다.

그녀가 다니는 대학이 오른편 차창에 떠올랐다.

젊은 학생들이 떼 지어 교문에서 쏟아져나오고 있었다. "대학요, 제가 생각했던 거하고 너무 달라요." 침묵을 지키고 있던 그녀가 말했다. "처음 얼마 동안은 정신없이 지나갔는데요, 좀 정신 차리고 보니까요, 아무것도 아니었어요. 무엇 때문에 그렇게 죽어라 공부만 하고 살았나 하구, 제 친구들도 다 후회해요. 저도 그렇구요." 차가 대학 교문 앞을 지나갔다. 그녀가 고개를 빼고 캠퍼스 안뜰을 들여다보고 나서 뜻밖의 말을 덧붙였다. "저는요, 변호사님. 시……를 쓰고 있어요." "시?" 내가 놀라서 그녀를 돌아다보았다. 왜 그녀의 표정이 하루가 다르게 깊어지는지 비로소 알게 된 것 같았다. 그녀는 대학건물 너머 아득히 먼 곳을 보고 있었다. 단단히 닫힌 입술 안쪽에 아주 웅숭깊은 어떤 알이라도 품고 있는 것 같았다. "모르겠어요. 고등학교 때만 해도 무용을 하고 싶었는데요, 어느 날 보니까 제가 미친 듯이 시를 쓰고 있는 거예요. 그게 뭔지도 모르면서요. 웃기죠?"“안 웃겨!”“할아부지가…… 어느 때는 막 미워요……” 그녀의 마지막 말은 간신히 들렸다. 변호사 사무실이 들어 있는 빌딩이 멀리서 다가오고 있었다. 아주 좋은 날씨였다.

시인의 노트

은교에게 쓰는 마지막 편지

나는 이미 죽음으로 가는 마차의 예약 티켓을 끊어놓았다.

내 말 좀 들어봐, 나의 처녀, 한은교. 지난밤의 꿈속에서, 나는 죽음을 예약하러 저쪽 세계로 들어가는 티켓 발매소에 들렀단다. "가능하면 금년 안에 마차를 타고 싶소"라고 내가 말하자, 티켓을 발매하는 이가 미소를 지으며 "떠나야 할 승객이 많이 밀려서요"라고 대답했다.

티켓 발매자는 당나귀처럼 얼굴도 길고 귀도 길었다. 너무도 웃기게 생겨먹어 나는 웃었다. "그렇게, 원하시는 대로 티켓을 드릴 수는 없어요. 그 대신 대기자 명단에 올려드릴게요." 그가 설명하는 말을 듣고 나는 잠깐 화가 났다. 평생 그렇게 살아온 것 같은데, 여기서도 대기자 번호표나 받고 마냥 기다려야 한단 말인가. "원하신다면 도구는 판매할 수 있어요. 다양한 종류의 칼과 총이 있구요, 나일론 끈, 대님 끈, '울 엄마' 저고리 끈, 글고 비단 끈도 있답니다. 저렴한 것으로는 면도날이 있지요. 도루코 양날요. 그 대신 이쪽에 와서 심판받을 때, 삼심제가 존중되는 정식 재판에 회부되진 않을 거예요. 그래도 도구를 사용하시겠어요?" 티켓 발매자가 덧붙여 물었다. 나는 고개를 저었다. "됐소. 좀더 기다리면 되는 일, 정식 재판을 받는 게 낫겠지." 어깨를 으쓱해 보이다가 나는 또 참지 못하고 웃었다. 티켓 발매자의 귀가 너무 길어 바람에 나부꼈기 때문이었다.

"왜 웃어요?" "당신, 꼭 히힛, 당나귀 같아서요." "사돈이 남 말한다는 속담은 헛, 이쪽 세계에서도 쓴답니다." 티켓 발매자가 나를 바라보며 나보다 더 시시덕거렸다. 어쨌든 내 이름은 대기자 명단에 올라갔다. 많이 기다려도 아마 봄이 오기 전에 그 마차를 타게 될 터였다. 마차에 탈 날을 기다리면서 나는 자주 세계가 삐걱거리는 소리를 들었고, 짖는 소리를 들었고, 그래서 자주 웃었다. 프랑스 시인 앙리 미쇼처럼.

소년기가 끝났을 때다, 나는 어느 늪 속에 빠졌다 이곳저곳

에서 짖는 소리가 파열하고 있었다 '너 자신에게 짖을 용의가
없다면, 저 짖는 소리도 충분히 이해하지 못하리라 그러니까
짖어라' 라고 말해주었으나 나로서는 짖을 수가 없었다

몇 년이 지난 뒤에 나는 그전보다 단단한 지면에 도달했다
거기에선 무엇인가 서로 삐걱거리는 소리가 잇달아 들려오고
있었다 온갖 곳에서 삐걱거리는 소리가 들려왔다 그곳에서
나도 그런 소리를 내고 싶었으나, 그것은 살을 부딪쳐 낼 수
있는 소리는 아니었다

나는 그런 때조차 흐느껴 울지를 못했다 나는 생각했다 나
는 벌써 어른이 된 것이라고

이 삐걱거리는 소리는 이십 년이나 계속되고 있다 모든 물
건에서 이 소리가 나고 있었다 짖는 소리도 차츰 심하게 들리
게 되었다 그래서 나는 웃기 시작했다, 이젠 희망을 잃고서 그
랬더니 나의 웃음 속에 온갖 짖는 소리가 있었고, 많은 삐걱거
리는 소리마저 있었다 이렇게 해서 나는 절망하면서, 또한 만
족하고 있었다

그러나 짖는 소리는 멎지 않고, 삐걱거리는 소리도 멎지 않
았다 나의 웃음소리도 중단할 수 없었다 웃음은 이따금 고통
을 동반했지만, 마음으로 만족하기 위해선 많은 소리를 웃음
속에 두지 않으면 안 되었기 때문에

이 나쁜 세기世紀를, 이렇게 시간이 흘렀다 시간은, 지금도 흘러 지나가고……

　　　　　—H. 미쇼(Michaux),「삐걱거리는 소리」전문

너는 오늘, 안개꽃을 한 다발 사들고 내게 왔다. 안개꽃 흰빛이 발 너머로 흐릿하게 윤곽만 보였다. "할아부지, 이거 보세요. 저는요, 안개꽃을 보면요, 은하계가 떠올라요." "은하계는 무슨." 나는 뚱뚱한 목소리로 대답했다.

나는 서재에 딸린 침대에, 너는 서재 의자에 앉아 있었다. 갈대로 엮은 성긴 발이 너와 나 사이를 갈랐다. 열흘 전쯤 내가 직접 천장에 못을 박아서 침대를 가리도록 친 발이었다. "발을 걷거나 넘어오면 할아부지, 너 다시 안 본다!" 나는 그날 오후 찾아온 너한테 이렇게 으름장을 놓았고, 너는 "뭐예요, 유치하게!" 하며 입술을 뾰로통, 내밀어 보였다. 발을 사이에 두고 만나는 건 그 이후 오늘로 세번째.

나의 모습은 병색이 짙어 흉하기 이를 데 없었다.

검버섯이 덕지덕지 앉은 것은 물론이고, 머리는 한움큼씩 빠졌으며 볼은 붓고 눈은 끝 간 데 없이 들어갔다. 간에까지 암종이 터를 잡았다고 했다. 신부전증은 물론 당뇨성 망막염도 깊었다. 사물이 보이는 것도 흐릿할 정도였다. 새로 해온 안경을 써야 겨우 글자를 식별할 수 있었다. 완전 실명이 될 거라고 의사는 경고했다. 곧 눈이 멀 터였다. 너를 볼 수도 없고 너에게 편지조차 쓰지 못하게 될 테지. 그러나, 나는 한사코 모든 치료를 거부했다. "진통제만 처방해주세요. 병은 뭐, 자가치료 방법이 있어서요." 나는 웃으면서 의사에게 말했다. 내 자가치료 방법은 알코올이었다. 매일 술을 마셨다. 몸은 당연히 급속도로 망가졌다. 몸이 망가지는 모습을 보는 것이 오히려 기뻤다. 내 자신의 '처형'이 내가 생애 마지막으로 내린 선고이기 때문이었다. 다만 그애에게 흉한 모습을 보이는 것이 가슴 아팠다. 하루가 다르게 주저앉아 마침내 폐가廢家처럼 변한 흉악한 내 모습을 어떻게 모아 모아, 세상의 모든 햇빛보다 더 환한 네게 명명백백 보이겠는가. "할아부지 머리맡에 두고요, 저라고 생각하고 보세요." 꽃병에 꽂은 안개꽃을 네가 발 안으로 들이밀었다. 나는 그것을 받아머리맡에 놓았다. 잠깐 스친 너의 손길이 내 가슴속에 전류로 가파르게 흘러갔다. "안개꽃 꽃말요, 밝은 마음, 약속, 간절한 기쁨이래요." 나는 흰 안개꽃은 죽음이라는 꽃말도 갖고 있다고

말하려다가 그만두었다. 너의 사랑스러운 뜻을 훼손하고 싶지
않았다. "오늘 학교에서 웃기는 일 있었어요. '빠진 자식' 아시
죠? 아니 참, 후훗, 빠진 자락요, 우리 담임……" 그애가 종달새
처럼 쫑알쫑알, 청명하게 우짖었다. 학교에서 있었던 이야기, 고
3을 앞두고 불안해하는 친구들의 이야기, 동생들과 엄마에 대한
이야기를 했다. 나는 잠자코 이야기를 들었다. 너는 알까. 너의
말들은 내 귓속에 들어와 공명되면서 시시각각 세상에서 가장
아름다운 노래로 바뀐다는 것을.

사랑을 믿지 않는다면 누가 아침 이슬에게 경배하겠는가
고꾸라지고 베이고 허물어져도 청노루 눈빛
그 아침빛이 너를 통과해와 세계의 구석방
내 안에 꽃초롱으로 둥지를 튼다 새는 날마다
저녁으로 떠나가고 나는 아직 모른다 저기
자갈투성이 해안선 끝나는 곳에
어떤 아우성들이 또 물레를 돌리고 앉아 있는지

— 시집 『산이 움직이고 물은 머문다』, 「빈 들」에서

"저요, 내일 이사 가요, 할아부지." 해가 설핏 기울었을 때 네

가 말했다. "봄에요, 우리 집에 어떤 사람이 원룸 지을 거래요. 엄마 목욕탕 가까운 곳으로 가요." "잘됐구나. 통학길도 멀었는데." 발 너머로 네가 두 손을 만지작만지작하는 게 어렴풋이 보였다. "이제 고3이 될 거구요. 할아부지한테 아마…… 전처럼 자주 못 올 거예요." 내가 하기로 마음먹은 말을 네가 먼저 하고 있었다. 그날, 네가 오기 전에 내가 결심한 것은 이제 너를 아예 내 집에 오지 못하게 해야겠다는 것이었다. 네가 말을 듣지 않으면 대문에 못질이라도 해야겠다고 나는 생각했다. 아니 대문에 못질을 해야겠다고 생각한 것은 그때가 처음이 아니었다. 서지우가 죽고 나서 내가 생각한 첫번째 계획이 바로 그것이었다. 나는 이미 늙은 '기형'이었고, 또 '범죄자'였다. 세상으로부터 영원히 격리되어야 마땅했다. 그래서 못질만 안 했을 뿐 나는 사실상 나를 완전히 유폐시켰다. 유일한 손님인 네가 오지 않는다면, 올 이 없으니, 못질을 할 필요도 없었다.

내 집은 이미 나의 무덤이었다.

"어차피, 네가 와도 난 여기 없을 게다. 병원으로 가거나 요양소로 갈 예정이니까." 나는 적당히 둘러댔다. "어디로 가시려구요?" "나중에 전화할게." "저, 따돌리시려구요?" "아니다. 이제 그만 가거라. 피곤해서 쉬어야겠다!" 내 목소리가 다시 뚱뚱해졌다. 날이 저물기 시작하고 있었다. 서쪽의 고정창이 붉게 물들었다. 서지우와 네가 벌거벗은 채 안고 있던 걸 숨어서 들여다보던 그 창이었다. "할아부지, 손 내밀어봐요." 한참이나 침묵을 지키다가 네가 말했고, 나는 말없이 고개를 저었다. "주세요, 할아부지!" "안 씻어서…… 손이 시커멓다." "그럼 안 씻어서 시커먼 손 주세요!" 너는 고집을 부렸다. 곧 발이 떠들려지면서 네 손이 발 너머로 들어왔다. 나는 그것을 물끄러미 바라보았다. 오랜 연인처럼 많은 추억이 서린 손이었다. 처음 네가 내 집에 들어와 나의 의자에 앉아 잠든 날, 너의 손은 그 의자 손잡이에 아무렇지 않게 '놓여져' 있었다. 손등에 흐르는 정맥들과 핏줄 어느 한켠에서 귀엽게 솟구치면서 나를 가슴 설레게 했던 피돌기도 나는 기억했다. 내 집 유리창 상단을 꿈결처럼 흐르던 손이었고, 내 '손 보자기' 안에 곱게 싸여 있던 손이었고, 내 팔 안에 끼여 들어와 늙어가는 피를 뜨겁게 덥혀놓던 손이었다. 손가락은 가늘고 희고 길었다. 차고 부드러웠다. 제임스 조이스가 묘사한 대로, 그것은 '차고 부드럽고 흰 상아象牙'였다.

그냥 헤어질 수는 없어야 했을 것이었다
내 손으로 그의 손을 잡고

울든가 어쨌어야 했을 것이었다
나도 그랬고 그도 그랬을 것이 분명했다

그러나 손을 내밀지는 않았다
그도 도무지 그럴 수가 없었던 것이었다

　　　　　　　　　　　　　— 박남수, 「손」에서

　울컥했다. 나는 이윽고 검버섯이 뒤덮인데다가 깡말라서 고
목같이 된 손으로 너의 손을 쥐었다. "언젠가, 산의 바위에 앉아
서요, 할아부지가 제 손 꼭 감싸줄 때 생각나요. 그때 제가 할아
부지 손을 '손 보자기'라고 불렀잖아요?" "……" "이렇게요."
네가 내 손가락을 하나씩 펴고 주먹 쥔 제 손을 손바닥에 올려놓
은 뒤, 다시 하나하나, 내 손가락을 접어 감쌌다. 너의 주먹 쥔
손이 내 '손 보자기'에 완벽하게 싸였다. 우리는 그렇게 하고서
한동안 말없이 있었다. 서창의 놀이 검은 갈색으로 변할 때까지.
네 손등에서 힘찬 고동이 느껴졌다. "저는요, 할아부지하고요,
앞으로도 이 손처럼요, 이렇게 지내고 싶어요." 나는 그제야 '손
보자기'를 풀었다. 발이 다시 내려와 너의 손과 나의 손을 갈랐
다. "잘 가거라!" "앙영히 계세요!" 그 혀 꼬부라진 소리. 우리가

마지막 나눈 인사말은 이것이었다. 너는 층계를 내려갔고 현관을 열고 나갔다. 쫑, 쫑, 쫑, 목제 층계를 밟고 내려가는 네 발소리가 오래 내 귀에 남았다.

너도 알아차렸겠지만, 서지우가 죽은 뒤 나는 매일 소주로 살았다. 양주도 먹었다. 곳곳에 술병이 있었다. 대부분 서지우가 사온 술이었다. 그도 이 모든 프로그램을 예견했던 것일까, 술은 충분했다. 안주는 안 먹을 때가 많았다. 밥을 한 적도 없었다. 술은 독이었고, 마비를 통해 고통을 억제하는 술은, 좋은 약이었다. 약물은 물론 투석치료까지 거부했다. 가족이 없으니 이 모든 걸 홀가분하게 나 혼자 선택하고 실행에 옮길 수 있었다. 고통은 술과 모르핀으로 중절했다. 아무리 먹어도 취하지 않았다. 나는 종일 가부좌를 틀고 앉아 창 너머 숲으로 시간의 그림자가 길게 흘러가는 것을 보았다. 고통스러우면 눕기도 했다. 한 달도 채지나지 않아 내 몸이 반으로 꺾였다. 나는 그렇게 느꼈다. 너를 향한 깊은 갈망이 다 희석된 것은 아니나 예전 같은 뜨거운 욕망은 더이상 없었다. 아울러 생에 대해서도 미련이 속수무책, 줄어들었다. 전화도 받지 않고, 초인종이 울려도 문을 열지 않았다. 사람들에게는 시골에서 정양중이라고 했다. 마당에서 자란 풀이 잔뜩 말라 죽어 있었다.

가을이 그렇게 지나갔다. 숲은 하루가 다르게 쓸쓸해졌고, 쓸쓸한 숲이 나의 주인인 것처럼 뚜벅뚜벅 걸어들어와 내 마음을 다 차지했다. 산기슭을 타고 내려온 어둠이 내 집의 허리를 뱀처럼 쓰윽 휘감고 나면, 세상엔 원근이 없고, 내 모든 지나간 삶도 쓰윽, 지워졌다. 어쩌다 바람이 불어와, 나의 뼛속, 텅 빈 대롱을 휘익 지나갔으며, 그러고 나면 한참씩 먼 데에서 누가 피리 부는 소리가 들렸다.

우리 민족의 시원, 시베리아에선 모든 '너희'에 깃든 영혼이 삼 단계 과정을 겪는다고 들었다. 기단基壇엔 쌀과 같은 육체가 있고, 육체 위엔 천지와 내가 교접하는 호흡이 있으며, 호흡이 멈추면 민들레 홀씨처럼 '너희' 영혼이 천지를 떠돈다는 것이었다.

돌아보면 나의 삶은 적막하기 이를 데 없고, 처음이자 마지막이었던 나의 사랑 또한 이미 다 기울었으니, 내 육체가 과육처럼 썩어 없어질 때가 왔다고 나는 생각했다. 과육이 썩고 나면 마침내 드러나는 씨앗이 죽음이었으며, 나는 그것을 다만 기다리고 있었다. 가능하면 하루 빨리 나의 대기번호가 호명되기를 간절히 바랐다. 소주가 저쪽 세상으로 가는 마차의 티켓을 발매하는 자에게 효과적인 뇌물이 되었으면 얼마나 좋으랴. 귀가 당나귀처럼 큰 티켓 발매자는 자주, 나의 꿈속에서, 나의 소주를 받아 마셨다. "맛있어요." 티켓 발매자는 그렇게 말할 뿐이었다. 그런 날에는 소주 병 수가 턱없이 늘어났다. 하루에 여덟 병이 넘게 마신 날도 있었다. "이봐요, 당나귀 선생. 내 대기번호는 언제 부를 거요? 그만큼 얻어마셨으면 부를 때도 되지 않았소?" 내가 말했고, "아이고, 그쪽 당나귀 선생. 겨우 소주 몇 병 갖고 새치기를 하려들다니, 이쪽 동네에선 그런 법 없소." 티켓 발매자는 낄낄거리고 경망스럽게 웃으면서 고개를 저었다. 새치기를 굳이 안 해도 육체는 내가 획책하는 대로 놀랍게 빨리 꺼졌다. 서지우가 죽고 두 달이 되지 않았는데, 의사는 가망이 없다는 듯 고개를 저었다. "지금 술이라니, 이건 자살입니다." 의사가 말했다. 나는 그 말에 기뻤다. 당연히 음주량을 기쁜 마음으로 높였다.

가을이 섬광처럼 흘러갔다.

이사한다고 한 날, 나는 네가 마을을 떠나는 것을 보았다, 은교야. 아침에, 소주로 요기를 한 다음, 내 손 보자기에 네 앙증스런 주먹이 감싸였던 뒷산 능선길의 바위, 그 옆의 아카시아 그늘에 들어가 앉았지. 그곳에선 네가 살던 집의 마당과 골목과 종점 공터가 손바닥처럼 내려다보이거든. 햇살이 참 맑았다.

트럭은 두 대가 와 있더라. 눈이 침침해 세 대인 줄 알았는데 두 대였어. 네 집의 이삿짐은 한 트럭 반밖에 되지 않았다. 첫번째 트럭이 집 앞을 떠나고 나자 너와 네 동생들이 길로 나왔다. 새로 해온 특별한 안경을 쓰고 있었으나, 사실은 모든 게 어릿어릿, 보일 뿐이었다. 그런데도 두번째 트럭에 실린 서랍장과 네 동생들이 썼음직한 이층 침대와 책상과 책 꾸러미들과 몇몇 종이 박스를 나는 보았다. 이상하게 그 모든 게 잘 보였다. 보인다고 나는 느꼈다. 남루했다. 너처럼 싱싱하고 푸르른 젊음이 그것들에 담겨 있었다는 게 부당하다고 느껴졌다. 그나마도 짐칸의 3분지 1은 빈 채였다. 너의 어머니는 짐칸의 빈 곳이 아까웠을 터였다. 어머니가 시켰는지 어쨌는지는 모르지만, 어린 동생들이 짐칸에 오르는 것을 도와주고 나서 이윽고 네가 짐칸에 올랐다. 나는 필사적으로 눈을 부릅뜨고 마지막이 될 너의 모습을 다 망가진 내 망막에 담고자 애썼다. 너와 네 동생들은 서랍장 같은 것에 기대어 앉았다. 나와 정면으로 보이는 방향이었다.

너희를 짐짝처럼 실은 트럭이 곧 햇빛 속으로 떠났다.

너는 좌우로 앉힌 두 동생을 양팔로 안고 있었다. 오른쪽 동생이 장난을 치려고 너를 툭 건드렸던가보았다. 네가 동생들을 향해 요것들, 하는 듯 장난스럽게 웃었다. 웃었다고, 나는 생각했다. 보이지 않았을지 모르지만, 본 것보다 더 뚜렷하게 나는 보았다. 트럭은, 그러자, 트럭이 아니라

아늑한 둥우리가,

되었다. 너는 의젓한 어미 닭같이 동생들을 품고 있었다. 내 가슴이 한순간 요동쳤다. 너의 피가 양쪽으로 공평하게 흘러나가 네 동생들의 피와 뜨겁게 섞이는 것을 보았고, 동생들의 숨결이 껴안은 네 팔을 타고 흘러가 너의 가슴, 고동치는 숨결에 짙푸르게 고여드는 것도 나는 보았다. 그것은 일찍이 상상하지 못한 아름다움이었다. 너는, 너희는 살아 있었고, 함께 있었다. 해는 더욱 찬란해졌다. 나는 비로소 그동안 네가 가진 아름다움의 절반도 보지 못했다는 것을 알아차렸다. 그때까지 나는 너의 아름다움을 본 것이 아니라 나의 욕망이 지어낸 허울을 봤을 뿐이었다. 트럭이 금방 공터를 지나갔고, 이내 보이지 않게 되었다.

이제 시간이 얼마 남지 않았다.

육체라는 이름의 내 과육이 썩어 그 안에 깃든 죽음의 씨앗이 드러나는 게 보다 넓게 보일 때마다 이삿짐에 끼여 두 동생을 안고 있는 너의 마지막 모습을 떠올렸다. 그 모습은 시간이 지날수록 더욱 또렷해졌다. 세상의 살아 있는 길로, 나아가는, 트럭 위의 너와 네 동생들이 얼마나 근사했었는지 너는 모를 것이다. 두 동생을 양팔로 싸안고 있는 너의 모습은 햇빛보다 환했다. 일상적 삶에 깃든 너의 참모습을 본 것은 그때가 처음이었다.

내 마음속 영원한 젊은 신부, 은교.

나의 마지막 길이 쓸쓸하지 않았다고 생각하길 바란다. 비참하지도 않다. 너로 인해, 내가 일찍이 알지 못했던 것을 나는 짧은 기간에 너무나 많이 알게 되었다. 그것의 대부분은 생생하고 환한 것이었다. 내 몸 안에도 얼마나 생생한 더운 피가 흐르고 있었는지를 알았고, 네가 일깨워준 감각의 예민한 촉수들이야말로 내가 썼던 수많은 시편들보다 훨씬 더 신성에 가깝다는 것을 알았고, 내가 세상이라고, 시대라고, 역사라고 불렀던 것들이 사실은 직관의 감옥에 불과했다는 것을, 시의 감옥이었다는 것을 알았다. 나의 시들은 대부분 가짜였다.

너에게 미안한 것이 한 가지 있다.

이 노트가 공개되고 나면 너까지 언론이나 사람들 입줄에 오르내리게 될 거라는 사실이다. Q변호사는 사려 깊은 사람이니, 지혜롭게 처리하리라고 믿지만, 화제가 될 만한 건덕지가 보이면 썩은 고기에까지 기꺼이 달려들 우리의 언론, 비겁하게 익명 뒤에 숨어서 죽어가는 사람에게도 망설임 없이 칼을 꽂는 일부 사디스트적인 네티즌들을 생각하면, 이만저만 걱정되는 게 아니다. 어쩌면 어린 너까지 '광장'에 끌려나와 분별없는 '인민재판'에 회부될지도 모른다. 그걸 생각하면 가슴이 아프다. 너를 생각해서 노트의 공개를 피하고도 싶었다. 다른 길이 있다면 그리했을 것이다. 그러나, 나로서는 다른 길이 없었다는 것을 부디, 이해해다오.

당나라의 시성詩聖이라고 불렸던 시인 두보杜甫는 "관 뚜껑을 덮고서야 일이 정해진다"고 썼다. 죽어서야 그 인물의 업적이 결정된다는 것이다. 그러나 나는 생각이 다르다. 사람들은 죽은 자에겐 터무니없이 후하다. 살아서 나와 경쟁할 일 없으니 그 제단에 놓는 과실을 좀 많이, 실팍하게 고이는 게 보기에도 좋다고 생각하는 모양이다. 내 경우도 그럴 것이 틀림없다. '관 뚜껑을 덮고' 나면 나의 평가는 지금보다 더 과대포장될 가능성이 많다. 너도 죽음을 통하여 시인 이적요가 과대포장되는 더러운 과정을 지켜보겠지. 시인으로서 나의 가증스런 전략은 일찍부터 죽음 뒤에 맞춰져 있었다. 모름지기 뛰어난 시인은,

죽은 다음에도 살아남는 자이며,

그러므로 죽은 다음에도 살아남도록 나는 살아왔다. 가짜 시들을 사람들이 진짜로 믿도록 하기 위해, 지금보다 젊었을 때, 나는 뭐든지 할 준비가 되어 있었다. 한사코 산문은 발표하지 않은 것도 그런 이유 중의 하나이다. 그리고 이제, 내가 계획하고 전략을 수립한 대로 죽음으로써, 그 과실을 딸 때가 왔다. 선정적인 일부 언론과, '전략'을 재능이라고 여기며 살아가는 일부 문인들과, 모든 문화예술 작품들에게 급수를 매겨놔야 안심하는 많은 지식인들이 죽은 나의 '불멸'을 도울 것이다. 대중들은 그들의 목소리에 덩달아 박수를 칠 터이고. 박수 소리에 현혹되어 사람들은 자신들이 믿는 시인 이적요가 사실은 용의주도하게 설계돼 얻어진 '가짜'라는 걸 끝내 알지 못할지 모른다. 그 모든 '소음'을 상상하면 두렵기 한정 없다. 살아서 그랬듯, 죽어서도

하나의 전략적인 '소음'에 내 삶이 다 편입될 것이기 때문이다. 나의 진짜 모습을 알아차리기는커녕, 죽은 자에게 후한 상을 내리는 그들의 습성대로, 나를 더욱 '우상화'하려고 애쓸 가능성이 많다. '한국의 시성'이라고 부를지도 모르고, '그는 오직 시에만 평생 올인했다'고 찬양할 수도 있으며, 어떤 평론가의 말처럼 '서정시와 리얼리즘의 미학적인 통합으로 시를 돌처럼 단단히 조립했다'고 말할는지 모른다. 평생 결혼하지 않았다거나 산문 한 번 쓴 적이 없다거나 하는 사소한 스캔들까지도 나의 '불멸'을 돕겠지. 밀란 쿤데라도,

'불멸은 소송이다'

라고, 말했다. '스캔들'이야말로 곧 '소송'이다. 그러니, 그들은 죽은 나를 관 속에서 꺼내 허공에 올려놓고 저들의 구미에 맞게 찬미 미사를 집전할 것이다. 나의 묘지 앞에 돌덩어리를 세우고, 시인 이적요기념관도 만들고, 이적요문학상도 만들 터이다. 나의 묘지 속이 얼마나 시끄러울지 상상해보렴. 그 모든 것에 대한 나의 심정은 한마디로 "엿 먹어라"이다. 지금 생각하면 너를 만나기 전까지 나는 내가 누구인지 몰랐다. 나의 시가 가짜라고 생각하지도 않았다.

너를 만나고 비로소 나는 나를 알았다.

나의 '진짜' 얼굴을 너로 인해 스스로 보게 된 셈이다. 세상 사람들은 그러므로 나의 '진짜' 얼굴을 보아야 한다. 시인 이적요는 '전략'에 따라 자신의 '우상화'를 염두에 두고 시를 써온 '가짜 시인'이었고, 불과 열일곱 살 된 소녀를 통절하게 간음하고 싶었으며, 질투심에 눈이 멀어 끝내 제자를 죽인 사람이다. 어떻게 그 사실을 다 묻어두고 무덤 속에서나마 그 모든, 시끄러운 우상화를 받아들일 것인가. 생의 마지막에 너를 통해 만나 경험한 본능의 해방이야말로, 나의 유일한 인생, 나의 싱싱한 행복이었다. 그게 바로 나 이적요다. 이적요는 본능을 가진 인간이었을 뿐 신성을 본 적도 만난 적도 없다. 그러하니, 아무도 더이상 내게 속지 말라. 일 년쯤 지나면 시비가 완성되고 기념관의 윤곽이 구체화되어 나타날 것이다. 사람들은 충격을 받지 못하면 아는 것도 실천하지 않는다. 내가 이 노트의 공개를 일 년 후로 정한 것도 그 충격을 노렸기 때문이다. 시비와 기념관은 잘못된 것이니, 이제 당신들이 만든 그 시비를 스스로 무너뜨리고, 그 기념관을 스스로 부수라. 수고를 보태 만든 시비를 깨뜨리고, 돈을 들인 기념관을 부수어야만, 당신들은, 비로소 모든 진실을 실감하니까. 그리고 내 무덤에 짐승이라고 침을 뱉고 살인자라고 돌을 던지라. 그것이 나의 마지막 소망이다.

오늘, 나는 뜰에 앉아서,

내가 그동안 자물쇠로 잠가 지키려 했던 나의 모든 산문들을 태웠다. 제법 추운 날이었으나, 원고지들이 짚불처럼 타올랐기 때문에 앞자락이 따뜻했다. 나의 산문들이 앞자락을 따뜻하게 해주니 참 좋았다. 나는 내친김에 나의 시집들도 한 장 한 장 뜯어내 불질러서 시린 내 무릎을 데웠다. 역시 흐뭇했다. 햇빛 환한 겨울 숲이 내 마음속으로 쑥 들어왔다. 쓸쓸하지만, 가득, 차 있고, 따뜻하지만, 텅 빈, 숲이었다.

은교. 아, 한은교. 불멸의 내 '젊은 신부'이고 내 영원한 '처녀'이며, 생애의 마지막에 홀연히 나타나 애처롭게 발밑을 밝혀주었던, 나의 등롱 같은 누이여.

이제 마지막으로, 너처럼 맑은 소주에 의지해, 나보다 먼저 생으로부터 홀연히 걸어나간 한 시인의 시 중에서, 그 일부를 여기 옮겨 적는다. 나의 시는, 네게, 줄 만한 것이 하나도 없으므로.

땅거미 짙어가는 어둠을 골라 짚고
끝없는 벌판길을 걸어가며
누이여, 나는 수수 모가지에 매달린
작은 씨앗의 촛불 같은 것을 생각하였다
가고 가는 우리들 생의 벌판길에는
문드러진 살점이 하나,
피가 하나,
이제 벌판을 흔들고 지나가는
무풍의 바람이 되려고 한다
마지막 네 뒷모습을 지키는
작은 촛불의 그림자가 되려고 한다
저무는 12월의 저녁달
자지러진 꿈,
꿈 밖의 누이여

—박정만, 「누이여 12월이 저문다」에서

시인이 마지막 남긴 노트

Q 변호사

　사무실엔 법률 상담을 약속한 손님들이 와 있었다. 친구의 조카 부부였다. 먼저 은교를 내 방으로 데려갔다. 이적요 시인의 노트는 그녀가 건네준 서지우의 일기와 함께 만일에 대비해 금고 속에 보관해왔다. 나는 그것을 가져다가 소파에 앉은 그녀에게 건넸다. "가지고 나갈 수는 없으니까 여기서 읽어요. 내가 상담하는 동안 충분히 읽을 수 있을 거야." "저 때문에 곤란하시면 다음에 와도 돼요." 그녀가 조금 긴장된 표정으로 말했다. 나는 고개를 저었다. "상담실이 따로 있으니까 내게 신경쓸 건 없어. 여직원도 방해 안 할 거구. 아마, 내가 없는 자리에서 읽는 게 더 맘이 편할 거야." 커피까지 한 잔 따라 건네고 나는 방을 나왔다. 우면산 꼭대기에 하오의 햇빛이 쏟아지고 있었다.

상담으로 삼십 분쯤 보낸 것 같았다. 손님을 배웅하고 내 방의 문을 열고 들어갔는데, 그녀가 눈에 띄지 않았다. 안쪽 화장실에 있는 것 같았다. 나는 그녀가 앉았던 자리의 맞은편에 앉아서 그녀가 나오기를 기다렸다. 이적요 시인의 노트는 물론 서지우 작가의 일기까지 탁자 위에 없는 걸 보면 화장실로 가지고 들어간 모양이었다. 내가 짐짓 인기척을 냈는데도 그녀는 화장실에서 금방 나오지 않았다. 우면산 정수리의 햇빛이 어느덧 주황색으로 변해 있었다. 무슨 소리가 화장실 쪽에서 들려왔다. 물소리인가 했는데, 아니었다. 나는 화장실 방향으로 고개를 돌리고 귀를 쫑긋 세웠다.

그녀의 울음소리였다.

시인의 노트를 읽다보면 미상불 울고 싶기도 했을 거라고, 처음에 나는 가볍게 생각했다. 그런데 울음 밑이 예상보다 좀 길었다. 나는 어쩔 줄을 몰라 서성거리기 시작했다. 그녀의 울음소리가 점점 커지고 있었다. 할 수 없이 화장실 앞으로 가 노크를 했다. "괜찮아요?" 대답이 없었다. 노크를 또 해도 반응은 마찬가지였다. 나는 참지 못하고 화장실 문을 열었다. 문은 잠겨 있지 않았다. 그녀는 화장실 바닥에 앉아 울고 있었다. 이게 도대체 어떻게 된 일인가.

그랬다. 요약하자면, 그녀는 화장실에서 이적요 시인이 남긴 노트와 서지우 작가의 일기를 다 태워 없앤 것이었다. 너무도 황당해서 나는 그만 입을 쩍 벌렸다. 사본조차 없는 유일한 노트였다.

불에 타고 난 노트의 재를 그녀가 울면서 화장실 변기 속에 주워넣고 있었다. "할, 할아부지…… 아무 죄…… 없어요! 진짜로…… 시……인이었어요!" 그녀가 검댕이 잔뜩 묻은 손으로 눈물을 닦으며 말했다. "봐요, 변호사님. 나하고보다…… 할아부지하고 서선생님하고…… 더 친하다고 그랬잖아요!" 눈물과 검댕이 범벅된 그녀의 얼굴은 애련했다. "이거, 태운 게…… 죄라면요, 처벌받을게요. 저는요, 바보같이 아무것도 몰랐어요……" 그녀가 이윽고 화장실 바닥에 털썩 주저앉았다. "할……아부지가…… 나를요, 이렇게…… 갖고 싶어하는지도 몰랐다구요. 이까짓 게, 뭐라구요." 그녀는 자신의 가슴을 쳤다. "뭐예요…… 바보같이, 자기 혼자서……" 나는 그녀를 안아 일으켰다. 그녀의 손에는 노트를 묶도록 된 검정 끈만 달랑 들려 있었다. 나는 얼결에 타다 만 그 끈을 받았다. "할아부지요, 몰스킨에다…… 만년필로 썼네요. 자기만 멋 내구……" 웃으려고 애를 썼지만 그녀는 얼른 웃지 못했다. 그 대신 그칠 듯했던 울음이 다시 흘러나왔다. 검댕이 섞인 검은 눈물이 일찍이 이적요 시인이 그녀에게 사입혔던 노란 셔츠에 뚝뚝 떨어졌다. "몰스킨이라니?" 내가 화제를 돌리려고 짐짓 반문했고, 그녀가 나의 아둔한 반문에 비로소 울다 말고 킥킥, 했다.

"그 끈…… 노트요. 내가 갖고 싶었던 노트……"

이적요 시인이 사용한 노트가 몰스킨이라는 상표의 노트라는 것을 나는 그녀 때문에 처음 알게 됐다. 반 고흐가 쓰고, 피카소가 쓰고, 헤밍웨이가 애용한 노트라고 했다. 시인 이적요는 검은 인조가죽 표지로 된 몰스킨 노트에, 만년필로 또박또박 써서 그것을 남겼다. 그러나 다 타버리고 남은 것은, 노트를 묶도록 된 검정 끈뿐이었다. "좋은 건데…… 노트만은 아까워요……" 그녀가 말했다.

돌아온 내 젊은 날

내가 미쳤다. 이 소설을 불과 한 달 반 만에 썼다. 폭풍 같은 질주였다. 창밖엔 자주 북풍이 불어재꼈고 폭설이 내렸다. 나는 우주의 어느 어둑어둑한 동굴에 혼자 들어앉아 있는 것 같았다. 내 안에서 생성된 날 선 문장들이 포악스럽게 나를 앞으로 밀고 나갔다. 나는 때로 한없이 슬펐고, 때로 한없이 충만했다.

다 쓰고 났을 때, 몸 안에서 무엇인가, 이를테면 내장들이 쑥 빠져나간 듯했다. 나는 쭉정이가 되어 어둔 방구석에 가만히 누웠다. 그리고 보았다. 저만치 흘러가던 나의 젊은 날이 어느새 돌아와 내 옆에 나란히 누워 있었다. 5월의 물푸레나무처럼 내가 다시 푸르러졌다고 느꼈다.

어느덧 봄이었다. 나는 햇빛 환한 봄길로 걸어나갔다. 민들레 홀씨만큼 몸이 가벼웠다. 바람으로 천지를 흐를 수도 있을 것 같왔다. 길 끝에 서서, 막 세수하고 난 어린아이처럼 킥킥거리고 웃으면서 홍얼홍얼했다. The answer, my friend, is blowin' in the wind ─ 친구여, 모든 해답은 나부끼는 바람 속에 있다, 라고 나는 노래 불렀다. 놀랍게도 봄이 예민해진 내 젊은 살ֺ 을 산지사방으로 부드럽게 관통했다. 행복했다.

지난 십여 년간 나를 사로잡고 있었던 낱말은 '갈망渴望'이었다. 『촐라체』와 『고산자』, 그리고 이 소설 『은교』를, 나는 혼잣말로 '갈망의 삼부작三部作'이라 부른다. 『촐라체』에서는 히말라야를 배경으로 인간 의지의 수직적 한계를, 『고산자』에서는 역사적 시간을 통한 꿈의 수평적인 정한情恨을, 그리고 『은교』에 이르러, 비로소 실존의 현실로 돌아와 존재의 내밀한 욕망과 그 근원을 감히 탐험하고 기록했다고 느끼기 때문이다. '밤에만' 쓴 소설이니, 독자들도 '밤에만' 읽기를 바라고 있다.

이로써, 나의 눈물겹고 뜨겁고 푸른 '갈망'의 화두를 일단 접는다. 새 소설이 나를 부르고 있다.

2010년 이른 봄 한밤에,
북한산 자락에 엎디어.

문학동네 장편소설

은교

ⓒ 박범신 2010

| 1판 1쇄 | 2010년 4월 6일 |
| 1판 29쇄 | 2014년 10월 8일 |

지은이 박범신
펴낸이 강병선
책임편집 염현숙 김민정 정세랑 | 디자인 윤정우 유현아
마케팅 정민호 나해진 이동엽 김철민 | 온라인 마케팅 김희숙 김상만 한수진 이천희
제작 강신은 김동욱 임현식 | 제작처 한영문화사(인쇄) 신안제책사(제본)

펴낸곳 (주)문학동네
출판등록 1993년 10월 22일 제406-2003-000045호
주소 413-120 경기도 파주시 회동길 210
전자우편 editor@munhak.com | 대표전화 031)955-8888 | 팩스 031)955-8855
문의전화 031) 955-8890(마케팅) 031) 955-2656(편집)
문학동네카페 http://cafe.naver.com/mhdn

ISBN 978-89-546-1068-1 03810

www.munhak.com